AF146415

Bibliografische Information der Deutschen Nationalbibliothek

Die Deutsche Nationalbibliothek verzeichnet diese Publikation

in der Deutschen Nationalbibliografie, detaillierte bibliografische

Daten sind im Internet unter http://dnb.dnb.de abrufbar

Copyright 2014 Heiko Mallau
Herstellung und Verlag:
BoD, Books on Demand, Norderstedt

ISBN   9783735756831

Schwerdtfegers Rubicon

Ein Hamburg-Krimi

Dieser Krimi schildert ein fast perfektes Verbrechen vor dem Hintergrund der gesellschaftlichen Realität des Deutschlands von heute.

Vorbemerkung des Autors:

Etwaige Ähnlichkeiten mit den von mir erfundenen, in meinem Krimi agierenden Personen sind unbeabsichtigt und wären rein zufällig. Alle ihnen zugeschriebenen Handlungen haben keine mir bekannte Entsprechung in der Realität.

1

„Guck mal, Mami, da kommt Schweinchen Schlau", rief
eine helle Kinderstimme fröhlich, und alle Kunden, die
schon zu dieser frühen Morgenstunde an einem schönen
Tag im Mai 2002 den Schalterraum der HanseBank
bevölkerten, blickten sich suchend um. Und richtig,
soeben betrat ein hochgewachsener, kräftiger Mann,
eine Schweinsmaske vor dem Gesicht, die Schalterhalle,
gefolgt von einem weiteren, etwas kleineren Mann mit
einer identischen Maske. Die Maschinenpistole, die der
erste Maskenträger gerade aus seinem Rucksack zog,
bildete einen etwas harschen Kontrast zum freundlichen
Grinsen seiner Maske.
Der Neuankömmling trat in die Mitte des Raumes.
„Ruhe", rief er mit lauter, ein wenig heiserer Stimme.
„Dies ist ein Überfall. Ihnen wird nichts geschehen,
wenn Sie sich ruhig verhalten. Alles sofort auf den

Boden legen, Gesicht nach unten, Hände hinter den Kopf halten. Los, Oma, beeil' dich etwas", herrschte er eine alte Dame an, die noch nicht so recht verstanden hatte, worum es hier eigentlich ging. Dann trat er einen jungen Mann, der noch nicht reagiert hatte, von hinten in die Kniekehle. "Los, wird's bald?"
Dieser, von athletischem Körperbau, mit einem weißen T-Shirt und hellblauen Jeans bekleidet, drehte sich zornig um: „Ey, spinnst du? Du glaubst wohl, mit deiner Plastik-MP kannst du hier Eindruck schinden?"
Er trat auf den Maskierten zu, täuschte einen Angriff auf sein Gesicht vor, wobei dessen Maske herunter rutschte und sein Gesicht frei gab, dann griff er nach der Maschinenpistole. Der Verbrecher trat sofort einen Schritt zurück, schlug die Maschinenpistole, die er an beiden Enden fest hielt, dem jungen Mann ins Gesicht. Dieser taumelte rückwärts, auf seiner Nase floss Blut; der Verbrecher entsicherte seine Maschinenpistole und schoss den jungen Mann drei Mal in die Brust. Dieser brach zusammen, fiel auf den Boden und blieb regungslos liegen. Sein T-Shirt wies drei sich rasch vergrößernde dunkelrote Flecken auf. Jemand schrie laut auf, die alte Dame brach in Tränen aus.
„Was sind Sie nur für ein Mensch", schrie sie den Schützen schluchzend an.
„Hat der den Mann jetzt tot geschossen?" fragte das kleine Mädchen seine Mutter. Sie sprach mit leiser Stimme nur zu ihrer Mutter, aber in dem entsetzten Schweigen, das nun folgte, wurde ihre Frage von jedem der im Raum Anwesenden verstanden. Der Schütze, der den Aufschrei der alten Dame ignoriert hatte, war über die kindliche Frage scheinbar doch etwas aus der Fassung geraten. Er blickte das Kind und die Mutter an. Diese umarmte ihr Kind erschrocken und flüsterte: „Sei jetzt bitte still."
Der zweite der beiden Eindringlinge bückte sich zu dem Erschossenen herunter und untersuchte ihn kurz. Er richtete sich wieder auf und fragte halblaut: „War das

4

jetzt nötig? Wir hatten doch abgemacht...."
„Halt jetzt bitte den Mund", herrschte der Schütze ihn
an. „Wollen wir hier diskutieren oder was?" Er rückte
seine grinsende Schweinsmaske wieder zurecht und gab
zwei Schüsse auf eine Videokamera ab, welche unter der
Decke des Schalterraumes angebracht war und den
Kundenbereich im Visier hatte. Ein Querschläger
kreischte durch den Raum, Glassplitter fielen auf den
Boden.
„Jetzt ist aber Schluss mit Lustig", sagte der
Schütze, und seine Stimme klang hinter der Maske ein
wenig dumpf. „Alles sofort auf den Boden, sonst
knallt's."
Jeder beeilte sich, der Aufforderung nach zu kommen.
Die Mutter des kleinen Mädchens legte ihr Kind auf den
Boden und drückte sich eng an sie, ihren Arm um sie
legend. Der zweite Mann beugte sich zu ihr herunter,
tätschelte ihr den Kopf und sagte: „Keine Angst,
Kleine, Dir passiert schon nichts."Der
Maschinenpistolenträger trat an die Barriere heran,
welche den Kundenbereich vom Arbeitsbereich der
Bankangestellten trennten. Hinter dieser Barriere
standen drei Schreibtische, auf denen je ein Telefon,
ein Computer-Tastenfeld und ein Flachbildschirm
standen. Hinter den Schreibtischen war ein weiterer
Arbeitsplatz durch eine mobile Wand abgeteilt.
„Den Schlüssel zur Eingangstür", herrschte der
Maschinenpistolenträger die ältere der beiden
Bankangestellten an. „Wer telefoniert oder den Alarm
auslöst, ist tot."
Und um seiner Drohung Nachdruck zu verleihen, gab er
einen weiteren Schuss auf eine Deckenleuchte ab, deren
Scherben klirrend zu Boden fielen. Die Angesprochene
zog einen flachen Schlüssel aus einer Schublade und
reichte ihn wortlos dem Mann. Dieser ging zur
Eingangstür, zog aus seiner Jackentasche ein kleines
Schild mit der Aufschrift „Heute geschlossen" und
befestigte es mit einem Gummisauger an der

Glasscheibe. Dann ließ er die Jalousie der Tür herunter.

„Wer ist hier der Zweigstellenleiter?"

„Das bin ich", sagte die Ältere der beiden an den Schreibtischen sitzenden Frauen. Sie wirkte trotz der eben abgelaufenen Ereignisse ruhig und gefasst. Sie war etwa Mitte Vierzig, trug einen Rock aus schottischem Tartan, eine weiße Seidenbluse, darüber eine Kette aus großen Bernsteinstücken. Ihr dunkelblondes Haar war zu einem Mozartzopf geflochten. An ihrem Pullover war ein Namensschild befestigt, das verriet, dass ihr Name Frau Niemeyer war.

„Den Tresor aufschließen, aber sofort!" Der Rädelsführer unterstrich diese harsche Aufforderung mit einer ausdrucksstarken Bewegung seiner Schusswaffe. Nur kein falsches Heldentum, dachte die Angesprochene, dafür werde ich hier wirklich nicht bezahlt. Man hat ja eben gesehen, wozu dieser Verrückte fähig ist. Wir sind ja außerdem versichert. Eigentlich sollten ja heute früh über eine Millionen € im Tresor sein, aber der Werttransportdienst hat sich wohl verspätet. Hoffentlich platzen die hier nicht noch herein.

Sie zog eine Schublade auf, entnahm ihm einen Schlüsselbund und sagte: „Der Tresor ist im Untergeschoss. Die Tür dorthin ist durch ein Magnetschloss gesichert. Um sie frei zu geben, muss ich auf diesen Knopf hier drücken." Sie deutete dabei auf eine verborgene Stelle ihres Schreibtisches. Der Verbrecher schien zu überlegen. Wo ist nur die junge Frau Möller, dachte die Zweigstellenleiterin, die habe ich doch heute schon gesehen, nun ist sie wie vom Erdboden verschwunden. Hat sie irgend wo Deckung gefunden? Hoffentlich bleibt sie außer Sichtweite. Der Rädelsführer war inzwischen zu ihr herangetreten, „Zeigen Sie mir den Knopf für das Magnetschloss!" Frau Niemeyer zeigte den Knopf, der an der Unterseite ihres Schreibtisches befestigt war. „Drücken!" befahl der

Verbrecher. Frau Niemeyer drückte, man hörte einen Summton und ein klickendes Geräusch.
Dann ging sie die Treppe ins Untergeschoss hinunter, dicht gefolgt vom Maschinenpistolenträger. Sie standen vor einem Tor aus Metallstäben. Die Zweigstellenleiterin öffnete das Schloss. Der Bereich, den die beiden jetzt betraten, war geräumig, hatte etwa dreißig Quadratmeter. Der Fußboden war mit weichem Teppichboden in dezentem Hellrot belegt, in dem wie kleine weiße Inseln in einem roten Meer Logos der HanseBank schwammen.
Die Wand links vom Eingang war vollständig von Stahlfächern in drei verschiedenen Größen ausgefüllt. In der Mitte des Raumes stand ein Tisch mit zwei Stühlen, an der rechten Wand befanden sich drei durch einen Vorhang aus schwerem Stoff abzutrennende Kabinen. An der dem Eingang gegenüber liegenden Wand war die massive Stahltür des Tresors sichtbar, die ein Tastenfeld hatte. Die Zweigstellenleiterin, dicht gefolgt vom Rädelsführer der beiden Bankräuber, ging zu dieser Tür, schloss sie auf und schaltete die Neonleuchte an der Decke an. Der dahinter liegende Raum war nur etwa drei Quadratmeter groß. Links von der Tür stand ein kleiner Tisch, auf dem ein großes Heft lag. Ein großer Becher mit dem Logo der HanseBank enthielt einige Fasermaler und Kugelschreiber. Neben dem Heft stand ein Telefon. Der Bankräuber riss dessen Anschlusskabel aus der Wand.
Die Zweigstellenleiterin ging zum Tresor, tippte eine sechsstellige Zahl ein, steckte einen Schlüssel ins Schloss und öffnete die massive Stahltür, welche mit einem seufzenden Geräusch aufschwang. Im Safe lagen Banknotenbündel, Akten und einige versiegelte Umschläge aus braunem Papier.
„Wie viel Geld ist hier im Tresor?"
„Achtundfünfzigtausend Euro."
„Was, ist das alles? Da müsste doch viel mehr drin sein? Wenn du etwa versuchen solltest, mich

7

verarschen, geht es dir dreckig."
„Das ist alles, was wir hier im Tresor haben, sehen
Sie doch selber nach", sagte sie unerschrocken und
dachte, dafür musste immerhin ein Mensch sterben. Wenn
dir das nicht reicht, hättest du vielleicht etwas
später kommen oder die Landeszentralbank überfallen
sollen. Der Bankräuber stieß Frau Niemeyer beiseite
und durchwühlte den Tresor. Plötzlich kam ihr der
Gedanke, wieso sagte er eigentlich, da müsste mehr
drin sein? Wusste er etwa, dass wir heute früh einen
Werttransport erwarteten?
„Pack das Geld ein, aber dalli", sagte der Verbrecher
und reichte ihr einen braunen Jutesack. Und zügig
räumte sie die Banknotenbündel aus dem Tresorfach in
den Beutel.
„Was ist in den versiegelten Umschlägen?" fragte der
Bankräuber. „Genau weiß ich das selber nicht, wir
haben sie von Kunden zur Aufbewahrung bekommen.
Meistens Urkunden und Dokumente."
„Auch einpacken", herrschte er sie an. Frau Niemeyer
tat, wie ihr befohlen wurde.
Als sie damit fertig war, riss ihr der Verbrecher den
Beutel aus der Hand. „Die Schlüssel", herrschte er sie
an. Sie übergab ihm das Schlüsselbund. Als sie wieder
im Raum mit den Stahlfächern der Kunden waren, gab er
ihr einen kräftigen Stoß, so dass einige Schritte
zurück machte und sich dann rückwärts auf den Boden
setzte.
„Du bleibst hier", sagte er und warf das Gittertor ins
Schloss. „Sehr liebenswürdig", murmelte Frau Niemeyer.

2

„Polizeipräsidium, Einsatzzentrale" sagte eine Stimme.
„Wie bitte? Können Sie nicht etwas lauter sprechen?
Ich kann Sie kaum verstehen..... Das will ich doch
hoffen, dass es sich um einen Notruf handelt, sonst

wäre es missbräuchliche Benutzung einer
Notrufnummer...Sie heißen Möller? Wo sind Sie?
HanseBank, Zweigstelle Vierzehn? Es wurde
geschossen?.... Sechs Schüsse?....Was, Sie sind auf
der Toilette und haben die Schüsse gehört?.... Es hat
auch jemand geschrien?....OK, wir kümmern uns drum. Wo
ist Ihre Zweigstelle? Mönckebergstraße Ecke
Rathausmarkt. Habe ich alles verstanden, Frau Möller.
Verhalten Sie sich ruhig und bleiben Sie, wo Sie sind.
Wir schicken sofort einen Wagen vorbei."
Der neue Innensenator, welcher der kleineren der
beiden konservativen Parteien angehörte, die jetzt die
Regierung des Stadtstaates bildeten, hatte mit dem,
wie er sagte, „sicherheitspolitischen Laissez faire"
der abgewählten Vorgänger-Regierung gründlich Schluss
gemacht. Während bis dato die Streifenwagen, die
keinen aktuellen Einsatz hatten, zum Zwecke der
Betriebskostenersparnis auf den Revieren geparkt
waren, hatte er als eine seiner ersten Amtshandlungen
angeordnet, dass regelmäßige Streifen zu fahren waren.
Die vorsichtigen Hinweise des langjährigen
Polizeipräsidenten Dr. Guilleaume, dass dadurch die
jährlichen Dienst-Kfz-Betriebskosten um einen
einstelligen Millionenbetrag steigen würden, hatte er
kühl mit dem Hinweis abgeschmettert, dass die die
öffentliche Sicherheit Vorrang vor Budgetüberlegungen
habe. Der ehrliche Bürger müsse wieder das Gefühl
bekommen, dass die Polizei Präsenz zeige und dadurch
potentielle Verbrecher abschrecke. Dass das Geld
kosten würde, sei ihm selber klar; er hätte schon für
eine entsprechende Verstärkung der der Polizei
zugewiesenen Mittel gesorgt.
Wie der Zufall es nun wollte, war eine Zivilstreife in
unmittelbarer Nähe der HanseBank-Zweigstelle Nr. 14,
als der Diensthabende des zuständigen 12.
Polizeireviers den Rundruf über Polizeifunk absetzte,
und meldete sich einsatzbereit. „Da hat es so einen
merkwürdigen Anruf aus der Zweigstelle 14 der

HanseBank gegeben, seht doch mal nach, ob ihr da etwas feststellen könnt."

Der Streifenführer parkte das grün-weiß markierte Einsatzfahrzeug vor der Zweigstelle in der zweiten Reihe. Polizeiobermeister Matthias Dierks, der Beifahrer der Streifenwagenbesatzung, war ein breitschultriger, hochgewachsener Mann. Er trug ein weißes T-Shirt, darüber eine schwarze Lederjacke, Uniformhose und Turnschuhe. Er schaltete sein tragbares Funkgerät ein, fasste unter seine Jacke, um sich vom korrekten Sitz der Dienstwaffe zu überzeugen, und ging zur Zweigstelle. Die Tür war versperrt, „Heute geschlossen" besagte ein kleines Schild, das an einem auf dem Glas der Tür haftenden Gummisauger hing. Was drinnen vorging, war nicht zu sehen; eine Jalousie aus einem leichten, hellgelben Material verhinderte den Einblick. Das Ganze wirkte schon etwas verdächtig. Der Beamte klopfte, erst leise, dann, als sich nichts tat, etwas energischer. Dann trat er zur Seite. Vielleicht gab es ja irgend eine Reaktion? Besser, nicht gesehen zu werden. Und tatsächlich, zwei Hände drückten die Blätter der Jalousie auseinander und eine Schweinsmaske schaute heraus. POM Dierks ging sofort zum Wagen zurück.

„Na, was zu sehen?" begrüßte ihn sein Kollege. „Du glaubst es nicht! Die Tür ist abgesperrt, und als ich klopfte, schaute Schweinchen Schlau durch die Jalousie!"

Der Streifenführer schaute Dierks von der Seite an und sagte: „Ich seh' das doch richtig, dass du das nicht für einen Kindergeburtstag hältst?" Der antwortete: „Quatsch keine Opern, ruf endlich das Revier an und frage den Diensthabenden nach Anweisungen."

„Na, denn wollen wir mal", sprach der Streifenführer, griff nach dem Mikrofon und tastete den Sender hoch. „12-3 für 12, bitte kommen."

Das Revier meldete sich. „12 hört. Was habt Ihr herausgefunden?" „Also, irgend etwas ist faul in der

Zweigstelle 14 der HanseBank. Dierks ist zum Eingang der Filiale gegangen und fand die Tür verschlossen. Eine Sonnenschutz-Jalousie war herunter gelassen, davor hing auch ein Schild 'Heute geschlossen'. Als er an die Tür klopfte, schaute ein Maskierter durch die Jalousie."

„Ein Maskierter? Hatte er eine Strumpfmaske über den Kopf gezogen?"

„Nein, es war eher so eine grinsende Schweinsmaske."

„Vielleicht Schweinchen Schlau"?

„Von solchen Schweinereien habe ich keine Ahnung, ich bin Single und kein fünfköpfiger Familienvater, so wie du."

„Bitte etwas mehr Funkdisziplin. Und was passierte dann weiter?"

„Gar nichts, dann haben wir Euch angefunkt. Sollen wir vielleicht einmal versuchen, in der Bankfiliale anzurufen?"

Der Diensthabende des 12. überlegte einige Sekunden und sagte dann: „Das halte ich nicht für nötig, die Situation ist wohl eindeutig. Wir leiten die Angelegenheit weiter ans Polizeipräsidium, die werden dort höher besoldet und sollen entscheiden, wie es weiter geht. Haltet inzwischen die Stellung, wir schicken Euch sofort Verstärkung. Ende."

Der Streifenführer beendete die Verbindung, dann gingen die zwei Polizisten zum Eingang der Bankfiliale und stellten sich zu beiden Seiten der Tür auf, bereit, beim geringsten Geräusch sofort ihre Dienstwaffen zu ziehen.

Nach und nach traf das ganze Aufgebot ein: weitere Funkstreifen, zwei Notarztwagen, die Einsatzbereitschaft vom Polizeipräsidium und das Mobile Einsatzkommando. Die Polizei begann, das Gelände um die Zweigstelle Vierzehn der HanseBank mit rot-weißem Plastikband weiträumig abzusperren. Die Leute vom MEK bezogen Stellungen in der Nähe des Einganges der HanseBank und an der Rückseite des

Gebäudes.

Der Einsatzleiter nahm sofort Kontakt mit dem Kommandoführer des MEK und den Streifenführern auf und ließ sich von den Kollegen über die Situation und ihre Einschätzung der Lage informieren.

„Wir müssen uns als erstes einen Überblick über die Lage in der Bank verschaffen", sagte er dann. „Wie ich hörte, wurde drinnen geschossen. Gibt es Verletzte, die Hilfe brauchen? Wie viele Bewaffnete sind drinnen, wie viele Leute haben sie in ihrer Gewalt? Nehmen wir also Kontakt auf. Rufen wir in der Zweigstelle an. Wir sollten in der Lage sein, die Gespräche aufzuzeichnen. Fordern Sie bitte eine mobile Kommunikationseinheit an", sagte er zu einem jüngeren Kollegen. Dieser, ein junger Kriminalkommissar, griff nach seinem Handy, um die Anforderung weiter zu leiten.

Der Kommandoführer des MEK trat an den Einsatzleiter heran und sagte: „Es wäre gut, wenn wir eine Zeichnung von den Räumlichkeiten der Bank hätten. Vielleicht gibt es irgend welche Hintereingänge, Lüftungsschächte oder Fenster, über die wir eindringen könnten."

„Halte ich eher für unwahrscheinlich", meinte der Einsatzleiter. „Aus Sicherheitsgründen sind alle Fenster vermutlich vergittert. Die Pläne dieser Filiale haben wir übrigens dabei. Am besten wäre es, wenn die Zentrale der Bank und jemanden schicken könnte, der die Räume und auch die Leute kennt."

„Ich kümmere mich darum", versprach der junge Kriminalkommissar.

3

Im Schalterraum der Zweigstelle 14 der HanseBank herrschte bedrücktes Schweigen.

Die beiden Bankräuber hatten die Leiche des Erschossenen aus dem Wege geräumt. Sie hatten sie hinter einen der Schreibtische gezogen. An den vor wenigen Minuten statt gefundenen Mord erinnerte nur noch ein großer Blutfleck in der Mitte des Kundenbereiches und eine blutige Schleifspur.

Während der Anführer der beiden Bankräuber mit der Zweigstellenleiterin unten beim Tresor war, hatte sein Kumpan im Kundenraum mit gezogenem Revolver Wache gehalten. Nun kam der Anführer alleine zurück. In der linken Hand trug er einen braunen Jutesack. „Wir sind hier fertig", informierte er seinen Kumpanen. „Zeit für den Abflug."

„Während ihr unten wart, hat jemand an die Tür geklopft", sagte dieser. „Ich habe hinaus geschaut, konnte aber niemanden sehen."

„Das war vermutlich ein Kunde", meinte der Anführer. „Ich sehe mal nach." Er ging zur Eingangstür, drückte die Elemente der Jalousie auseinander und blickte nach draußen.

„Verdammt", sagte er, „wir haben ein Problem."

Die Kunden und die übrig gebliebene Bankangestellte, die Frau Kamphausen hieß, lagen mit dem Gesicht nach unten auf dem Boden. Die Mutter des kleinen Mädchens redete beruhigend auf ihr Kind ein. „Heute Nachmittag gehen wie erst Eis essen und danach gehen wir ins Kino."

„Au fein", sagte das Mädchen, welches mit der gesunden Robustheit der Kinder, welchen die wenigsten Erwachsenen ihnen zutrauen, schnell über die schlimme Szene, die es mit ansehen musste, hinweg gekommen war und sich einigermaßen mit seiner Lage abgefunden hatte. „Am besten in einen Harry-Potter-Film. Mutti, müssen wir noch lange hier auf dem Boden liegen?"

„Es dauert bestimmt nicht mehr lange."

„Ich muss mal dringend auf die Toilette", meldete sich ein älterer Mann zu Wort. „Ich mach das schon", sagte der kleinere der beiden Bankräuber zum Anführer. „Ich gehe mit und passe auf ihn auf."

Und nachdem vom Anführer kein Einspruch kam, sagte er: „Steh langsam auf, Opa, ich komme mit. Wo ist denn hier die Toilette", fragte er die im Schalterraum übrig gebliebene Angestellte.

„Hinter der Trennwand mit dem Schreibtisch für den Anlageberater". Und sie zeigte die Richtung. Die beiden begaben sich in die angegebene Richtung. „Die Tür ist zu", sagte der ältere Mann. Der Kleinere der beiden Bankräuber fragte die Bankangestellte: „Haben Sie die Tür abgeschlossen?" Diese antwortete, einigermaßen eingeschüchtert: „Nein, die Tür ist nicht abgeschlossen. Wir haben gar keinen Schlüssel für die Toilettentür. Die ist immer offen."

Der Verbrecher schwieg einen Moment, so, als wisse er nicht, wie es nun weiter gehen sollte, und sagte dann: „Dann muss die Toilette wohl besetzt sein."

Jetzt wurde der Anführer aufmerksam. „Warte hier", sagte er zu seinem Kumpanen. Er ging zum Waschraum, trat gegen die Toilettentür und rief: „Kommen Sie sofort heraus. Ich zähle bis drei, dann schieße ich durch die Toilettentür. Eins, zwei..." Die Tür öffnete sich und eine zitternde junge, blonde Frau kam heraus. Sie war mittelgroß, hatte ein sympathisches rundes Gesicht, ihr Haar war halb lang, es wies einen Pagenschnitt auf und bedeckte gerade ihre Ohren. Sie war mit hellblauen Jeans und einem dunkelblauen Sweatshirt bekleidet.

„Sieh an, ein Unterseeboot", sagte der Bankräuber. „Du dachtest wohl, du könntest hier warm und trocken überwintern." Plötzlich kam ihm ein Gedanke. „Hast du vielleicht ein Handy bei dir?"

Sie griff in eine Gesäßtasche und zog ein knallrotes Mobiltelefon hervor.

„Anschalten", befahl er.

Nachdem sie die PIN eingegeben hatte, riss er ihr das Telefon aus der Hand und blätterte im Menü umher. Endlich hatte er gefunden, was er suchte. Er schlug ihr brutal ins Gesicht und stieß sie in den Kundenraum. „Weißt du, wem wir diese Scheiße da draußen verdanken?" sagte er zu seinem Kumpanen.

„Diese Ratte hier hat von der Toilette aus mit ihrem Handy die Polizei alarmiert. Sie war aber zu dämlich, die Liste der abgehenden Anrufe zu löschen, und die letzte gewählte Nummer ist die 110. Das sage ich dir", jetzt wandte er sich an die schluchzende junge Frau, „wenn wir wegen dir Schwierigkeiten bekommen, wirst du dafür bezahlen." Dann steckte er ihr Mobiltelefon in eine Gesäßtasche seiner Hose.

4

Die Polizei hatte ihre Vorbereitungen abgeschlossen. Das Gelände rund um die HanseBank war abgesperrt und von Zivilisten geräumt. Die Mönckebergstraße, eine der innerstädtischen Verkehrsschlagadern, wurde vollständig gesperrt, was in den umliegenden Straßen prompt den totalen Verkehrsinfarkt nach sich zog. Die Männer des MEK hatten ihre Positionen rund um das Gebäude, in dem sich die Zweigstelle befand, bezogen. Die angeforderte Mobile Kommunikationseinheit war eingetroffen. Das war ein Kleinlaster, in dessen kastenförmigem Aufbau Gestelle und Einschübe mit Telekommunikationseinrichtungen und Einrichtungen zur Tonaufzeichnung untergebracht waren. Über Funktelefon konnten gleichzeitig drei Telefongespräche geführt und aufgezeichnet werden.
Der Einsatzleiter saß auf einem der unbequemen Sitze. Vor ihm war eine schmale Arbeitsplatte, auf der ein Telefonbuch, ein Notizblock und einige Stifte lagen. Er hatte einen Kopfhörer auf und ein Mikrofon vor seinem Mund. „Fertig?" fragte der Techniker, und der Einsatzleiter nickte. Der Techniker wählte die Nummer der Bank und startete ein Bandgerät.
Sieben Mal ertönte des Freizeichen, dann hörte der Einsatzleiter eine etwas heisere Männerstimme: „Was wollen Sie?"
„Kriminalhauptkommissar Hoffmann hier. Ich bin hier

der Einsatzleiter. Die Bank ist von Polizeikräften umstellt. Gibt es bei Ihnen Verletzte, die Hilfe brauchen?"

„Das können Sie vergessen. Wir wollen einen Fluchtwagen und freien Abzug, keine Verfolgung, sonst gibt es hier Tote."

„Wir können über alles reden, aber am wichtigsten ist für uns, Verletzte zu versorgen. Ich frage noch ein Mal: Gibt es jemanden bei Ihnen, der ärztliche Hilfe braucht?

„Gibt es nicht, ich habe mich doch wohl deutlich genug ausgedrückt. Wenn nicht in zehn Minuten ein neuer BMW, 5er oder größer, vor der Türe steht, gibt es hier den ersten Toten. Also beeilt euch gefälligst."

Ich muss jetzt Zeit gewinnen, dachte der Einsatzleiter und sagte: "Verlangen Sie bitte nichts Unmögliches. Wir haben hier vor Ort nur Dienstfahrzeuge, Sie wollen ja sicher einen zivilen Wagen. Wir müssen uns erst einen beschaffen, vermutlich müssen wir einen mieten."

„Wie lange ?" wollte die heisere Stimme wissen.

„Kann ich noch nicht sagen, wir tun unser Möglichstes."

„Sie haben eine Stunde. Dann brauchen wir noch ein Vier-Mann-Zelt, aber ohne durchsichtige Fenster. Bis dann, Ende."

Die Verbindung war unterbrochen. Wozu braucht der ein Zelt, will der vielleicht Camping machen, fragte sich der Einsatzleiter. Dazu gehört ja wohl etwas mehr als nur ein Zelt. „So, die Aufnahme haben wir im Kasten", sagte der Tontechniker befriedigt.

„Er will einen Fluchtwagen, andernfalls droht er, in zehn Minuten die erste Geisel zu erschießen. Außerdem will er ein Zelt."

Der Einsatzleiter beriet sich mit dem Kommandoführer des Mobilen Einsatzkommandos und seinem Kollegen über sein weiteres Vorgehen. „Sicherlich wird er eine Geisel nehmen, um sich seinen Abgang zu erzwingen", vermutete er. „Da liegt auch die Drohung auf dem

Tisch, Leute zu erschießen, wenn wir ihm nicht bald ein Fluchtfahrzeug zur Verfügung stellen."

„Vielleicht blufft er ja nur", sagte der junge Kommissar. „Das Dumme ist nur, dass man das nicht so genau weiß. Wir wissen noch rein gar nichts über ihn. Um keine Menschenleben zu gefährden, wäre es besser, zunächst auf seine Forderungen einzugehen." „Da könnte etwas dran sein", sagte der Einsatzleiter. Und, an den Kommandoführer das MEK gewandt: „Was ist Ihre Meinung, Herr Kollege?"

„Ich habe gelernt, dass wir anstreben sollten, die Gangster festzuhalten", erwiderte der. „Wir müssen versuchen, ihn hinzuhalten und ihn in Verhandlungen zu zermürben. Vielleicht bringen wir ihn dazu, aufzugeben und seine Geiseln frei zu lassen. Wenn er erst mal wieder in Freiheit ist, möglichst noch mit einer oder mehreren Geiseln, weiß man nicht, was er noch alles anstellen wird. Lassen Sie uns doch einmal die Möglichkeit prüfen, unbemerkt in die Schalterhalle einzudringen und ihn und seine Kumpane mit einem Überraschungsangriff kampfunfähig zu machen. Wir sollten uns einmal die Pläne der Bankfiliale anschauen."

„In Ordnung", entschied der Einsatzleiter. „Um keine Zeit zu verlieren, werden wir aber gleichzeitig die Beschaffung eines Fluchtwagens voran treiben." Und, an seinen jungen Kollegen gewandt: „Lasse bitte einen zivilen BMW bereitstellen. Ach, und dann wollte er noch ein Vier-Mann-Zelt ohne Fenster."

„Den Wagen mit Peilsender, wie üblich, nehme ich an", sagte der junge Polizeibeamte. „Was will er nur mit dem Zelt?"

„Ich habe keine Ahnung. Lasse jedenfalls eins besorgen und in den Kofferraum des BMW legen."

„Mache ich." Der Junge zog sein Handy aus der Tasche und gab die Anforderung weiter.

Inzwischen holte der Einsatzleiter den mitgebrachten Lageplan der Filiale 14 der HanseBank aus seinem PKW.

17

Er breitete ihn auf dem Kofferraumdeckel des Wagens aus. Der Kommandoführer des MEK trat herzu. „Es gibt nur einen Eingang", sagte er., Und die Fenster sind alle vergittert." „Scheint mir normal für eine Bankfiliale zu sein", erwiderte der Einsatzleiter. „Damit wird das Risiko von Einbrüchen minimiert." „Das ist aber schlecht für einen Zugriff", sagte der Kommandoführer. „Gibt es irgend welche Deckendurchbrüche oder Lüftungsschächte?"

Der Einsatzleiter studierte den Plan. „Die Betondecke hat eine Stärke von 30cm", sagte er. „Ganz schön massiv. Wenn es irgend welche Durchbrüche gibt, dann sind sie hier jedenfalls nicht eingezeichnet."

„Wir hätten also als einzigen Zugang die Eingangstür", resümierte der Kommandoführer des MEK. Der Einsatzleiter schwieg. Die Entscheidung fällt ihm schwer, dachte der Kommandoführer.

„Ich werde meinen Vorgesetzten über die Lage informieren, mal hören, wie der darüber denkt", sagte der Einsatzleiter und ging zur Mobilen Kommunikationseinheit.

Nach einigen Minuten kam er zurück. „Na, gibt es was Neues?" wollte der Kommandoführer wissen. „Man hat mir die Entscheidung überlassen", erwiderte der Einsatzleiter. „Das Argument lautete, wir seien vor Ort und könnten die Lage am Besten überblicken."

Da ist was dran, dachte der Kommandoführer. „Also, was machen wir?"

„Ich werde kein Risiko eingehen", entschied der Einsatzleiter. „Wir lassen sie abziehen. Vielleicht ergibt sich ja dabei noch eine Gelegenheit, sie durch einen gezielten Schuss unschädlich zu machen." Er wandte sich an seinen jungen Kollegen. „Wie weit sind wir mit dem Wagen und dem Zelt?"

„Das Zelt zu kaufen, dürfte nicht besonders lange dauern. Da ist schon jemand unterwegs. Was aber seine Zeit braucht, ist der Einbau des Peilsenders in den Fluchtwagen. Unsere Werkstatt schätzt, dass es etwa noch vierzig Minuten dauern wird. Der Einbau des Gerätes an sich und der Anschluss ans elektrische Bordnetz sind kein Problem. Was scheinbar etwas kompliziert ist, das ist die Einkopplung des Senders in die Autoantenne. Es muss verhindert werden, dass Energie aus dem Peilsender ins Autoradio zurück fließt. Wenn die Gangster das Radio anschalten und es gibt Störungen, könnten sie eventuell Verdacht schöpfen."

„Na gut", sagte der Einsatzleiter. „Dann werde ich jetzt den Bankräuber informieren, dass sein BMW in etwa fünfzig Minuten bereit stehen wird. Wir müssen versuchen, ihn bei Laune zu halten." Und er begab sich wieder zur Mobilen Kommunikationseinheit, wo der Techniker ihm eine Verbindung herstellte.

5

Im Kundenraum der Zweigstelle 14 der HanseBank war die Situation unverändert. Die Gefangenen, unter ihnen die junge Frau, die mit ihrem Handy die Polizei alarmiert hatte, Sandra Möller mit Namen, lagen auf dem Boden, die Hände hinter dem Kopf verschränkt, während der Anführer der beiden Bankräuber mit dem Rücken an einer Wand lehnte, seine Maschinenpistole schussbereit in der Händen. Der zweite der beiden redete beruhigend auf das kleine Mädchen ein, welches zunehmend unruhiger wurde.

„Ich habe solchen Durst", sagte das Kind. „Gibt es hier irgendwo einen Getränkeautomaten?" fragte er die in Raum gebliebene ältere Bankangestellte. „Nicht hier im Raum. Wir holen uns unsere Getränke immer im Kiosk um die Ecke."

„Also irgendwie hast du deinen Beruf verfehlt", sagte der Anführer spöttisch zu seinem Kumpanen. „Vielleicht wärst du ja besser zur Heilsarmee gegangen." Dieser sah ihn nur an und reagierte nicht weiter auf die zynische Ansprache.

Der alte Mann meldete sich zu Wort und fragte: „Darf ich mich vielleicht aufsetzen? Mir tun schon alle Knochen weh."

„Liegen bleiben", befahl der Anführer. „Wenn hier jeder tut , was er will, würde ich schnell die Übersicht verlieren." Danach herrschte wieder gespanntes Schweigen in der Zweigstelle 14 der HanseBank.

Das Telefon klingelte. Der Anführer ging zum Telefon, hob ab und sagte kurz: „Ja?"

„Hier Einsatzleiter Hoffmann", meldete sich die Stimme am anderen Ende der Verbindung. „Ihr Fahrzeug, wie gewünscht ein BMW, steht in etwa fünfzig Minuten vor der Tür. Das Zelt haben wir auch besorgt. Es liegt dann im Kofferraum das Wagens."

Der Bankräuber sagte ungeduldig: „Was soll ich mit dem Zelt im Kofferraum? Ich brauche es hier. Eine unbewaffnete weibliche Person, die nur eine Bluse und einen Rock anhaben soll, soll uns das Zelt in die Bank bringen. Sie soll fünf Mal an die Tür klopfen. Wenn ihr diese Gelegenheit nutzen wollt, hier einzudringen, dann lasst euch folgendes sagen: Ich werde während der Übergabe des Zeltes meine Waffe auf den Kopf meiner Geisel richten. Wenn die Situation unübersichtlich wird, stirbt die."

„Das haben wir verstanden", antwortete der Einsatzleiter. „Es wird keine unübersichtliche Situation geben."

„Gut für die Geisel. Und beeilt euch etwas mit dem Wagen. Wir hatten eine kürzere Zeit abgesprochen. Ende." Der Bankräuber hatte aufgelegt.

„Er will das Zelt in die Bank gebracht haben", sagte der Einsatzleiter. „Was er nur damit vor hat?"

„ Keine Ahnung. Wie ich gerade höre, ist der Wagen übrigens fertig", sagte sein junger Kollege. „Er ist in zehn Minuten hier."

„Fein. Dann kann es ja los gehen." Und zum

Kommandoführer des Mobilen Einsatzkommandos: „Wir haben uns doch richtig verstanden. Ich möchte auf keinen Fall, dass wir durch eine riskante Aktion das Leben einer Geisel gefährden."

„Ich habe meine Leute entsprechend angewiesen", erwiderte der Kommandoführer des MEK. „Das geht schon klar, es sind erfahrene Leute."

„Danke", sagte der Einsatzleiter. Dann, wieder zu seinem jungen Kollegen: „Wenn die Verbrecher die Bank geräumt haben, geht gleich der Notarzt rein, um eventuellen Verletzten zu helfen. Die Leute von der Spurensicherung sollten schon mit gehen, um darauf zu achten, dass keine Spuren unbrauchbar gemacht werden. Sind die schon angefordert?"

„Da treffen sie eben ein", der junge Beamte zeigte auf einen Kleinbus in neutralem Grau, der gerade in die Absperrung einfuhr.

„Du hast mal wieder alles voll im Griff", sagte der Einsatzleiter anerkennend.

„Man tut, was man kann," tat sein Kollege bescheiden.

„Ach, noch was", dem Einsatzleiter fiel noch ein weiterer Punkt ein. „Der oder die Gangster werden vermutlich mit einer Geisel flüchten. Damit wir die später auch sicher identifizieren können, sollten wir Aufnahmen von der Abfahrt des Fluchtfahrzeuges machen. Wer kümmert sich darum?"

„Das könnten zwei von meinen Leuten machen", bot der Mann vom MEK an. „Die können nämlich nicht nur schießen, sondern auch fotografieren, und sie sind auch schon dafür positioniert."

„Die Spurensicherung hat eine Videokamera und zwei Hochleistungskameras dabei," wusste Hoffmanns Assistent.

„Fein. Kümmern Sie sich drum?" fragte der Einsatzleiter den Kommandoführer.

„Machen wir, geht in Ordnung. Im übrigen werde ich meine Männer so platzieren, dass sie den Gangster ausschalten können, wenn die Situation das erlaubt.

Der Anstoß dazu müsste dann von Ihnen kommen."
„Ich bin grundsätzlich damit einverstanden", sagte der
Einsatzleiter. „Dieses Vorgehen ist zur Abwehr einer
unmittelbaren Gefahr für das Leben einer Geisel
zulässig. Wir müssen wohl davon ausgehen, dass diese
Gefahr hier besteht. Ich ordne das also hiermit an.
Die Einzelfallentscheidung müssten aber ihre Leute je
nach der augenblicklichen Situation treffen, die sind
dafür ausgebildet. Um es noch einmal zu sagen, ich
möchte nicht, dass jemand ein Risiko für das Leben der
Geisel eingeht."
„In Ordnung", sagte der Mann vom MEK.
Das Fluchtfahrzeug, ein ziviler BMW, erschien am
Einsatzort. Der junge Beamte holte das Zelt aus dem
Kofferraum und gab es einer in Zivil gekleideten
Polizistin. Diese nahm das große Paket in beide Hände
und marschierte damit los.

6

Es klopfte an der Eingangstür der Filiale 14 der
HanseBank. Der Anführer zählte mit. Fünf Mal! Dann
herrschte er Sandra Möller an: „Los, aufstehen! Komm
hierher zu mir!" Er zog eine Pistole, die er
zusätzlich zu seiner MP im Hosengürtel trug,
entsicherte sie, lud durch, und richtete die Waffe auf
den Kopf der jungen Frau. „Los, schließ die Tür auf.
Sieh nach, ob es eine einzelne, unbewaffnete Frau ist.
Dann nimm das Zelt entgegen. Lass sie aber nicht
herein", wies er seinen Kumpanen an.
Dieser ging zur Tür schloss sie auf und öffnete sie
einen Spalt. „Ich bringe Ihnen das verlangte Zelt",
ließ sich eine weibliche Stimme vernehmen. „Es ist
noch verpackt, ich gebe es Ihnen gerade in die Hand."
Der zweite Mann nahm eine Rolle in Empfang und
verschloss die Tür wieder.
Der Anführer nahm das Paket ungeduldig entgegen und

schnitt mit einem Taschenmesser die Verpackung auf.
Eine Flut von Plastik und Stoff fiel auf den Boden. Er
nahm das Gebilde auf und sprach mit sich selber: „Wo
ist denn hier oben? Dieser Reißverschluss muss der
Eingang sein." Er zog den Reißverschluss zu, kroch
unter das Zelt. „Das können wir so nicht gebrauchen.
Wir müssen den Boden heraus schneiden", sagte er dann.
„Verdammt, ist der fest! Mit dem Taschenmesser schaffe
ich das nicht."
Er kroch wieder heraus und ging zu der im Raum
verbliebenen Bankangestellten, die neben ihrem
Schreibtisch auf dem Boden lag. Er gab ihr einen Stoß
in den Rücken und sagte: „Habt ihr eine Schere hier?"
„Für unsere Arbeit hier brauchen wir keine Schere. Ich
habe einen Manikürenset hier, da ist eine Nagelschere
dabei", sagte sie mit zitternder Stimme.
„Das hilft mir nicht weiter", sagte der Anführer der
beiden Bankräuber, „Was wir hier brauchen, ist ein
Universalmesser."
Unmittelbar darauf traf das Fluchtfahrzeug ein. „Es
geht los", sagte Einsatzleiter Hoffmann und ging
wieder zur Mobilen Kommunikationseinheit. Er rief in
der Bank an.
„Ja?" meldete sich wieder die etwas heisere Stimme.
„Hier ist Hoffmann. Der Wagen ist jetzt da. Er steht
außerhalb der Absperrung, ist vollgetankt, und der
Schlüssel steckt. Ich habe Anweisung gegeben, dass Sie
nicht behindert oder verfolgt werden."
„Es wird jetzt noch etwas dauern. Wir brauchen nämlich
vorher von Ihnen noch ein Universalmesser."
„Bitte was brauchen Sie?" fragte der Einsatzleiter
verblüfft.
„Meine Güte, kennen Sie kein Universalmesser? Das ist
ein Spezialmesser zum Schneiden von Teppichböden, das
gibt es in jedem Baumarkt. Also was ist, bekommen wir
das jetzt?"
„Bekommen Sie, aber da müssen wir erst wieder jemanden
losschicken."

„Beeilt euch gefälligst." Und die Verbindung war unterbrochen.

„Jetzt will er noch ein Universalmesser", sagte der Einsatzleiter zu seinem Kollegen. „Also dann holen wir ihm um des lieben Friedens Willen auch noch das Universalmesser".

„Am besten mit Blaulicht", schlug dieser vor und sprach mit dem Führer eines der Streifenwagen. Dieser nickte verständnisvoll, setzte sich in sein Fahrzeug und brauste davon.

Einsatzleiter Hoffmann schüttelte nachdenklich seinen Kopf. „Ein Universalmesser! Was hat er bloß damit vor?"

„Ich habe wirklich keine Ahnung", sagte der Kommandoführer des MEK. „Situationen wie diese hier habe ich schon etliche erlebt, aber von Zelten und Universalmessern war dabei noch nie die Rede."

„Auf jeden Fall werden wir hier keine Risiken eingehen", sagte der Einsatzleiter.

„Der Schutz des Lebens von möglichen Geiseln hat absoluten Vorrang. Wir wissen noch nicht, wer der oder die Bankräuber sind oder wie viele es sind. Wir wissen nur, dass in der Bank Schüsse gefallen sind. Ob dabei jemand zu Schaden gekommen ist, wissen wir auch nicht. Mittelfristig hat er keine Chance, uns zu entkommen. Der Wagen hat einen Sender an Bord. Wir können ihn also einpeilen und so Kontakt mit ihm halten. Dann wird sich sicher eine Gelegenheit ergeben, ihn mit einer Situation zu konfrontieren, die ihn überfordert.

„Sie halten es mit dem Sprichwort, 'Vorsicht ist die Mutter der Porzellankiste', ist es nicht so?" wollte der Kommandoführer des MEK wissen.

„Gewiss", sagte der Einsatzleiter. „Das ist ja wohl nicht verkehrt. Ich bin bisher immer gut mit diesem Grundsatz gefahren. Ich möchte ich keine Situation herbeiführen, die ich mir dann für den Rest meines Lebens vorwerfen muss."

„Ein gutes Gewissen ist halt ein sanftes Ruhekissen,

stimmt's?" fragte der Kommandoführer. Dem
Einsatzleiter fiel hierauf keine passende Erwiderung
ein.
Nach nur etwa einer Viertelstunde war der
Streifenwagen wieder da. Der Streifenführer übergab
dem Assistenten des Einsatzleiters ein
Plastikpäckchen. „Sicherheits-Universalmesser mit
Ersatzklingen. Neu: Jetzt mit Warnleuchte", stand auf
der Packung.
„Da kannst du mal sehen, wie fürsorglich die Polizei
mit ihren Verbrechern umgeht", sagte der junge Mann
grinsend zum Kommandoführer des MEK. „Er braucht ein
Universalmesser und wir besorgen ihm ein Exemplar mit
Warnleuchte."
„Unsere Aufgabe ist es, die Verbrecher vor Gericht zu
bringen und nicht, sie vorher zu schlachten", grinste
der Kommandoführer zurück. „Ich könnte mir aber
durchaus vorstellen, dass ich den einen oder anderen
Verbrecher ganz gern schlachten würde".
„Aber Herr Kollege", sagte der Einsatzleiter und
drohte schalkhaft mit dem Zeigefinger, „denken Sie
bitte an die notwendige Verhältnismäßigkeit der
polizeilichen Maßnahmen."
„Zu Befehl", sagte der Kommandoführer ironisch,
knallte die Hacken zusammen, grüßte militärisch und
machte ein zerknirschtes Gesicht.
Es klopfte wieder fünf Mal an der Tür der Bankfiliale.
Die Lamellen der Jalousie wurden auseinander
geschoben, eine Schweinsmaske blickte hindurch, dann
öffnete sich die Tür.
„Ich bin's wieder, ich bringe Ihnen das gewünschte
Universalmesser", sagte die junge Polizistin und
reichte das Plastikpäckchen durch die Tür.
Der Anführer der beiden Bankräuber betrachtete das
Päckchen misstrauisch. „Wozu braucht ein
Universalmesser eine Warnleuchte?" fragte er mehr sich
selber als seinen Kumpanen.
Dieser sagte, den Kopf schüttelnd: „Glaubst du

vielleicht, dass das eine Bombe ist? Gib her." Er nahm ihm das Päckchen aus der Hand, entfernte resolut das Verpackungsmaterial und schob an einem Knopf: Die Klinge kam zum Vorschein und ein rotes Lämpchen begann zu leuchten.

„Da hast du deine Bombe", sagte er und gab das Messer seinem Begleiter zurück. Dieser murmelte „ein Universalmesser mit Beleuchtung habe ich ja noch nie gesehen", öffnete den Zelteingang weit und begann, den Boden des Zeltes heraus zu trennen.

Mit dem neuen Werkzeug war diese Arbeit schnell erledigt, er stieg in das jetzt bodenlose Zelt, schloss den Reißverschluss von innen und machte einige Schritte. „Du siehst aus wie eine wandelnde Vogelscheuche", sagte sein Kumpan belustigt.

„Du wirst schon noch sehen, wofür das gut ist", antwortete der Anführer bissig. „Einer von uns beiden muss ja schließlich mitdenken."

Dann griff er in seine Gesäßtasche, zog das Handy der jungen Frau heraus und wählte die Nummer des Einsatzleiters.

„Hoffmann hier."

„Hören Sie genau zu, ich sage das nur dieses eine Mal. Wir kommen in fünf Minuten raus. Und noch mal, zum Mitschreiben: Wenn irgend etwas passiert, das mir nicht gefällt, stirbt meine Geisel."

„Tun Sie bitte nichts, was Ihre Lage nur verschlimmern könnte. Wenn Sie hier heile weg kommen wollen, würde Ihnen der Tod Ihrer Geisel dabei sicher nicht helfen."

Der Einsatzleiter hörte den Besetztton, der Gangster hatte während seines letzten Satzes schon aufgelegt.

Alle Anwesenden beobachteten angespannt den Eingang des Bankraumes. Plötzlich wurde die Jalousie hoch gezogen, man sah das Gesicht einer junge Frau, auf deren Kopf ein großkalibriger Revolver gerichtet war.

„Fotografieren", sagte der Kommandoführer in sein Handfunkgerät."

„Ich habe sie schon im Kasten, mit Tele", kam es aus

26

dem Lautsprecher zurück.

„Nehmt auch die Abfahrt auf, vielleicht erkennen wir den einen oder anderen Gangster."

„Roger," „verstanden," kamen zwei Echos.

„Gut eingespieltes Team", sagte der Einsatzleiter anerkennend.

„Ja, wissen Sie," antwortete der Kommandoführer, „wir haben halt schon ziemlich viel geübt."

Die Geisel wurde wieder in den Raum hineingezogen, die Tür wurde geschlossen und die Jalousie wieder herunter gelassen. Nach einigen Minuten öffnete sich die Eingangstür weit, und was der Einsatzleiter jetzt sah, hatte er in seinem langen Berufsleben noch nie zu sehen bekommen. Ein Phantasiegebilde, eine Art gestauchter Lindwurm in Tarnfarben trippelte auf sechs Füßen auf den Platz vor der Bank hinaus. Vorne in Augenhöhe waren zwei Schlitze in den Stoff des Zelteinganges geschnitten, unter dem sich drei eng aneinander gedrängte Menschen verbargen. „Dazu haben die also das Zelt gebraucht," sagte der Kommandoführer des MEK zum Einsatzleiter. „Das sind ja ganz Gerissene. Unter diesen Umständen und ohne Wärmebildkamera ist ein Schuss nicht zu verantworten."

Das Gebilde bewegte sich mit kleinen Schritten in Richtung auf das Fluchtfahrzeug, einen schwarzen 5er BMW, dessen Türen offen standen. Die Polizeikräfte hatten sich zurück gezogen und sahen dem Geschehen überrascht und tatenlos zu. Als der BMW erreicht war, wurde der Zelteingang geöffnet und die junge Frau rutschte auf den Beifahrersitz. Eine mit einer Schweinsmaske maskierte Gestalt nahm blitzschnell auf den Fahrersitz Platz. Hinter ihr kam ein zweiter Maskierter zu sitzen, der sofort seinen großkalibrigen Revolver zog und der Geisel an den Kopf hielt. Dann wurden die Türen des Fluchtfahrzeuges zugeschlagen, der Motor startete und der Wagen fuhr mit quietschenden Reifen davon.

„Sie haben das Zelt als Tarnung benutzt. Ein gezielter

Schuss war unter diesen Umständen nicht möglich. Sie sind eben abgefahren", sagte der Einsatzleiter in sein Mobiltelefon. „Es war schon ein ziemlich rasanter Abgang."

„Wir haben sie auf dem Monitor", sagte sein Gesprächspartner, der in einem zivil aussehenden Polizeiwagen saß. „Ich habe das doch richtig verstanden: Wir unternehmen in Sachen Verfolgung zunächst einmal nichts."

„Das ist richtig", bestätigte der Einsatzleiter. „Wir wollen mit weiteren Maßnahmen warten, bis die Geisel frei ist. Bis dahin bitte nur beobachten."

„Verstanden", sagte der Gesprächspartner, und „Ende", sagte der Einsatzleiter.

7

Als erste betraten die Leute vom Notarztteam den Schalterraum, dicht gefolgt von den Beamten der Spurensicherung in ihren weißen Overalls. „Braucht hier jemand Hilfe?" fragte der Notarzt, als er die Blutspur auf dem Boden sah. Die im Raum verbliebene Angestellte zeigte wortlos auf einen der Schreibtische.

Der Notarzt fand den bewegungslosen Körper, versuchte, den Puls zu fühlen und leuchtete mit einer kleinen Lampe in dessen Augen. „Hier liegt ein Toter, wir können nichts mehr für ihn tun," informierte er die Leute von der Spurensicherung. Diese begannen, kleine Schilder mit Zahlen im Raum und in der Nähe der Leiche aufzustellen, die Lage des Körpers mit Kreide zu markieren und Fotos zu schießen.

Die Gefangenen waren vom Boden aufgestanden. Die Mutter nahm ihr kleines Mädchen weinend in die Arme, der alte Mann reckte sich stöhnend, die Sanitäter gingen vom einen zum anderen und sprachen sie an, fragten, ob sie Hilfe brauchten.

Der Einsatzleiter betrat den Raum und nahm die Szene in sich auf.

„Wo ist Frau Niemeyer?" fragte die Angestellte, und „hier bin ich, im Tresorraum, lassen Sie mich bitte heraus", kam die Antwort aus dem Untergeschoss.

Als sie die Treppe herauf gestiegen war, ging der Einsatzleiter auf sie zu. „Wie geht es Ihnen?" fragte er sie.

„Ich hatte, im Gegensatz zu einigen anderen, wenig zu erdulden. Der Bankräuber hat mich allerdings mit vorgehaltener Waffe gezwungen, ihm den Tresor zu öffnen und unsere Barbestände, achtundfünfzigtausend Euro, herauszugeben. Ich habe mir gedacht, dass es wenig Sinn machen würde, Widerstand zu leisten."

„Das war sehr vernünftig", stimmte der Einsatzleiter ihr zu.

„Wie geschah eigentlich der Mord an dem jungen Mann?" wollte er wissen.

„Der Anführer der beiden hat ihn zu grob angefasst, er hat ihn, glaube ich, getreten", erwiderte die Zweigstellenleiterin. „Das wollte der sich nicht gefallen lassen, er griff den Anführer an und riss ihm die Maske vom Gesicht. Er schien zu glauben, dass seine Maschinenpistole eine Attrappe war. Der Verbrecher schlug ihn mit der Waffe ins Gesicht, dann erschoss er ihn mit mehreren Schüssen. Was für ein brutaler Mensch! Anschließend schoss er auf die Videokamera und machte sie unbrauchbar."

Diese Frau hat starke Nerven, dachte der Einsatzleiter. Trotz der gerade überstandenen schrecklichen Erlebnisse macht sie eine sehr präzise Aussage zum Ablauf der Ereignisse. Wenn wir doch immer so gute Zeugen hätten. Er machte sich Notizen in ein kleines Schreibheft.

„Wo ist übrigens unsere Frau Möller?" wollte Frau Niemeyer wissen.

„Ist das eine junge Frau mittlerer Größe mit rundem Gesicht und blondem, halb langen Haar?"

„Das ist sie.“

„Ich fürchte, da habe ich eine schlechte Nachricht für Sie. Die beiden haben die junge Frau als Geisel genommen und sind mit ihr geflüchtet.“

„Der Anführer hatte einen ziemlichen Zorn auf sie“, trug die andere Bankangestellte bei. „Es scheint, dass Fräulein Möller während des Überfalles auf der Toilette war, die Schüsse hörte und mit ihrem Handy die Polizei informierte. Der Verbrecher hat das gemerkt. Er hat die Notrufnummer im Menü ihres Handys gefunden.“

Während dessen gingen die Spurensicherer in den Räumen umher. Nachdem sie mit der Leiche des jungen Mannes fertig waren, wurde diese abtransportiert. Sie begannen, ausgewählte Stellen auf der Suche nach verwertbaren Fingerabdrücken mit weißem Pulver einzustäuben. Ein Polizeibeamter in Uniform nahm die Personalien der Anwesenden auf.

„Die Videokamera wurde scheinbar gleich zu Beginn des Überfalles zerstört“, vermutete einer der Spurensicherer. „Dann sind also keine auswertbaren Bilder von den beiden zu erwarten. Außerdem waren sie sowieso maskiert.“

„Das glaube ich nicht“, sagte der Einsatzleiter. „Nach Aussage der Zweigstellenleiterin zerschoss der Anführer die Kamera erst nach dem Mord an dem jungen Mann, der im die Maske vom Gesicht gerissen hatte. Wenn wir Glück haben, ist der gesamte Mord und das Gesicht des Mörders auf dem Band.“

„Na, das wär's doch“, sagte der Spurensicherer und begab sich auf die Suche nach dem dazu gehörigen Videorecorder.

Die Leiche war abtransportiert worden, die Beamten der Spurensicherung hatten ihre Arbeit beendet, die Kunden der Bank wurden entweder psychologisch betreut oder waren nach Hause gegangen.

„Jetzt geht's ans Aufräumen“, seufzte Frau Niemeyer. „Hoffentlich kommt Frau Möller heile aus dieser schrecklichen Geschichte heraus."

„Wir können Ihnen das nicht versprechen", erwiderte der Einsatzleiter ernst. „Wir versprechen Ihnen aber, dass wir bei allem, was wir tun, an ihre Sicherheit denken werden."

„Das Fluchtfahrzeug ist verschwunden", meldete der Kommandoführer des MEK dem Einsatzleiter. „Unsere Leute sagen uns, dass sie es in der Nähe von Planten un Blomen vom Monitor verloren haben. Sie vermuten, es sei in das Parkhaus eingefahren. Dort wäre es dann für die Empfänger des Peilnetzes unsichtbar, weil diese die Signale des Bordsenders den Stahlbeton nicht durchdringen können."

„Vermutlich setzen sie die Flucht mit einem anderen Fahrzeug fort", meinte der Einsatzleiter.

„Oder sie kaufen ein, besorgen sich Reiseproviant", mutmaßte der Mann vom MEK.

„Stelle ich mir schwierig vor, wenn sie eine Geisel dabei haben".

8

Die Aufzeichnungen, welche die Videokamera kurz vor ihrer Zerstörung noch gemacht hatte, waren Viel versprechend. Die Auswerter sahen zunächst, wie ein hochgewachsener Mann, der eine Schweinsmaske vor dem Gesicht trug, ins Bild trat. Er bewegte zunächst den Kopf, schien zu sprechen. Dann hob er das rechte Bein hoch, schien damit zu treten. Ein junger, kräftig gebauter Mann kam ins Bild, wandte der Kamera den Rücken zu. Er schlug nach dem Gesicht des Maskierten, wobei dessen Maske auf die Brust herunter rutschte. Dabei war sein Gesicht deutlich zu erkennen. Der junge Mann griff jetzt nach der Maschinenpistole des Bankräubers. Dieser trat jedoch blitzschnell einen Schritt zurück, ergriff die Maschinenpistole mit beiden Händen und schlug damit auf das Gesicht des

Angreifers. Dieser stolperte, schien auf den Rücken zu fallen und verschwand aus dem Bild. Der Verbrecher riss seine Maschinenpistole hoch und gab einige Schüsse in die Richtung ab, in der sich der junge Mann befinden musste. Dann schien er auf den Betrachter der Szene zu zielen, man sah Mündungsfeuer, unmittelbar darauf wurde der Bildschirm dunkel.

Mitunter kommt den Ermittlern ein Zufall, ein günstiger Umstand zur Hilfe, der es möglich macht, einen schwierigen Fall zügig aufzuklären. So war es auch hier. Das unmaskierte Gesicht des Verbrechers war deutlich zu erkennen und konnte mit Hilfe der Digitalen Lichtbild -Vorzeigekartei des Landeskriminalamtes einem Straftäter zugeordnet werden. Es handelte sich um einen Gewohnheitsverbrecher, der Maik Ebeling hieß. Er war erst vor einigen Monaten aus der Haft entlassen worden. Da dieser, kaum auf freiem Fuß, schon wieder einen Mord begangen hatte und mit einer Geisel flüchtig war, wurde der Fall dem Landeskriminalamt zur weiteren Bearbeitung zugewiesen.

Noch am Abend des gleichen Tages bildete das LKA eine Gruppe von drei Kriminalbeamten, die mit der Bearbeitung des Falles beauftragt wurden. Zum Leiter dieser Gruppe wurde Kriminalhauptkommissar Manfred Schwerdtfeger bestimmt. Dieser hatte die größte Erfahrung von den Beteiligten. Nicht nur aus diesem Grunde genoss er unter seinen Kollegen einen sehr guten Ruf.

Schwerdtfeger hatte nur noch wenige Monate bis zu seiner Pensionierung. Er wurde von Leuten, die ihn nicht kannten, stets jünger eingeschätzt. Er war mittelgroß, muskulös und ohne Fettansatz. Man sah ihm an, dass er in seinem Leben viel Sport getrieben hatte. Sein Haar war noch dicht, wenn auch die Grautöne überwogen.

Der jüngste der Gruppe, Kriminalkommissar Günter Pauli, war praktisch noch ein Dienstanfänger. Er war der typische Norddeutsche, blond, mit blauen Augen, etwas größer und schlanker als Schwerdtfeger. Obwohl er noch wenig Berufserfahrung hatte, schätzte Schwerdtfeger seine scharfe Beobachtungsgabe und seinen klaren Verstand, der häufig vor anderen, erfahreneren Kollegen verborgene Zusammenhänge fand. Da die beiden sich auch menschlich gut verstanden, arbeitete er gerne mit Pauli zusammen.

Demgegenüber war der Dritte im Bunde, Martin Michaelis, in Schwerdtfegers Augen eher ein unbeschriebenes Blatt. Michaelis war der Kleinste von den Dreien; obwohl er noch ein relativ junger Mann war, zeigte er schon Ansätze von Korpulenz. Sein fast schwarzes Haar begann bereits Geheimratsecken zu zeigen, aber vom „Geheimrat" war Kriminaloberkommissar Michaelis noch weit entfernt. Obwohl er Pauli schon einige Dienstjahre voraus hatte, hatte er als Kriminalist noch kein Profil entwickelt. Er war ein zuverlässiger, auch genauer Arbeiter, entwickelte aber wenige eigene Ansätze. Schwerdtfeger hielt ihn nicht für einen Genius.

Manfred Schwerdtfeger liebte seinen schwierigen Beruf, ging voll in ihm auf, engagierte sich weit über die wöchentliche Regelarbeitszeit hinaus. Trotz seines Alters war er stets bereit, Neues aufzunehmen, hatte auch, anders als viele seiner Altersgenossen, keinerlei Berührungsängste vor dem „Kollegen Computer". Seine Arbeitsweise war methodisch und rational, ihr hatte er die Lösung einiger sehr schwieriger Fälle zu verdanken. „Mein erfolgreichster Kriminalist", pflegte sein letzter Vorgesetzter, der Leitende Kriminaldirektor Westerkamp, der vor zwei Jahren in den Ruhestand gegangen war, von ihm zu sagen.

Schwerdtfeger bezeichnete sich selber gelegentlich als einen „Beamten alter Schule", wohl auch, in bewusster, ein wenig ironischer Übertreibung, als „Dinosaurier." Er begriff seine Arbeit als eine von ihm zu leistende

Pflichterfüllung im Dienste des Staates; genauso, wie er es in seiner Ausbildung gelernt hatte. Da seine Arbeit ihn ausfüllte und befriedigte, unterzog er sich dieser Pflichterfüllung gern. Den Opportunismus vieler der jungen Dienstanfänger, die schon vor der Abschlussprüfung in eine politische Partei eintraten, um möglichst schnell im Beruf voran zu kommen, und denen ihre Arbeitsergebnisse mehr oder minder gleichgültig waren, betrachtete er mit Ablehnung.

Früh am Morgen des nächsten Tages hatte Schwerdtfeger den Bericht der Kollegen vom Polizeipräsidium auf dem Tisch. Nachdem er ihn gelesen hatte, runzelte er die Stirn. Warum hatte die beim Banküberfall vor Ort befindliche Einsatzgruppe eigentlich entschieden, die Verbrecher abziehen zu lassen, und dazu auch noch mit einer Geisel? Es bestand die Gefahr, dass die Geisel etwas über die Identität der Verbrecher herausgefunden hatte oder noch herausfand. Dann wurde sie zu einer Gefahr für die flüchtigen Bankräuber, die dadurch in Versuchung gebracht wurden, sich ihrer zu entledigen. Nachdem der eine der Beiden ja ohnehin schon einen Menschen auf dem Gewissen hatte, kam es ihm auf einen zweiten Mord wahrscheinlich auch nicht mehr an.

Über die Schilderung der Tatumstände hinaus gab der Bericht nicht sehr viel her und Schwerdtfeger beschloss, selber den Ort des Überfalls aufzusuchen, um vielleicht noch ein wenig mehr über die Hintergründe in Erfahrung zu bringen.

9

„Schwerdtfeger, vom Landeskriminalamt", stellte er sich der Zweigstellenleiterin vor.
„Guten Tag, Herr Schwerdtfeger", sagte Frau Niemeyer.
„Sie sind wegen dieses furchtbaren Überfalls von gestern hier? Kommen Sie, wir setzen uns auf den Platz von Frau Möller, der ist ja immer noch frei. Der

Anführer der beiden Gangster war wohl ziemlich wütend auf sie."

„War das, weil sie von der Toilette aus die Polizei informiert hatte?"

„Das war wohl der Grund. Nach dem, was Frau Kamphausen mir erzählte, hat er ihr mit Vergeltung gedroht." Schwerdtfeger hatte im Bericht der Einsatzgruppe gelesen, dass Frau Kamphausen die zweite Angestellte der Filiale war. Über irgend welche Drohungen gegen die junge Frau hatte er jedoch nichts im Protokoll gefunden. „Da werde ich Frau Kamphausen nach Einzelheiten befragen. Sie waren zu diesem Zeitpunkt im Tresorraum eingesperrt, oder irre ich mich?"

„Das ist richtig."

„Ist Ihnen noch irgend etwas aufgefallen?" Frau Niemeyer überlegte. „Als der Anführer mit mir unten beim Tresor war, hat er eine etwas merkwürdige Äußerung gemacht. Wie war das doch noch? Er fragte mich, wieviel Geld im Tresor wäre, ich sagte ihm, es müssten etwa achtundfünfzigtausend Euro sein. Da äußerte er, es müsste doch eigentlich viel mehr drin sein. Er wurde richtig ärgerlich und drohte mir, ich solle ihn ja nicht beschwindeln, sonst ginge es mir schlecht."

„Wie kam er wohl auf die Idee, da müsste mehr im Tresor sein?" fragte Schwerdtfeger.

„Das ist ja das Komische", antwortete Frau Niemeyer. „Er hatte nämlich im Prinzip recht. Eigentlich sollte tatsächlich viel mehr im Tresor sein. Wir haben für gestern früh eigentlich einen Werttransport erwartet. Der muss sich aber verspätet haben." Schwerdtfeger wurde hellhörig.

„War das mit diesem Transport gestern eine Ausnahme oder kommt dieser Transport regelmäßig?" wollte er wissen.

Frau Niemeyer zögerte einen Moment. Vermutlich sind das vertrauliche Bankinterna, dachte Schwerdtfeger und sagte: „Ich frage jetzt nicht aus gewissermaßen privater Neugier. Möglicherweise hatten die Verbrecher, die Ihre Zweigstelle überfallen haben, Insiderkenntnisse."

„Es handelt sich da um eine regelmäßige Lieferung, die wir jeden Monat kurz vor Ultimo bekommen. Zu Beginn des Folgemonats wird das wieder abgeholt. Das Geld wird hier nur zwischengelagert, weil wir den modernsten Tresor haben", sagte die Zweigstellenleiterin."

Das sieht verdammt so aus, als haben die Bankräuber das gewusst, dachte Schwerdtfeger. Auch das hatte nicht in dem Bericht gestanden, den er heute früh gelesen hatte. Er war froh, dass er selber hierher gekommen war, um mit den Zeugen dieses Verbrechens zu sprechen. Es ist immer wieder richtig, sich dumm zu stellen und mit den Ermittlungen ganz von vorn zu beginnen, dachte er. Wie oft war er bei solchen Gelegenheiten schon auf eine Spur gestoßen, die vorher übersehen worden war.

„Gibt es noch etwas, das von Wichtigkeit sein könnte?" fragte er.

Die Zweigstellenleiterin dachte einen Augenblick nach und schüttelte dann ihren Kopf. „Haben Sie eine Karte mit Ihrer Telefonnummer? Wenn mir noch etwas einfällt, rufe ich bestimmt an. Ich hoffe sehr, dass Frau Möller heil aus dieser Sache herauskommt."

„Das hoffe ich auch", sagte Schwerdtfeger und gab ihr seine Karte.

Dann ging er zu Frau Kamphausen. Sie hatte gerade einen Kunden am Telefon und deutete auf den Stuhl auf der anderen Seite ihres Schreibtisches. Schwerdtfeger nahm Platz und wartete geduldig. Es hatte keinen Zweck, die Behörde herauszukehren und die Zeugen zu drängen, dann wurden sie nur ärgerlich und ihre Auskunftsfreude litt. Als sie ihr Gespräch beendet hatte, stellte er sich vor und erläuterte sein Anliegen.

„Sandra Möller war gerade auf der Toilette, als der

Banküberfall begann", berichtete Frau Kamphausen. „Sie hatte die Schüsse gehört und rief mit ihrem Handy die Notrufnummer an."

Schwerdtfeger nickte. Das wusste er schon aus dem Bericht, den er heute früh gelesen hatte.

„Als dann ein Kunde, ein alter Mann, mal ein menschliches Rühren verspürte, bot einer der beiden Bankräuber an, ihn zur Toilette zu begleiten. Der eine von beiden, der Kleinere, der war eigentlich ganz menschlich. Irgendwie passte er nicht so richtig zu dem brutalen Anführer. Ihm gefiel auch nicht, dass dieser gleich zu Beginn des Überfalles einen Mord beging", fügte sie nachdenklich hinzu.

Der wird da mehr durch Schusseligkeit herein geraten sein, vielleicht, weil er nicht Nein sagen konnte, dachte Schwerdtfeger. Frau Kamphausen fuhr fort: „Jedenfalls fand er die Toilette besetzt, und da wurde der Anführer stutzig. Der fand dann die Frau Möller. Er hatte gleich einen Verdacht und ließ sich ihr Handy zeigen und drückte auf verschiedene Knöpfe. Dabei fand er heraus, dass sie die 110 angerufen hatte. Da wurde er richtig wütend, schlug sie ins Gesicht und sagte, sie sei Schuld, dass die Bank von Polizei umstellt sei. Wenn er dadurch Schwierigkeiten bekäme, würde sie dafür bezahlen."

Schwerdtfeger erschrak. Diese Tatsache war nach Schwerdtfegers Ansicht von größter Wichtigkeit: Die Geisel war hier nicht nur ein neutrales Instrument zum Erzwingen eines ungestörten Abganges, sondern es spielte möglicherweise ein Element auf der Beziehungsebene mit hinein. Der Verbrecher gab der jungen Frau die Schuld für seine Lage und hatte sie aus diesem Grunde als Geisel ausgewählt. Nachdem er bereits einen Menschen ohne die geringsten Skrupel getötet hatte, musste man für das Leben der Geisel das Schlimmste befürchten. Schwerdtfeger war klar, dass die von ihm zu entwerfende Strategie für die Festnahme der beiden Verbrecher diesem Umstand Rechnung tragen

musste. Bloß gut, dass ich selber vor Ort noch ein
wenig recherchiert habe, dachte er, der Bericht des
Einsatzleiters vom Präsidium ist wie ein Schweizer
Käse: Er hat ziemlich viele Löcher.
Zurück im Büro, rief er noch einmal im
Polizeipräsidium an und erkundigte sich nach dem
Fluchtfahrzeug. „Das haben wir in der Tiefgarage des
Kongresszentrums Hamburg gefunden", sagte der Kollege
kleinlaut. „Es ist aufgegeben worden. Von der
verfolgten Gruppe haben wir zur Zeit keine Spur."
Schwerdtfeger dankte für die Auskunft und legte auf.
Na prima, dachte er, da müssen wir ja ganz von vorn
anfangen.

10

Hauptkommissar Schwerdtfeger war vom
Polizeipräsidenten Dr. Guilleaume zum Leiter der
Sonderkommission, die sich mit dem Bankraub befassen
und vor allem die Bankräuber dingfest machen und die
Geisel, die immer noch verschwunden war, befreien
sollte, ernannt worden.
Er hatte für den späten Vormittag zur konstituierenden
Sitzung der Sonderkommission geladen. Der Präsident
hatte für die Eröffnungsveranstaltung den kleinen
Sitzungssaal seines Dienstgebäudes verfügbar gemacht
und war selber gekommen. Nanu, dachte Schwerdtfeger
ziemlich respektlos, Hochwürden engagieren sich heute
höchstpersönlich in einer Sonderkommission, das ist
aber ungewöhnlich. Normalerweise widmet er sich den
höheren Belangen von Politik und Verwaltung und
überlässt die Routine des Tagesgeschäftes uns
Fachidioten.
Schwerdtfeger bemerkte unter den Anwesenden eine ihm
unbekannte Person, die rechts von Dr. Guilleaume saß,
einen Mann etwa Ende dreißig, der einen dunkelgrauen
Nadelstreifen-Anzug, ein weißes Oberhemd und eine

dezent gemusterte Krawatte trug. Mit an den in einem weiten Rechteck arrangierten Tischen saßen zwei Mitarbeiter der Staatsanwaltschaft, Kollegen des Landeskriminalamt vom Sachgebiet Bankraub, Spurensicherung sowie ein höherer Beamter, begleitet vom Kommandoführer des Mobilen Einsatzkommandos, zwei Leuten des Erkennungsdienstes und ein Telekommunikationsexperte, Schwerdtfegers Mitarbeiter Pauli, Michaelis und Dr. Clemens, seines Zeichens frei praktizierender Psychologe. Dr. Clemens arbeitete nebenbei fallweise als freier Berater der Polizei mit. Beim Landeskriminalamt gab es zwar eine Gruppe, welche die Hamburger Polizei in Fragen der Psychologie beriet, aber in dieser Gruppe gab es nur einen Posten, der mit einem ausgebildeten Psychologen zu besetzen war. Eben dieser Posten war unter der in der letzten Wahl abgelösten Regierung nach Eintritt des letzten Dienstposteninhabers in den Ruhestand, vermutlich aus Gründen der Kostenersparnis, nicht mehr besetzt worden, und Schwerdtfeger wollte auf den Rat eines ausgebildeten Fachmannes, der sich im Dschungel der menschlichen Seele zurecht fand, nicht verzichten. Schwerdtfeger und Dr. Clemens hatten schon öfter bei der Lösung schwieriger Fälle zusammen gearbeitet. Aus einer Wertschätzung der gegenseitigen Kompetenz war Respekt und schließlich ein freundschaftliches Verhältnis zwischen den beiden gewachsen. Schwerdtfeger hatte nach seiner Beauftragung mit diesem Fall beantragt, Dr. Clemens hinzu zu ziehen, und der Polizeipräsident hatte seinem Wunsch entsprochen.

Dr. Guilleaume selber eröffnete die Sitzung. „Sehr geehrte Kollegen", begann Dr. Guilleaume seine Ansprache, „es ist mir eine besondere Freude, die konstituierende Sitzung der Sonderkommission „Schweinchen Schlau" zu eröffnen, deren Leitung ich in die Hände unseres bewährten Kollegen, Hauptkommissar Schwerdtfeger vom LKA, gelegt habe. Ich bitte Sie alle herzlich, Herrn Schwerdtfeger bei seiner verantwortungsvollen Aufgabe nach besten Kräften zu unterstützen. Bevor ich aber diesem das Wort erteile, möchte ich Ihnen Herrn Dr. Hausen vorstellen, den Sie hier zu meiner Rechten sehen. Herr Dr. Hausen ist persönlicher Referent unseres Innensenators, Herrn Krause, der einen besonderen Anteil an diesem Fall nimmt, den Sie hier bearbeiten. Herr Dr. Hausen hat mich gebeten, einige Worte an Sie richten zu dürfen. Herr Dr. Hausen, Sie haben das Wort."

Nanu, dachte Schwerdtfeger, heute ist sogar ein Würdenträger des Innensenators mit von der Partie, die hohe Politik gibt unserer Sonderkommission die Ehre, das hat es ja vorher noch nie gegeben. Das ist wohl ein besonders spektakulärer Fall, der die Öffentlichkeit aufregt, da steht meine Arbeit im Mittelpunkt des Interesses.

„Herr Präsident, sehr geehrte Herren", sagte Dr. Hausen, „unser Innensenator, Herr Krause, hat mich gebeten, Ihnen seine Grüße auszurichten. Er teilt Ihnen mit, dass er Ihre Arbeit mit Sympathie verfolgt. Sollten Sie für diesen Fall irgend welche Unterstützung benötigen, so zögern Sie bitte nicht, mich persönlich zu kontaktieren. Meine Telefonnummern und meine Email-Adresse finden Sie auf dem Handout, der da hinten in der Ecke ausliegt. Nun aber genug der Präliminarien, halten wir uns nicht lange mit Vorreden auf, gehen wir an die Arbeit, um Recht und Gesetz, welche durch dieses schlimme Verbrechen gröblich verletzt wurden, wieder Geltung zu verschaffen. Herr Schwerdtfeger, fangen Sie bitte an."

Das wäre jetzt eigentlich Sache des Hausherren gewesen, dachte Schwerdtfeger, das könnte man fast schon als Affront betrachten, aber Dr. Hausen will wohl deutlich machen, wer hier das Sagen hat. Dr. Guilleaume, der unter der abgewählten Regierung eingesetzt wurde und wohl auch Parteimitglied der nunmehr stärksten Oppositionspartei ist, hat unter dem neuen Regime wohl schlechte Karten.

„Herr Dr. Hausen, Herr Präsident, liebe Kollegen", begann Schwerdtfeger, „meine Vorstellung vom Ablauf der heutigen Veranstaltung wäre es, zunächst einmal alle bekannten Fakten zusammen zu tragen, festzustellen, welche Fakten uns noch fehlen und wie wir die beschaffen können, um abschließend eine Strategie zu entwickeln, wie wir die anstehenden Probleme lösen. Haben Sie dazu irgend welche Vorschläge?"

Da das nicht der Fall war, schilderte Schwerdtfeger den bisherigen Ablauf des Überfalls auf die Zweigstelle 14 der „HanseBank" und ging besonders auf die näheren Umstände der Geiselnahme ein. „Nachdem die Geisel, Frau Sandra Möller, von der Toilette aus mit ihrem Mobiltelefon die Polizei alarmiert hat und der Anführer der Gangster das merkte, müssen wir davon ausgehen, dass sie aus persönlichen Motiven vom Anführer der Bankräuber als Geisel genommen wurde. Eine der beiden Angestellten der Bank hat zu Protokoll gegeben, dass der Anführer ihr mit Konsequenzen gedroht hat für den Fall, dass er wegen ihrer Aktion Schwierigkeiten bekommen würde. Unsere Spurensicherung hat das Videoband ausgewertet, das von der Überwachungskamera bespielt wurde. Unmittelbar bevor der Bankräuber die Kamera zerstört hat, wurde sein Gesicht ohne Maske und in voller Schönheit aufgezeichnet. Wir haben die Aufnahmen mit der Digi-Libi abgeglichen...."

„Digi-Libi?" fragte Dr. Guilleaume. „Könnten Sie bitte etwas deutlicher werden?"

„Ich meine damit unsere digitalisierte Lichtbildvorzeige-Kartei", erläuterte der Schwerdtfeger. „Es ist uns gelungen, den Mann zweifelsfrei zu identifizieren. Er heißt Maik Ebeling, ist am 13.03.1967 geboren und hat schon einige Vorstrafen hinter sich. 1989 wurde er zu fünfzehn Jahren Haft wegen Raubmordes verurteilt. Ende 2000

wurde er wegen guter Führung und einer günstig
lautenden Prognose vorzeitig aus der Haft entlassen.
Er hat nach seiner Entlassung nicht lange gewartet,
sondern bald das nächste Ding geplant. Und wie er das
durchgeführt hat, mit einem Toten, passt es zu seinem
Täterprofil."
Dr. Hausen meldete sich zu Wort. „Seine vorzeitige
Entlassung war eindeutig eine Fehlleistung. Die von
uns abgelöste Regierung huldigte in diesen Dingen
einer gewissen Sozialromantik, die sich um die harten
Tatsachen des Lebens nicht kümmerte. Wir werden
jedenfalls keine Zeit verschwenden, ihn wieder dahin
zu bringen, wo er hin gehört." Die Politik arbeitet
mit in meiner Sonderkommission, dachte Schwerdtfeger.
Das ist neu, das hat es bisher noch nie gegeben.
„Wir werden Ebeling und seine Geisel zur Fahndung
ausschreiben", sagte er. „Das Fluchtfahrzeug wurde
verlassen in der Tiefgarage am Kongresszentrum
gefunden. Ebeling ist offensichtlich ziemlich
intelligent, es ist zu vermuten, dass er den
Peilsender entdeckt hat. Oder er hat mindestens
vermutet, dass er so ein Ding an Bord hatte. Es gibt
nun zwei Möglichkeiten: Entweder er hat sich ein
anderes Auto besorgt und ist längst auf und davon,
oder er ist irgend wo in der Stadt untergetaucht."
„Wir haben noch eine weitere Möglichkeit, seinen
Aufenthaltsort festzustellen", trug der
Telekommunikationsfachmann vom LKA bei. „Wenn er das
Handy seiner Geisel noch bei sich hat und es ist
eingeschaltet, können wir es orten. Ein angeschaltetes
Mobiltelefon des GSM-Systems gibt in regelmäßigen
Abständen Standortmeldungen von sich, es schreit
gewissermaßen „hier bin ich." Wenn diese Signale
gleichzeitig von drei oder vier verschiedenen festen
Landfunkstellen aufgefangen werden, lässt sich der
Standort eines bestimmten Mobiltelefons aufgrund der
Laufzeitunterschiede des Signals zu den einzelnen
Landfunkstellen auf fünf Meter genau bestimmen."

„Kümmerst du dich drum?" fragte Schwerdtfeger Pauli.
„Sofort", sagte der und sprang von seinem Platz auf.
„Bitte auch um die Fahndung", rief Schwerdtfeger ihm
hinterher. „Geht klar", erwiderte Pauli und
verschwand.
„Wenn wir Näheres über den Aufenthaltsort von Ebeling,
seinem Kumpanen und der Geisel herausgefunden haben,
werden wir wieder zusammen treten, um eine
maßgeschneiderte Strategie zu entwickeln, wie wir die
Verbrecher erwischen. Das Wichtigste bei der ganzen
Angelegenheit ist jedoch, dass die arme Geisel dabei
nicht zu Schaden kommt. Sie hat jetzt schon genug
durchgemacht. Ich werde zusammen mit Herrn Dr. Clemens
und meinem Mitarbeitern schon einmal über verschiedene
geeignete Zugriffsmethoden nachdenken. Dann schlage
ich vor, dass wir jetzt an unserer Arbeit gehen.
Irgendwelche Neuentwicklungen bitte sofort an mich
weiterleiten."
Zustimmendes Gemurmel kam auf, Stühle wurden gerückt,
Hände geschüttelt, und alles lief aus einander.

11

„Kommen Sie noch auf eine Tasse Kaffee mit in mein
Büro?" fragte Schwerdtfeger
Dr. Clemens. „Aber gern", antwortete der. „Ich denke,
wir haben sowieso noch einiges zu besprechen."
Die Kaffeemaschine gurgelte anheimelnd und zarter
Kaffeeduft zog durch das Büro. Schwerdtfeger hatte
zwei Porzellantassen nebst passendem Sahnekännchen und
Zuckerdöschen auf den Tisch seiner Besprechungsecke
gestellt. „Das ist ein schönes Kaffeegeschirr, das Sie
da haben", sagte Dr. Clemens. „Ich finde, dass der
Kaffee aus einem schönen Geschirr aus Porzellan viel
besser schmeckt als beispielsweise aus
Plastikbechern", erwiderte Schwerdtfeger und schenkte
Kaffee aus der Glaskanne in die Tassen. „Da haben Sie

wirklich recht."

Dr. Clemens gab Zucker und Sahne dazu, rührte um und trank einen Schluck. „Ist das eigentlich heute üblich, dass die Politprominenz bei Besprechungen der Sonderkommissionen mit am Tisch sitzt?"

„Das war heute das erste Mal, dass ich das erlebt habe", antwortete Schwerdtfeger. „Der Fall hat mit seinen Begleitumständen, einem Toten und der entführten jungen Geisel, ja einen ziemlichen Wirbel in der Medienlandschaft verursacht. Da sieht unser junger Innensenator wohl eine Gelegenheit, sein Anliegen so recht ins Licht der Öffentlichkeit zu rücken."

„Der Krause war doch früher Staatsanwalt, ist das nicht so?"

„Ganz recht, und er hatte in einschlägigen Kreisen den Spitznamen 'Kopf ab'. Er plädierte grundsätzlich für die jeweils mögliche Höchststrafe. Ich halte ihn durchaus für einen Überzeugungstäter, der einer guten Sache dienen will. Es ist nicht zu leugnen, dass die Rechtssicherheit in unserer Stadt zu wünschen übrig lässt. Wer nach 22 Uhr durch die Parks geht, geht dabei ein erhebliches Risiko ein, überfallen und beraubt zu werden. In den Trabantenstädten haben Jugendbanden oft ein Schreckensregime errichtet. Die Zustände in unserem berühmten Rotlichtviertel sind hinreichend diskutiert worden; alle möglichen Banden liefern sich Kriege, bei denen es immer wieder Tote gibt, und die Drogenkriminalität nimmt weiter zu. Aus unserer zentralen Haftanstalt kam es immer wieder zu spektakulären Ausbrüchen."

„Ist nicht einmal eine Justizsenatorin aus diesem Grunde zurück getreten?"

„Ganz recht, auch aus diesem Grund, aber das ist schon ziemlich lange her. Jedenfalls hat Krause im Wahlkampf das Thema „Recht und Ordnung" sehr geschickt besetzt, mit dem erwünschten Erfolg."

„Er hat sich die Ängste der Wähler zu Nutze gemacht,

aber das ist wohl Teil des politischen Geschäftes", meinte Dr. Clemens.

Schwerdtfeger erwiderte: „Ich glaube durchaus, dass es ihm dabei um die Sache geht. Er sieht sich als Missionar in einem Feldzug zur Wiederherstellung der Rechtssicherheit. Es ist ihm nur zu wünschen, dass er seine Aufgabe mit dem rechten Unterscheidungsvermögen wahr nimmt. Die Welt ist von einer ungeheuren Komplexität, und Standardrezepte sind nicht geeignet, mit jeder Situation fertig zu werden."

„Sind Sie da skeptisch?" fragte Dr. Clemens.

Schwerdtfeger hob die Schulter, so, als wisse er keine Antwort. Nach einen kleinen Pause fragte er den Psychologen: „Wie schätzen Sie Ebeling ein?"

„Wir wissen noch nicht genug über ihn, um zu einer fundierten Einschätzung zu kommen. Die Brutalität, mit der er bei diesem Bankraub vorgegangen ist, die Kaltblütigkeit, mit der er einen Menschen ohne Not getötet hat, legt den Verdacht nahe, dass wir es mit einem Psychopathen zu tun haben. Seine diversen Vorstrafen deuten ebenfalls in diese Richtung. Ich würde gerne das Gutachten einmal lesen, das zu seiner vorzeitigen Entlassung geführt hat. Könnten Sie seine Akte anfordern? Vielleicht erfahren wir da ja Näheres aus seiner Jugend oder andere interessante Details. Es ist sehr wichtig, dass wir herausfinden, wie er tickt, damit wir eine maßgeschneiderte Strategie entwickeln können, um ihn dingfest zu machen, ohne das Leben der Geisel zu gefährden."

„Seine Akte müsste bei der Staatsanwaltschaft sein", sagte Schwerdtfeger stirnrunzelnd. „Ich werde sie von dort anfordern. Zu Ihrer Einschätzung hätte ich eine Frage: Ist ein Psychopath eigentlich ein Geisteskranker?"

„Nein. Man kann sagen, dass ein Psychopath einen Charakter hat, der von der Norm abweicht. Sie sind einfach so, und darum sind sie auch nicht besserungsfähig. Man kann das nicht durch das

Vorliegen eines klinischen Krankheitsbefundes oder durch eine schlechte Jugendzeit erklären. Sie sind manchmal ziemlich intelligent. Kennzeichnende Eigenschaften eines Psychopathen sind häufig Gefühlskälte, Oberflächlichkeit, das Unvermögen, menschliche Bindungen einzugehen, Selbstüberschätzung, die Abwesenheit von Einfühlungsvermögen, oft auch von Furcht, Egoismus, der Wille, andere zum Erreichen der eigenen Ziele zu manipulieren. Man muss sich das wohl so vorstellen, dass andere Menschen für einen Psychopathen keine lebendigen, fühlenden Wesen sind, sondern einfach Dinge, gewissermaßen Maschinen, die laufen und sprechen können. Man kann mit ihnen nach Belieben umspringen, sie manipulieren, wenn es den eigenen Zielen dient. Wenn sie stören, kann man sie notfalls auch abschalten. Einem Psychopathen ist durchaus bewusst, dass das strafrechtliche Konsequenzen hat, aber im Unterschied zu anderen Menschen fehlen ihm die gefühlsmäßigen Hemmungen. Er agiert selber wie eine Maschine. Psychopathie findet sich in unterschiedlichen Graden. Manche der Betroffenen führen ein relativ normales Leben, sie werden ihrer Eigenschaften wegen regelmäßig Schwierigkeiten mit ihrem sozialen Umfeld haben. Individuen mit extremer Ausprägung ihrer Eigenart werden kriminell. Typisch sind hier Verletzung der Gesetzesnormen schon vor Erreichen der Strafmündigkeit und sadistische Verhaltensweisen. Diese Individuen sind fähig, ohne besonderen Grund zu töten."
„Aus dem sinnlosen Mord in der Bank könnte man schließen, dass Ebelings so einer ist. Dann wäre aber die günstige Sozialprognose, die zu seiner vorzeitigen Entlassung aus der Haft führte, ganz offensichtlich ein Fehler."
„Genau. Dass sie falsch war, zeigt ja, wie Sie richtig sagten, sein Rückfall in alte Verhaltensweisen, der übrigens auch typisch für einen Psychopathen ist. Schon aus diesem Grunde finde ich es interessant, das

Gutachten zu lesen."
„Ich werde Ebelings Akte sofort anfordern", versprach
Schwerdtfeger.

12

Akten über verurteilte Kriminelle finden sich an
verschiedenen Stellen im Justizapparat. Die
ermittelnden Stellen der Polizei führen Akten, in die
in erster Linie die Ermittlungsergebnisse eingehen.
Diese Akten sind aber nicht vollständig;
psychologische Gutachten beispielsweise, die über die
Straftäter erstellt werden, finden sich hier nicht.
Die kompletten Originalakten, die jedes Stück Papier
enthalten, welches je über einen verurteilten
'Straftäter', wie die Kriminellen im Amtsjargon
heißen, angefertigt wurden, werden bei der
Staatsanwaltschaft aufbewahrt. Nachdem Dr. Clemens
sein Büro verlassen hatte, suchte Schwerdtfeger im
Behördenverzeichnis die Telefonnummer der Registratur
der Anklagebehörde heraus. Eine weibliche Stimme
meldete sich. Nachdem Schwerdtfeger sein Anliegen
vorgetragen hatte, wurde er beschieden, die Suche nach
der Akte würde einige Minuten dauern. „Hinterlassen
Sie doch Ihre Telefonnummer, ich rufe Sie gleich
zurück."
Nach einer reichlichen Viertelstunde kam die
Rückmeldung. „Entschuldigen Sie, dass das so lange
gedauert hat, aber wir haben hier ein Problem. Die von
Ihnen gewünschte Akte ist bei uns nicht nachweisbar."
Auch das war die Geheimsprache der Behörden und
bedeutete in schlichtes Deutsch übersetzt, dass die
Akte verschwunden war.
„Der Straftäter hieß doch Maik Ebeling, ist das
richtig?" Schwerdtfeger bestätigte. „Die Akten sind
bei uns alphabetisch nach dem Familiennamen sortiert,
aber unter 'Ebeling' ist keine Akte vorhanden."

„Könnte es sein, dass die Akte ausgeliehen ist, vielleicht im Wege der Amtshilfe an eine andere Staatsanwaltschaft?"

„Das geschieht öfter, während eines Prozesses gegen den Straftäter gehen sie auch an das zuständige Gericht, aber dann hängen wir immer eine Registerkarte mit den kompletten Daten der Ausleihe an den entsprechenden Platz. Das Merkwürdige in diesem Fall ist, dass auch keine Registerkarte da ist. Die Akte ist einfach weg. Ich werde die Sache hier weiter leiten. Ihnen kann ich nur raten, sich die Haftakte zu besorgen."

„Das ist eine gute Idee, danke für Ihre Bemühung." „Da nicht für", sagte die Frau aus der Registratur auf gut Hamburgisch.

Die Haftakten der Straftäter werden bei den Justizvollzugsanstalten, kurz JVAn, aufbewahrt. Schwerdtfeger suchte sich also die Telefonnummer der Justizvollzugsanstalt heraus. Er ließ sich mit deren Leiter verbinden. „Guten Tag. Hauptkommissar Schwerdtfeger, LKA 23-1, ich leite die „Sonderkommission Schweinchen Schlau, die den Bankraub bearbeitet", sagte er einleitend.

„Guten Tag, Dr. Müller hier", sagte eine aufgeräumt klingende Stimme. „Schlimme Geschichte das, habe es gerade im Fernsehen angeschaut. Bankraub mit Mord und Geiselnahme, die Bankräuber sind flüchtig. Sie sind sicher nicht um Ihre Aufgabe zu beneiden. Was kann ich für Sie tun, Herr Schwerdtfeger?"

„Wir haben herausgefunden, dass der Haupttäter ein Ehemaliger Ihrer JVA ist, ein gewisser Maik Ebeling." Die Leitung schwieg. Nanu, dachte Schwerdtfeger, warum kommt da keine Reaktion?

„Und was weiter?" fragte Dr. Müller schließlich. „Wir benötigen Ebelings Haftakte. Ich habe versucht, seine Akte von der Staatsanwaltschaft zu bekommen, aber die ist dort nicht auffindbar. Wir sind dabei, mit der Unterstützung eines externen Psychologen eine

Zugriffsstrategie zu entwickeln, welche das Leben unserer Geisel nicht gefährdet. Dafür ist es notwendig, dass wir Ebelings Vollzugsakte einsehen können. Wir sind besonders an psychologischen Gutachten interessiert. ,Würden Sie uns die Akte bitte umgehend, am besten per Kurier, an meine Dienststelle schicken?"

Wieder schwieg sein Gesprächspartner einige Sekunden, dann sagte er kühl: „Ich glaube nicht, dass Ihre Forderung zulässig ist. Ebelings Akte ist Eigentum der JVA, und da bleibt sie auch."
Ist das LKA vielleicht feindliches Ausland? dachte Schwerdtfeger verblüfft. Ja, wo sind wir denn hier? Und er sagte ruhig: „Ich verlange Ebelings Akte nicht, um etwa private Neugier zu befriedigen, sondern wir brauchen Ebelings Akte für unsere ganz normale Arbeit. Hier steht schließlich um ein Menschenleben auf dem Spiel. Wenn ich mich nicht irre, sind Sie als Teil der Justizverwaltung zur Amtshilfe verpflichtet. Ich brauche die Akte bis heute Nachmittag, 17:00 Uhr genau."
Dr. Müller brauchte diesmal nicht so lange für seine Antwort: „Über Ebeling wurde ein psychologisches Gutachten gefertigt, das der Akte beiliegt. Nach meinem Kenntnisstand unterliegt dieses Gutachten der ärztlichen Schweigepflicht, es ist also nicht öffentlich. Außerdem spielt möglicher Weise auch der Datenschutz eine Rolle. Ich werde Ihren Antrag unserem Rechtsreferat zur Stellungnahme zuleiten. Sie hören dann von uns. Und nun entschuldigen Sie mich bitte, ich habe zu tun."
Und schon hatte er aufgelegt. Das Gutachten, dachte Schwerdtfeger, es ist etwas mit dem Gutachten. Das Ganze ist wirklich unglaublich. Hat Dr. Hausen vorhin in der Besprechung nicht Unterstützung versprochen? Wo ist doch der Zettel mit seiner Telefonnummer?
„Hier Hausen". Schwerdtfeger hatte erwartet, nach Wahl

von Dr. Hausens Telefonnummer zunächst bei einer
Vorzimmerkraft aufzulaufen, um weiter verbunden zu
werden, aber er hatte ihn direkt am Telefon.
„Hier Schwerdtfeger. Ich nehme Bezug auf unsere
heutige Besprechung in unserer Sonderkommission. Sie
hatten uns angeboten, Sie im Falle von Schwierigkeiten
zu kontaktieren. Ich habe da ein Problem." Und er
schilderte seine Schwierigkeiten, an Ebelings Akte zu
kommen, und besonders detailliert sein Gespräch mit
Dr. Müller, dem Leiter der Justizvollzugsanstalt.
„Merkwürdige Sache. Das ist eine Angelegenheit, der
ich nachgehen werde. Das Verhalten von Dr. Müller ist
ja fast schon eine Unverschämtheit. Ich habe mir doch
gleich gedacht, dass mit dem Gutachten etwas nicht
stimmt", sagte Dr. Hausen.
Stimmt, erinnerte sich Schwerdtfeger, er hat sich in
diesem Sinne geäußert.
„Wann brauchen Sie die Akte?"
„Möglichst heute noch", erwiderte Schwerdtfeger.
„Ich denke, das bekomme ich hin. Welches ist die
Nummer ihres Büros?"
„L 241."
„Gut. Ich schicke Ihnen einen Boten. Und weiter viel
Erfolg."
Kaum hatte Schwerdtfeger den Hörer wieder aufgelegt,
als sich die Tür öffnete und Pauli herein stürmte.
„Ich habe einen Anruf vom Betreiber des
Mobilfunknetzes bekommen, wo Frau Möller Kunde ist.
Sie haben ihr Mobiltelefon geortet. Es befindet sich
in der Klosterstraße, einer Nebenstraße der Isestraße,
mit hoher Wahrscheinlichkeit im Haus Nummer 127."
„Das müssen wir sofort überprüfen. Wenn sich das als
zutreffend herausstellt, riegeln wir das Haus ab. Dann
sitzen die Gangster in der Falle, und wir lassen sie
nur unter der Bedingung laufen, dass sie ihre Geisel
vorher unversehrt freilassen. Ich ordne schon einmal
an, dass Beamte in Zivil mit den Fotos von Ebeling und
Frau Möller unauffällig alle Eingänge im Auge

behalten. Tarnung als Passanten, Landstreicher, Handwerker, wie üblich. Festnahme der Bankräuber, wenn das ohne Gefährdung der Geisel möglich ist."

„Sollten wir nicht schon einige Scharfschützen in der Nähe postieren?" schlug Pauli vor.

„Jetzt noch nicht. Wir wollen die Bewohner des Hauses nicht unnötig beunruhigen und die Gangster noch nicht vorwarnen. Über weiter gehende Maßnahmen reden wir, wenn sich deine Information als richtig erweist. Wir sollten zunächst die neue Lage besprechen. Dazu brauchen wir auch jemanden vom MEK und verschiedene Spezialisten."

Und Schwerdtfeger griff zum Telefon, um seine Anweisungen zu erteilen.

Schwerdtfeger plante schwierige Entscheidungen in komplizierten Situationen gerne zusammen mit allen Fachleuten, die in dem betreffenden Fall vielleicht etwas beitragen konnten. Das tat er nicht etwa, weil er es scheute, selber Verantwortung zu übernehmen; er glaubte einfach, dass ein Plan besser wurde, wenn viele Köpfe daran mit arbeiteten, ein Verfahren, das heutzutage Teamwork genannt und gern als neue Errungenschaft amerikanischen Managements dargestellt wird. Schwerdtfeger hatte dieses Verfahren jedoch schon als junger Mann praktiziert, als der Begriff „Teamwork" noch unbekannt war. Er glaubte einfach, dass eine Gruppe von Leuten mehr unterschiedliche Ideen zu entwickeln und diese kritischer auf Vor- und Nachteile zu überprüfen in der Lage ist, als das einer Einzelperson kann.

Er war fest davon überzeugt, dass er seine oft spektakulären Erfolge unter anderem auch einer methodischen Arbeitsweise verdankte. Von einsamen, tollkühnen Aktionen, wie man sie oft in Krimiserien im Fernsehen sah, hielt er gar nichts. Im realen Leben würde dieser Stil nur den angestrebten Erfolg des Einsatzes und die Sicherheit der Einsatzkräfte gefährden. Das war schlicht unprofessionell. Die

Polizeiorganisation war wie eine große, komplizierte Maschine mit Spezialisten für alle möglichen Gebiete, die gute Ergebnisse produzieren konnte. Man musste es nur verstehen, diese Maschine richtig zu bedienen. Schwerdtfeger wusste jedoch auch, dass es in jeder Polizeiorganisation eine Anzahl von Einzelkämpfern gab. Das waren vielleicht Egomanen, sie wollten einen möglichen Erfolg allein erzielen und versprachen sich davon eine schnellere Beförderung. Oder sie handelten einfach spontan und unreflektiert, ohne viel nachzudenken, hatten sich über die Vorteile einer Arbeit im Verbund einer großen Organisation keine Gedanken gemacht. In den meisten Fällen gingen diese einsamen Aktionen seiner Erfahrung nach schief. Während noch die Teilnehmer an der improvisierten Lagebesprechung eintrafen, klingelte das Telefon. „Hier Dr. Müller", hörte Schwerdtfeger eine wutschnaubende Stimme. „Sagen Sie, sind Sie wahnsinnig, mir den Staatsanwalt auf den Hals zu schicken? Der ist hier bei uns eingefallen und hat Ebelings Akte beschlagnahmt. Wie haben Sie das nur hingekriegt? Nehmen Sie jedenfalls zur Kenntnis, dass ich mich über Sie beschweren werde."
Rache ist süß, dachte Schwerdtfeger, und erwiderte: „Herr Dr. Müller, Sie werden verstehen, dass ich über LKA-Interna keine Auskunft erteilen kann. Der Beschwerdeweg und der Klageweg vor dem Verwaltungsgericht steht Ihnen natürlich offen. Und nun entschuldigen Sie mich bitte, ich habe gerade eine Besprechung. Schönen Tag noch." Und er legte den Hörer auf.
Pauli, der den erregten Disput mitgehört hatte, fragte, was denn geschehen sei, und Schwerdtfeger informierte ihn im Flüsterton über sein erstes Gespräch mit Dr. Müller. „Da ist der Wurm drin", sagte Pauli spontan. „Ich kenne jemanden in der JVA. Wir haben zusammen den Lehrgang über Strafrecht gemacht. Wir sind eigentlich fast befreundet. Ich werde ihn

einmal anrufen, um herauszufinden, was da für eine Nummer gelaufen ist."
Schwerdtfeger nickte.

13

Inzwischen waren alle Teilnehmer der Besprechung eingetroffen. Schwerdtfeger informierte sie über die neue Lage.
„Ich habe bisher veranlasst, dass die Eingänge des betreffenden Hauses von Zivilfahndern überwacht werden. Diese haben Bilder von Ebeling und der Geisel und sind angewiesen, Ebeling festzunehmen, wenn es ohne Gefährdung der Geisel möglich ist. Sie sollen auf jeden Fall verhindern, dass Ebeling das Haus verlässt. Was jetzt offensichtlich nötig ist, scheint mir, eine Bestätigung der Information über Ebelings Aufenthalt in dem Haus Klosterstraße 127 zu bekommen. Dann könnten wir weitere Maßnahmen beschließen."
„Hat Ebeling in dem Haus vielleicht Verwandte? Gibt die Einwohnermeldedatei da irgend etwas her?" fragte einer der Teilnehmer.
„Fehlanzeige", sagte Pauli. „Als ich die Info von der Mobiltelefongesellschaft erhielt, habe ich das gleich geprüft. Keiner der Namen der Bewohner des Hauses sagt mir etwas."
Der Kommandoführer des Mobilen Einsatzkommandos meldete sich zu Wort. „Das könnte zweierlei bedeuten: Entweder, und das wäre wohl die schlechteste Möglichkeit, haben die Gangster sich mit Waffengewalt Einlass in irgend eine beliebige Wohnung verschafft, um erst einmal unterzutauchen. Das würde heißen, sie hätten jetzt weitere Geiseln in ihrer Gewalt, auf die wir bei unserem Vorgehen Rücksicht nehmen müssten. Oder, zweitens, einer der beiden Bankräuber hat in der betreffenden Wohnung Verwandte oder Bekannte. Wir kennen die Identität des zweiten Geiselnehmers ja noch

nicht. Von daher könnte es durchaus sein, dass er beispielsweise bei seinen Eltern unter gekrochen ist."

„Richtig", sagte Schwerdtfeger. „Und wie bekommen wir nun heraus, was wir wissen müssen?"

„Etwas, das wir sofort veranlassen könnten", schlug der Kommandoführer vor, "wäre, zwei oder drei von meinen Leuten in dem Haus unterzubringen, das dem Haus Nr. 127 direkt gegenüber liegt. Sie würden Kameras mitnehmen und die Fenster im Auge behalten. Wenn sich irgend ein Gesicht am Fenster zeigt, nehmen sie es auf. Standbilder könnten sie über einen vorhandenen Telefonanschluss sofort zu uns übertragen."

„Gute Idee", stimmte Schwerdtfeger zu. „Vielleicht gibt es ja für Ihre Leute auch eine Möglichkeit, die Fenster zum Hof im Auge zu halten. Dann hätten wir auch gleich Scharfschützen vor Ort. Sehen Sie die Möglichkeit, Ihren Vorschlag möglichst unauffällig umzusetzen?"

„Das lässt sich machen. Soll ich das sofort veranlassen?"

Schwerdtfeger sah sich im Kreise der Gesprächsteilnehmer um. Zustimmendes Nicken allenthalben. „Bitte, ja", antwortete er, und der Kommandoführer zog sein Mobiltelefon aus der Brusttasche seiner Jacke und verließ den Besprechungsraum.

„Es wäre gut, auch die Hausbewohner selber zu besuchen", fuhr Schwerdtfeger fort. „Wir könnten jemanden in eine beliebige Wohnung schicken und die Wohnungsinhaber befragen, ob sie irgend welche Beobachtungen gemacht haben und wissen, ob sich die Verbrecher im Hause aufhalten. Nur, wenn der Teufel es will und wir zufällig die Wohnung mit den Geiselnehmern auswählen, könnte es schwierig werden. Das heißt, wir dürfen unserem Mann keine Waffe und keinen Dienstausweis mitgeben, um die Verbrecher nicht zu warnen und ihn nicht zu gefährden. Wir müssen also einen neutralen Grund konstruieren, dass er die

Wohnung betritt. Irgend welche Ideen?"
„Er könnte sich ja als Vertreter für irgend eine Ware,
zum Beispiel Tiefkühlkost, ausgeben", schlug Pauli
vor.
Der Beamte vom Sachgebiet für
Telekommunikationstechnik wandte ein: „Das halte ich
nicht für optimal. Vertreter werden meistens an der
Haustür abgewimmelt, die kommen erst gar nicht in die
Wohnung hinein. Und eine vielleicht lautstarke
Diskussion an der Haustür wäre bestimmt nicht gut. Wir
müssten schon einen handfesten, nachvollziehbaren
Grund für das Betreten der Wohnung schaffen. Wie wäre
es, wenn wir für eine der Wohnungen vorher die
Abschaltung des Telefons veranlassen und unser Mann
sich als Angestellter der Telekom ausgibt, der die
Störung beseitigen will, komplett mit Firmenausweis
und Prüfelektronik?"
„Könnten Sie das denn darstellen?" wollte
Schwerdtfeger wissen.
„Mühelos", sagte der Kommunikationsexperte grinsend.
„Das ist eine unserer leichtesten Übungen."
Zustimmendes Gemurmel ertönte aus der Runde. „Hat
jemand Einwände oder andere Vorschläge?" fragte
Schwerdtfeger. Und, an den Kommunikationstechniker
gewandt: „Wann wären Sie so weit, dass Sie das
realisieren können?"
Der fing an, laut zu denken: „Wir müssten uns zunächst
mal mit unseren Kontaktleuten von der Telekom in
Verbindung setzen. Zu denen haben wir einen kurzen
Draht. Wir haben öfter berufliche Kontakte. Das
Abschalten des Telefons geht dann ziemlich schnell.
Wir könnten die Wohnung voraussichtlich morgen
Vormittag betreten. Wie genau sollte unser Mann sich
verhalten, wenn er erst in der Wohnung ist?"
„Er müsste sich zunächst vergewissern, wer sich alles
in der Wohnung aufhält", sagte Schwerdtfeger. „Als
Vorwand dafür könnte eine Bestandsaufnahme der
Telefoneinrichtungen und Leitungen dienen. Wenn er

sich überzeugt hat, dass die Wohnung sauber ist, muss er sich als Polizeibeamter zu erkennen geben und erklären, worum es geht. Die Frage ist doch, haben die Hausbewohner irgend welche Kenntnis davon, ob und wo sich Leute aufhalten, die dort nicht hingehören?"

„Und was machen wir", wollte Pauli wissen, „wenn die Hausbewohner, die unser Mann besucht hat, nichts mit bekommen haben? Besonders ältere Leute achten häufig nicht darauf, was um sie her vor geht. Geht er dann in die nächste Wohnung? Mit anderer Worten, müssen wir im ganzen Haus die Telefone abschalten lassen?"

„Gute Frage", gab Schwerdtfeger zu. „Mit dem Betreten mehrerer Wohnungen wächst die Wahrscheinlichkeit, dass er bei den Gangstern hereinplatzt und dass die Verdacht schöpfen oder ihn fest halten."

Der Kommandoführer des MEK war wieder in den Besprechungsraum zurück gekehrt, nachdem er seine Aufträge erteilt hatte, und mischte sich in die Diskussion ein. „Eine andere Möglichkeit wäre die Beobachtung des Hauses mit Richtmikrofonen", schlug er vor. „Diese Mikros haben eine extrem scharfe Bündelung und dadurch eine hohe Empfindlichkeit. Außerdem sind sie imstande, Schall durch geschlossene Fenster aufzunehmen. Die Fensterscheiben schwingen im Takt der Sprache und strahlen dadurch dem Schall nach außen ab. Auf diese Weise könnten wir erstens die fragliche Wohnung identifizieren und zweitens hören, was dort gesprochen wird."

„Das hört sich an wie das Ei des Kolumbus. Wo müssten die Leute mit den Mikros denn sitzen?"

„Zwei Möglichkeiten", sagte der Mann vom MEK. „Entweder im Haus gegenüber, wo wir sowieso schon Leute haben, oder in einem vor dem betreffenden Haus geparkten Kraftfahrzeug."

„Das sollten unsere Leute im Haus auf der anderen Straßenseite machen", ordnete Schwerdtfeger an. „Einsatzbeginn nach Einbruch der Dunkelheit, damit es nicht so auffällig ist. Gibt es darüber hinaus noch

etwas, das wir tun könnten?"
„Ich habe die Möglichkeit nach einer Befragung der Hausbewohner noch nicht ganz zu den Akten gelegt." sagte Pauli. „Wir könnten ja Hausbewohner, die zu irgend welchen Besorgungen das Haus verlassen oder zurück kommen, von unseren Zivilfahndern am Eingang abfangen und befragen lassen."
„Gute Idee," lobte Schwerdtfeger. „Es ist immer gut, mehrere Eisen im Feuer zu haben. Wir sollten den Hausbewohnern bei dieser Gelegenheit mit auf den Weg geben, sich bei uns telefonisch zu melden, wenn ihnen später noch irgend etwas auffällt. Setzt du das bitte um?"
Pauli strahlte und sagte: „Das mach ich doch sofort."
„Dann schlage ich vor, dass wir uns vertagen. Irgendwelche Meldungen über neue Erkenntnisse auch nach Dienstschluss bitte an mich, über meine Handynummer. Wenn nichts Unvorhergesehenes passiert, sehen wir uns dann vermutlich morgen in der gleichen Besetzung wieder."

14

„Na, hattest du heute wieder einen schweren Tag?" fragte Schwerdtfegers Frau mitfühlend.
„Es ging so. Unsere Verbrecher haben sich scheinbar Zutritt zu einer Wohnung verschafft und sich dort verschanzt. Da die Lage im Moment soweit stabil ist, muss ich nicht vor Ort bleiben. Ich muss aber damit rechnen, dass beim Abendessen mein Handy klingelt."
Da das LKA eine Dreiergruppe für die Bearbeitung des Bankraubes gebildet hatte, hatten die drei Kollegen einen Schichtdienst abgesprochen. Dass momentan nur einer die Stellung hielt, war solange vertretbar, wie keine unvorhergesehenen Entwicklungen eintraten. Schwerdtfegers Frau war in dieser Hinsicht aber Kummer gewöhnt; schon öfter hatte sein Handy ihn mitten in

der Nacht heraus geklingelt.

Gisela Schwerdtfeger war fast einen ganzen Kopf kleiner als ihr Mann. Sie hatte sich, wie ihr Mann, eine sportlich-schlanke Figur bewahrt. Ihr blondes Haar zeigte erste Spuren von Grau, es war sportlich kurz geschnitten. Wenn sie lächelte, was ziemlich oft geschah, zeigten sich an ihren Mundwinkeln sympathische Grübchen.

Schwerdtfegers waren beide keine gebürtigen Hamburger. Schwerdtfeger kam aus Baden-Württemberg. In Stuttgart geboren, hatte er in seiner Heimatstadt mit einem Notendurchschnitt von 2,0 Abitur gemacht und sich dort auf einen Dienstposten für den gehobenen Polizeidienst beworben. Das war sein Traumberuf gewesen, seitdem er frühkindliche Berufswünsche wie etwa Feuerwehrmann oder Lokomotivführer abgelegt hatte. Er durchlief die vorgesehene Ausbildung, legte die Laufbahnprüfung mit „Gut" ab und war innerhalb von drei Jahren Polizeibeamter auf Lebenszeit.

Um sich für diese Leistung selber zu belohnen, hatte er sich einen Kurzurlaub in Hamburg gegönnt. Bei dieser Gelegenheit hatte er sich in die Stadt verliebt. Einer spontanen Eingebung folgend, hatte er sich zum Polizeipräsidium durchgefragt. In der Personalabteilung brachte er in Erfahrung, dass zwei Posten des gehobenen Polizeidienstes ausgeschrieben waren. Ein freundlicher Kollege stellte ihm eine Verbindung zu Kriminaloberrat Westerkamp her, dem Leiter eines der beiden Sachgebiete, welche die zu besetzenden Posten ausgeschrieben hatten. Westerkamp hatte Schwerdtfeger sofort zu sich kommen lassen und ihm Fragen zu seinem beruflichen und persönlichen Hintergrund gestellt. Irgendwie hatten sich die Beiden auf Anhieb verstanden. Westerkamp wies den jungen Kommissar auf die Notwendigkeit einer schriftlichen Bewerbung hin, gab ihm das Amtsblatt mit dem Ausschreibungstext mit und dazu noch einige Tipps zum

Text der Bewerbung.

Drei Monate später war Schwerdtfeger Polizist im
Dienst der Freien und Hansestadt Hamburg. Er hatte
seinen ziemlich spontanen Entschluss bisher noch nie
bereut.
Gisela Schwerdtfeger war gebürtige Niedersächsin. Sie
war aus Buchholz in der Nordheide nach Hamburg
gekommen und hatte eine Stellung als
Verwaltungsangestellte an der Universität Hamburg
gefunden. Die beiden hatten sich an einem schönen
Sonntag Nachmittag im Park 'Planten un Blomen'
getroffen und genau ein Jahr später geheiratet.
Sie hatte viel Verständnis für sein Engagement für
seine Arbeit, die ihn oft weit über die geregelte
Bürozeit von zu Hause fern hielt, weil sie wusste, was
sein Beruf für ihn bedeutete.
„Der Bankraub mit Geiselnahme beschäftigt mich im
Moment sehr. Wir müssen einfach einen Weg finden, das
Leben der Geisel zu retten."
„Die Arme! Was muss sie durchmachen. Aber nun musst du
dich ein wenig ausruhen. Trinke einen Sherry, während
ich das Essen vorbereite."
„Gute Idee! Was gibt es denn heute Abend?" „Pasta mit
Pfanne von frischen Champignons."
„Delikat! Ist es die Pilzpfanne, die da so gut
riecht?"
„Du hast es erraten. Ich weiß ja, dass Du gern gut
isst. Ansonsten bist Du, wenn man den Krimiserien im
Fernsehen glauben darf, eher ein untypischer
Kriminalpolizist."
Schwerdtfeger musste lachen. "Hier ist ein Sherry für
dich. Könntest Du Deine letzte Bemerkung etwas näher
erläutern?"
„Na ja, der typische Fernsehkriminalist hat
gewöhnlich die eine oder andere auffällige Eigenart.
Er hat eine Figur wie ein Mönch, der dem Aufkleber
einer französischen Camembertschachtel entsprungen

ist, vergisst ständig seine Dienstwaffe, fährt immer
mal wieder aus der Haut und schlägt einen Gegner
zusammen, streitet sich mit seinen Mitarbeitern, zieht
sich an wie ein Obdachloser und fährt im Einsatz ein
Dienstfahrrad oder ein Auto, das schon vor zwanzig
Jahren im Museum stand. Demgegenüber ziehst du dich
ordentlich an, hast immer deine Waffe dabei und fährst
ein neueres Mittelklasse-Auto."
„Vermutlich hat der zuständige Regisseur beschlossen,
dass ein Fernsehkrimi-Ermittler, der in einer solchen
Serie mitwirkt, einige menschliche Züge haben muss,
damit er sich von 007 oder Magnum etwas
unterscheidet. Was das Auto betrifft, so hat die
Requisite das wahrscheinlich aus dem besagten Museum
entliehen. Es gibt da übrigens noch einen weiteren
Unterschied. Die Fernsehkriminalisten, die ich kenne,
sind alle geschieden, leben getrennt oder in einer
mehr oder minder gefährdeten Beziehung mit einer
Lebensgefährten."
„Ich kann das gut verstehen", erwiderte Frau
Schwerdtfeger. „Die Frau ist frustriert, weil ihr Mann
durchschnittlich siebzehn Stunden pro Tag im Dienst
ist. Und wenn er sie dann zum Versöhnungsessen ins
Nobel-Restaurant eingeladen hat, klingelt nach der
Vorspeise das Handy: Im Kofferraum vom Rolls-Royce des
bankrotten Fabrikbesitzers wurde eine Leiche gefunden.
Der Polizist springt sofort auf und stößt dabei in
seinem Übereifer den Tisch um."
„Die Fernsehkrimi-Handys haben halt einen technischen
Defekt: Man kann sie nicht abschalten. Was macht
übrigens die Pilzpfanne? Sie wird doch nicht
anbrennen?" „Sei unbesorgt, sie ist bereits fertig,
ich habe sie warm gestellt. Wenn du etwas zum Trinken
besorgst, könnten wir anfangen."
Nach der in behaglichem Schweigen eingenommenen
Mahlzeit klingelte das Telefon. Schwerdtfeger fuhr
alarmiert auf. „Hier Pauli. Entschuldige, dass ich
deinen Feierabend störe, aber im Dritten hat gerade

eine Pressekonferenz des Innensenators begonnen. Sie betrifft unseren Fall, und ich dachte, dass dich das interessiert."

„Das interessiert mich bestimmt. Danke für die Warnung. Bis zum nächsten Mal." Und Schwerdtfeger schaltete das Fernsehgerät ein.

„...mit Abscheu auf dieses skrupellose Verbrechen", sagte der Innensenator gerade. Er war schlank, etwas über mittelgroß, ein Mitt-Vierziger, hatte ein scharf geschnittenes Gesicht und volles schwarzes Haar mit einem Anflug von Silber an den Schläfen. „Ich verspreche Ihnen aber, dass ich mich persönlich für eine schnelle Festnahme der Täter einsetzen werde. Wie Sie wissen, bin ich angetreten, um Recht und Gesetz wieder Geltung zu verschaffen, nachdem in dieser Stadt jahrelang der Ungeist des 'Laissez faire' geherrscht hat. Die Zustände in unserem Gemeinwesen brauche ich Ihnen nicht zu schildern, Sie kennen sie alle: Hamburg steht in der Verbrechensstatistik der deutschen Großstädte an erster Stelle. Jugendbanden herrschen in den Vororten, nach Einbruch der Dunkelheit sind Straßen und Parks nicht mehr sicher. Menschenhandel und Drogenkriminalität blühen, die verschiedenen Mafiaorganisationen liefern sich regelrechte Kriege. Ursache dieser Entwicklung ist ein völlig aus dem Ruder gelaufener Justizapparat, der nicht mehr im Stande ist, die gesetzliche Ordnung aufrecht zu erhalten. Sie alle kennen den Fall, dass das Landgericht es nicht fertig brachte, sechs Monate seit der Ergreifung eines Mörders, der seine Tat gestanden hatte, ein Verfahren gegen ihn zu eröffnen. Darauf musste er gemäß den gesetzlichen Bestimmungen wieder auf freien Fuß gesetzt werden. Sie werden auch wissen, dass dieser Mann die neugewonnene Freiheit sofort nutzte, um den Hauptbelastungszeugen in seinem Fall umzubringen. Das waren über Jahre unsere Hamburger Verhältnisse. Wir haben von unseren Wählern den Auftrag bekommen, diese unhaltbaren Zustände, die unter der alten Regierung eingerissen sind, zu ändern, hier einen Wandel zu schaffen und diesen Augiasstall auszumisten. Das haben wir versprochen, und genau das werden wir tun."

Ein junger Reporter stand auf. „Wir alle kennen die guten Vorsätze, die Sie gefasst haben, noch aus Ihren Reden auf verschiedenen Wahlveranstaltungen. Bitte geben Sie nun uns konkrete Informationen zu diesem Bankraub, Herr Senator. Wie weit ist die Polizei? Wann können wir mit der Festnahme der beiden Straftäter rechnen?"

„Wir haben inzwischen Kenntnis über die Identität desjenigen, der in der Bank den jungen Mann erschossen hat. Wir wissen, wo die beiden sich im Moment aufhalten. Daher rechne ich damit, dass es morgen im Laufe des Tages zur Festnahme kommen wird."

Nach dieser Ankündigung brach ein Tumult unter den Reportern aus. Sie sprangen auf und schrien durcheinander. „Wer ist es? Wo halten sie sich auf? Haben Sie die Verbrecher umstellt? Wie geht es der Geisel?"

Krause, der Innensenator, lächelte. Haben Sie bitte etwas Geduld, meine Damen und Herren. Sie werden verstehen, dass ich Ihnen keine Einzelheiten mitteilen kann, um die Arbeit unserer Polizei nicht zu gefährden. Ich verspreche Ihnen und der Öffentlichkeit aber, dass wir die Angelegenheit mit Hochdruck verfolgen wird. Ich gehe davon aus, dass die Angelegenheit morgen im Laufe des Tages abgeschlossen werden kann. Das war's für heute. Sobald es etwas Neues zu berichten gibt, werde ich mich wieder an Sie wenden. Ich danke Ihnen."

Schwerdtfeger schaltete das Fernsehgerät aus. „Hast du dich über die Pressekonferenz geärgert?" fragte seine Frau. „Du siehst nicht besonders glücklich aus."

Schwerdtfeger sagte niedergeschlagen: „Die Pressekonferenz war eine Katastrophe. Erstens war es völlig verfehlt, bekannt zu geben, dass wir einen der

Täter kennen. Wenn der die Pressekonferenz auch gesehen oder im Rundfunk gehört hat, womit wir immer rechnen müssen, weiß er, dass wir ihn und seinen Aufenthaltsort kennen. Er kann sich jetzt keine Illusion mehr über einen für ihn günstigen Ausgang der Angelegenheit machen, sondern steht mit dem Rücken zur Wand. Das macht ihn doppelt gefährlich und unberechenbar. So wie ich ihn einschätze, traue ich ihm eine Kurzschlusshandlung durchaus zu. Damit ist seine Geisel, der er die Schuld an seiner Situation gibt, auf das Höchste gefährdet."

„Wieso gibt er ihr denn die Schuld an seinen Schwierigkeiten? Wenn man eine Bank überfällt, dann muss man doch damit rechnen, dass man Schwierigkeiten bekommt?"

„Sie war zum Zeitpunkt des Überfalls zufällig auf der Toilette, hat die Schüsse gehört und über ihr Handy die Polizei alarmiert. Darauf wurde sofort die Bank umstellt. Der Gangster hat heraus gekriegt, dass sie ein Handy hatte und mit diesem Handy die Polizei-Notrufnummer angerufen hat. Wirklich schwierig ist die Situation für ihn aber dadurch geworden, dass der junge Mann, den er dann erschossen hat, sich gegen seine brutale Behandlung zur Wehr gesetzt und ihm die Maske vom Gesicht gerissen hat. Die Videokamera der Bank war in diesem Moment zufällig auf ihn gerichtet und hat sein Gesicht aufgezeichnet, und wir haben ihn durch einen Abgleich mit unserer Digitalen Lichtbilddatei identifiziert. Nachdem er zur bundesweiten Fahndung ausgeschrieben ist, hat er keine Chance, weit zu kommen. Realistisch betrachtet hat also seine Situation mit dem Anruf der jungen Frau nicht so viel zu tun."

„Aber nun hat er einen Zorn auf die junge Frau?"
„Genau, und das ist hier das Hauptproblem. Aus diesem Grund müssen wir in diesem Fall auch mit Überlegung voran gehen. Dass die Angelegenheit „morgen zum Abschluss gebracht werden kann", wie Krause sich auf

der Pressekonferenz ausgedrückt hat, halte ich wegen dieser schwierigen Lage für ganz unwahrscheinlich. Was ich vorhabe, ist, Ebeling mit Unterstützung des Psychologen Dr. Clemens davon zu überzeugen, seine Geisel frei zu lassen."

„Der Krause ist doch von Haus aus selber Staatsanwalt, ist das nicht so? Er sollte doch eigentlich wissen, wie man in einem derartigen Fall vorgehen müsste."

„Sicher müsste er das wissen. Er ist eben etwas extrem gepolt. Er hatte bei uns den Spitznamen 'Kopf ab', ist halt ein scharfer Hund. Wenn er plädierte, forderte er immer die gesetzlich mögliche Höchststrafe. Ich hatte gelegentlich auch mit ihm zu tun. Ich glaube schon, dass es ihm mit der Durchsetzung von Recht und Ordnung wirklich ernst ist. Darum ist er ja wohl auch in die Politik gegangen. Aber viele Fehler werden in bester Absicht begangen. Und was die von ihm bearbeiteten Fälle betraf, hatte ich schon manchmal den Eindruck, dass ihm dabei das notwendige Gefühl für die Feinheiten abging. Ich muss dir sagen, dass ich nach der heutigen Pressekonferenz kein gutes Gefühl habe. Hast du übrigens gemerkt, dass viele seiner Sätze mit „ich" anfingen?"

„Stimmt, das ist mir auch aufgefallen", sagte Schwerdtfegers Frau. „Er sieht übrigens gut aus, ist ein Frauentyp, weißt du das? Was nun die Geiselnahme betrifft, bin ich davon überzeugt, dass du alles tun wirst, um diesen Fall einem guten Ende zu zu führen. Und wenn dann doch etwas schief geht, dann nur darum, weil du es nicht verhindern konntest. Komm, wir setzen uns auf die Terrasse, trinken ein Glas Wein und reden noch ein wenig."

„Gute Idee", sagte Schwerdtfeger. „So machen wir's."

15

Schwerdtfeger hatte sich vor der heutigen Sitzung der
Sonderkommission „Schweinchen Schlau" mit Dr. Clemens
verabredet, um das weitere Vorgehen zunächst mit
diesem allein zu besprechen. „Wie die Dinge nun einmal
liegen", eröffnete Schwerdtfeger, „müssen wir der
Sicherheit der Geisel höchste Priorität einräumen. Das
heißt, dass wir uns jeden unserer Schritte sehr genau
überlegen müssen. Machen wir einen Fehler, könnte das
der jungen Frau das Leben kosten. Was ist Ihre Ansicht
dazu?"
„Sie haben vollkommen recht," sagte Dr. Clemens. "Was
diesem Fall so schwierig macht, ist, dass die Geisel
für Ebeling nicht nur, wie es in solchen Fällen normal
wäre, ein Mittel zum Zweck ist, nämlich seine Flucht
zu erzwingen, sondern hier besteht eine Beziehung
zwischen den beiden. Sie hat gewagt, sich ihm zu
widersetzen. Psychopathen - und Ebeling ist höchst
wahrscheinlich einer von ihnen - reagieren mit
Rachsucht, wenn man ihnen Widerstand leistet oder ihre
Ziele gefährdet. Ebeling gibt offensichtlich der
jungen Frau die Schuld an seiner augenblicklichen
Lage."
„Aber das ist von der Sache her völlig unberechtigt.
Sein Hauptproblem ist es, dass seine Identität bekannt
geworden ist, so dass wir ihn zur Fahndung
ausschreiben lassen konnten, und das hat überhaupt
nichts mit der jungen Frau zu tun."
„Völlig klar, aber Psychopathen sind anders. Sie
denken nicht in Kategorien von Ursache und Wirkung.
Sie reagieren impulsiv, bedenken nicht die
Konsequenzen ihrer eigenen Handlungen. Sie sind nicht
selbstkritisch. Sie sind nicht bereit, die
Verantwortung für ihre eigenen Aktionen zu übernehmen.
Jemand anderes hat ihnen übel mitgespielt. Sie sind

unfähig, Frustration, Versuchungen oder auch Rachegelüsten zu widerstehen. Sie neigen zur Gewalttätigkeit. Ebeling hat bewiesen, dass er ohne Überlegung und ohne Notwendigkeit zu töten im Stande ist, als er in der Bank den jungen Mann erschossen hat. Ich habe nicht den geringsten Zweifel, dass die junge Frau aufs Höchste gefährdet ist, so lange sie sich in Ebelings Gewalt befindet. Das ist eine Tatsache, auf die Ihre Strategie Rücksicht nehmen muss."

Schwerdtfeger schwieg eine Weile, dann sagte er: "Ebeling, sein Kumpan und die Geisel befinden sich höchstwahrscheinlich in einem Wohnhaus in der Klosterstraße. Wir haben noch keine endgültige Bestätigung dafür, haben das Haus aber schon einmal umstellt. Er könnte also seinen Unterschlupf nicht verlassen, wenn wir es ihm nicht gestatten. Wenn es also stimmt, dass er in der Wohnung fest sitzt, könnten wir ihm einen Handel anbieten. Er kann zusammen mit seinem Kumpan die Wohnung verlassen, ohne dass wir ihn verfolgen, wenn er alle Geiseln, die er momentan in seiner Gewalt hat, frei lässt. Was würden Sie davon halten?"

"Es scheint in dieser Situation die einzig mögliche Vorgehensweise zu sein. Sie bietet keine Garantie für einen Erfolg, minimiert aber im Erfolgsfall das Risiko für die Geisel. Wir müssen mit Geduld und Zähigkeit darauf setzen, Ebeling zu ermüden, bis er sich auf einen entsprechenden Handel einlässt. Er wird versuchen, mit der Erschießung der Geisel zu drohen, wenn wir seine Forderungen nicht erfüllen. Wir müssen ihm von vorn herein klar machen, dass wir die Wohnung sofort stürmen werden, wenn irgend welche Anzeichen für eine Gefährdung von Leben und Gesundheit der Geiseln vorliegen. Leute seines Schlages sind in der Regel ausgeprägte Egomanen, denen ihr heiliges Selbst über alles andere geht. Wenn da eine glaubhafte Drohung auf dem Tisch liegt, wird er nichts unternehmen, was einem Selbstmord gleich kommt. Im Übrigen sollten wir ihn bei Laune halten, sollten ihm jeden vernünftigen Wunsch erfüllen, ihn eben nur nicht laufen lassen, es sei denn zu unseren Bedingungen. Droht er uns, so müssen wir seine Drohung also umkehren und gegen ihn selber richten. Ich wäre überrascht, wenn er seinen Geiseln etwas antut, so lange er sich nicht unmittelbar bedroht sieht. Wären Sie denn bereit, ihn ohne Verfolgung laufen zu lassen, wenn er alle Geiseln frei gibt?"

„Die Fahndung nach Ebeling ist raus, alle Polizei- und Grenzschutzdienststellen sind verständigt. Ebeling wird auf jeden Fall früher oder später sowieso wieder geschnappt, eher früher als später. Allerdings besteht dann wieder die Gefahr einer Geiselnahme."

Dr. Clemens wandte ein: „Das ist ohne Zweifel richtig. So was kann man natürlich nie ausschließen. Vielleicht kann die Polizei diese Gefahr durch geschickte Wahl des Zugriffsortes minimieren. Aber entscheidend ist doch, dass zu einer eventuellen künftigen Geisel keine gefühlsmäßige Beziehung besteht. Es ist dann irgend eine Geisel, nicht aber die junge Frau, die es gewagt hat, ihm zu widerstehen und der er, nach seiner Meinung, all seine Schwierigkeiten verdankt."

"Damit hätten wir jetzt ein schlüssiges Konzept", sagte Schwerdtfeger. "Warten wir ab, ob sich unsere Vermutung über Ebelings derzeitigen Aufenthaltsort bestätigt."

16

Die Sitzung der Sonderkommission war für zehn Uhr angesetzt. Kurz vorher kam Pauli in Schwerdtfegers Büro.

"Morgen, Manfred. Es gibt etwas Neues. Ich habe meinen Kumpel in der JVA angerufen und ihm von Dr. Müllers Eiertanz um Ebelings Akte erzählt. Der hat sich

ausgeschüttet vor Lachen. 'Was, ihr wart das?' hat er gefragt. Dann hat er erzählt, dass gestern der Staatsanwalt im Dienstfahrzeug, begleitet von einem Streifenwagen, beide mit Blaulicht, bei der JVA vorgefahren sind. Sie sind alle gleich zu Dr. Müller ins Büro gestürmt. 'Es war fast wie ein richtiger Einsatz' sagte mein Gewährsmann. Dann hat der Staatsanwalt eine Beschlagnahmeverfügung für Ebelings Akte präsentiert und, als Dr. Müller noch dumme Sprüche machte, ihm mit Festnahme wegen Widerstandes gedroht. Nach fünf Minuten sind sie mit der Akte wieder abgezogen. Das ist in der JVA heute das Thema des Tages. Es scheint wohl auch, dass Dr. Müller dort nicht sehr beliebt ist. Mein Gewährsmann hat angedeutet, dass mit der vorzeitigen Entlassung von Ebeling irgend eine krumme Nummer gelaufen ist. Ebeling hat als Häftling scheinbar privat für Dr. Müller gearbeitet, als dieser sein Haus gebaut hat. Mein Freund war der Ansicht, dass Dr. Müller sich dafür bei Ebeling revanchiert und das Gutachten, dass dann zu dessen vorzeitiger Entlassung führte, getürkt hat. Er legt übrigens Wert darauf, anonym zu bleiben."
„Mir kam die Sache gleich merkwürdig vor", meinte Schwerdtfeger. "Das könnte Konsequenzen für Dr. Müller haben. Ihr Freund muss sich keine Sorgen machen, wir werden ihm keine Ungelegenheiten bereiten."
"Gibt es neue Erkenntnisse?" fragte Schwerdtfeger zu Beginn der Sitzung der Sonderkommission.
"Positiv", sagte der Kommandoführer des MEK. "Wir haben wie besprochen ein Richtmikrofon eingesetzt. In der Wohnung im ersten Geschoss, rechte Seite, wurde ein Gespräch geführt, das eindeutig Ebeling und seinem Kumpanen zugeordnet werden kann. Es ging dabei um den Bankraub und darum, wie es nun weiter gehen sollte. Die beiden haben die Absicht, sich zunächst einige Tage in der Wohnung aufzuhalten, um abzuwarten, dass sich die allgemeine Aufregung um diesen Fall legt. Dann wollen sie zusammen mit der Geisel aus der Bank

und dem älteren Ehepaar, welches die Wohnung inne hat, diese verlassen, um sich ein Auto zu mieten und sich abzusetzen. Weiter gehende Pläne wurden nicht besprochen, wohl um den Wohnungsinhabern keine Information zu liefern, die diese dann später an die Polizei weiter geben könnten. Hier ist eine Kassette mit dem Gespräch und eine Abschrift."

„Ausgezeichnet", sagte Schwerdtfeger erfreut. "Das war wirklich hervorragende Arbeit. Günter, veranlasst du bitte einen Stimmvergleich mit der Aufzeichnung der Gespräche, die ich mit Ebeling in der Bank geführt habe?"

Pauli nahm die Audiokassette an sich und verschwand.

"Weitere Neuigkeiten?" fragte Schwerdtfeger in die Runde.

Der Revierführer des für die Klosterstraße zuständigen Polizeireviers meldete sich zu Wort. "Unsere Zivilfahnder haben sich in der Nähe des Hauseinganges postiert und Hausbewohner beim Betreten und Verlassen des Hauses darauf angesprochen, ob jemand im Haus Besuch erhalten hat. Und Bingo! Die Bewohnerin der Wohnung im ersten Obergeschoss links, eine sehr mitteilungsfreudige und über die Ereignisse in ihrem Haus gut informierte Dame, hat unserem Mann erzählt, sie hätte beobachtet, dass ihre Nachbarn gegenüber Besuch bekommen hätten, zwei Männer und eine junge Frau. Sie kannte keinen von den Besuchern, sagte, sie hätte sie noch nie gesehen."

"Das deckt sich mit der Beobachtung der Kollegen vom MEK" sagte Schwerdtfeger. "Wir wissen jetzt also genau, wo sich die beiden aufhalten, Zweifel sind nicht mehr möglich. Es geht nun als nächster Schritt darum, eine Zugriffsstrategie zu entwickeln, die eine Gefährdung der drei Geiseln ausschließt. Bevor wir aber in die Diskussion einsteigen, müssen wir sicherstellen, dass die von uns Gesuchten nicht ohne unsere Zustimmung das Haus verlassen können. Kann das MEK uns das jetzt schon garantieren?"

"Wir müssten unsere Einsatzkräfte um das Haus herum verstärken", sagte der Kommandoführer des MEK. „Wir müssen die Eingänge besetzen. Weiter werden wir nicht daran vorbei kommen, alle Wohnungen außer der Wohnung 1. OG rechts zu räumen, damit vermieden wird, dass im Falle eines Zugriffs jemand von den Hausbewohnern zwischen die Fronten gerät und zu Schaden kommt. Schließlich ist es erforderlich, das Gebiet um das Haus Klosterstraße 127 zu sperren."

"Würden Sie das bitte veranlassen?"

"Geht klar", sagte der Kommandoführer, zog sein Mobiltelefon aus der Tasche und verließ den Raum, um seine Anweisungen zu erteilen.

"Ich möchte Dr. Clemens bitten", fuhr Schwerdtfeger fort, „uns seine Einschätzung Ebelings aus psychologischer Sicht mitzuteilen."

„Danke, Herr Schwerdtfeger", sagte Dr. Clemens. "Ich möchte zunächst betonen, dass meine Ansicht über Ebelings Verfassung zunächst nur vorläufig ist. Ich muss mich zunächst auf das beschränken, was ich sicher weiß. Ich habe hier erfahren, dass Ebeling erstens verschiedene Vorstrafen hat, unter anderem wegen Raubmordes. Er neigt also zur Gewalttätigkeit. Während seines jüngsten Banküberfalles hat er zweitens ohne mit der Wimper zu zucken einen jungen Mann erschossen, der sich gegen seine brutale Art zur Wehr setzte. Ebeling hat weiter eine Geisel genommen, die sich ebenfalls gegen ihn gewehrt hat. Wie die meisten von Ihnen wissen, war sie während des Überfalles rein zufällig im WC, hörte die Schüsse und rief die Polizei mit ihrem Handy an. Ebeling fand das heraus und drohte der jungen Frau nach Zeugenaussagen, er würde sich an ihr rächen, wenn seine Lage aussichtslos wäre. In dieser Situation sagt uns schon der gesunde Menschenverstand, dass das Leben der Geisel aufs Äußerste gefährdet ist. Ich halte ihn nach dem, was mir jetzt bekannt ist, für einen gefährlichen Psychopathen. Ebelings Akte aus der

Justizvollzugsanstalt wurde angefordert, und wenn ich
das Gutachten des Anstaltspsychologen kenne, werde ich
Ihnen vielleicht noch mehr sagen können, aber ich
glaube eigentlich nicht, dass sich an meiner
Einschätzung der Lage viel ändern wird."
    „Danke, Herr Dr. Clemens", sagte Schwerdtfeger."Sie
kennen nun alle die Situation. Haben Sie Vorschläge
für unsere weiteres Vorgehen?"
Der Kommandoführer des MEK meldete sich zu Wort. "Wir
haben unsere Leute inzwischen vor Ort. Sämtliche
Ausgänge des Hauses Klosterstraße 127 werden
kontrolliert, so dass Ebelings Gruppe das Haus nicht
ohne unsere Zustimmung verlassen kann. Die Evakuierung
der übrigen Hausbewohner läuft in Kürze an. Die Straße
im Bereich um das Haus wurde abgesperrt. Es ist fast
unmöglich, dass Ebeling von allen diesen Maßnahmen
nichts mit bekommt. Von daher wird es langsam Zeit,
dass wir uns überlegen, wie wir weiter vorgehen
wollen."
Dazu sind wir hier", sagte Schwerdtfeger. "Was genau
würden Sie denn vorschlagen?"
Schwerdtfegers Meinung über die einzuschlagende
Strategie war fertig, er hielt es aber für richtig,
die Meinung anderer dazu zu hören, bevor er sich
selber äußerte. Es konnte ja sein, dass jemand eine
brillante Idee zur Lösung dieses Problems hatte, auf
die er noch gar nicht gekommen war. Außerdem war es
immer von Vorteil, innerhalb der Sonderkommission für
ein geplantes Vorgehen eine breite Basis zu haben.
Wenn ein Ergebnis von allen Gruppenmitgliedern
mitgetragen wurde, arbeiteten sie mit Überzeugung an
der gemeinsam beschlossenen Lösung mit.
    „Wenn Sie mich fragen", sagte der Kommandoführer,
"nach dem, was wir von Dr. Clemens gehört haben,
scheint mir ein vorsichtiges Vorgehen angezeigt. Ich
bin auch der Ansicht, dass das Leben der Geisel
hochgradig gefährdet ist. Wir müssten versuchen,
Ebeling zum Freilassen der Geisel zu veranlassen. Wir

könnten ihm zum Beispiel anbieten, zusammen mit seinem Kumpanen, aber ohne die Geiseln, das Haus zu verlassen. Wenn er aber Gewalt gegen die Geiseln anwendet, und das bekommen wir über unsere Richtmikrofone mit, gehen wir rein und machen der Sache ein Ende."

Das läuft ja hervorragend, freute sich Schwerdtfeger, der Vorschlag liegt auf dem Tisch, wir müssen ihn nur noch abnicken. "Ist jemand anderer Ansicht?"

"Was das MEK vorschlägt, ist absolut richtig", sagte jemand, und ein anderer äußerte: "In dieser Situation gibt es kein anderes Vorgehen."

Schwerdtfeger schaute Dr. Clemens an, dieser nickte mit dem Kopf. „Das sollten Sie Ebeling genau so kommunizieren", sagte er. „Wie ich ihn einschätze, wird er sich sehr genau überlegen, was er tut, wenn sein eigenes wertvolles Leben in Gefahr ist."

"Dann sind wir uns also einig", fasste Schwerdtfeger das Ergebnis der Besprechung
zusammen. "Ich werde Kontakt mit Ebeling aufnehmen und ihn mit unserem Vorschlag konfrontieren. Im übrigen sollten wir es unterlassen, ihm mit irgend welchen Aktionen unnötig auf die Nerven zu fallen. Wir dürfen ihm keinen Vorwand für weitere Gewalttätigkeit liefern. Es ist gut möglich, dass wir ziemlich viel Geduld brauchen, bis er bereit ist, unsern Vorschlag zu akzeptieren. Inzwischen werden wir die fünf Leute in der Wohnung mit allem Lebensnotwendigen versorgen."

Es klopfte vernehmlich an der Tür des Sitzungsraumes, in dem die Kommission tagte, jemand rief 'herein', und ein junger Mann in einem dunkelblauen uniform-ähnlichen Anzug betrat den Raum. Er trug ein in braunes Packpapier eingeschlagenes Paket. "Ist hier ein Herr Schwerdtfeger?" fragte er mit erhobener Stimme. "Hier bin ich", sagte Schwerdtfeger. "Kurierdienst Number One", sagte der junge Mann. "Entschuldigen Sie, dass ich Ihre Besprechung störe, aber ich habe eine dringende Sendung für Sie. Sie

trägt den Zustellvermerk 'Eigenhändig, sofort'."
Er legte das Paket vor Schwerdtfeger auf den Tisch und präsentierte einen Quittungsblock. "Ich bitte Sie, mir den ordnungsgemäßen Empfang zu bestätigen."
Schwerdtfeger schaute auf das Formular im DIN A6-Format, zog einen Füllfederhalter aus der Innentasche seines Blazers und schrieb: "Erhalten, Schwerdtfeger, KHK, 23.05.02."
Der Kurier dankte und verschwand. Schwerdtfeger sagte leise zu Dr. Clemens: "Das ist Ebelings Akte aus der JVA. Ich halte es für des Beste, wenn Sie gleich damit anfangen, sie durchzuarbeiten. Sie könnten sich dazu eigentlich sofort in mein Büro zurück ziehen. Unsere Sitzung hier liegt sowieso in den letzten Zügen."
Dr. Clemens nickte, nahm das Paket und verließ den Besprechungsraum.
"Ich denke, wir sind hier eigentlich fertig", nahm Schwerdtfeger den Faden wieder
auf. Wir haben die Verbrecher unter Kontrolle und haben eine Strategie beschlossen. Hat noch jemand irgend welche Fragen, Bemerkungen oder Vorschläge zu den Ergebnissen unserer Besprechung?"
Das war offensichtlich nicht der Fall. "Dann danke ich allen Beteiligten. Lassen Sie uns an die Arbeit gehen. Ich bitte Sie, mich wie üblich sofort zu informieren, wenn irgend eine neue Entwicklung eintritt."

17

Auf dem Wege zu seinem Büro traf Schwerdtfeger seinen Vorgesetzten. Kriminaloberrat Jens Reinders, Schwerdtfegers Sachgebietsleiter, war mit vierunddreißig Jahren noch ziemlich jung. Er war nach abgeschlossenem Jurastudium bei der Hamburger Polizei eingetreten. Blond, mit blauen Augen, war er ein typischer Norddeutscher. Als Angehöriger des höheren Dienstes lehnte er es ab, in Jeans und mit einem T-

Shirt bekleidet im Dienst zu erscheinen, so wie es vor allem die jüngeren seiner Kollegen im gehobenen Dienst gerne taten. Er trug er stets einen sportlichen Sakko und eine passende Hose, die von teuren Markenherstellern stammten, dazu ein dezent gefärbtes Oberhemd und einen sorgfältig ausgesuchten, dazu passenden Schlips.

Reinders hatte vor fünf Jahren die Nachfolge von Erich Westerkamp angetreten, der als Leitender Kriminaldirektor in den Ruhestand gegangen war. Mit Westerkamp hatte Schwerdtfeger sich verstanden, dieser hatte die engagierte Arbeitsweise Schwerdtfegers sehr geschätzt. Westerkamp war selber Fachmann gewesen, hatte den Beruf gründlich gelernt, und Schwerdtfeger hatte in jüngeren Jahren manchen guten Rat von ihm bekommen und ihm viel abgeschaut. Er war ein Chef gewesen, mit dem man über alles reden konnte. Die beiden waren nicht in jedem Fall von Anfang an einer Meinung gewesen, hatten aber immer gemeinsam zu einer guten, von beiden akzeptierten Lösung gefunden, weil sie sich gegenseitig schätzten und verstanden. Und wenn Schwerdtfeger auf der Basis eines derartigen Kompromisses handelte, konnte er in jeder Situation darauf zählen, dass Westerkamp hinter ihm stand. Durch dieses Verständnis seiner Führungsaufgaben hatte Westerkamp Schwerdtfeger das Wichtigste gelehrt, was dieser lernen konnte: die Arbeit in einer Gruppe von Fachleuten, bei der jeder seine Ideen einbringt und bei der die besten Ideen nach offener Diskussion am Ende übrig bleiben und so den größtmöglichen Erfolg bei dem zu lösenden Problem bewirken. Diese Arbeitsweise ist darum so schwierig, weil sie erfordert, dass sich die Gruppenmitglieder im Interesse der Sache persönlich zurücknehmen: Nicht die Brillanz eines Einzelnen zählt, nicht seine Befehlskompetenz innerhalb einer Hierarchie, sondern die Qualität des Beitrages, der zum endgültigen gemeinsamen Erfolg beiträgt. „Unsere Arbeit und deren

Ergebnisse stehen im Mittelpunkt, nicht unsere
Eigeninteressen", pflegte Westerkamp zu sagen.
Westerkamp, dachte Schwerdtfeger, war auch so ein
Beamter alten Schlages gewesen, der seinen Beruf als
Berufung empfand, als Dienst, den er unbestechlich und
gradlinig ableistete und der ihm nie zu viel wurde.
Aus der Politik hatte er sich stets heraus gehalten;
er war der Ansicht gewesen, dass er als Beamter jedem
Senat, gleich welcher politischen Couleur,
unparteiisch und treu zu dienen hatte. Westerkamp war
in jeder Hinsicht Schwertdfegers Vorbild gewesen und
hatte seine Arbeitsweise beeinflusst.
Aber die junge Generation teilte Westerkamps etwas
altmodische Auffassung von Arbeitsfreude und
Pflichterfüllung nicht. Sie hatte andere
Vorstellungen. Sein Nachfolger Jens Reinders hatte die
Grundlagen der Polizeiarbeit durchaus gelernt und
kannte sich in den neuen Techniken aus. Er verfügte
nach Schwerdtfegers Ansicht über eine gewisse
Bauernschläue. Dieser verdankte er wohl die
Erkenntnis, dass heutzutage hohe Motivation,
Führungsqualitäten oder gute Organisation der
Polizeiarbeit keine Garantie für eine nennenswerte
Karriere mehr boten. Wenn man keine gravierenden
Fehler machte, erkletterte man die innerhalb der
jeweiligen Laufbahn vorgesehenen Beförderungsstufen in
angemessenem Tempo, wobei, wie gesagt, herausragende
Leistungen dieses Tempo kaum beschleunigten. Das war
die sogenannte „Ochsentour." Die Personalvertretung
sorgte schon dafür, dass die Beförderungspolitik
'gerecht' gestaltet wurde, was in der Praxis
bedeutete, dass zwischen den einzelnen Beförderungen
gewisse Wartezeiten lagen, die eben erfüllt werden
mussten. Dafür gab es durchaus einen nachvollziehbaren
Grund. Beförderungen erhöhten das Gehalt, kosteten
also Geld, und daher war die Anzahl der
Beförderungsposten begrenzt, bedingt durch den immer
vorhandenen Zwang zur Einsparung von Personalkosten.

Angenommen, irgend ein junges Genie legte einen raketenhaften Karrierestart hin und erreichte schon mit jungen Jahren die Spitzenstellung seiner Laufbahn, dann wurde dadurch ein Beförderungsposten viele Jahre blockiert und stand für andere Kandidaten nicht mehr zur Verfügung. Das konnte dann zur Folge haben, dass ein älterer Beamter unbefördert in den Ruhestand gehen musste, mit nachteiligen Folgen für seine Pension. Der Personalrat sorgte mit seiner Beförderungspolitik also dafür, dass möglichst viele Polizeibeamte eine möglichst hohe Pension erhielten. Diese Politik hatte aus sozialer Sicht durchaus ihre Berechtigung, nur bot sie eben keinen leistungsmäßigen Anreiz für ein gesteigertes Engagement.

Besonders schwierig war die Situation im mittleren Dienst, dem die Mehrheit der uniformierten Polizeibeamten angehörte. Hier waren die Gehälter von Haus aus so niedrig, dass die Bezüge eines Familienvaters kaum ausreichten, seine Familie durchzubringen. Hamburg war eine teure Stadt, und so war es in der Regel notwendig, dass auch die Frau mitarbeitete. Wenn das nicht möglich war, etwa weil kleine Kinder zu versorgen waren, war der Familienvater häufig gezwungen, noch einen Zweitjob anzunehmen. Das wurde nicht gerne gesehen, weil es erstens zu den Beamtengesetzen in Widerspruch stand und zweitens die Gefahr eines Interessenkonfliktes barg, wenn nämlich der Familienvater an einen Arbeitgeber geriet, den er als Polizist eigentlich bekämpfen musste. Unter dem Zwang der Verhältnisse wurde dergleichen jedoch in der Regel geduldet.

Nur der höhere Dienst hatte 'den Marschallstab im Tornister'; die Spitzenposten der Polizei wurden in der Regel von Angehörigen des höheren Dienstes besetzt. Allerdings waren die Laufbahnen in den letzten Jahren durchlässiger geworden, ein Aufstieg von einer Laufbahn in die nächst höhere war nichts Unmögliches mehr, wenn der Beamte 'in seiner bisherigen Laufbahn überdurchschnittliche Kenntnisse und Leistungen gezeigt und sich bewährt hat', wie es im Verordnungstext hieß. Ein Polizeibeamter, der einst als Streifenpolizist angefangen hatte, war heute Chef des Landeskriminalamtes.

Wie in den anderen Behörden und auch schon bei einigen Unternehmen, hatte heutzutage auch dabei die Politik ein Wörtchen mit zu reden. Die Parteien besetzten die interessanten Beförderungsposten mit ihren eigenen Anhängern, um ihren Einfluss in der jeweiligen Organisation zu sichern. Für die Angehörigen dieser Laufbahn, die auf eine derartige Karriere aus waren, brauchte es ein waches Gespür dafür, wie man sich da am besten einbrachte.

Als noch der jetzt abgewählte Senat am Ruder war, hatte Reinders gelegentlich in privaten Gesprächen mit ihm bekannten Parteimitgliedern vorsichtig Verständnis für die politischen Ziele der großen Regierungspartei geäußert. Er war nicht Mitglied einer der regierenden Parteien geworden. Schwerdtfeger vermutete, dass er wartete, bis man an ihn mit einer entsprechenden Einladung an ihn heran trat. Das war aber offensichtlich nicht geschehen; und nachdem ein Jahr vor der nächsten Wahl Umfragen einen Machtwechsel wahrscheinlich erscheinen ließen, hatte Reinders sich begonnen, sich mit politischen Meinungsäußerungen zurück zu halten. Nach vollzogenem Wechsel schließlich schien er seine Überzeugung geändert zu haben, er begrüßte die neue Politik im Allgemeinen und die Kampagne des neuen Innensenators Krause, welche mehr Ordnung und Rechtssicherheit zum Ziel hatte, im Besonderen. Die meisten von Schwerdtfegers Kollegen hielten sich mit politischen Äußerungen zurück, waren aber aufmerksame Beobachter des Geschehens in ihrem Umfeld und bekamen von diesen wundersamen Wandlungen viel mehr mit, als Reinders wahrscheinlich ahnte. In Gesprächen mit Gleichgesinnten unter vier Augen reagierten sie auf Reinders Gesinnungswechsel schon einmal mit Häme.

"Hallo, Herr Schwerdtfeger", begrüßte Reinders seinen Mitarbeiter, "wie läuft es denn in Ihrer Sonderkommission? Wie man hört, kommen Sie ja gut voran?"

"Wir können uns eigentlich nicht beklagen", erwiderte Schwerdtfeger, "es läuft ziemlich gut. Wir haben das Haus, in dem sich die beiden Bankräuber und ihre Geisel befinden, umstellt. Heute haben wir ein Konzept entwickelt, wie wir weiter vorgehen wollen."

„Und was haben Sie da konkret geplant?"

„In diesem besonderen Fall besteht das Problem darin, dass Ebeling der jungen Bankangestellten, die er als Geisel genommen hat, persönlich die Schuld an seinem Dilemma gibt. Er hat ihr vor Zeugen mit Vergeltung gedroht, falls er in Schwierigkeiten kommt, und wie wir ihn einschätzen, wird er seine Drohung auch wahr machen, wenn er sich in einer aussichtslosen Situation befindet. Besonders der Psychologe Dr. Clemens, der als Externer in der Kommission mitarbeitet, hält die junge Frau für hochgradig gefährdet. Wir haben also beschlossen, eine Zermürbungstaktik anzuwenden. Wir bieten Ebeling freien Abzug an, unter der Bedingung, dass er die drei Menschen, die sich momentan in seiner Gewalt befinden, unversehrt zurück lässt. Dazu wird er nicht sofort bereit sein, aber wir glauben, dass der stete Tropfen den Stein schon höhlen wird. Wenn er einsieht, dass ein Abzug anders nicht möglich ist, wird er schließlich einwilligen".

Reinders runzelte die Stirn und sagte: "Aber das könnte dauern, nicht wahr?"

„Das ist richtig. Die Aktion ist auch einigermaßen aufwändig. Wir haben die Räumung des Hauses Klosterstraße 127 veranlasst, um die Mitbewohner bei einer möglichen Zugriffsaktion nicht zu gefährden. Wir müssen sie auf unsere Kosten so lange in einem Hotel unterbringen. Aber wir waren alle der Ansicht, dass das Leben der Geisel und die Sicherheit anderer

Unbeteiligter unsere höchste Priorität sein muss."
"Dann noch viel Erfolg", wünschte Reinders und
verschwand in seinem Büro. Am Schreibtisch angekommen,
setzte er sich in seinen Ledersessel vom Typ 'Senior
Executive' und griff zum Telefon.

18

Dr. Clemens hatte sich an den Besuchertisch in
Schwerdtfegers Büro gesetzt. Vor sich hatte er
Ebelings Akte.
"Wie wäre es mit einem Kaffee?" fragte Schwerdtfeger,
als er sein Büro betrat.
"Ein Kaffee wäre jetzt wunderbar", sagte Dr. Clemens.
Während die Kaffeemaschine gurgelte, rief
Schwerdtfeger seinen Mitarbeiter Pauli an.
"Wie weit sind wir mit der Räumung des Hauses
Klosterstraße 127? Wenn alle Mitbewohner aus dem Haus
sind, werde ich Kontakt mit Ebeling aufnehmen und ihm
unsere Vorschläge unterbreiten. Bitte informieren Sie
mich, wenn es so weit ist. Im Übrigen sollten wir vor
dem Haus Präsenz zeigen. Ebeling soll wissen, dass
seine Lage aussichtslos ist."
"Psychologische Kriegsführung, oder?" fragte Pauli.
„Die gehört dazu", erwiderte Schwerdtfeger. "Wir haben
die Krieg nicht begonnen, müssen ihn aber im Interesse
der Geisel zu einem guten Ende bringen."
„Ist schon klar, Manfred. Ich halte dich auf dem
Laufenden."
„Danke dir", sagte Schwerdtfeger und legte auf.
Schwerdtfeger schenkte Kaffee ein. Dr. Clemens trank
einen Schluck und sagte: "Ich
habe Ebelings Akte einmal durchgeschaut und habe
eigentlich schon eine
recht gute Vorstellung. Mein erster Eindruck, dass wir
es hier mit einem Psychopathen zu tun haben, hat sich
bestätigt. Er hat gewissermaßen eine typische Karriere

hinter sich. Ebeling kommt scheinbar aus einem ordentlichen Elternhaus, der Vater war Bankangestellter, die Mutter Krankenschwester. Über irgend welche Probleme in diesem Bereich habe ich keine Anhaltspunkte gefunden. Schwache schulische Leistungen, dabei hat er einen IQ von 116. Mit elf Jahren beginnen erste Auffälligkeiten: Ladendiebstähle, gewalttätiges Verhalten gegenüber Mitschülern, die er um kleinere Geldbeträge erpresst, Schule schwänzen. Mit vierzehn erste Jugendstrafen. Schafft den Hauptschulabschluss, beginnt eine Lehre als Bankkaufmann, die er nach einem halben Jahr abbricht. Dann folgt eine Lehre als Elektroinstallateur, die er mit der Gesellenprüfung erfolgreich beendet. Mit Zwanzig begeht er einen Raubüberfall, bei dem er sein Opfer, einen älteren Mann, erheblich verletzt. Bemerkenswert ist die Brutalität, mit der er dabei vorgegangen ist. Er schlug den Mann zunächst ins Gesicht, um ihn einzuschüchtern, dabei brach er ihm das Nasenbein. Dann nahm er ihm die Brieftasche ab, in der sich aber kein nennenswerter Betrag befand. Wohl aus Verärgerung darüber schlug er sein Opfer zu Boden und trat dann auf ihn ein, wobei er ihm mehrere Rippenbrüche beibrachte. Das ist eine typische Tat eines Psychopathen auf der Beziehungsebene. Die Hilfeschreie des Misshandelten alarmierten eine in der Nähe befindliche Zivilstreife, die ihn festnahm. Er erhält dafür eine Jugendstrafe von drei Jahren Gefängnis, von denen die Hälfte zur Bewährung ausgesetzt wird. Während der Bewährungszeit fällt er nicht auf, aber direkt nach deren Ablauf überfällt er im Alleingang eine Bank, erbeutet neunzehn tausend Mark und wird nach kurzer Zeit gefasst. Er trug keine Maske und wurde von der Videokamera aufgenommen. Und so geht es weiter. 1989 schließlich begeht er einen Raubmord. Eine besondere Schwere der Schuld stellt das Gericht nicht fest, also wird er zu den üblichen fünfzehn

Jahren verurteilt, wird aber am 1. November 2000 wegen guter Führung und einer angeblich günstigen Sozialprognose vorzeitig entlassen. Und nun kommt der Knalleffekt: Ich habe mir das Gutachten des Anstaltspsychologen, das zu Ebelings vorzeitiger Entlassung führte, genau durchgelesen. Da steht in aller Klarheit drin, dass dieser ein Psychopath und als solcher nicht therapiefähig ist. Zu dieser Erkenntnis steht der das Gutachten zusammenfassende Satz in merkwürdigem Kontrast: "Ein positives Sozialverhalten des Häftlings lässt sich aus der Faktenlage nicht prognostizieren, kann aber für die Zukunft nicht sicher ausgeschlossen werden."
„Dieser Satz hört sich irgendwie gewunden an", sagte Schwerdtfeger. „Und er sagt auch nicht viel aus. Ausschließen kann man schließlich gar nichts."
„Das stimmt, aber vielleicht stand der Kollege bei der Formulierung dieser Floskel ja unter Druck? Auf jeden Fall hat er sich nicht besonders verbiegen lassen. Er ist wohl jemand, der zu seinen Überzeugungen steht. Im Klartext bedeutet dieser Satz nämlich, dass der Anstaltspsychologe nicht an eine Besserung glaubt. Der Anstaltsleiter, Dr. Müller, hat dazu einen Vermerk geschrieben: "Da für die Zukunft laut anliegendem Gutachten ein positives Sozialverhalten des E. möglich ist, und wegen guter Führung wird im Interesse seiner möglichen Resozialisierung dessen vorzeitige Entlassung befürwortet."
"Aber diese Schlussfolgerung kehrt doch den Sinn des Gutachtens völlig um", sagte Schwerdtfeger.
„Sie ist geschickt formuliert. Dr. Müller wird geltend machen, dass er das
Gutachten des Anstaltspsychologen eben so und nicht anders interpretiert hat. Aber bei Lichte besehen sieht es schon verdammt danach aus, dass der Leiter der JVA irgendwie zugunsten von Ebeling voreingenommen war." „Und das Gericht ist Dr. Müllers Empfehlung gefolgt", stellte Schwerdtfeger fest. "Haben die

Richter das Gutachten nicht richtig gelesen?"
"Das ist durchaus möglich. Vielleicht hat der
Zuständige das Gutachten nur überflogen,
möglicherweise hat er als Jurist auch schlicht die
Materie oder die Feinheiten der Ausdrucksweise des
Psychologen nicht verstanden. Außerdem sind Gerichte
fast immer personell unterbesetzt, sind daher
überlastet und arbeiten unter Zeitdruck.
Wahrscheinlich hat der Zuständige nur die
Zusammenfassung des Anstaltsleiters gelesen und danach
gehandelt. Fall erledigt, die nächste Akte."
„Das ist ein wahrscheinliches Szenario", sagte
Schwerdtfeger nachdenklich, "und es hatte eine
Katastrophe zur Folge."
„Menschen können irren, sie tun es immer wieder",
sagte Dr. Clemens ernst.
Dr. Müller hat sich jedenfalls nicht geirrt, dachte
Schwerdtfeger zornig. Paulis
Information , nach der Ebeling für ihn umsonst
gearbeitet und er sich dafür durch eine Empfehlung für
dessen vorzeitige Entlassung revanchiert hat, ist
offensichtlich zutreffend. Hatte Ebeling nicht
Elektroinstallateur gelernt? Eine Hand wäscht die
andere. Darum wollte der Anstaltsleiter auch die Akte
nicht herausgeben. Und nun hat er durch sein Verhalten
eine Katastrophe ausgelöst. Ein junger Mann musste
sterben und eine junge Frau befindet sich in
Lebensgefahr. Dr. Müller ist doch Beamter, es ist eine
Schande. Ich werde die Akte Dr. Hausen schicken und
ihm einen Tipp geben.
„Noch einmal zu unserer Besprechung von vorhin", sagte
Dr. Clemens. „Ich fand, dass wir da zu einem sehr
guten Ergebnis gekommen sind. Wenn Ebeling erst
verstanden hat, dass ein Abzug für ihn nur möglich
ist, wenn er alle seine Geiseln unbeschädigt zurück
lässt, wird er, wie ich ihn einschätze, unsere
Bedingungen schon akzeptieren. Wahrscheinlich wird er
zur Wahrung seines Gesichtes noch eine Zusatzforderung

stellen, etwa eine Übergabe zusätzlichen Geldes.
Darüber wäre dann von der Polizeiführung zu
entscheiden. Es ist jedoch ganz wichtig, dass Sie Ihre
Forderungen knallhart herüber bringen und nicht
wackeln. Setzen Sie ihn unter Druck. Wenn er Schwäche
spürt, wird sich seine Haltung sofort versteifen."
„Ich denke, das bekomme ich schon hin", erwiderte
Schwerdtfeger lächelnd."
„Wie ich Sie kenne, glaube ich das auch", sagte Dr.
Clemens.

19

Als der Psychologe gegangen war, griff Schwerdtfeger
zum Telefon und rief den Kommandoführer des MEK an.
„Wie weit ist eigentlich die Evakuierung des Hauses
Klosterstraße 127? Wenn diese Maßnahme abgeschlossen
ist, könnte ich Kontakt mit Ebeling aufnehmen und im
unsere Bedingungen für seinen Abzug mitteilen."
„Ich fürchte, das wird noch etwas dauern", erwiderte
der Kommandoführer. „Die Bewohner wissen inzwischen
alle Bescheid. Bei einigen von ihnen war es
erforderlich, etwas Druck zu machen. Sie sahen absolut
nicht ein, warum sie ihr trautes Heim verlassen
sollten. 'Aber die Verbrecher sind doch nicht in
unserer Wohnung', war meistens das Argument. Wir haben
ihnen klar gemacht, dass es sich bei dem einen um
einen schwer bewaffneten Gewaltverbrecher handelt,
dass wir nicht wissen, ob er Sprengstoff mit sich
führt und dass es nur um ihre eigene Sicherheit geht.
Schließlich haben alle die Evakuierungsmaßnahme
akzeptiert, brauchen aber noch etwas Zeit, ihre
Taschen mit persönlichem Bedarf zusammen zu packen.
Der Bus, der sie ins Hotel bringen soll, steht schon
in einer Seitenstraße. Wenn das Haus geräumt ist,
melde ich mich bei Ihnen."
„Danke", sagte Schwerdtfeger und legte auf.

Es klopfte an die Tür von Schwerdtfegers Büro, auf
sein „Herein" trat sein Vorgesetzter Reinders ein.
„Haben Sie einen Augenblick Zeit?" fragte er höflich.
Schwerdtfeger bejahte Reinders Frage und bot ihm Platz
an.
„Möchten Sie eine Tasse Kaffee?"
„Danke nein", sagte Reinders. „Ich habe heute schon
drei Tassen getrunken. Noch mehr wäre zu viel des
Guten. Man ist dann so aufgedreht."
„Und was kann ich sonst für Sie tun?" erkundigte
Schwerdtfeger sich. „Ich wollte mich mal über den
neuesten Entwicklungen in Ihrem Fall informieren." Das
ist eine Finte, dachte Schwerdtfeger, er hat doch
irgend etwas vor. Ich habe ihn doch vor einen guten
halben Stunde erst informiert. Das Beste wird sein,
ich stelle mich dumm und lasse ihn einfach mal kommen.
„Gegenüber dem Stand von vorhin hat sich wenig
verändert," sagte Schwerdtfeger. Das Haus, in dem sich
die beiden Bankräuber und ihre Geiseln aufhalten, ist
umstellt. Wir sind momentan dabei, die übrigen
Hausbewohner in ein Hotel umzuquartieren, damit bei
einer möglichen Schießerei niemand zu Schaden kommt."
„Das finde ich sehr vernünftig", lobte Reinders.
„Es gibt übrigens doch noch etwas Neues", warf
Schwerdtfeger ein. „Dr. Clemens hat Ebelings Akte, die
ich von der JVA bekommen habe, einmal durchgeschaut.
Es drängt sich der Eindruck auf, dass bei der
vorzeitigen Entlassung Ebelings gemauschelt wurde."
Und Schwerdtfeger schilderte kurz, was Dr. Clemens
aufgefallen war. „Es gibt da Gerüchte, dass Ebeling
beim Anstaltsleiter einen Stein im Brett hatte, weil
er
Dr. Müller beim Bau von dessen Haus geholfen haben
soll."
Reinders runzelte die Stirn und meinte: „Das wäre an
sich schon ein Straftatbestand, aber wenn Dr. Müller
Ebeling aus diesem Grunde zu einer vorzeitigen
Entlassung verholfen hätte, wäre das ein richtiger

Skandal. Das würde auch erklären, warum er sich so gegen die Herausgabe der Akte gesträubt hat."
Ich habe ihm von dem Tanz um die Akte und wie ich daran gekommen bin, nichts erzählt, dachte Schwerdtfeger, von wem hat er das?
„Sie hatten mir vorhin Ihr Konzept vorgetragen", fuhr Reinders fort. „Das hört sich eigentlich ganz schlüssig an, hat in meinen Augen aber einen Nachteil. Es könnte länger dauern, bis die Angelegenheit abgeschlossen ist."
„Es wäre vermutlich schwierig, einen bestimmten Endtermin vorher zu sagen", gab Schwerdtfeger zu.
„Aber das ist nicht unser Hauptproblem. Wir halten es für das Wichtigste, das Risiko für Unbeteiligte zu minimieren. Über die besondere Situation mit der Geisel hatte ich Sie ja bereits vorhin informiert. Nach Einschätzung von
Dr. Clemens ist Ebeling ein Psychopath, der bedenkenlos einen weiteren Mord begehen würde, wenn die Umstände entsprechend sind. Da er bereits einen Mord begangen hat, bekäme er bei der nächsten Verurteilung sicher ohnehin lebenslänglich. Er ginge also kaum ein zusätzliches Risiko ein."
„Das eben ist die Frage", erwiderte Reinders. „Wenn er sich in einer ausweglosen Situation befände, müsste er sich eigentlich sagen, dass sich seine Situation durch Begehen einer weiteren schweren Straftat eigentlich nur noch verschlechtern kann. Man muss kurzen Prozess mit ihm machen. Ich bin überzeugt, dass er dann schon klein beigibt."
Dein Wort in Gottes Ohr, dachte Schwerdtfeger. Aber erzähle mir ruhig noch ein wenig mehr. „Und warum wäre es ein Nachteil, wenn es einige Tage länger dauert, bis diese Angelegenheit abgeschlossen ist?"
„Dieser Fall hat in der Öffentlichkeit ein breites Echo gefunden. Dergleichen regt die Menschen im Lande auf. Sie wünschen, dass dieser ungesetzliche Zustand so schnell wie möglich beendet wird", antwortete

Reinders.

Schwerdtfegers Telefon läutete, Pauli war dran.

„Kleinen Moment noch, Günter", sagte Schwerdtfeger.
„Ich habe eben eine Besprechung mit Herrn Reinders.
Ich rufe zurück."

„Lassen Sie sich nicht von Ihrer Arbeit abhalten",
wehrte Reinders ab. „Wir sind hier sowieso fertig. Bis
bald mal wieder." Und er verließ den Raum.

„Günter, bist du noch dran?" fragte Schwerdtfeger.

„Ja, ich habe euren Schlussdialog mitbekommen", sagte
Pauli. „'Bis bald mal wieder' hörte sich ja fast wie
eine Drohung an. Aber hier gibt es etwas Neues. Die
Akustiker haben anhand des Stimmvergleiches eine der
mit den Richtmikrofonen aufgenommenen Stimmen
eindeutig Ebeling zugeordnet. Und ich sollte dir vom
MEK ausrichten, dass das Haus Klosterstraße 127
inzwischen von allen Bewohnern geräumt ist. Du kannst
also losschlagen und mit Ebeling Kontakt aufnehmen."

„Fein", sagte Schwerdtfeger. „Ich habe nur noch eine
Frage an dich. Reinders wusste von meinem Streit mit
Dr. Müller um Ebelings Akte. Hatte er das von dir?"

„Von mir hat er kein Wort erfahren. Wie du weißt,
stehe ich nicht auf besonders vertraulichem Fuß mit
ihm. Das Gezerre um die Akte war kein Umstand, von dem
er zur Durchführung seiner Aufgaben wissen musste. Und
weniger wichtige Dinge berichte ich ihm nur, wenn er
es anordnet, und das hat er im vorliegenden Fall nicht
getan. Vielleicht hat ja auch er seine Quellen?"

„Das sieht ganz so aus", sagte Schwerdtfeger
nachdenklich.

Nachdem Pauli aufgelegt hatte, schaltete Schwerdtfeger
das Bandgerät ein und wählte die Telefonnummer der
Wohnung, in der sich Ebeling aufhielt. Das Freizeichen
ertönte. Nach sechs Wiederholungen wurde der Hörer
abgehoben, und eine heisere Stimme, die Schwerdtfeger
für Ebelings hielt, sagte: „Was gibt's?"

„Guten Tag, Herr Ebeling", sagte Schwerdtfeger. „Ich
bin der Leiter der Sonderkommission, die Ihretwegen

gegründet wurde. Wir haben Ihnen einen Vorschlag zu machen."

„Ihr Vorschlag interessiert mich nicht. Ich stelle hier die Bedingungen. Ich verlange einen neuen Fluchtwagen, aber diesmal bitte ohne Peilsender. Ihr habt wohl geglaubt, Ihr habt es hier mit Deppen zu tun?"

„Wir tun nur unsere Arbeit, so, wie wir es gewohnt sind", antwortete Schwerdtfeger. „Aber in Ordnung, Sie sollen einen neuen Wagen bekommen, garantiert ohne Peilsender. Wir versprechen auch, Sie nicht zu verfolgen. Aber es gibt eine Bedingung. Sie fahren nur mit Ihrem, äh, Kollegen, und lassen die Geiseln unversehrt in der Wohnung zurück. Bevor wir Sie abziehen lassen, will ich mit jedem von ihnen sprechen."

Darauf herrschte einen Moment Schweigen, nur das Bandgerät, welches das Gespräch aufzeichnete, rauschte leise.

„Sind Sie nun fertig?" fragte Ebeling dann. „Ich will Ihnen einmal was sagen. Ihr Angebot interessiert mich einen Dreck. Entweder Sie lassen mich, meinen Kumpel und die Geisel aus der Bank hier ohne jede Verfolgung abziehen, oder hier stirbt die erste Geisel."

„Dass wir uns hier nur richtig verstehen, Sie sind nicht in der Lage, uns hier Bedingungen zu stellen", erwiderte Schwerdtfeger. „Das Haus ist umstellt, ein Mobiles Einsatzkommando mit Scharfschützen ist vor Ort. Nehmen Sie noch zur Kenntnis, dass die Wohnung, in der Sie sich aufhalten, von uns abgehört wird. In dem Moment, wo wir den Eindruck haben, dass sie eine Ihrer Geiseln auch nur schräg anschauen, geht das MEK rein. Die sind übrigens berechtigt, Sie ohne Weiteres zu erschießen, wenn sie glauben, die Geiseln seien in Gefahr. Das heißt bei uns 'Notwendige Maßnahme zur Abwendung einer unmittelbaren Gefahr' und ist strikt legal. Sicher haben Sie schon davon gehört, Sie kennen sich ja wohl aus. Man könnte das auch eine vom

Rechtsstaat abgesegnete Lizenz zum Töten nennen, und
wir werden nicht zögern, davon Gebrauch zu machen,
wenn die Lage es unserer Einschätzung nach erfordert.
Denken Sie in Ruhe über meinen Vorschlag nach, ich
denke, er ist fair genug. Einen anderen wird es
jedenfalls nicht geben. Ich werde mich wieder bei
Ihnen melden. Ende."
Und ohne eine Gegenrede abzuwarten, legte
Schwerdtfeger auf und hielt das Bandgerät an.
Schwerdtfeger rief den Kommandoführer des MEK an und
informierte ihn über sein Gespräch mit Ebeling,
welches er Wort für Wort wiederholte. „Wir müssen
anfangen, ihn unter Druck zu setzen. Sie hören die
Wohnung doch weiter ab, oder?"
„Das ist richtig."
„Dann achten Sie bitte darauf, ob der die Geisel aus
der Bank bedroht oder sogar anfasst. Wenn das
geschieht, bitte informieren Sie mich sofort. Ich
werde ihn dann anrufen und ihn nochmals warnen."
„Wir könnten ihm zur Ihrer Unterstützung auch etwas
Theater vorspielen", schlug der Kommandoführer vor.
„Wir könnten zum Beispiel mit einem gepanzerten
Einsatzfahrzeug vor dem Haus vorfahren und einige
Einsatzkräfte heraus springen lassen."
„Gute Idee, aber es kommt darauf an, dass er dabei
nicht in Panik gerät und unüberlegt handelt. Wenn Ihre
Leute ruhig aus dem Fahrzeug aussteigen und für ihn
sichtbar in Stellung gehen, wird unser Signal bestimmt
richtig ankommen."
„Das werde ich so durchführen", sagte der
Kommandoführer.
„Und Sie halten mich auf dem Laufenden?"
„Ganz klar."

20

Pauli stürmte in Schwerdtfegers Büro. „Entschuldige,

Manfred, dass ich hier so herein geplatzt komme, aber es gibt eine sensationelle Neuigkeit. Eben hat mich mein Gewährsmann aus der JVA angerufen. Dr. Müller ist scheinbar in großen Schwierigkeiten. Er wurde Knall auf Fall von der Leitung der JVA entbunden. Dem Vernehmen nach wurde eine disziplinarische Voruntersuchung gegen ihn eingeleitet. Mein Gewährsmann wollte wissen, ob wir etwas damit zu tun haben."

„Ehrlich gesagt halte ich das durchaus für möglich. Nachdem Reinders mich auf die Vorgänge um die Akte angesprochen hat, habe ich ihm mitgeteilt, dass es Gerüchte gebe, nach denen Ebeling bei Dr. Müller möglicher Weise ein Stein im Brett hatte, weil er privat für den Leiter der JVA gearbeitet haben soll. Woher ich das habe, und besonders deinen Namen habe ich in diesem Zusammenhang übrigens nicht erwähnt."

Pauli pfiff durch die Zähne. „Das ist gut so, da bin ich dir dankbar. Es sieht ja fast so aus, als ob Reinders das weiter geleitet hätte. Er hat wohl doch einen Draht zur Politik."

„Die Regierungen kommen und gehen, aber die Reinders bleiben bestehen."

„Das ist wahr, und es reimt sich sogar." Pauli lachte. „Da kann man sehen, dass wir Polizisten zu allem fähig sind. Wenn es sein muss, können wir notfalls auch Lyrik produzieren."

„Wir können aus dieser Sache zweierlei lernen," fuhr Schwerdtfeger fort. „Erstens: Reinders spielt die politische Karte. Er hat da scheinbar einen Kontaktmann in der Innenbehörde mit Zugang zum Innensenator. Und zweitens, dass dieser sofort gehandelt hat, als der Verdacht auf kam, dass in der JVA gemauschelt wurde."

„Dass Reinders in Politik macht, ist nichts Neues", sagte Pauli. „Er ist wohl auf eine Politkarriere aus. Das ist ja heute besonders bei jüngeren Kollegen des höheren Dienstes scheinbar nichts Ungewöhnliches. Aber

Innensenator Krause meint es offensichtlich ernst mit seiner Kampagne für Recht und Ordnung, die Aussagen seiner Partei im Wahlkampf zu diesem Thema waren ehrlich gemeint."

„Das glaube ich auch", sagte Schwerdtfeger. „Aber gerade seine Blauäugigkeit macht ihn so gefährlich. Er hat die Angewohnheit, etwas aus der Hüfte zu schießen, agiert, bevor alle Fakten auf dem Tisch liegen, reagiert gelegentlich über. Das hat er schon als Staatsanwalt so gehalten, und ich glaube nicht, dass er sich seither wesentlich geändert hätte."

„Er ist wohl auch noch ziemlich jung, Anfang vierzig, oder?"

„Vierundvierzig, so viel ich weiß. Was ihm fehlt, ist ein wenig Erfahrung und Besonnenheit. Ich hoffe nur, dass er uns hier arbeiten lässt und sich in seiner jugendlichen Ungeduld nicht einmischt. Das wäre in unserem Fall ziemlich kritisch."

„Aber das darf er doch eigentlich nicht. Er ist doch für die Politik zuständig und muss dafür sorgen, dass die große Linie stimmt."

„Du hast natürlich völlig recht, Günter", sagte Schwerdtfeger. „Aber er hat halt die Macht, in unsere Arbeit einzugreifen. Die Frage ist, ob er besonnen genug ist, es nicht zu tun."

„Warten wir's ab", erwiderte Pauli.

Schwerdtfeger hatte heute nach Feierabend Bereitschaftsdienst. Da die Polizei die Lage in der Klosterstraße unter Kontrolle hatte und überraschende Entwicklungen nach dem Konzept, welches die Sonderkommission ausgearbeitet hatte, nicht zu erwarten waren, konnte er nach Hause gehen, musste aber damit rechnen, dass bei einer plötzlichen Zuspitzung der Situation sein Handy irgendwann klingelte.

Abends zu Hause dachte Schwerdtfeger bei einem Glas Rotwein über die Gesamtsituation nach. Er war davon überzeugt, dass das Konzept der Sonderkommission richtig war. Erfolg oder Misserfolg hingen wesentlich davon ab, dass man Ebeling mit genügend Fingerspitzengefühl behandelte. Ebeling war wie ein gefährlicher Sprengkörper, den er, Schwerdtfeger, zu entschärfen hatte. Eine falsche Bewegung, und der Verbrecher würde explodieren und dabei Unbeteiligte in den Tod reißen.

Schwerdtfeger war ein erfahrener Kriminalist und hatte sich in seinen vielen Dienstjahren auch eine solide Menschenkenntnis erworben. Er machte sich daher keine Illusionen über die Wolfsnatur des Menschen. In diesem besonderen Fall ging es jedoch nicht um allgemeinen Erkenntnisse; hier kam es darauf an, die wahrscheinlichen Reaktionen eines Individuums in bestimmten Situationen voraus zu sehen. Das erforderte nicht nur eine erhebliche Sensibilität, sondern auch die Kenntnisse eines Fachmannes, der sich in den Abgründen der menschlichen Seele zurecht fand. Aus diesem Grunde war er froh über die Mitarbeit von Dr. Clemens in der Sonderkommission. Er hatte schon öfter mit Dr. Clemens zusammen gearbeitet. Insgeheim war Schwerdtfeger der Ansicht, dass die Lösung vieler schwieriger Fälle, deren Verdienst ihm selber zugeschrieben wurde, in Wirklichkeit Dr. Clemens zu verdanken war.

Schwerdtfeger wunderte sich über das Interesse, das Reinders am Fall Ebeling zeigte. Reinders ließ sonst die Fachleute ihre Arbeit tun und mischte sich nicht weiter ein. Er erkundigte sich schon einmal, wie dieser oder jener Fall lief, ob der zuständige Ermittler weiter kam. Er ließ auch gelegentlich flotte Sprüche im Manager-Neudeutsch vom Stapel, ermahnte die Kollegen, 'kommunikativ' zu sein, was in die Umgangssprache übersetzt bedeutete, man solle ihn rechtzeitig über interessante Entwicklungen informieren, er wies auf die Verpflichtung der Polizei zur 'verhältnismäßigen' Reaktion in kritischen Situationen hin, was im Klartext bedeutete, dass man

jemanden, der, in die Ecke getrieben, etwa ein Messer
zog, ohne damit jemanden anzugreifen, deswegen nicht
gleich erschießen durfte. Die Reaktion der Polizei
musste der Situation entsprechen und durfte nicht
übertrieben sein. Das waren im Grunde alles
Binsenweisheiten, Dinge, die in Schwerdtfegers Augen
selbstverständlich waren.
Dass sich Reinders aber in einen konkreten Fall
einmischte und Schwerdtfeger einigermaßen abstruse
Ratschläge erteilte, das war neu. Die Öffentlichkeit,
so hatte er doch argumentiert, habe ein Recht auf eine
schnelle Beendigung dieses Falles? Ist der öffentliche
Applaus für unsere Arbeit denn das Allerwichtigste?
dachte Schwerdtfeger ironisch. Das ist mir völlig neu.
Ich hatte gedacht, es ginge um den Erhalt der
Rechtssicherheit durch eine hohe Aufklärungsquote von
Straftaten und die sichere Ergreifung der Täter bei
größtmöglichem Schutz Unbeteiligter. Sollte ich damals
auf der Polizeischule etwas falsch verstanden haben,
als man uns die Ziele unserer Arbeit erläuterte?
Wie würde er, Schwerdtfeger, sich verhalten, wenn es
in diesem Fall zu einer unerlaubten Einflussnahme
kam? Er hielt sich, sicher zu Recht, für einen Beamten
„vom alten Schlag", wie er für sich selber zu
formulieren pflegte. Er kannte seine Pflichten und
seine Rechte und nahm beides sehr ernst. Er würde sich
gewiss nicht umher stoßen lassen und würde
unqualifizierte Einmischungsversuche zurückweisen. Was
konnte einem Beamten schließlich geschehen, so lange
er sich an die Gesetze hielt? Man würde diesen, wenn
er der Verwaltung mit dem Beharren auf seinen
Standpunkt ausdauernd auf die Nerven ging, nicht mehr
befördern. Da Schwerdtfeger als Erster
Kriminalhauptkommissar die Spitzenstellung seiner
Laufbahn schon vor Jahren erreicht hatte und er für
einen Aufstieg in die Laufbahn des Höheren Dienstes
sowieso zu alt war, konnte ihn diese Aussicht nicht
schrecken.

Aber es gab noch einen ganz anderen Schwerdtfeger. Hinter einer harten, kämpferischen Schale verbarg sich eine eher sensible, gewissenhafte Natur. Er war der Ansicht, dass er sich für einen schwierigen Beruf entschieden hatte, aber er betrachtete diesen als Berufung, die er sehr ernst nahm. Gewaltanwendung war nicht immer zu vermeiden, es ging schließlich um die Verteidigung der Rechtsordnung gegen kriminelle Elemente, aber bevor Schwerdtfeger sich zu einer konkreten Aktion entschloss, wog er ab, wenn immer die Situation das zuließ, wie sich dieses Ziel auf möglichst unblutige Weise erreichen ließ. Natürlich ließen sich Situationen, in denen Gewalttäter durch einen gezielten Schuss außer Gefecht gesetzt werden mussten, nicht immer vermeiden. Das war zur Abwendung einer unmittelbaren Gefahr für sich selbst oder Dritte durchaus zu akzeptieren. Man durfte sich die Entscheidung nicht zu leicht machen, musste eine Abwägung der bedrohten Rechtsgüter vornehmen. In seinen Augen war Gewaltanwendung immer eine Ultima Ratio. Er würde es sich selbst nicht verzeihen, wenn auch nur durch ein Versäumnis seinerseits jemand Schaden erlitt. Er wusste, dass ihn ein derartiges Erlebnis belasten würde. Es wäre unschön, wenn er sich seinen wohl verdienten Ruhestand auf diese Weise verderben würde.
Die Mehrheit von Schwerdtfegers Kollegen war ähnlich vorsichtig, aber eine Minderheit besonders jüngerer Polizeibeamter sah das etwas weniger streng. Diese Leute hatten sich gedanklich nicht genügend mit dem Problem auseinander gesetzt, oder dem einen oder anderen saß die Schusswaffe aus anderen Gründen ein wenig locker. Man war schließlich auf der Seite des Gesetzes. Da kam es dann gelegentlich zu Zwischenfällen, bei denen ein Tatverdächtiger angeschossen oder gar erschossen wurde. Insofern war Reinders' diesbezügliche Ermahnung nicht ganz unberechtigt. War die Situation einigermaßen unklar,

so wurde eine Untersuchung der genauen Umstände des Schusswaffengebrauchs eingeleitet. War es Notwehr, war der Schuss zur Abwendung einer unmittelbar drohenden Gefahr für Leib und Leben unumgänglich oder nicht, war die Aktion des Polizeibeamten der im Moment des Schusses vorhandenen Situation angemessen, das waren immer die entscheidenden Fragen. Kam ein Tatverdächtiger durch einen Schuss in den Rücken zu Tode, konnte der Schütze schlecht auf Notwehr plädieren. Selbst für diese Fälle gab es jedoch Begründungen: Der Schütze hätte irrtümlich eine Notwehrsituation angenommen, 'putative Notwehr' nannten das die Juristen, oder war er durch andauernden Stress in einer besonderen Situation menschlich überfordert gewesen.

Wenn auch die Untersuchungen meistens eingestellt wurden, weil Vorsatz oder grob-fahrlässiges Verhalten nicht beweisbar waren, so war doch die Untersuchung, die sich normalerweise über mehrere Monate hin zog, auf jeden Fall eine nervliche Belastung für die Betroffenen. In einigen Fällen blieb auch etwas in den Köpfen der Vorgesetzten zurück; der Schütze wurde in die Kategorie „nervlich instabil" oder „schießwütiger Cowboy" eingeordnet und wurde künftig mit der Aufklärung von Fahrraddiebstählen oder mit Verwaltungsaufgaben betraut. Insofern hatte Schwerdtfegers Gewissenhaftigkeit durchaus einen Hauch von Pragmatismus, hatte sie ihn bisher doch aus entsprechenden Schwierigkeiten heraus gehalten.

Und er war fest entschlossen, dass er während der wenigen Monate, die ihm an aktiver Dienstzeit noch verblieben, seine Gewohnheiten in dieser Beziehung nicht mehr ändern würde.

21

Als Schwerdtfeger am nächsten Morgen sein Büro betrat,

fand er einen Zettel auf seinem Schreibtisch: „Bitte rufen Sie mich an. Rd, 07:10." 'Rd' war das Namenskürzel von Reinders, Schwerdtfegers Sachgebietsleiter. Die Zeitangabe sieht ihm mal wieder ähnlich, dachte Schwerdtfeger, das ist typisch Reinders. Während alles noch schläft, ist er schon unermüdlich im Dienst und kämpft einsam für Recht und Ordnung. Er wird es sicher noch weit bringen.
„Können Sie mich mal kurz in meinem Büro aufsuchen?" wollte Reinders wissen. „Es gibt da ein wenig Abstimmungsbedarf." Das hört sich fast wie eine Drohung an, dachte Schwerdtfeger. Mischt er sich schon wieder in meine Arbeit ein? Ihm ahnte nichts Gutes, als er an die Tür von Reinders' Büro klopfte.
„Immer hereinspaziert", sagte dieser jovial. „Ich habe kein größeres Attentat auf Sie vor, wollte mich bloß einmal ein wenig über die jüngsten Erkenntnisse der Soko „Schweinchen Schlau" informieren."
Schwerdtfeger nahm vor Reinders geräumigen Schreibtisch Platz. Auf diesem herrschte eine gewissermaßen klinische Ordnung. Außer einer Schreibunterlage und einem Arrangement von Glasröhren, in denen verschiedene Kugelschreiber, Druckbleistifte und Fasermaler ruhten, sah man nur das Telefon, eine Funkuhr und ein Notebook neuerer Produktion, auf dessen Monitor ein Bildschirmschoner sich dauernd verändernde röhrenförmige Muster produzierte.
„Gegenüber dem Stand von gestern hat sich eigentlich wenig Neues ereignet", berichtete Schwerdtfeger. „Ich hatte ein Gespräch mit Ebeling. Er wollte uns Bedingungen stellen, ich habe ihm jedoch klargemacht, dass er dazu nicht in der Lage ist. Das MEK hätte das Haus umstellt und würde beim geringsten Anzeichen einer Gefahr für die Geiseln hinein gehen. Wir hörten die Wohnung praktisch lückenlos ab und würden es merken, wenn er gegen gewalttätig wird. Mit dem MEK habe ich abgesprochen, ein wenig Nervenkrieg zu führen. Wenn wir mitbekommen, dass er die Geisel aus

der Bank falsch anfasst, reagieren wir, sprechen mit ihm, drohen ihm, je nach Situation. Unsere Absicht ist, ihm einzubläuen, dass eine schlechte Behandlung von Frau Möller Konsequenzen für ihn haben würde. Andererseits habe ich ihm freien Abzug und ein Fluchtfahrzeug unter der Bedingung angeboten, dass er die Geiseln unbeschädigt in der Wohnung zurück lässt."
„Ihn freilassen? Halten Sie das für eine gute Idee?" wollte Reinders wissen.
„Das Wichtigste ist es jetzt, ihn von seinen Geiseln zu trennen, damit die in Sicherheit sind. Wir wollen ihm ein Fluchtfahrzeug mit GPS-gestützter Navigationsanlage geben. Der Trick dabei ist, dass dieser Satellitenempfänger auch dann arbeitet, wenn die Navigationsanlage abgeschaltet ist. Er kennt also jederzeit die Position des Fluchtfahrzeuges. Zum Fahrzeug gehört weiter ein Mobiltelefon mit einem Zusatznutzen: Es empfängt laufend die Positionsdaten vom Satellitenempfänger und überträgt sie an die verfolgenden Fahrzeuge. Die sind so ausgerüstet, dass sie auf ihren Displays das gleiche Bild wie das Fluchtfahrzeug haben, wenn es die Navigationsanlage angeschaltet hätte: Sie sehen das Fluchtfahrzeug als helles Kreuz, eingeblendet in die Straßenkarte, so dass sie auf etwa hundert Meter genau bestimmen können, wo es sich im Moment befindet, wenn es nicht gerade irgendwo ist, wo die Wellenausbreitung behindert wird, etwa in einem Tunnel. Das ist modernste Objektverfolgungs-Technik, das Allerneueste auf diesem Sektor. Es funktioniert nicht nur im Bereich unseres Peilfunknetzes, sondern europaweit. Damit können wir Ebelings Bewegungen lückenlos verfolgen und können uns dann eine geeignete Stelle für den endgültigen Showdown aussuchen. Auf jeden Fall hat er bei bundesweiter Fahndung, die schon angelaufen ist, kaum eine Chance, weit zu kommen. Wir werden ihn schon bald wieder einfangen."
„Hört sich nicht schlecht an", sagte Reinders. „Hat

Ebeling sich schon geäußert, ob er Ihr Angebot annehmen will?"

„Noch nicht", erwiderte Schwerdtfeger. „Wir glauben, dass er noch nicht ganz so weit ist. Es wird sicher noch einige Widerreden geben, er wird uns mit der Erschießung von Geiseln drohen, wir stellen ihm für diesen Fall die Erstürmung der Wohnung und seinen wahrscheinlichen Tod in Aussicht. Das übliche Geschrei vor der Schlacht. Wie wir ihn einschätzen, glauben wir, dass er schließlich irgendwann mürbe werden und begreifen wird, dass er nur Aussichten auf einen Abzug hat, wenn er unsere Bedingungen akzeptiert. Dr. Clemens hält es für möglich, dass er zur Wahrung seines Gesichtes zusätzliche Forderungen stellt, beispielsweise eine Geldübergabe. Wenn er Derartiges fordert, werden wir uns damit auseinander setzen. In der Zwischenzeit sind wir darauf eingerichtet, die in der Wohnung Anwesenden mit allem Lebensnotwendigen zu versorgen."

Reinders schwieg einige Sekunden, dann sagte er: „Das hört sich alles ganz gut an, hat in meinen Augen aber einen gravierenden Nachteil: Es dauert möglicherweise ziemlich lange, bis der Fall nach Ihrer Vorstellung gelöst ist."

„Warum ist das ein Nachteil?" wollte Schwerdtfeger wissen.

„Zum ersten ist es eine Frage der Wirtschaftlichkeit. Solange die Hausbewohner im Hotel untergebracht sind, müssen wir für die Kosten aufkommen. Das MEK und die übrigen, für diesen Fall gebundenen Polizeikräfte sind ein weiterer Kostenfaktor, der nicht zu vernachlässigen ist. Es gibt noch mehr Arbeit für unsere Polizei als das Aufräumen nach diesem Bankraub. Wir sind gehalten, unsere Aufgaben auf möglichst wirtschaftliche Weise zu lösen."

Wie viel Geld ist ein Menschenleben wert? dachte Schwerdtfeger.

„Und zweitens müssen wir an das Bild denken, das die

Öffentlichkeit sich von unserer Arbeit macht", fuhr
Reinders fort. „Wenn sich ein Fall länger hinzieht,
kommt leicht der Eindruck auf, dass die Polizei sich
zurück lehnt und gar nichts tut."
Da ist es wieder, dieses Argument, überlegte
Schwerdtfeger. Was steckt nur dahinter?
„Es geht uns um die Sicherheit der jungen
Bankangestellten, die Ebeling als Geisel genommen
hat", erwiderte Schwerdtfeger. „Wie will man das
wirtschaftlich bewerten? Zwischen Ebeling und der
jungen Bankangestellten besteht eine Beziehung in
sofern, als Ebeling ihr die Schuld an seiner Situation
gibt. Sie war zum Zeitpunkt des Banküberfalles auf der
Toilette, hörte die Schüsse und rief die Polizei mit
Ihrem Handy an. Nach Einschätzung von Dr. Clemens,
aber auch nach Ebelings Vorgeschichte, ist dieser
äußerst gewalttätig. Wir befürchten, dass Ebeling, der
nicht mehr viel zu verlieren hat, sich an ihr rächen
wird, wenn wir die Wohnung stürmen. Außerdem können
wir in diesem Fall auch nicht für die Sicherheit der
übrigen Geiseln garantieren."
Reinders schwieg einen Augenblick. „Das ist sicher ein
bedenkenswerter Gesichtspunkt", sagte er dann. „Wir
müssen alle Aspekte jedoch in der Gesamtschau sehen
und gegeneinander abwägen. Ich habe gleich wieder
einen Termin, wir sollten zum Schluss kommen. Ich
möchte Sie bitten, eine Alternative für die sichere
Beendigung dieser Angelegenheit zu erarbeiten, die
weniger Zeit benötigt. Verstehen Sie Ihre Arbeit als
ein Management-Problem. Wenn Sie da eine Idee haben,
kommen Sie einfach vorbei, dann können wir darüber
diskutieren. Bis dahin weiterhin viel Erfolg." Damit
war Schwerdtfeger entlassen.
Wieder in seinem Büro, dachte Schwerdtfeger über die
Besprechung mit Reinders nach. Dies war nun schon das
dritte Mal, dass Reinders versuchte, ihm Anweisungen
zu erteilen. Dass sich ein Vorgesetzter so massiv in
die Arbeit einer Sonderkommission einmischte, war,

gelinde gesagt, ungewöhnlich. Und warum drängte er so auf ein schnelles Ende der Aktion? Die Verpflichtung zum wirtschaftlichen Handeln war sicher immer gegeben, nur waren die fachlichen Aspekte der Polizeiarbeit vorrangig zu berücksichtigen. „Verstehen Sie Ihre Arbeit als ein Management-Problem." Bin ich jetzt ein Manager und kein Polizist mehr? Der Reinders ist doch ein Spruchbeutel, dachte Schwerdtfeger. Aber was mochte letztendlich hinter Reinders' Einmischungen stecken?

22

Die Sonne schien vom strahlend blauen Himmel, die Luft war angenehm warm. In der Klosterstraße war die Lage um das Haus Nr. 127 unverändert. Die Polizei hatte die Straße gesperrt und zeigte massiv Präsenz. Das MEK hatte ein gepanzertes Fahrzeug aufgefahren, welches einigen Scharfschützen als Deckung diente. Ein zweites Fahrzeug diente als mobile Einsatzzentrale. In einigem Abstand vom Haus waren Streifenwagen und ein Notarztwagen geparkt. Uniformierte Polizisten bewachten die Absperrungen, welche durch rot-weiße Plastikbänder mit der Aufschrift „Polizei" gekennzeichnet waren. Außerhalb der Absperrung standen Schaulustige und Reporter, die versuchten, mit den Polizisten ins Gespräch zu kommen. Dahinter waren Studiofahrzeuge einiger Rundfunk- und Fernsehsender geparkt.
Scharfschützen patrouillierten in ihren kugelsicheren Westen vor dem Hauseingang.
Auch in den Nachbarwohnungen hielten sich MEK-Kräfte auf. Sie gaben sich keinerlei Mühe, ihre Präsenz zu verbergen. Von Zeit zu Zeit liefen sie geräuschvoll mit ihren Stiefeln durch das Treppenhaus.
Wir sind hier, hieß die Botschaft, die sie damit übermitteln wollten.

Schwerdtfeger saß in der mobilen Einsatzzentrale. Die
Sonne brannte auf den geschlossenen Aufbau und es
herrschte eine ungemütlich hohe Temperatur. Es wäre
sicher eine gute Idee, ein wenig Druck auf Ebeling
auszuüben, die Dinge im Sinne des in der
Sonderkommission erarbeiteten Lösungsansatzes voran zu
treiben, bevor es Einmischungen von oben gab.
Schwerdtfeger griff zum Telefonhörer.
„Ja?" sagte Ebeling nach dem fünften Freizeichen.
„Hier Schwerdtfeger. Wir wollten wissen, ob Sie da
drinnen etwas brauchen."
„Haben Sie einen Zimmerservice für uns eingerichtet?"
fragte Ebeling spöttisch.
Schwerdtfeger antwortete nicht. „Wir könnten wirklich
einiges gebrauchen", fügte Ebeling hinzu. „Ich werde
Ihnen eine Liste durchgeben."
„Haben Sie meine Telefonnummer?"
„Ich höre", sagte Ebeling, und Schwerdtfeger gab seine
Handynummer durch. „Wir haben übrigens einen Wagen für
Sie", fügte Schwerdtfeger hinzu. „Ohne Peilsender, wie
Sie es wollten. Der Wagen steht zu Ihrer Verfügung,
wenn Sie unsere Bedingungen erfüllen. Denken Sie
darüber nach und lassen Sie uns Ihre Entscheidung
wissen. Ende." Schwerdtfeger trennte die Verbindung.
Der Kommandoführer des MEK, der das Gespräch mitgehört
hatte, sagte: „Ich habe das Gefühl, Ebeling wird
langsam weich. Wir haben ein gutes Konzept, jetzt
kommt es nur noch darauf an, dass wir die besseren
Nerven haben."
„Ich sehe das genau so", sagte Schwerdtfeger. „Wir
bekommen die Freilassung der Geiseln schon hin,
vorausgesetzt, wir haben genügend Zeit."
„Wir nehmen uns eben so viel Zeit, wie wir brauchen,
da sehe ich kein Problem."
„Ihr Wort in Gottes Ohr", erwiderte Schwerdtfeger
ernst. „Aber es ist Zeit fürs Mittagessen. Haben Sie
schon herausgefunden, wo man hier in der Gegend
einigermaßen essen kann?"

„Meine Leute haben die „Ise-Klause" empfohlen. Die ist hier gleich gegenüber. Dort gibt es ein Stammessen, das auch für Polizisten erschwinglich ist. Dann ist um die Ecke noch ein Döner-Stand."
„Wollen wir die „Ise-Klause" mal ausprobieren?" schlug Schwerdtfeger vor. „Es wird auch langsam Zeit, wieder mal an die frische Luft zu kommen."
„Einverstanden", sagte der Kommandoführer.
Die „Ise-Klause" war um diese Zeit relativ gut besucht, etwas mehr als die Hälfte der Sitzplätze war besetzt.
„Was ist denn heute das Stammessen?" fragte der Kommandoführer den Wirt. „Labskaus", antwortete der. Das war ein typisches Hamburger Gericht, Heringsragout mit Kartoffeln, Stücken von Roten Beeten, Fleisch und einem Spiegelei darüber. Schwerdtfeger verzog ein wenig sein Gesicht.
„Mögen Sie keinen Labskaus?" fragte der Kommandoführer.
Er ist ein scharfer Beobachter, dachte Schwerdtfeger und sagte: „An die eine oder andere Hamburgensie habe ich mich noch nicht gewöhnt."
„Da merkt man, dass Sie ein Quidje sind", sagte der Kommandoführer. Er sprach dieses Wort, mit dem der geborene Hamburger den Zugereisten bezeichnet, wie „Quietsche" aus. „Bedenken Sie, was jemand einmal gesagt hat: 'In Hamburg sind die Sitten englisch und das Essen ist himmlisch'.
Der Kommandoführer des MEK zitiert Heine, dachte Schwerdtfeger ein wenig überrascht. Er kannte den Kommandoführer schon sehr lange, hatte ihn immer für einen sehr guten und hoch motivierten Polizisten gehalten, aber diese Seite des Kollegen war Schwerdtfeger völlig neu. Es dauert wohl sehr lange, einen Menschen wirklich kennen zu lernen.
„Das war wohl eine dichterische Übertreibung", antwortete er listig. „Heine konnte das gar nicht beurteilen. Ich weiß nicht, ob er zum Zeitpunkt dieser

101

Aussage schon in England gewesen war, aber den Himmel kannte er damals sicherlich noch nicht aus eigener Anschauung. Außerdem vermute ich, dass er bei seinem Zitat eher an Austern als an Labskaus dachte." Und Schwerdtfeger kniff das linke Auge zu.

„Eins zu Null für Sie", erwiderte der Kommandoführer lachend. „Es ist doch immer wieder schwierig, gegen einen Beamten mit Argumenten anzukommen. Sie müssen aber sicher keinen Labskaus essen, denn normalerweise gibt es hier um diese Zeit noch einige andere warme Gerichte."

So war es, Schwerdtfeger bestellte Bratklopse mit Bratkartoffeln und einen Salat. Nachdem die beiden ihre Mahlzeit beendet hatten, tranken sie noch einen Kaffee. „Sie hatten recht, man kann hier ziemlich gut essen", sagte Schwerdtfeger zufrieden.

In diesem Moment meldete sich Schwerdtfegers Mobiltelefon. Sein Vorgesetzter Reinders war dran. „Wie ist bei Ihnen denn der Sachstand?" wollte er wissen.

„Im Grunde unverändert", antwortete Schwerdtfeger. „Wir haben Ebeling angeboten, die Wohnungsinsassen mit allem Nötigen zu versorgen. Wir glauben hier, dass er langsam weich wird. Er braucht halt seine Zeit, aber irgendwann wird er auf unsere Bedingungen eingehen."

Reinders kommentierte Schwerdtfegers Kurzbericht nicht weiter, sondern sagte unvermittelt: „Bitte schauen Sie gegen Dienstende noch einmal zu mir herein."

„In Ordnung", sagte Schwerdtfeger knapp und trennte die Verbindung. „Gibt es Ärger?" fragte der Kommandoführer.

„Hoffentlich nicht. Mein Sachgebietsleiter wünscht mich heute noch zu sprechen. Er hat mich schon drei Mal auf die Arbeit in der Sonderkommission angesprochen. Ich habe das Gefühl, ihm passt unsere ganze Richtung nicht."

„Er bekommt wohl Druck von oben?" vermutete der Kommandoführer.

„Das könnte sein", meinte Schwerdtfeger. „Dieser Fall
hat eine ziemliche Brisanz, das ist unserer Spitze
wohl auch schon aufgefallen. Ich hoffe nur, dass sie
sich nicht zu sehr in unsere Arbeit einmischen."
„Bloß das nicht. Die Fachleute für die Polizeiarbeit
sind doch wir. Wenn hier Leute, die diese Arbeit nicht
gelernt haben, anfingen, uns Anweisungen zu geben,
käme nichts Vernünftiges dabei heraus. Viele Köche
verderben den Brei."
„Ich möchte Ihnen da nicht widersprechen", sagte
Schwerdtfeger. „Es wird aber langsam Zeit, dass wir
uns wieder an die Arbeit begeben".
Kurz bevor sie den abgesperrten Bereich betraten,
wurden sie von einem Reporter angesprochen. „Was gibt
es an Neuentwicklungen in Ihrem Fall, Herr
Hauptkommissar", fragte dieser und hielt Schwerdtfeger
sein Mikrofon vor das Gesicht.
„Wir tun unseren Job", antwortete Schwerdtfeger. „Wenn
es etwas zu berichten gibt, wird die Polizei eine
Pressekonferenz veranstalten. Mehr kann ich im
Augenblick dazu nicht sagen."
„Aber es wird doch heute noch zu einer Festnahme
kommen, oder irre ich mich?"
„Kein Kommentar", erwiderte Schwerdtfeger einsilbig.
So leicht war der Reporter aber nicht abzuschütteln.
„Innensenator Krause hat gestern geäußert, dass er für
heute mit einer Festnahme rechne. Sind Sie da etwa
anderer Ansicht?"
Schwerdtfeger und der Kommandoführer sahen sich an,
der Kommandoführer schüttelte unmerklich seinen Kopf.
„Es tut mir wirklich leid", sagte Schwerdtfeger, „aber
ich muss Sie bitten, sich mit Ihren Fragen an unsere
Pressestelle zu wenden. Ich bin nicht befugt, Ihnen
Auskünfte zu geben. Und nun entschuldigen Sie uns
bitte, wir haben zu tun."
Die beiden hatten die Absperrung erreicht, ein
Polizist in Uniform, der Schwerdtfegers Problem
erkannt hatte, verstellte dem zudringlichen Reporter

den Weg und sagte nachdrücklich: „Bitte zurücktreten, behindern Sie nicht unsere Arbeit."

„Ebeling hat angerufen", sagte Michaelis, der während der Abwesenheit Schwerdtfegers im Einsatzfahrzeug die Stellung gehalten hatte. „Er hat uns eine Liste von Waren durchgegeben, die er von uns besorgt haben möchte."

Er reichte Schwerdtfeger ein Blatt Papier, das mit sorgfältig von Hand geschriebenen Zeilen gefüllt war. „Er möchte, dass die Sachen von einer jungen Frau überbracht werden, die nichts als einen Bikini an hat."

„Hat er sonst noch Wünsche", murrte Schwerdtfeger. „Vielleicht könnte sie ja noch einen Striptease hinlegen. Das fehlte noch, ihm eine weitere Geisel vor die Füße zu werfen. Wir werden ihm die Sachen vor die Tür legen und drei Mal klingeln." Dann sah er die Liste durch. „Eine Flasche Napoleon - Cognac, der Herr Ebeling ist wohl ein Genießer. Aber das Amüsement muss warten, bis er wieder einsitzt. Im Vollzug soll es ja gewisse Möglichkeiten geben. Alkohol enthemmt, drum ist er gestrichen. Als Ersatz bekommt er zwei Liter Milch. Der Rest geht in Ordnung. Kollege Michaelis, veranlassen Sie das Weitere." Dieser griff zu seinem Handy.

Während Michaelis seinen Anruf tätigte, gab Schwerdtfegers Mobiltelefon zwei Pieptöne von sich, denen zwei weitere Töne folgten. Nanu, eine SMS? Die elektronische Nachricht war von seinem Vorgesetzten Reinders und lautete knapp: „Bitte um 14:00 Uhr zur Besprechung zu mir."

Der wird ja richtig drängelig, dachte Schwerdtfeger. Er informierte Michaelis und den Kommandoführer des Mobilen Einsatzkommandos über seine Abwesenheit.

„Keine Sorge", sagte der Kommandoführer, „wir wissen Bescheid und haben die Lage im Griff. Aber weiter oben bricht nun scheinbar die Hektik aus. Alles Gute für Ihre Besprechung."

Er glaubt scheinbar, dass ich das jetzt brauche. Vermutlich hat er Recht. Und mit diesen Gedanken machte sich Schwerdtfeger auf den Weg.

23

„Ich habe ja schon einige zarte Andeutungen fallen lassen", eröffnete Reinders die Aussprache, „aber Sie haben nicht so recht reagiert. Ich muss wohl nun etwas deutlicher werden."
Schwerdtfeger sah Reinders schweigend an. Man muss ihn kommen lassen, dachte er, er soll die Karten auf den Tisch legen. Ich gebe ihm da keine Hilfe.
„Unsere Führung ist mit Ihrem Management des Falles Ebeling nicht zufrieden. Man hatte von Ihrer Leitung der Sonderkommission „Schweinchen Schlau" etwas schnellere Ergebnisse erwartet."
„Sie beziehen sich jetzt sicherlich auf die Pressekonferenz des Innensenators, in der er die Festnahme Ebelings für gestern ankündigte?" fragte Schwerdtfeger nun doch zurück.
Reinders ignorierte jedoch die Frage und fuhr fort: „Niemand versteht so recht, worauf die Polizei noch wartet. Ebeling sitzt in in der Falle, das Mobile Einsatzkommando ist vor Ort. Warum machen die dieser Angelegenheit ein schnelles Ende?"
„Weil in diesem Fall die Geiseln mit hoher Wahrscheinlichkeit Schaden nehmen würden", erwiderte Schwerdtfeger. „Über diese besondere Problematik habe ich Sie ja nun wirklich schon mehrfach informiert."
„Das habe ich alles begriffen. Ich hatte Sie aus verschiedenen Gründen gebeten, eine Alternative für eine eben so sichere, aber etwas zügigere Beendigung dieser Angelegenheit zu erarbeiten. Wie ist da der Stand Ihrer Überlegungen?"
„Ich habe diesen Ihren Auftrag durchaus nicht vergessen", erwiderte Schwerdtfeger. „Ich habe mir

weiß Gott den Kopf genügend über dieses Problem zerbrochen. Aber wie die Dinge liegen, denke ich, dass es zu dem von uns geplanten Vorgehen, welches in der Sonderkommission übrigens ohne viel Diskussion und ohne Gegenstimme beschlossen wurde, keine Alternative gibt, welche die Sicherheit der Geiseln berücksichtigt. Nebenbei bemerkt stammt der Vorschlag für das von uns beschlossene Vorgehen vom MEK, aber wir alle fanden, dass es in diesem Fall die einzig mögliche Strategie ist."

Reinders schwieg etwa zwanzig Sekunden lang. Schwerdtfeger erschien diese lastende Pause nicht enden zu wollen. Nun habe ich ihn verunsichert, dachte er, ihm sind die Argumente ausgegangen.

Aber Reinders ließ sich nicht verblüffen; er trat die Flucht nach vorne an. „Das ist alles gut und schön", sagte er, „aber es überzeugt mich nicht. Sie sind ein Bedenkenträger. Ich aber möchte, dass die Angelegenheit anders angepackt wird, so dass sie möglichst heute noch zum Abschluss kommt. Damit wir uns richtig verstehen, - das ist eine Weisung."

Schwerdtfeger schaute ihn ungläubig an. „Es ist unüblich, dem Leiter einer Sonderkommission Weisungen bezüglich seiner Arbeit zu erteilen", sagte er.

„Beamte müssen gelegentlich Weisungen von ihren Vorgesetzten ertragen", erwiderte Reinders mir schwerem Sarkasmus. „Ich bin sicher, Sie haben davon schon gehört."

„Durchaus. Nur gibt es da formale Vorschriften im Beamtenrecht. Ist ein Beamter mit einer Weisung seines nächsten Vorgesetzten aus Gründen, die in der Sache liegen, nicht einverstanden, so muss er seine Bedenken dem nächst höheren Vorgesetzten vortragen. Wiederholt dieser die Weisung, so hat der Beamte sie auszuführen. Er kann verlangen, dass die Weisung schriftlich erteilt wird. Habe ich das alles richtig behalten?"

Reinders sagte unwirsch: „Ich hatte jetzt gehofft, dass wir beiden uns gewissermaßen auf dem kleinen

Dienstweg einigen könnten. Aber wenn Sie den großen
Formalismus mit Eichenlaub und Schwertern wünschen,
dann kann ich Ihnen auch das bieten. Ich werde für Sie
also noch heute Nachmittag einen Termin beim
Polizeipräsidenten machen. Gehen Sie bitte in Ihr
Büro, das Vorzimmer des Präsidenten wird Sie
verständigen, wenn es so weit ist."
Alles hört auf Reinders' Kommando, dachte
Schwerdtfeger ärgerlich, er ist sich ja seiner Sache
ziemlich sicher. Meine Vermutung ist schon richtig, er
hat einen Draht nach ganz oben.
Schwerdtfeger kochte vor Zorn. Wie kam dieser junge
Schnösel, der gerade mal fünf Dienstjahre hinter sich
hatte, dazu, sich zu erlauben, ihm Vorschriften zu
machen? Er hatte schließlich fast ein ganzes
Berufsleben lang praktische Polizeiarbeit geleistet,
hatte seine Erfolge eingefahren, viele schwierige
Fälle gelöst. Sein Vorgesetzter Reinders war als
Beamter im höheren Dienst hauptsächlich als Verwalter
tätig gewesen, hatte kaum praktische Erfahrungen
gesammelt. Aber so war das eben in einer hierarchisch
gegliederten Organisation: Man ging davon aus, dass
den höheren Chargen mit der Übertragung ihres Amtes
auch der notwendigen Verstand verliehen wurde. „Ober
sticht Unter", wie man so sagte.
Zurück in seinem Büro, überlegte er, ob er wohl eine
Chance hätte, den Präsidenten von seinem Standpunkt zu
überzeugen. Dr. Guilleaume war wie alle Beamten in
leitenden Positionen durch die Politik in sein hohes
Amt berufen worden. Das war normal, die jeweils an der
Macht befindlichen Parteien sorgten auf diese Weise
für ihre Anhänger und ihren Einfluss auf die Arbeit
der jeweiligen Behörde. Man sollte sich nicht
täuschen, diese Art der Auswahl brachte nicht immer
nur schlechte Leute in die Führungspositionen. Nur
waren Kompetenz und Spitzenleistungen eben nicht das
Auswahlkriterium, sondern der Besitz des richtigen
Parteibuches, so dass es der Statistik überlassen

blieb, ob der Mann an der Spitze eine Spitzenkraft war oder eher in das leistungsmäßige Mittelfeld gehörte. Schließlich, so wollte es die Beamtenhäme, musste ein Präsident nur seinen Namen richtig schreiben können und das jeweils aktuelle Datum wissen, was ihn dann in die Lage versetzte, von anderen erarbeitete Weisungen und Vorgänge richtig zu unterschreiben.

Schwerdtfeger schätzte den Präsidenten nicht als Spitzenkraft ein. Dr. Guilleaume war von der jetzt abgewählten Regierung in seine Position gehievt worden, weil er das Parteibuch der größeren der beiden Parteien hatte. Er hatte sich schon zu deren Zeiten nicht durch Großtaten profiliert, war eher Verwalter als Reformer, hing den gewohnten Arbeitsabläufen und Techniken an, gab keine Anstöße, stand andererseits dem Fortschritt nicht im Wege, wenn die Entscheidungsprozeduren klar die Vorteile einer neuen Arbeitsweise aufzeigten. Er verlieh Beförderungsurkunden und nahm an repräsentativen Veranstaltungen teil. Er war eben da, und wäre er nicht da gewesen, so hätte sich nach Schwerdtfegers Überzeugung auch nicht viel an der Arbeit der Polizei geändert.

Gegen seine Chancen, Dr. Guilleaume von seiner eigenen Sichtweise zu überzeugen, sprach eben dessen politische Nähe zur abgewählten Regierung. Wenn es denn stimmte, dass der Innensenator in diesem Fall seinen Einfluss ausübte, würde dann Dr. Guilleaume es wagen, wider den Stachel zu löcken? Schwerdtfeger hielt das für ganz unwahrscheinlich. Der Präsident hing vermutlich an seiner Position und würde es aus diesem Grunde vermeiden, den neuen Innensenator durch charakterstarke Widerborstigkeit zu reizen.

Als er mit seinen Überlegungen so weit gekommen war, klingelte sein Telefon.

„Hier ist das Vorzimmer des Präsidenten, hallo, Herr Schwerdtfeger, Sie möchten bitte um 16:00 zum Chef kommen", sagte eine sympathische weibliche Stimme.

„Ich hoffe, ich kann das schaffen", sagte
Schwerdtfeger. „Ich weiß, es ist von der Zeit her
etwas knapp, aber der Chef sagte mir, die Sache dulde
keinen Aufschub. Wenn Sie einige Minuten später
kommen, wird Sie niemand erschlagen." „Bin schon
unterwegs", versprach Schwerdtfeger.
Das Polizeipräsidium war in der Nähe der
Geschäftsstadt Nord, einem Bürohäuser-Komplex, einige
Kilometer Luftlinie von dem LKA-Gebäude entfernt, in
dem Reinders' Sachgebiet untergebracht war. Um diese
Zeit begann sich der innerstädtische Verkehr auf den
Straßen Hamburgs schon zu Staus zusammen zu ballen; am
schnellsten käme man sicher mit der U-Bahn durch.
Schwerdtfeger schaute auf den Plan der Hamburger
Schnellbahnen, der an einer der Wände seines Büros
hing. Es gab eine direkte Verbindung vom Hauptbahnhof,
der in fünf Minuten zu Fuß zu erreichen war, zur
Haltestelle Alsterdorf, die in unmittelbarer Nähe des
Polizeipräsidiums lag. Also machte er sich zu Fuß auf
den Weg zum Hauptbahnhof. Er hatte Glück: Kaum war er
auf dem Bahnsteig, als auch schon ein Zug der Linie U1
einlief.
 Schwerdtfeger hatte auf dem Wege hierher überlegt,
wie er am besten argumentierte. Er würde auf taktische
Spielchen völlig verzichten, den Fall schildern, wie
er ihn sah, und den Präsidenten auf die Gefahren
aufmerksam machen, die ein Abweichen von dem in der
SoKo erarbeiteten Plan mit sich bringen könnte. Er
hatte die Pflicht, ihn gut zu beraten. In dieser
Strategie sah er noch die größte Chance, das sich
abzeichnende Unheil abzuwenden.
Dr. Guilleaume saß in einem ledergepolsterten Sessel
hinter einem riesigen Schreibtisch aus massivem
Teakholz, auf dem gähnende Leere herrschte: Vor ihm
lag eine Schreibunterlage, zu seiner Rechten stand das
Telefon, ihm gegenüber sah man eine marmorne Ablage
für Schreibgerät, in der ein Füllfederhalter und ein
Druckbleistift ruhten. Daneben eine Plastik aus

Ebenholz: Drei Affen, von denen sich einer die Ohren, der zweite die Augen und der dritte den Mund zu hielt. Die drei Weisheiten, dachte Schwerdtfeger, nichts hören, nichts sehen, nichts sagen. Er vermisste einen Computer, das unentbehrliche Arbeitsgerät jedes Polizisten.

An der Wand über dem Kopf des Präsidenten hing ein Bild der Ersten Bürgermeisters der Freien und Hansestadt Hamburg. Auf der anderen Seite des Raumes stand in einer Glasvitrine ein Modell einer Viermastbark. Ein an der Vitrine angebrachtes Messingschild zeigte ihren Namen: 'Seute Deern.' In Hamburg, so hatte Schwerdtfeger beobachtet, galt es als angesagt für die Oberen Zehntausend, auf irgend eine Weise ihre Verbundenheit mit der Seefahrt zu demonstrieren. Neben der Vitrine stand eine Sitzgruppe in schwarzem Leder, der Couchtisch hatte eine massive Platte aus klarem Glas.

„Wie geht es denn, Herr Schwerdtfeger", begrüßte ihn der Präsident. „Setzen wir uns dorthin", und er deutete auf die Sitzgruppe. „Mögen Sie eine Tasse Tee?"

„Danke, gern", sagte Schwerdtfeger. Der Tee des Präsidenten erfreute sich, wie Schwerdtfeger gehört hatte, im Präsidium einer gewissen Berühmtheit. Nachdem Dr. Guilleaume seiner Vorzimmerdame den entsprechenden Auftrag erteilt hatte, wandte er sich Schwerdtfeger zu. „Ich höre, es gibt Probleme in Ihrer Sonderkommission?"

„Wenn es Probleme gibt", erwiderte Schwerdtfeger vorsichtig, „dann nicht in meiner Sonderkommission. Wir haben ein schlüssiges Konzept und sind uns über das weitere Vorgehen im Fall der Geiselnahme alle einig."

„Und trotzdem gibt es kritische Stimmen", fuhr der Präsident fort. „Es wird behauptet, dass Sie - wie soll ich das jetzt sagen? - mit einer gewissen Bedächtigkeit vorgehen, die dem Fall nicht angemessen

ist."Es klopfte an die Tür, die Vorzimmerdame des
Präsidenten erschien mit einem Tablett, auf dem sich
das Teegeschirr befand: Tassen aus dünnem chinesischen
Porzellan, eine dazu passende Kanne, die auf einem
kleinen Stövchen stand. Der Tee wurde mit braunen
Kandisstückchen gesüßt. Schwerdtfeger beobachtete,
dass der Präsident den Zucker nicht umrührte und tat
es ihm nach. „Der Tee ist wunderbar", sagte er nach
dem ersten Schluck.
„Darjeeling Orange Pekoe, first flush", informierte
ihn Dr. Guilleaume. „Aber zurück zum Thema. Es gibt -
nun, wie gesagt, kritische Stimmen, die sich
dahingehend äußern, dass einen zügigere Erledigung
diesem Fall angemessen wäre."
„Es würde mich interessieren, zu erfahren, wer so
etwas behauptet. Die Fachleute, die sich eingehend mit
diesem Fall befasst haben", konterte Schwerdtfeger,
„arbeiten alle in der SoKo 'Schweinchen Schlau' mit.
Ich habe aus diesem Kreis keine kritischen Stimmen
gehört. Der Vorschlag für unsere Vorgehensweise kam
aus der Kommission und wurde ohne Gegenstimme
akzeptiert. Die von uns geplante Vorgehensweise ist
auf die besonderen Umstände dieses Falles abgestellt."
Und Schwerdtfeger schilderte die besondere Beziehung,
die zwischen Ebeling und seiner Geisel bestand. „Wir
sind alle der Ansicht, dass überhastetes und
unüberlegtes Vorgehen in diesem Fall der Geisel das
Leben kosten kann. Der Psychologie Dr. Clemens, der in
meiner SoKo mitarbeitet, hat uns ausdrücklich vor
einer entsprechenden Situation gewarnt. Das ist der
Grund, dass wir uns in diesem besonderen Fall die
nötige Zeit nehmen."
Dr. Guilleaume sah einigermaßen unglücklich aus, fand
Schwerdtfeger. Der Präsident schwieg einige Sekunden,
trank einen Schluck Tee und sagte dann: „Sie wissen,
Herr Schwerdtfeger, dass ich Ihre Arbeit stets
geschätzt habe. Ich muss Ihnen aber sagen, dass es in
unserem Geschäft außer dem Gesichtspunkt des

Fachmannes - und das sind Sie, ein Fachmann par
Excellence - auch noch einen gewissermaßen
übergeordneten Gesichtspunkt gibt. Es darf sich im
Bewusstsein der Öffentlichkeit nicht der Eindruck
verfestigen, dass das Böse, dass die Gesetzlosigkeit
sich frech verschanzt und dass das Gesetz, in erster
Linie vertreten durch Sie und Ihre Sonderkommission,
tagelang tatenlos zusieht. Ich bin beauftragt worden,
Sie aus diesem Grunde bitten, der Angelegenheit noch
heute ein Ende zu bereiten."
Nun war es an Schwerdtfeger, zu schweigen. Dr.
Guilleaume macht klar, dass er einen Auftrag hat,
dachte er, aber irgendwie gefällt ihm die Situation
selber nicht. Die Politik, es muss mit der Politik zu
tun haben! Innensenator Krause war an diesem Fall
interessiert, so viel war klar, sonst hätte er aus
diesem Anlass keine Pressekonferenz veranstaltet.
Endlich sagte er: „Die von der Sonderkommission
erarbeitete Strategie ist meiner ehrlichen Überzeugung
nach die einzige in diesem Fall mögliche
Vorgehensweise, und ich bin der Überzeugung, dass ein
übereiltes Vorgehen schlimme Folgen haben würde. Ich
möchte Ihnen sagen, dass ich ein anderes Vorgehen aus
Gewissensgründen nicht befürworten kann. Sollte eine -
nun, gewisse Zwangslage bestehen, in der von Ihnen
angedeuteten Richtung weiter arbeiten zu müssen, so
habe ich als Beamter mich einer klaren Weisung meines
Dienstvorgesetzten zu beugen. Wegen der Brisanz dieser
Angelegenheit möchte ich jedoch auf die notwendige
Dokumentation nicht verzichten. Das Beamtengesetz
sieht für solche Fälle vor, dass ich eine
detaillierte, schriftliche Weisung verlangen kann.
Darum möchte ich Sie bitten. "
„Das ist eine klare Aussage. Ich muss über dieses
Gespräch nachdenken. Ich denke, ich brauche jemanden,
der voll hinter meinen Anordnungen steht und sie ohne
innere Vorbehalte durchführt. Sie werden wohl
verstehen, dass Ihre Haltung, die ich persönlich sehr

aufrecht finde, Konsequenzen in Bezug auf Ihre Leitung der Sonderkommission haben kann?"
„Das ist mir durchaus klar, Herr Präsident."
„Nun, dann ist wohl alles gesagt. Ich danke Ihnen für Ihre Bereitschaft, mich trotz der kurzen Vorwarnzeit aufzusuchen, und ich danke Ihnen für das Gespräch."
„Danke für den guten Tee, Herr Präsident, und ich danke Ihnen, dass Sie mir zugehört haben und dass ich die Gelegenheit hatte, Ihnen meinen Standpunkt vorzutragen. Gestatten Sie mir nun noch, eine ehrlich gemeinte Warnung auszusprechen. Eine übereilte Vorgehensweise wird in diesem Fall meiner Überzeugung nach unweigerlich in einer Katastrophe, dem unnötigen Tod einer jungen Frau, enden. Und wenn das geschehen ist, werden Schuldige dafür gesucht werden. Am schlimmsten sind jedoch die Vorwürfe, die man sich als Mitwirkender in einem derartigen Fall selber machen muss. Ich stehe kurz vor meiner Pensionierung und möchte mein Gewissen zu diesem Zeitpunkt nicht mehr damit belasten. Ich bitte dafür um Ihr Verständnis."
Der Präsident reichte Schwerdtfeger die Hand.
„Nochmals danke für Ihre Ehrlichkeit. Ich brauche ein wenig Zeit, über alles nachzudenken. Sie werden von mir hören."
Auf dem Wege zurück in sein Büro hatte Schwerdtfeger Gelegenheit, über sein Gespräch mit Dr. Guilleaume nachzudenken. Die Pressekonferenz! Hatte Krause auf der Pressekonferenz nicht schon für gestern die Festnahme der Bankräuber angekündigt? Das musste es sein.
Politiker wollten „glaubwürdig" sein, sie wollten sich von ihren politischen Gegnern nicht Großsprecherei oder gar eine Lüge vorwerfen lassen. Dieser Fall hatte die Aufmerksamkeit der Öffentlichkeit, und Innensenator Krause hatte wie alle Vollblutpolitiker hierfür ein waches Gespür. Es gehört in einer Demokratie zum politischen Geschäft, dass ein Politiker, der ja von den Stimmen der Wähler abhängig

ist, sich diesen als Ritter ohne Fehl und Tadel präsentiert, keine Schwächen hat und niemals Fehler macht. Die Repräsentanten der um die Macht konkurrierenden Parteien beobachteten die Regierenden mit Argusaugen; sie würden nicht zögern, einen begangenen Fehler oder ein nicht gehaltenes Versprechen sofort zu thematisieren. Und bei der nächsten anstehenden Wahl käme dann dieses Thema wieder auf den Tisch. Große Ankündigungen, die dann in der Realität keine Konsequenzen hatten. Das konnte es sein, dieses Szenario würde erklären, warum Reinders, der nach allgemeiner Einschätzung Kontakt zur „Politik" hielt, einen derartigen Druck machte.

Aber warum hatte Innensenator Krause diese Aussage, nach seiner Einschätzung käme es heute zu einer Festnahme, auf der Pressekonferenz überhaupt gemacht? Als gelernter Staatsanwalt musste er doch wissen, dass diese Dinge ihre Zeit brauchen. Hatte er sich gewissermaßen von seinem eigenen Schwung hinreißen lassen oder wollte er bewusst Druck auf die Polizei ausüben, schnell zu einem Ergebnis zu kommen, um dieses Ergebnis als Erfolg für seine eigene Arbeit zu verbuchen? Welche Opfer durften seiner Glaubwürdigkeit gebracht werden?

Es blieben Fragen, auf die Schwerdtfeger keine Antworten wusste.

Was immer die Gründe für Krauses Aktionismus waren, Schwerdtfeger war der Ansicht, dass Krause mit dieser Festlegung einen Fehler begangen hatte, der auf ihn selber zurück fallen musste. Auf keinen Fall würde er, Schwerdtfeger, sich dazu hergeben, die bewährten Prinzipien der Polizeiarbeit aus sachfremden Gründen über Bord zu werfen.

Schwerdtfegers jetzt pensionierter Chef Westerkamp hätte sich in einem derartigen Situation ohne Zögern voll vor Schwerdtfeger gestellt und hätte ihn vor unqualifizierter Kritik oder gar Einflussnahme abgeschirmt. Sein Nachfolger Reinders war ein

Opportunist. Wie er ihn einschätzte, interessierten
ihn die möglichen Konsequenzen seiner Intervention
nicht, es ging ihm nur um seine eigene Karriere.
Schwerdtfeger meinte sich erinnern zu können, dass in
seiner eigenen Jugend die Welt in dieser Beziehung
noch heile war. Sicher gab es Einmischungen der
Mächtigen in die Tagesarbeit zu allen Zeiten, aber
früher, so glaubte er, hatte das eine andere Qualität.
Wenn es beispielsweise um Korruptionsbekämpfung ging,
so erhielten die ermittelnden Beamten schon einmal die
Anweisung, über ihre Ermittlungsergebnisse
Stillschweigen gegenüber der Öffentlichkeit zu
bewahren, aber es war nicht üblich, in die eigentliche
Ermittlungsarbeit einzugreifen. Jeder kannte seine
Rechte und Pflichten. Seit einiger Zeit jedoch
begannen die Grenzen zwischen der rein ausführenden
Tätigkeit und der Politik zu verschwimmen; immer öfter
setzte diese sich über die ihr von der Verfassung oder
von den Gesetzen gezogenen Grenzen hinweg und mischte
sich frech in Dinge ein, von denen sie rein gar nichts
verstand. Dabei kam es gelegentlich sogar zu
Rechtsbeugungen.
Oder hatte es das in diesem Umfang schon früher
gegeben, machte Schwerdtfeger sich nur etwas vor?
Vielleicht ist es ja typisch für mein Alter, dachte er
selbstkritisch, dass zu meinen Jugendzeiten alles
besser war. Auch die Vergangenheit ist heutzutage
nicht mehr das, was sie früher mal war.

24

Schwerdtfegers wohnten in einem der im Westen der
Großstadt gelegenen Vororte nördlich der Elbe, die im
Hamburg die 'Elbvororte' heißen, weil sie in der Nähe
des großen Stromes liegen In nebligen Winternächten
hören ihre Bewohner bei offenem Fenster manchmal das
tiefe Brummen der Nebelhörner, mit dem sich die ein-

und auslaufenden Schiffe eine Warnung zurufen, wenn sie einander in der engen Fahrrinne begegnen. Wenn man in dieser bevorzugten Gegend wohnt, liegt ein Spaziergang im schönen Blankenese nahe.
Schwerdtfegers hatten relativ kurz nach ihrer Heirat im Stadtteil Iserbrook ein älteres Einfamilienhaus in einer ruhigen Seitenstraße gekauft. Es hatte ein Mauerwerk aus rotem Klinker und ein ziemlich hohes, mit roten Ziegeln gedecktes Dach. Dazu gehörte ein fast achthundert Quadratmeter großes Gartengrundstück. Dem jungen Paar erschien der damals verlangte Kaufpreis von 90.000.- DM als ein fast unüberwindliches Hindernis, aber sie wollten das Haus, und mit dem Optimismus der Jugend nahmen sie die Herausforderung an. Da sie beide berufstätig waren, erwies sich dann die Zahlung der fälligen Raten als viel einfacher, als die beiden sich das zunächst vorgestellt hatten. Inzwischen waren alle Hypotheken längst getilgt und das Haus war nach heutigen Preisen gut und gerne das Sechsfache wert.
„Es ist heute ein schöner, warmer Abend", sagte Schwerdtfeger nach dem Abendbrot zu seiner Frau. „Hättest du Lust auf einen Spaziergang?"
„Einverstanden! Hast du auch einen Vorschlag, wohin?"
„Wie wäre es, wenn wir nach Blankenese gingen? Wir könnten ja ein wenig den Strandweg lang gehen. Dann könnten wir noch irgendwo ein Bier trinken, vielleicht in der Kneipe auf dem Anleger? Oder wir gehen zum Bismarkstein hoch? Da gibt es wunderschöne Rhododendren, die jetzt gerade blühen, und wir können uns die noblen Villen der Begüterten anschauen. Wir könnten uns dort oben auch auf eine Bank setzen und dem Schiffsverkehr auf der Elbe zusehen?"
Er hat doch was auf dem Herzen, dachte Gisela Schwerdtfeger. Da gibt es doch etwas, das er los werden möchte. „Hört sich ja gut an, aber am Strandweg kann man ja kaum parken," sagte sie
„Wir könnten ja in der Richard Dehmel-Straße parken

116

und gehen dann die Treppen herunter an den Fluss."
So wurde es entschieden. Schwerdtfegers gingen unter
hohen Bäumen vorbei an alten Häusern, passierten den
auf der rechten Seite gelegenen Süllberg. Schließlich
kam, etwa achtzig Meter unter ihnen, die Elbe in
Sicht. Barkassen befuhren den Fluss; nach Osten hin
sah man in der Ferne das Hafengebiet: Am anderen
Elbufer lag das Waltershofer Containerterminal, noch
weiter östlich waren Docks, überragt von hohen Kränen.
Direkt gegenüber, am anderen Elbufer, erstreckte sich
das weite Marschgebiet des Alten Landes. Nach Westen
zu war die weitläufige Flusslandschaft noch
ursprünglich, in der Mitte des Flusses dehnte sich
eine lange Insel aus. Ein riesiger Frachter, beladen
mit hoch aufgestapelten, bunten Containern auf seinem
flachen Deck, fuhr elbabwärts in die untergehende
Sonne hinein.

„Hier ist es doch immer wieder schön", sagte Frau
Schwerdtfeger entzückt. „Hast du dies hübsche kleine
Fischerhäuschen gesehen? Es scheint dem Namensschild
nach einem Architekten zu gehören. Wie heißt diese
Treppe hier eigentlich?"
„Schnudt's Treppe."
„Und wer war Schnudt?"
„Der Vorbesitzer des Geländes."
„Und woher weißt du das so genau?"
Schwerdtfeger lächelte. „Es ist dem Scharfblick des
erfahrenen Kriminalisten vorbehalten, auch aus
unscheinbaren Hinweisen seine Schlüsse zu ziehen."
„Und welche für uns normale Sterbliche völlig
unsichtbare Spur hast du da ausgewertet?"
„Am Anfang der Treppe stand ein Schild mit den
diesbezüglichen Informationen", gab Schwerdtfeger zu.
„Aha, die erfahrenen Kriminalisten kochen auch nur mit
Wasser", sagte Frau Schwerdtfeger, nun ihrerseits
lächelnd.
„Was aber die hübschen kleinen Häuschen in dieser Lage
hier betrifft" fuhr Schwerdtfeger fort, „so sind sie

117

bestimmt so teuer, dass ein Polizeibeamter sie sich nie leisten kann."

„Apropos Polizeibeamter", Frau Schwerdtfeger tastete sich vorsichtig vor, „gibt es irgend welche neuen Entwicklungen bei deinem Fall?"

Plötzlich war es, als hätte sich eine Schleuse geöffnet. Schwerdtfeger erzählte seiner Frau, ohne einmal anzuhalten, was ihm heute widerfahren war.

„Das ist ja unglaublich", sagte sie, als er geendet hatte. „Der Präsident will dir in allen Einzelheiten vorschreiben, wie du in einem konkreten Fall deine Arbeit zu erledigen hast? Das hat es ja noch nie gegeben. Was wirst du tun?"

„Die Ruhe bewahren. Was kann mir schließlich passieren? Ich gehe in wenigen Monaten in den Ruhestand. Meine Karriere ist gelaufen, es hat mir bisher niemand vorgeworfen, meine Arbeit nicht ordentlich getan zu haben. Soll ich mich jetzt noch dazu hinreißen lassen, für einen großen Fehler, den die Hierarchie im Begriff zu begehen ist, meinen Namen herzugeben? Wenn ich meine Arbeit nicht so erledigen kann, wie ich das gelernt habe und wie ich das für richtig halte, werde ich mich eben zurückhalten. Sollen sich doch andere die Finger verbrennen. Nur für das Leben der armen Geisel hege ich die schlimmsten Befürchtungen."

„In dieser Situation kannst du kaum anders handeln", sagte Schwerdtfegers Frau. „Da bin ich völlig deiner Meinung. Was wird deiner Ansicht nach jetzt als Nächstes geschehen?"

„Ich weiß es nicht so genau. Ich habe den Präsidenten gebeten, mir seine Weisung schriftlich zu erteilen. In diesem Fall muss ich seine Anordnungen befolgen. Ich glaube aber, dass er verstanden hat, wie gefährlich die ganze Angelegenheit ist. Legt er sich jetzt schriftlich fest, dann trägt er im Falle eines Misserfolges die volle Verantwortung. Also wird er mir wohl den Fall entziehen und sich einen willfährigeren

Kandidaten suchen. Das wäre mir, ehrlich gesagt, auch noch lieber, als wenn ich mich dazu hergeben muss, in dieser unerfreulichen Angelegenheit jemandes Befehlsvollstrecker zu sein. Wenn ich diesen Fall nicht so lösen kann, wie ich es nach meinen Erfahrungen und den mir erteilten Ratschlägen im Interesse der jungen Frau für richtig halte, möchte ich lieber nichts damit zu tun haben."

„Und wird er da jemanden finden?"

„Bestimmt. Es gibt immer junge, unerfahrene Beamte, die sich profilieren möchten. Da wird er bestimmt nicht lange nach einem Freiwilligen für dieses Himmelfahrtskommando suchen müssen."

„Ich denke immer noch an die Geisel. Du sagtest, eure Sonderkommission hätte die von dir geschilderte Vorgehensweise beschlossen. Ist das eigentlich irgendwo schriftlich festgehalten?"

„Nein", sagte Schwerdtfeger. „Das habe ich damals nicht für nötig gehalten. Alle, die mit dem Fall zu tun hatten, saßen ja in der Kommission mit am Tisch. Es waren ja auch alle mit dem Plan einverstanden. Da wir durch diesen Fall ziemlich im Druck waren, hielt ich ein Protokoll für bürokratischen Zierat, auf den ich lieber verzichten wollte."

„Das kann ich gut verstehen. Aber heute ist die Situation eine andere. Wäre es gerade im Interesse der jungen Frau nicht richtiger, deine Sicht der Dinge aufzuschreiben und den Brief deinen Vorgesetzten vorzuzeigen? Dann kann hinterher wenigstens niemand sagen, er sei von dir nicht richtig informiert worden. Und vielleicht hat jemand die Sache wirklich noch nicht vollständig kapiert."

„Mensch, Gisela", sagte Schwerdtfeger, „Du hast ja völlig recht. Genau das werde ich tun. Ich werde einen Aktenvermerk schreiben und ihn den Betreffenden vorzeigen. Gut, dass ich das mit dir besprochen habe."

„Nicht verzagen, Gisela fragen", reimte sie und er ergänzte: „Hinterher dann doch verzagen." Und beide brachen in ein herzliches Gelächter aus.

Inzwischen hatten sie ihren Abstieg über Treppen und Fußsteige durch winkelige Gassen, vorbei an alten Häusern und kleinen Gärten beendet und waren am Strandweg angekommen. Die Straße wurde zur Bergseite hin von kleinen Häusern gesäumt, die in hübsche Vorgärten eingebettet waren. An einem Zaun stand ein Maler, der seine Werke zum Kauf anbot: Ein Hafenmotiv, der Michel, Hamburgs Wahrzeichen, ein Leuchtturm, Fachwerkhäuser an einem Fleet. Zum Strom hin war das Gelände offen, mit Gras und Schilf bewachsen, mitunter ein kleiner Sandstrand. Dort stand dann, dem Wasser zugewandt, ein einsamer Strandkorb. Direkt am Wasser verlief ein kleiner befestigter Weg, der von Spaziergängern, Radfahrern und Joggern bevölkert wurde. Das war ein Teil des Elbuferweges, der von Altona bis nach Wedel führte, das schon in Schleswig-Holstein lag.

„Gehen wir zum Ausklang noch ein Bier auf dem Anleger trinken?" schlug Schwerdtfeger vor.

„Du meinst dort in der Kneipe, wie heißt sie doch? Op'n Bulln?"

„Genau dort. Wir müssen uns ja schließlich für den Aufstieg stärken."

„Du trinkst aber als Autofahrer nur ein alkoholfreies Bier," sagte Frau Schwerdtfeger streng und er erwiderte milde: „An etwas anderes hätte ich ja nie zu denken gewagt."

25

Am nächsten Morgen ging Schwerdtfeger mit der Gewissheit in den Dienst, dass heute eine wichtige Entscheidung fallen würde. Er hatte sich gerade häuslich in seinem Büro eingerichtet, als es an seiner Tür klopfte. Auf sein „Herein" betrat der Amtsbote das Büro. „Guten Morgen, Herr Schwerdtfeger, ich habe hier

einen persönlichen Brief vom Präsidenten an Sie.
Hoffentlich ist es nichts Unerfreuliches?"
Schwerdtfeger schüttelte lächelnd den Kopf. „Ich habe
diesen Brief schon für heute erwartet. Er betrifft
nicht mich persönlich."
Der Amtsbote sagte: „Dann ist es ja gut. Ich möchte
Sie noch bitten, mir hier den Empfang des Schreibens
zu bestätigen."
Als der Bote wieder gegangen war, öffnete
Schwerdtfeger den Briefumschlag und begann zu lesen.

Freie und Hansestadt Hamburg
Der Polizeipräsident
Dr. Constantin Guilleaume

Hamburg, den 29. Mai 2002

Zu Händen Herrn KHK Schwerdtfeger - persönlich

Betreff: Sonderkommission 'Schweinchen Schlau'

Sehr geehrter Herr Hauptkommissar Schwerdtfeger!

Unter Bezugnahme auf unsre gestrige Besprechung teile
ich Ihnen mit, dass Sie mit sofortiger Wirkung von der
Leitung der im Betreff genannten Sonderkommission
entbunden sind.
Ihre Tätigkeit in der genannten Kommission ist hiermit
beendet. Sie werden gebeten, sich wieder für Ihre
Regelaufgaben zur Verfügung zu stellen.
Ich bitte Sie, mir zu glauben, dass mir diese
Entscheidung nicht leicht gefallen ist. Sie ist jedoch
nach der vorhandenen Sachlage unumgänglich.
Für Ihre Arbeit in der Sonderkommission spreche ich
Ihnen meinen Dank aus.

Für Ihre weitere Zukunft meine besten Wünsche.

Mit freundlichem Gruß

Dr. Guilleaume

Kurz und kernig, dachte Schwerdtfeger. Das war's dann also. „Ihre Tätigkeit in der genannten Kommission ist hiermit beendet" bedeutet doch im Klartext, dass ich nicht nur die Leitung der Sonderkommission abgebe, ich arbeite überhaupt nicht mehr mit. Der Sinn ist klar: Es muss verhindert werden, dass ich mit meinen bürokratischen Anwandlungen die gutwilligen Mitarbeiter verunsichere und vom Pfad der polizeilichen Effizienz abbringe.
Und was heißt, „Sie (nämlich diese Entscheidung) ist jedoch nach der vorhandenen Sachlage unumgänglich"? Das ist die mehrdeutige Sprache der Politiker. Es kann eine Leerformel sein, kann aber auch allerlei bedeuten. Es könnte zum Beispiel bedeuten, dass unsere in der Sonderkommission erarbeitete Strategie falsch ist und dass die Hierarchie daher gezwungen wurde, einzugreifen, um Schlimmes zu verhindern. Das trifft aber nicht zu. Die Fachleute für das polizeiliche Alltagsgeschäft saßen alle in der Sonderkommission, und eine andere, bessere Strategie als die von uns erarbeitete gibt es nicht. Dann kann dieser Satz nur noch eines bedeuten: Der Polizeipräsident sah die Entscheidung, mich aus der SoKo „Schweinchen Schlau" zu entfernen, als unumgänglich an, weil man ihn dazu gezwungen hat.
Das habe ich nun davon, dass ich in meinem vorgerückten Alter noch ein Rebell bin. Aber was soll sein? Von den in der realen Welt zur Verfügung stehenden Alternativen ist mir diejenige, dass ich nichts mehr mit diesem Fall zu tun habe, noch die

liebste. Wenn alles schief gehen wird, was sehr wahrscheinlich ist, so liegt es nicht in meiner Macht, das zu verhindern. Das ist schmerzlich, aber es muss mich auch nicht persönlich belasten. Ich habe keine Möglichkeit mehr, den Gang der Dinge zu beeinflussen. Aber ich werde meine Auffassung noch in einem klaren Aktenvermerk festhalten.

In diesem Moment klopfte es erneut. Ein Kollege aus dem Sachgebiet betrat Schwerdtfegers Büro, Kriminalkommissar Martin Michaelis, der dritte Mann der LKA-Gruppe, die diesen Fall bisher bearbeitete. „Guten Morgen, Kollege Schwerdtfeger", sagte er einigermaßen schüchtern. „Guten Morgen, Kollege Michaelis. Was führt Sie denn schon so früh zu mir? Möchten Sie einen Kaffee?"

„Ja danke, gerne".

Und während Michaelis an Schwerdtfegers kleinem Tisch, der für Besprechungen kleinerer Gruppen gedacht war, Platz nahm, begann die Kaffeemaschine zu gurgeln. „Was kann ich für Sie tun, Herr Michaelis?" erkundigte sich Schwerdtfeger.

„Ich weiß nicht so recht, wo ich anfangen soll", sagte Michaelis. „Die Sache ist mir ziemlich peinlich...."

„Lassen Sie mich raten", sagte Schwerdtfeger, „Sie haben heute früh Post vom Präsidenten bekommen."

„Stimmt", sagte Michaelis überrascht.

„Lassen Sie mich weiter raten: Der Präsident hat Sie zum Leiter der Sonderkommission 'Schweinchen Schlau' ernannt."

„Stimmt auch! Aber woher wissen Sie...?"

Schwerdtfeger gab Michaelis den Brief, den er selber eben bekommen hatte.

Nachdem Michaelis den Brief überflogen hatte, fragte er Schwerdtfeger:

„Aber was ist da die Absicht hinter diesem Pferdewechsel mitten im Strom? Warum hat man Sie, den Beamten mit der größten Erfahrung mit derartigen Fällen, abgelöst, und mich, der ich doch streng genommen noch ein Anfänger bin, zum Leiter der Kommission gemacht?"

Was sage ich ihm, überlegte Schwerdtfeger. Die Dinge hatten sich so rasch entwickelt, dass er diese doch vorhersehbare Situation tatsächlich nicht vorhergesehen hatte. Nun befand er sich in einem Dilemma: Einerseits fühlte er sich zur Loyalität gegenüber der Polizei als Organisation verpflichtet, Beamter, der er war, hatte er Hemmungen, Zusammenhänge, welche mindestens teilweise auf Vermutungen beruhten, Michaelis mitzuteilen, andererseits schuldete er dem Kollegen Aufklärung über die Gefahren, die dieser Fall barg. Es wäre unverantwortlich, Michaelis, der noch nie eine Sonderkommission geleitet hatte, ins offene Messer laufen zu lassen. Vielleicht ergab sich durch eine ehrliche Aufklärung des Kollegen Michaelis auch die Möglichkeit, der Geisel zu helfen.

„Der Kaffee ist fertig", sagte er. „Ich schenke uns erst einmal eine Tasse ein, dann reden wir weiter." Er würde sich an die Fakten halten, Michaelis alles über den Fall mitteilen, was dieser aus fachlicher Sicht wissen musste, würde auch über Reinders' Einflussnahmeversuche sprechen und Michaelis raten, sich abzusichern. Die Politik würde er jedoch 'außen vor' lassen, wie die Hamburger sagten, weil er keine Beweise dafür hatte, dass diese sich wirklich eingemischt hatte. Das waren bisher alles nur Vermutungen.

Als die beiden ihren Kaffee tranken, wiederholte Schwerdtfeger alles, was er in diesem Fall für wesentlich hielt, berichtete über Ebelings Vorgeschichte und Dr. Clemens' Einschätzung von dessen Persönlichkeit. Sodann sprach er über Reinders' Idee eine raschen Beendigung des Falles und versäumte nicht, noch ein Mal auf die seiner Ansicht nach damit verbundenen Gefahren hinzuweisen.

„Aber ich verstehe nicht, warum Reinders sich da

einmischt? Ist es nicht üblich, dass der Leiter einer Sonderkommission bei seiner Arbeit eine gewisse Unabhängigkeit genießt? Und warum muss plötzlich alles so schnell gehen?"

„Ich denke, das ist hier die entscheidende Frage. Leider kann ich sie Ihnen auch nicht beantworten", sagte Schwerdtfeger. „Da bin ich selber auf Vermutungen angewiesen. Die helfen Ihnen auch nicht weiter. Das Beste wird es sein, wenn Sie Ihre eigenen Antworten suchen. Fragen Sie ihn einfach selber danach. Wichtig für Sie ist es aber, dass Sie sich eventuelle Anweisungen von Reinders, die Sie für riskant oder nicht plausibel halten, schriftlich geben lassen. Damit ist sichergestellt, dass es nicht zu Missverständnissen kommt. In der Hitze des Gefechtes macht man ganz schnell einmal eine Äußerung, an die man sich später nicht mehr so genau erinnern kann, oder die man eigentlich so gar nicht gemeint hat. Nur ein schriftlicher Auftrag sorgt für die nötige Klarheit. Was man schwarz auf weiß besitzt, kann man getrost nach Hause tragen. Sorgen Sie halt für den Fall, dass es weitere Einmischungen gibt, für eine klare Auftragslage."

Michaelis sah einigermaßen unglücklich aus. „Meinen Sie, dass man Reinders da nicht trauen kann?"

Lieber Himmel, dachte Schwerdtfeger ärgerlich, muss ich dir jetzt noch die Tatsachen des Lebens erklären? „Angenommen, Sie seien am Schalter einer Bank beschäftigt. Herein spaziert ein guter Stammkunde, der bei Ihrer Bank ein dickes Konto unterhält, und bittet Sie um die Auszahlung eines namhaften Betrages. Greifen Sie da ohne weitere Umstände in die Kasse und geben ihm ohne weitere Formalitäten das Geld?"

„Ich kenne mich da nicht so aus, vermutlich muss der Kunde ein Formular ausfüllen und unterschreiben."

„Warum das denn? Trauen Sie ihm etwa nicht? Er ist doch Stammkunde Ihrer Bank, wozu also dieser Formalismus?"

„Nun, ich denke, dass in Geldangelegenheiten halt eine gewisse Ordnung herrschen muss."

„Eben, und um nichts anderes geht es hier auch. Von der Art der Erledigung Ihrer Arbeit hängen Menschenleben ab. Ist es da zu viel verlangt, wenn Sie um einen klaren Auftrag bitten?"

„Ich wollte, die hätten sich für diese Aufgabe einen anderen ausgesucht", sagte Michaelis bedrückt.

Die werden schon wissen, warum sie dich ausgesucht haben, dachte Schwerdtfeger, und sagte: „Kollege Michaelis, wir sind Beamte und damit verpflichtet, unseren Dienst zu tun an jedem Platz, auf den man uns stellt. Unser Dienstherr, die Freie und Hansestadt Hamburg, hat aber meines Wissens nicht verboten, dass wir bei unserer Pflichterfüllung von unserem Verstand Gebrauch machen."

„Ich finde es ja riesig nett, dass Sie mich so gut informieren und mir mit gutem Rat zur Seite stehen. Darf ich Sie in dieser Angelegenheit gelegentlich wieder um Ihren Rat bitten?"

„Jederzeit", versprach Schwerdtfeger.

„Vielen Dank noch einmal" murmelte Michaelis und verließ niedergeschlagen Schwerdtfegers Büro.

„Ich wünsche Ihnen alles Gute," sagte der.

Kaum saß Schwerdtfeger wieder an seinem Schreibtisch, als sein Telefon sich meldete. Dr. Clemens meldete sich. „Guten Morgen, Herr Schwerdtfeger. Ich habe heute früh per Kurier einen Brief von Ihrem Präsidenten bekommen, in dem er mit kurz und kühl mitteilt, dass er meinen Vertrag gekündigt hat. Was ist den los bei Ihnen? Wollen Sie künftig auf meine Dienste verzichten? Ich hatte eigentlich bisher den Eindruck, dass wir zwei ganz gut zusammen arbeiteten?"

„Ich habe mit Ihrer Kündigung absolut nichts zu tun," sagte Schwerdtfeger. „So einen Brief habe ich heute früh übrigens auch bekommen. Der Präsident hat mir in einem Sechszeiler mitgeteilt, dass meine Arbeit in der Sonderkommission 'Schweinchen Schlau' mit sofortiger

Wirkung beendet ist. Ich soll mich wieder meinen 'Regelaufgaben' widmen."
„Nein", sagte Dr. Clemens. „Das ist ja unglaublich. Was ist denn da passiert?"
„Genaues weiß ich selber nicht. Ich würde gerne mal mit Ihnen unter vier Augen darüber sprechen", erwiderte Schwerdtfeger.
„Ich habe heute Abend ab 17 Uhr keine Patienten mehr", schlug Dr. Clemens vor. „Wollen Sie um diese Zeit in meine Praxis kommen? Es ist ja ein Katzensprung von Ihrem Dienstgebäude. Sie sollten aber anschließend nicht mit dem Auto nach Hause fahren. Ich habe hier zufällig eine Flasche vier Jahre alten Nuits-St.--Georges, Premier Cru...."
„Den edlen Roten aus dem Burgund? Sie fahren ja ein ganz schweres Geschütz auf", sagte Schwerdtfeger lachend. „Wie könnte ich da widerstehen? Ich müsste aber vorher einmal meine Frau anrufen. Mitunter überrascht sie mich, indem sie etwas Besonderes zu Abend kocht. Sie wäre schwer enttäuscht, wenn ich dann nicht pünktlich zum Abendessen zu Hause bin."
„Das kann ich verstehen. Melden Sie sich bei mir, wenn Sie das geklärt haben?"
„Mache ich", versprach Schwerdtfeger. „Bis später dann", und er legte auf.

26

Der Amtsbote brachte die Eingänge, Schwerdtfeger schaute sie durch. Das meiste war Routine, die Speisepläne der Kantine für die nächste Woche, eine Erinnerung des Personalmanagements (wie die alte Personalverwaltung heute etwas wichtigtuerisch hieß), dass der Antrag auf Genehmigung des Sommerurlaubes schriftlich mindestens vier Wochen vor Antritt und unter Benennung eines Vertreters dem Vorgesetzten vorzulegen sei, eine Ermahnung der Hausverwaltung, dass die reservierten Stellplätze für Privat-PKW Einsatzkräften und „Beamten mit Herbeirufbereitschaft" vorbehalten seien. Darunter war eine Akte, die Reinders für ihn ausgezeichnet hatte. Ein Toter männlichen Geschlechts und unbekannter Identität war in einem Fleet, einem der für kleinere Wasserfahrzeuge befahrbaren Kanäle, gefunden worden. „Bitte bearbeiten", hatte Reinders auf dem Vorgang vermerkt. Schwerdtfeger blätterte die Akte durch. Die gerichtsmedizinische Untersuchung hatte folgendes ergeben:

„Leiche männlich, Name unbekannt, Alter 40 ±3 Jahre, Tod durch Erschlagen.
Länge: 178 cm, athletischer Körperbau, Gewicht: 83 kg. Äußerliche Auffälligkeiten: Mindestens zehn Jahre alte Vernarbung am linken Oberarm, wahrscheinlich Messerstich. Frischer Nasenbeinbruch, Hämatome im Gesicht, Schädelbasisbruch im Bereich des Scheitelbeins durch Gewalteinwirkung mit Splitterbruch, Gefäßverletzungen verursachten Blutungen aus Mund und Nase sowie Brillenhämatom. Todesursächlich war ein mit großer Gewalt wahrscheinlich von vorn oben geführter Schlag auf den Schädel. Mordwaffe war ein schwerer (wahrscheinlich metallischer) stangenförmiger Gegenstand mit einem Durchmesser von etwa 20 mm. Den Ablauf des Tötungsdeliktes muss man sich so vorstellen, dass das Opfer zunächst durch einen oder mehrere Fausthiebe ins Gesicht niedergeschlagen wurde. Als er am Boden lag, wurde er mit einem wuchtigen Schlag auf den Kopf getötet. Todeszeitpunkt geschätzt: ca. 6 ±2 Stunden vor Einlieferung in der Rechtsmedizin (27.05. 08:36). Der Todeszeitpunkt lässt sich nicht genauer eingrenzen, da der Leichnam vor der Auffindung im Wasser gelegen hat und vollständig ausgekühlt war. In der Lunge fand sich kein Wasser; er wurde also erst

nach Eintritt des Todes ins Wasser geworfen. Anzeichen für Drogenmissbrauch liegen nicht vor. Der Tote hatte etwa o,6 Promille Alkohol im Blut, was auf mäßigen Alkoholkonsum vor seiner Ermordung hindeutet. Er hatte auch einige Stunden vor seiner Tötung gegessen. Diese beiden Tatsachen deuten möglicherweise auf einen Gaststättenbesuch kurz vor dem Todeszeitpunkt hin.

Dr. Leandros, 30.05.02.

Nachrichtlich: Der Leichnam wurde nach rechtsmedizinischer Untersuchung in unseren Räumen erkennungsdienstlich behandelt."

Schwerdtfeger runzelte die Stirn. Der Bericht des Rechtsmediziners erschien insofern unvollständig, als er nicht aussagte, ob am Körper der Leiche fremdes Genmaterial gefunden worden war. Manchmal fanden sich Haare eines Dritten oder Blutspuren auf Kleidung oder Haut des Mordopfers, die, wenn sie vom Mörder stammten, zur Aufklärung des Falles beitragen konnten. Normalerweise wurde in den Untersuchungsberichten der Rechtsmediziner angegeben, ob nach derartigen Spuren gesucht worden war; war das der Fall, und es wurden keine gefunden, dann wurde auch diese Tatsache dokumentiert.
Die Entdeckung, dass der genetische Code einem Individuum eindeutig zugeordnet werden konnte, hatte die Kriminalistik ebenso revolutioniert wie zu Beginn des vergangenen Jahrhunderts die Nutzbarmachung des Fingerabdrucks als Mittel zur zweifelsfreien Identifizierung eines Täters. Bislang wurde der „genetische Fingerabdruck" überwiegend nur zur Aufklärung von Sexualstraftaten genutzt. Seine Auswertung war gesetzlichen Beschränkungen unterworfen; ein Richter musste die Feststellung des genetischen Codes eines Tatverdächtigen in jedem Einzelfall genehmigen. Versuche der Parteien, welche

129

Recht und Ordnung auf ihre Fahnen geschrieben hatten, die gesetzlichen Voraussetzungen für eine freizügigere Handhabung dieses Beweismittels für die Aufklärung von Verbrechen zu schaffen, wurden von den liberalen politischen Kräften mit Misstrauen beäugt und als Populismus verdächtigt.

Hatte Dr. Leandros nun diese Untersuchung durchgeführt und keine Spuren gefunden, nur vergessen, das in seinem Bericht anzugeben, oder hatte er das gar nicht untersucht? Schwerdtfeger fand, dass da Erklärungsbedarf bestand und griff zum Telefon. Die Vermittlungskraft des Institutes für Rechtsmedizin informierte ihn jedoch, dass Dr. Leandros im Moment außer Haus sei und gab ihm dessen Nebenstellennummer. Kaum hatte er aufgelegt, als sich sein Telefon schon wieder meldete. Es war der Kommandoführer des Mobilen Einsatzkommandos. „Hier ist soeben Ihr Kollege Michaelis erschienen und behauptet, er sei der neue Leiter der SoKo. Der Präsident habe Sie abgesetzt und ihn mit der Leitung beauftragt. Ist das wahr?"

„Das entspricht den Tatsachen", erwiderte Schwerdtfeger. „Ich habe heute morgen ein Schreiben von Dr. Guilleaume bekommen, in dem er mir mitteilt, dass ich mit sofortiger Wirkung von der Leitung der Sonderkommission entbunden sei."

„Das ist unglaublich, das wird niemand von uns verstehen. Sie sind mindestens nach meiner Ansicht der Mann, der für diese Aufgabe am besten geeignet ist, aber ich denke, das sehen hier fast alle so. Was war denn der Grund für diese Entscheidung des Präsidenten?"

„Darüber kann ich nur spekulieren", antwortete Schwerdtfeger, „und das möchte ich mir verkneifen. Gründe wurden mir keine genannt."

„Also doch Druck von oben", sagte der Kommandoführer, „ganz so, wie ich es gestern schon vermutet hatte. Denen wird unser Konzept nicht gefallen haben. Meine Güte, hoffentlich endet das nicht in einer

130

Katastrophe. Was gedenken Sie jetzt zu tun?"
„Was kann ich da tun?" sagte Schwerdtfeger resigniert.
„Ich habe mir vorgenommen, in einem Aktenvermerk meine
Sicht der Dinge festzuhalten und ihn der Spitze
unseres Hauses vorzuzeigen, damit hinterher, wenn das
Kind vielleicht in den Brunnen gefallen ist, niemand
behaupten kann, er sei nicht richtig informiert
worden. Im übrigen - wir sind alle Polizeibeamte, und
der Präsident als unser Dienstvorgesetzter ist
berechtigt, uns Weisungen zu erteilen. In einem
derartigen Fall habe ich stramm zu stehen und Order zu
parieren. Aber Sie dürfen mir glauben, dass mir diese
Situation nicht gefällt."
„Vielleicht sollten Sie dabei noch die Hamburger Hymne
'Heil über dir, Hammonia' anstimmen", schlug der
Kommandoführer vor. „Aber Spaß beiseite, das Ganze ist
wirklich nicht lustig. Das mit dem Aktenvermerk halte
ich für eine gute Idee. Ich hätte auch nichts dagegen,
wenn Sie erwähnen, dass der Vorschlag zur
Vorgehensweise von mir stammt, nicht etwa, um meine
Verdienste herauszustreichen, sondern um zu
dokumentieren, dass Sie mit Ihrer Ansicht die SoKo
nicht bevormundet haben und dass wir für unser
Vorgehen einen breiten Konsens hatten."
„Danke für Ihre Unterstützung. Und was die Hymne
betrifft, die werde ich lieber pfeifen. Erstens kann
ich sowieso nicht singen, zweitens bin ich nicht
sicher, ob ich den Text vollständig beherrsche."
„Sie sind eben ein Quidje", sagte der Kommandoführer
lachend. „Aber mir scheint, Sie haben Ihren Humor noch
nicht verloren. Dann trotz alledem weiterhin Freude an
der Arbeit für die Verteidigung des Rechtsstaates. Und
wünschen Sie uns Glück, ich habe das Gefühl, dass wir
es brauchen werden."
Es klopfte an der Tür, Pauli trat ein. Er trug eine
leichte, sommerliche Leinenhose und ein T-Shirt mit
aufgedruckten Brandflecken. „Dieses T-Shirt blieb
übrig beim großen Brand von Hamburg 1842", lautete der

zugehörige Text.

„Sag mal, Manfred, stimmt das, was ich gehört habe? Du bist nicht mehr Leiter der Sonderkommission „Schweinchen Schlau?"

„Das ist richtig. Hier, lies selber." Schwerdtfeger reichte Pauli das Schreiben des Präsidenten.

„Das ist ja ein Ding," sagte Pauli. „Und Michaelis ist der neue Leiter? Das ist doch eine verkehrte Welt. Du bist doch der am besten geeignete Mann für diese Aufgabe. Michaelis hat meines Wissens noch nie eine Sonderkommission geleitet, oder täusche ich mich?"

„Entschuldige, aber ich möchte das jetzt wirklich nicht kommentieren," sagte Schwerdtfeger. „Über die Gründe, die den Präsidenten zu diesem Schritt veranlasst haben, könnte ich nur spekulieren, und das möchte ich uns ersparen."

„Immer der loyale Beamte", sagte Pauli. „Wie kommt es, dass ich das Gefühl habe, hier passiert gerade eine Riesensauerei? Da haben wir einen äußerst kritischen Fall, und du bist der Mann, der im Stande wäre, die Sache von der Erfahrung, und, entschuldige, auch von der Kompetenz her zu einem guten Ende zu bringen, und man entzieht dir den Fall und gibt ihn einem, ich drücke mich mal ganz vorsichtig aus, unbeschriebenen Blatt wie Michaelis? Das muss doch einen Grund haben? Hat man dir Fehler vorgeworfen, bist du vielleicht mit Ebeling verwandt, so dass Befangenheit unterstellt wird? Im Schreiben des Präsidenten habe ich keinen Grund gefunden, aber es muss doch einen geben, sonst wäre es doch reine Willkür?"

Pauli hatte sich richtig in Rage geredet. „Nun beruhige dich mal wieder", sagte Schwerdtfeger. „Ich finde die Situation auch nicht besonders erfreulich, aber es ist mir persönlich ja weiter nichts Böses geschehen. Was die Gründe für die, nun, sagen wir, Umbesetzung der Leitung der SoKo betrifft, so könnte man vielleicht sagen, dass jemandem mein persönlicher Stil der Problemlösung nicht zusagt. Reinders hat mich

mehrfach darauf angesprochen und mich zu einer etwas schnelleren Gangart 'ermutigt', wie man das heute so schön ausdrückt. Ihm dauert alles zu lange. Ich habe ihn über die Beschlusslage in der Sonderkommission informiert, aber das hat ihn nicht überzeugt. Ich hatte daraufhin ein Gespräch mit dem Präsidenten, der die gleiche Linie verfolgte. Wir sind als Beamte weisungsgebunden, ich bat ihn also um eine schriftliche Weisung, damit jeder Irrtum ausgeschlossen wäre und sich am Ende niemand auf ein Missverständnis heraus reden kann. Die wollte er mir wohl nicht geben. Den Rest kennst du. Ich will dir noch sagen, dass es mir lieber ist, ich habe mit der ganzen Sache gar nichts mehr zu tun, als wenn ich Anordnungen ausführen müsste, die ich für falsch und gefährlich halte. Insofern bin ich nicht ganz unglücklich über die Entscheidung des Präsidenten. Es ist nicht jedermann gegeben, sich im Falle eines tragischen Ausgangs dann von jeder Verantwortung frei zu sprechen. Ich gehe in einigen Monaten in den Ruhestand, und dergleichen muss ich mir zu diesem Zeitpunkt nicht mehr aufbürden."
Pauli pfiff durch die Zähne. „Da war mein Eindruck ja scheinbar gar nicht so verkehrt. Wenn man eine Weisung nicht schriftlich geben will, muss ja wohl der Wurm in der Sache sein. Ich denke, dass man in diesem Fall nicht anders handeln konnte, als du es getan hast. Womit wird man dich denn weiter beschäftigen?"
„Sei unbesorgt, uns wird die die Arbeit nicht ausgehen. Ich habe da schon etwas Neues auf dem Tisch. Männliche Leiche, um die 40, wurde erschlagen in einem Fleet gefunden."
„Ich werde weiterhin in der SoKo mitarbeiten", sagte Pauli, „mindestens ist mir bis jetzt nichts Gegenteiliges bekannt. Ich werde dort meine Meinung vertreten. Außerdem werde ich dich was dort auf dem Laufenden halten, wie es dort weiter geht."
„Danke, das ist nett von dir," sagte Schwerdtfeger.

Wieder allein, machte er sich an die Formulierung des
Aktenvermerkes.

KHK Manfred Schwerdtfeger, LKA 23-1

Aktenvermerk

HH, 30. 05. 2002
Betreff: Vorgang LKA 236/01,
Sonderkommission 'Schweinchen Schlau'

Anlässlich meiner Abberufung von der Leitung der
'Sonderkommission 'Schweinchen Schlau' halte ich
folgende Klarstellung für notwendig:

Während der Anfangsphase des von Maik Ebeling am
27.05. verübten Banküberfalles bei der HanseBank,
Zweigstelle Vierzehn, hielt sich die dort
beschäftigte Angestellte, Sandra Möller, Alter 25
Jahre, zufällig auf der Toilette auf. Als sie dort die
von Maik Ebeling abgegebenen Schüsse hörte, die zum
Tode des Bankkunden Herbert Lieken, 27 Jahre alt,
führte, rief sie auf ihrem Mobiltelefon, das sie bei
sich führte, die Polizei-Notrufnummer 110 an und
meldete den von ihr vermuteten Banküberfall. Daraufhin
wurde das Gebäude, in dem sich die Bankfiliale
befindet, von Polizeikräften umstellt. Frau Möller
bewies durch ihre Handlungsweise außerordentliche
Umsicht.
Ebeling erfuhr durch Zufall vom Aufenthaltsort Sandra
Möllers und vermutete sofort, dass sie die
Einsatzkräfte herbeigerufen hatte. Er ließ sich ihr

Mobiltelefon geben und verifizierte im Listing der abgehenden Anrufe die Verbindung. Anschließend machte er sie für seine Probleme verantwortlich, bedrohte sie vor Zeugen und stellte ihr in Aussicht, sie müsse für eventuelle spätere Schwierigkeiten „bezahlen."

Der bisher als freier Mitarbeiter für die Sonderkommission arbeitende und gestern entlassene Psychologe Dr. Clemens hält nach Auswertung von Ebelings Akte aus der Justizvollzugsanstalt diesen für einen hoch gefährlichen Psychopathen, der ja in der Tat bewiesen hat, dass er bedenkenlos und aus nichtigen Anlässen zu töten im Stande ist. Typisch für die Denkweise dieser Leute ist es, dass sie eventuelle Schwierigkeiten, in denen sie sich befinden, nicht eignen Fehlhandlungen zuordnen, sondern dem „feindlichen" Verhalten anderer, ihnen übel gesonnener Menschen.

Dr. Clemens geht - und in dieser Beurteilung ist die Sonderkommission in ihrer Gesamtheit ihm gefolgt -, davon aus, dass unter den obwaltenden Umständen Frau Möller in höchster Gefahr ist. Aus diesem Grunde hat die Sonderkommission die bis gestern verfolgte Strategie - freier Abzug von Ebeling und seinem Kumpan aus der von ihnen besetzten Wohnung erst nach Freilassung aller Geiseln -, erarbeitet. Wesentlicher Teil dieses Planes ist die Inkaufnahme der Zeit, die es braucht, um Ebeling, der in der Falle sitzt, durch entsprechende Maßnahmen soweit zu zermürben, bis er bereit ist, sich auf diese unsere Bedingungen einzulassen. Eine Festnahme Ebelings und seines Komplizen ohne Verluste an Menschenleben unter den Geiseln ist meiner Ansicht nach nur dann möglich, wenn es gelungen ist, vorher die beiden Straftäter von allen Geiseln zu trennen.

Im Interesse des Schutzes der Geisel Sandra Möller erscheint es dringend geboten, diesem Plan weiterhin zu verfolgen und dabei den notwendigen Zeitbedarf hinzunehmen.

Zur Kenntnisnahme vorzeigen:

LKA 23, POR Reinders

LKA 2, APräs Frickel

Präs. Dr. Guilleaume
Wiedervorlage und zu den Akten bei LKA 23-1.

(gez.) Schwerdtfeger.

Schwerdtfeger las den Vermerk noch einmal durch,
korrigierte einen Schreibfehler, dann druckte er das
Dokument zweimal aus, aus, überschrieb eines der
beiden Exemplare mit „Kopie" und vermerkte darauf
handschriftlich: „LKA 23-1a, bitte Original absenden
u. Absendezeitpunkt vermerken." LKA 23-1a war Frau
Steiner, die Sekretärin von Reinders, die aber dem
gesamten Sachgebiet für Hilfstätigkeiten wie
Platzbuchungen in Verkehrsmitteln und Reservierungen
von Hotelzimmern bei Dienstreisen und Ähnlichem zur
Verfügung stand. Dann sandte er beide Exemplare in
einem Umschlag an Frau Steiner.
Er war froh, diesen Vermerk geschrieben zu haben. Es
ging dabei überhaupt nicht darum, Recht zu haben oder
das letzte Wort zu behalten, er wollte nur jede
Möglichkeit nutzen, die Dinge wieder auf das rechte
Gleis zu bringen. Sollte auch dieser letzte Versuch
fehl schlagen, so konnte er sich sagen, er hätte alles
Menschenmögliche versucht.
Nachdem das erledigt war, wandte er sich wieder seiner
neuen Aufgabe zu.
Schwerdtfeger rief Dr. Leandros' Nebenstelle an und
hatte ihn nach dem dritten Freizeichen am Apparat.
„Hallo, Herr Dr. Leandros, hier ist Schwerdtfeger. Ich
bin beauftragt worden, mich um den Fall der in einem
Fleet gefundenen männlichen Leiche zu kümmern. Ich

habe Ihren Bericht gelesen und fand keinen Hinweis
darauf, dass fremdes Genmaterial am Leichnam gefunden
wurde. Das kann bedeuten, Sie haben gesucht und nichts
gefunden, es kann aber auch heißen, dass Sie gar nicht
gesucht haben. Was ist zutreffend?"
„Hallo, Herr Schwerdtfeger", sagte Dr. Leandros, und
Schwerdtfeger fand, es klang ein wenig verlegen,
„Tatsache ist, dass ich das nicht untersucht habe.
Nachdem die Leiche ziemlich lange im Wasser gelegen
hatte, hielt ich das für wenig Erfolg versprechend."
Diese Entscheidung hätte aber dokumentiert werden
müssen, dachte Schwerdtfeger. „Ich bitte Sie, das
trotzdem noch nachzuholen. Ich könnte mir vorstellen,
dass beispielsweise Hautspuren unter den Fingernägeln
auch nach längerem Aufenthalt der Leiche im Wasser
nachweisbar wären."
„Sie haben völlig recht", sagte Dr. Leandros, und es
klang noch etwas verlegener. „Sie müssen wissen, wir
sind hier ziemlich im Druck. Meine Assistentin ist im
Mutterschutz, qualifizierter Ersatz ist nicht zu
bekommen, ich bin hier also ganz allein tätig, und ich
habe noch drei Fälle in der Warteschleife. Ich mache
schon Überstunden, aber ein Ende der Arbeit ist nicht
in Sicht. Ich mache mich aber sofort an die von Ihnen
gewünschte Untersuchung. Sobald ich etwas heraus
gefunden habe, rufe ich Sie an."
Schwerdtfeger bedankte sich und legte auf.
Dr. Leandros tat ihm ein wenig Leid. Überall bei
Polizei und Justizbehörden war die Personaldecke zu
kurz, es mussten, wie es ein wenig wichtigtuerisch im
neudeutschen Managerjargon hieß, „Prioritäten gesetzt"
werden. In die Alltagssprache übersetzt bedeutete das,
dass man sich nur im die wichtigsten Aufgaben kümmern
konnte. Nur welche waren das im Einzelfall? Oft hing
die Aufklärung eines Kapitalverbrechens an irgend
einem unscheinbaren Detail, und wurde dieses Detail
übersehen, kam der Fall nicht zum Abschluss. Krause,
der neue Innensenator, hatte das Problem klar erkannt

137

und hatte eine Erhöhung des Personaletats durchgesetzt, aber das würde auch nur mittelfristig helfen, denn gute, ausgebildete Kräfte fielen schließlich nicht vom Himmel.

Als Nächstes rief Schwerdtfeger beim Erkennungsdienst an und erkundigte sich, was die Kollegen unternommen hatten. „Wir haben die Fingerabdrücke genommen und sein Gesicht fotografiert, wie üblich von vorn und von beiden Seiten. Da der Tote blaue Ringe um die Augen hatte, wie heißen sie doch gleich noch?"

„Brillenhämatome", half Schwerdtfeger aus.

„Richtig, Brillenhämatome, war sein Gesicht kaum zu erkennen. Möglicherweise wird es so vom Erkennungsmodul des DigiLibi-Programmes nicht identifiziert. Wir haben die Brillenhämatome durch unser Bildbearbeitungsprogramm wegretuschiert. Es gibt also zwei Sätze von Bildern, einmal mit und einmal ohne Hämatome."

„Das ist sehr gut", sagte Schwerdtfeger. Das erhöhte die Chancen, dass die neue Digitale Lichtbildvorzeigekartei das Gesicht erkannte und einer dort erfassten Person zuordnete.

„Das ist alles, was wir getan haben", fuhr der Mann vom Erkennungsdienst fort. „Die Auswertung übernehmen ja Sie als der ermittelnde Beamte. Wir mailen Ihnen die Bilder und weitere Ergebnisse zu." Schwerdtfeger bedankte sich und legte auf.

Er nahm sich noch einmal die Akte vor. Der Tote war im Holländischbrookfleet gefunden worden, in der Nähe der historischen Speicherstadt. „Der Leichenfund wurde am 27.05. um 06:18 auf der Polizeinotrufnummer durch einen Anrufer, der sich nicht identifizierte, gemeldet. Die Leiche wurde um 07:01 Uhr geborgen. Bei ihr wurden keinerlei Dokumente gefunden, die eine Identifizierung ermöglicht hätten. Auf eine Untersuchung des Fleetbodens nach einer Mordwaffe und Ähnlichem durch Polizeitaucher wurde verzichtet, da wegen Strom- und Tidenversatzes der Fundort der Leiche

mit Sicherheit nicht der Tatort ist. Sollten nähere
Erkenntnisse über diesen vorliegen, kann das jederzeit
nachgeholt werden."
Aus dem Hamburger Polizei-Amtsjargon in schlichtes
Deutsch übersetzt, überlegte Schwerdtfeger, bedeutete
das Folgendes: Die Elbe mit ihren Fleeten und
Nebenflüssen ist bis zur Staustufe in Geesthacht ein
offenes Gewässer. Man muss also den Einfluss der
Strömung und der Tiden, also der Gezeiten,
berücksichtigen. Soviel Schwerdtfeger wusste, betrug
der Tidenhub, also der Unterschied der Pegelstände bei
Hoch- und Niedrigwasser, im Hafengebiet weit über drei
Meter. Bei Ebbe ist die Stömungsgeschwindigkeit des
Flusses höher als die durchschnittliche
Fließgeschwindigkeit, am höchsten ist sie am tiefsten
Punkt der Ebbe, bei Niedrigwasser. Danach beginnt die
Flut, das Flusswasser beginnt sich zu stauen, die
Strömungsgeschwindigkeit sinkt, schließlich kehrt sich
die Richtung der Strömung um, das Elbwasser fließt
stromaufwärts.
Der Versuch einer Bestimmung des Ortes der Versenkung
der Leiche war unter diesen Umständen ziemlich
schwierig. Möglicherweise kannte das Deutsche
Hydrografische Institut ja die Strömungsverhältnisse
in den Fleeten in Abhängigkeit von den
Gezeitenverhältnissen, aber da auch der Zeitpunkt der
Versenkung der Leiche nicht genau zu bestimmen war,
war das kein Erfolg versprechender Ermittlungsansatz.
Die Entscheidung der Einsatzkräfte, von einer
Untersuchung des Fleetbodens am aktuellen Fundort der
Leiche abzusehen, war richtig gewesen.

28

Was blieb übrig? Schwerdtfeger würde zunächst die
Datei der als vermisst gemeldeten Personen darauf hin
überprüfen, ob sich jemand darunter befand, auf den

die Beschreibung der Leiche einigermaßen passte. Dann würde er die digitalisierten Fingerabdrücke und die digitalen Fotos vom Gesicht des Toten in die entsprechenden Masken der Datei der erfassten Straftäter eingeben. Schließlich könnte die Untersuchung der Rechtsmedizin auf Spuren von fremdem Genmaterial Hinweise auf den Täter liefern, - vorausgesetzt, es würde entsprechendes Material gefunden und man hatte von diesem Material Entsprechungen in der Gen-Datenbank, was jedoch ziemlich unwahrscheinlich erschien.

Bevor er jedoch damit begann, rief er seine Frau an und fragte, ob sie für heute Abend etwas Besonderes plane.

„Nein, ich habe mich mit Martina verabredet, wir wollen heute ins Elbe-Einkaufszentrum. Martina will sich ein paar neue Schuhe kaufen und ich will sie begleiten. Vielleicht finde ich ja auch etwas Passendes. Sicher trinken wir auch irgend wo eine Tasse Kaffee. Es könnte also etwas später werden."

Martina war die Frau eines Hausnachbarn. Schwerdtfegers pflegten mit den beiden freundschaftliche Kontakte.

„Das passt. Dr. Clemens hat mich nachmittags eingeladen," erwiderte Schwerdtfeger. „Ich weiß noch nicht genau, wann ich nach Hause komme. Dann also guten Einkauf."

„Auch Dir viel Spaß, und dann bis heute Abend."

Dann rief Schwerdtfeger bei der Dienststelle an, bei der die Meldungen über vermisste Personen zusammenliefen. „Wir mailen Ihnen eine Liste mit dem aktuellen Stand zu", versprach der zuständige Beamte. Es war an der Zeit, einmal in die Mailbox zu schauen. Schwerdtfeger hatte Post. Der Erkennungsdienst hatte ihm die digitalisierten Fingerabdrücke und die Fotos vom Gesicht der Leiche zugemailt. Es dauerte ziemlich lange, bis die Email mit allen ihren Anlagen im Speicher des Computers waren. Grafik, wusste

Schwerdtfeger, war immer mit großen Datenmengen verbunden. Das brauchte seine Zeit.

Als die Grafiken geladen waren, druckte Schwerdtfeger die Bilder vom Gesicht des Toten aus. Im Drucker war nur Normalpapier. Die Mittel waren knapp, die Polizei musste sparen. Druckpapier in Fotoqualität musste extra beantragt werden. Dazu war die Angabe eines stichhaltigen Grundes erforderlich. Das gelegentliche Ausdrucken eines Gesichtes für Ermittlungszwecke reichte dafür als Begründung nicht aus. Schwerdtfeger hätte die Bilder der Fotostelle zumailen können, die verfügte auch über Fotopapier und hätte die Bilder für ihn ausgedruckt, aber das hätte seiner Erfahrung nach Tage gedauert, bis er die Bilder bekommen hätte.

Das unretuschierte Gesicht sah ziemlich gruselig aus. Um die Augen herum sah man dicke, bläulich verfärbte Ringe, hauptsächlich an den Augenlidern. Das waren die Brillenhämatome, wusste Schwerdtfeger. Sie waren hervorgerufen durch geplatzte Blutgefäße. Das Gesicht war durch diese Hämatome so stark entstellt, dass diese Bilder mindestens für das Erkennungsmodul der Digi-Libi wertlos waren. Dagegen zeigten die überarbeiteten Bilder das Gesicht, wie es vor dem tödlichen Schlag ausgesehen haben musste. Damit würde sich etwas anfangen lassen.

Schwerdtfeger rief das Digi-Libi-Programm auf und gab die Bilder vom retuschierten Gesicht ein. Das Programm begann zu arbeiten, ein Fenster öffnete sich mit dem Text: „Die Eingabe wird abgeglichen, - bitte warten." Dann erschien ein neues Fenster mit der Mitteilung, „Kein entsprechender Eintrag gefunden. Neue Suche? Ja - Nein". Schwerdtfeger klickte „Nein" an. Das Gesicht war also in der Datenbank der digitalisierten Lichtbilddatei nicht vorhanden.

Dann rief Schwerdtfeger die Digitale Zentraldatei für Fingerabdrücke auf und gab das Schema mit den zehn Fingerabdrücken ein. Diesmal dauerte die Suche noch etwas länger, dann erschien wieder ein Fenster mit dem

Text: „Kein gespeicherter Fingerabdruck entspricht Ihrer Eingabe."
Das war's also. Der Tote war in keiner der Dateien vorhanden. Er war also nicht vorbestraft.
Schwerdtfeger schaute noch einmal in seine Mailbox. Er hatte eine Mail von der Dienststelle „Vermisste Personen". Es war eine Namensliste mit Geschlechts- und Altersangabe. Dazu hatte ihm der Kollege einen kurzen Text geschrieben.

Hallo, Herr Schwerdtfeger,

anbei als Anlage die Liste der vermisst gemeldeten Personen. Bezugszeitpunkt ist der 27.05., 00:00 Uhr. Wenn Sie eine der verschwundenen Personen näher interessiert, bitte Rückmeldung, wir senden Ihnen dann nähere Details.

Gruß Grabowski, KOK.

Schwerdtfeger öffnete die Anlage.

LISTE DER SEIT DEM 27.05.02, 00:00 UHR IM BEREICH DER FHH ALS VERMISST GEMELDETEN PERSONEN

NAME	*GESCHLECHT*	*GEBURTSTAG*	*BEMERKUNGEN*
Gesine Wohlgemuth	weibl	17.03.27	Wurde als verwirrt beschrieben
Aysha Semtal	weibl	24.10.87	Familien- probleme?
Hartmut Seehaus	männl	27.11.60	Beschäftigt als Begleiter bei der 'Hammonia

NAME	GESCHLECHT	GEBURTSTAG	BEMERKUNGEN
			Werttransporte GmbH'.
Günther Bode	männl	28.01.89	Ist schon 2x von zu Hause fortgelaufen
Olga Jegorovna	weibl	05.06.80	Prostituierte
Siegfried Gade	männl	11.09.35	

Vom Geschlecht und vom Alter her kam nur die Nummer Drei, Hartmut Seehaus, in Frage. Schwerdtfeger forderte die Unterlagen mit der Vermisstenmeldung an.

29

Schwerdtfegers Telefon klingelte. „Hallo, Manfred, hier Günter Pauli, ich habe Neuigkeiten aus der Soko. Interessiert?"

„Lass hören", sagte Schwerdtfeger.

„Also, wir hatten soeben eine Sitzung der Soko unter der Leitung von Michaelis. Obwohl, 'Leitung' ist wohl etwas übertrieben, denn Reinders saß die ganze Zeit neben Michaelis und tuschelte immer mal wieder mit ihm. Michaelis hatte gewissermaßen einen kleinen Mann im Ohr."

„Du wirst lachen, ich bin nicht überrascht", sagte Schwerdtfeger.

„Du kennst ihn halt, stimmt's? Jedenfalls hatte er schwer zu kämpfen. Er schlug nämlich vor, auf alle Forderungen Ebelings einzugehen. Zweck der Übung soll sein, ihn nur ja recht schnell vor die Flinte zu bekommen, um der Angelegenheit ein rasches Ende zu bereiten. Daraufhin brach in der SoKo ein richtiger

Aufstand aus. Der Kommandoführer des MEK ergriff als Erster das Wort und sagte, und das wörtlich, er halte diesen Vorschlag in Anbetracht der vorhandenen Situation für eine ziemlich schwachsinnige Idee".

„Er schätzt halt eine klare Ansprache", sagte Schwerdtfeger lachend. „Oh, er hat das durchaus schlüssig begründet, halt mit den bekannten Argumenten. Ich habe ihn dann unterstützt, es gab aber noch mehr Zustimmung aus der Runde." „Und wie ging es dann weiter?"

„Dann ergriff Reinders das Wort. Er äußerte sich nicht zum Thema, sondern schob Michaelis vor. Dieser sei vom Präsidenten zum Leiter der Sonderkommission ernannt worden und es würde sich gehören, dass die Anwesenden sich seine Argumente anhörten und sie 'würdigten', wie er sich ausdrückte. Er selber vermied es, sich auf eine bestimmte Richtung fest zu legen, war gewissermaßen pflaumenweich, oder, besser gesagt, er mimte den Unparteiischen. Und dem Michaelis war nicht besonders wohl in seiner Haut."

„Das kann ich mir denken. Er war übrigens bei mir".

„Ach, er war bei dir? Das hast du mir noch gar nicht erzählt."

„Habe ich das nicht? Nun, ich habe ihn jedenfalls über meine Sicht der Dinge aufgeklärt und ihm geraten, sich eventuelle Weisungen in Bezug auf diesen Fall zur eigenen Sicherheit schriftlich geben zu lassen."

„Das finde ich sehr fair von dir. Und wie hat Michaelis darauf reagiert?"

„Mir scheint, er hat ein wenig Angst vor der eigenen Courage."

„Das hast du auf deine dezente Art wieder unnachahmlich ausgedrückt. In Hamburg nennen wir so etwas schlicht eine Bangbüx."

„Ich bin zwar ein Quidje", sagte Schwerdtfeger, „weiß aber, was du damit meinst. Aber im Ernst, Michaelis tut mir leid. So wie die ganze Sache im Moment läuft, kann sie nur schiefgehen. Und wenn Michaelis sich nicht absichert, hat er am Ende den Schwarzen Peter in der Hand."

„Den Letzten beißen eben die Hunde", sagte Pauli. „Und wie ging die Sache dann weiter?"

„Michaelis sagte, es sei ein unhaltbarer Zustand, dass sich der Rechtsstaat von Ebeling an der Nase herumführen ließe. Die Öffentlichkeit habe dafür keinerlei Verständnis. Eine Festnahme der Verbrecher in der Wohnung würde vermutlich nicht ohne Tote unter den Geiseln abgehen würde. Daher will man den Showdown in eine etwas übersichtlichere Gegend verlegen. Michaelis schlug also vor, auf Ebelings Forderung nach einem freien Abzug unter Mitnahme der Geisel aus der Bank einzugehen. Man würde Ebeling einen Wagen mit einer satellitengestützten Navigationsanlage zur Verfügung stellen. Damit könne man Ebelings Aufenthaltsort zu jedem Zeitpunkt lückenlos verfolgen und würde ihn dann an einem passenden Ort stellen."

„Dass ein Eindringen in die Wohnung zu Toten unter den Geiseln führen wird, ist wahrscheinlich. Das hatten auch wir nicht vor. Dies Konzept ähnelt demjenigen, das wir auch erarbeitet hatten", sagte Schwerdtfeger, „nur mit dem Unterschied, dass bei unserem Konzept alle Geiseln zurück gelassen werden mussten. Besonders die junge Frau aus der Bank ist nach der Vorgeschichte und vor allem nach Ebelings Natur diejenige von den Geiseln, die doch am meisten gefährdet ist. An dieser Stelle steckt in Michaelis' Konzept der Denkfehler. Günter, das geht schief, denke an meine Worte."

„Mich musst du nicht überzeugen", erwiderte Pauli. „Der Schlenker mit der Öffentlichkeit war übrigens etwas merkwürdig. Hat nicht Krause während seiner Pressekonferenz auch schon den Begriff „Öffentlichkeit" erwähnt?"

„Wenn ich mich recht entsinne, hat er der Öffentlichkeit versprochen, 'den Fall mit Nachdruck' zu verfolgen. Oder war es 'mit Hochdruck'? Übrigens habe ich das Argument, 'die Öffentlichkeit habe für

den von uns für diesen Fall eingeplanten Zeitbedarf
keinerlei Verständnis' auch von Reinders gehört. Was
schließt der Kriminalist aus diesem Zusammentreffen
merkwürdiger Umstände?"
Pauli lachte. „Ich kann dir mühelos folgen", sagte er.
„Da gibt es einen Zusammenhang."
„Der letzte Stand der Dinge ist jetzt also, dass alles
auf die Bereitstellung des Fluchtautos wartet,
richtig?"
„So ist es. Und damit ich dich weiter auf dem
Laufenden halten kann, werde ich mich jetzt wieder in
die Klosterstraße begeben. Vielleicht kann ich mich da
ja auch im Sinne der Sache nützlich machen."
„Ich wünsche es uns allen", sagte Schwerdtfeger.

30

Der Amtsbote brachte die Post, Schwerdtfeger sah die
Eingänge durch. Die von ihm angeforderte Akte über den
verschwundenen Hartmut Seehaus war dabei.
Seehaus war Single, lebte allein in einer Ein-Zimmer-
Wohnung. Es gab keinerlei Hinweise darauf, dass er in
Hamburg Verwandte hatte. Die Vermisstenanzeige war am
27. Mai von seinem Arbeitgeber erstattet worden, der
Werttransport-Firma 'Hammonia Werttransporte GmbH'.
Schwerdtfeger pfiff durch die Zähne. Das sah doch
endlich einmal nach einem Viel versprechenden Ansatz
aus.
Als nächstes rief er noch einmal Dr. Leandros, den
Leiter der Rechtsmedizin, an. Der erzählte ihm, er
habe tatsächlich fremdes Genmaterial an Seehaus'
Leiche gefunden. Unter seinen Fingernägeln hatten sich
Hautspuren befunden. Diese gehörten nach der
durchgeführten Analyse zu einer anderen Person. „Da
hat offensichtlich ein Kampf statt gefunden",
erläuterte Dr. Leandros. Ich habe den genetischen Code
der Hautpartikel bestimmt und in der Gen-Datenbank

nach Übereinstimmungen gesucht. Es gab jedoch keinen
Treffer."
„Das hätte mich auch überrascht", erwiderte
Schwerdtfeger. Die Aufnahme des 'genetischen
Fingerabdruckes' von Schwerkriminellen in die
Datenbanken wurde noch ziemlich restriktiv gehandhabt.
„Jedenfalls vielen Dank für Ihre Mühe."
Als nächstes telefonierte Schwerdtfeger mit der
'Hammonia Werttransporte GmbH' an und vereinbarte
einen Termin mit dem Geschäftsführer.
Dann rief er die Zweigstelle 14 der HanseBank an und
verlangte die Zweigstellenleiterin. Er wurde mit ihrer
Vertreterin verbunden.
„Kriminalpolizei? Ach, Sie waren schon einmal hier,
nach dem Überfall, haben Frau Niemeyer und mich
befragt, stimmt's?. Frau Niemeyer ist nicht im
Geschäft. Sie hat sich für einige Tage Urlaub
genommen. Ich glaube, das Ganze ist ihr doch ziemlich
nahe gegangen, auch wenn sie sich das nicht so
anmerken lässt. Sie ist zu Hause, soviel ich weiß.
Soll ich Ihnen ihre private Telefonnummer geben?"
Schwerdtfeger schrieb sich die Nummer auf und bedankte
sich.
Frau Niemeyer nahm nach dem dritten Freizeichen ab.
„Ach, Sie sind es, Herr Schwerdtfeger! Ich habe mich
für eine Woche beurlauben lassen. Ich brauche ein
wenig Ruhe nach dem Ereignis vom Achtundzwanzigsten.
Natürlich können Sie mich jederzeit besuchen. Passt es
Ihnen heute am Vormittag?"
„Das würde mir am besten passen", sagte Schwerdtfeger.
„Dann bis gleich."
Frau Niemeyer wohnte im Stadtteil St. Georg, der an
der Außenalster lag. Der Stadtteil hatte keinen
besonders guten Ruf; er galt als das zweite
Rotlichtviertel Hamburgs. Frau Niemeyers Wohnung lag
jedoch in einer gepflegten, ruhigen Nebenstraße, die
einen durchaus seriösen Eindruck machte. Vom
Verkehrslärm der an der Alster entlang führenden

Durchgangsstraße war hier nichts zu hören. Das ist eine schöne Lage, dachte Schwerdtfeger, nicht weit entfernt von ihrem Arbeitsplatz und nahe beim großen Binnengewässer, der Alster. Da kann sie herrliche Spaziergänge machen.

Schwerdtfeger fand einen Parkplatz in der Nähe des Hauses, in dem sie wohnte. Im Nachbarhaus war ein Blumengeschäft; Schwerdtfeger betrat es und erstand einen kleinen Frühlingsstrauß.

Frau Niemeyer öffnete ihm die Tür. „Entschuldigen sie die Störung in Ihrem Privatbereich", sagte Schwerdtfeger und überreichte ihr die Blumen.

„Ach, die schönen Blumen", sagte Frau Niemeyer, „das wäre aber nicht nötig gewesen. Ich will sie nur gleich in eine Vase stellen. Kommen Sie herein." Sie führte ihn in ihr Wohnzimmer.

Dieses war im skandinavischen Stil eingerichtet, mit formschönen Holzmöbeln. Auf einem Wandregal ruhte eine aus geschliffenem Glas hergestellte Nachbildung von H. C. Andersens kleiner Meerjungfrau, deren Original im Hafen von Kopenhagen zu sehen ist. Schwerdtfeger nahm in einem mit grobem Leinen bezogenen Sessel an einem schlichten Glas-Couchtisch Platz.

„Schön haben Sie es hier", sagte er. „Die Wohnung ist ziemlich ruhig gelegen."

„St. Georg ist ein durchaus vielschichtiger Stadtteil", erwiderte Frau Niemeyer. „Es gibt hier einigermaßen windige Ecken. Ich habe vor einigen Jahren eine Analyse unseres hauseigenen Immobiliendienstes über St. Georg gelesen. Der Verfasser sagte damals voraus, dass sich der Charakter des Stadtteiles wandeln würde. Er habe wegen seiner Lage an der Außenalster bei gleichzeitiger Nähe zum Stadtzentrum das Potenzial, begüterte Anleger anzuziehen. Außerdem gibt es hier kulturelle Anziehungspunkte wie die Hamburger Kunsthalle und das Deutsche Schauspielhaus. Da unser Immobiliendienst in der Vergangenheit mit seinen Prognosen eine ziemlich hohe Trefferquote hatte, habe ich mir daraufhin hier eine Eigentumswohnung zugelegt. Die Bank als mein Arbeitgeber hat bei der Finanzierung natürlich mitgeholfen. Inzwischen hat sich der Marktwert meiner Wohnung fast verdoppelt; zu heutigen Preisen könnte ich sie mir gar nicht mehr leisten. Das war damals die richtige Entscheidung. Möchten Sie übrigens einen Kaffee?"

„Danke, sehr gern", sagte Schwerdtfeger, und Frau Niemeyer verschwand in der Küche.

Nach einigen Minuten erschien sie wieder, stellte Geschirr, Kaffee und Gebäck auf den Tisch. „Bitte bedienen Sie sich. Sie haben doch sicher noch einige Fragen an mich."

„Ich habe da mal eine Frage zu Frau Möller", sagte Schwerdtfeger. „Wie lange ist sie eigentlich schon bei Ihnen?"

„Noch nicht sehr lange. Sie ist gerade einmal einige Wochen bei uns. Was für ein Pech auch, gerade hat sie bei uns angefangen und schon wird sie in so eine scheußliche Geschichte verwickelt."

Das ist wirklich seltsam, dachte Schwerdtfeger, sollte da ein Zusammenhang bestehen? Gehört sie irgendwie mit dazu? Unsinn, kann überhaupt nicht sein, schließlich war sie es doch, die die Polizei alarmiert hat.

„Wo hat sie denn vorher gearbeitet?"

„Sie ist gelernte Betriebswirtin und hat für einige Jahre als Angestellte bei der Innenbehörde im Controlling gearbeitet. Irgendwie bekam sie da jedoch Schwierigkeiten mit einem ihrer Vorgesetzten, nachdem es scheinbar jahrelang ganz gut gelaufen war. Sie hat mir gegenüber nur Andeutungen gemacht. Danach hatte sie persönliche Differenzen mit einem ihrer Vorgesetzten. Sie hat von sich aus gekündigt, hat übrigens eine sehr gute Beurteilung bekommen, mit der sie dann bei uns eine Stellung bekam. Um Frau Möller mache ich mir übrigens große Sorgen. Ich hoffe nur, dass sie heile aus der ganzen Geschichte herauskommt.

Das bereitet mir richtig schlaflose Nächte."
Schwerdtfeger sagte ernst: „Das geht mir genau so wie
Ihnen. Ich muss Ihnen aber sagen, dass ich aus
polizeiinternen Gründen für die Bearbeitung des
Überfalles und der Geiselnahme nicht mehr zuständig
bin. Insofern habe ich keinen Einfluss mehr auf den
weiteren Gang der Dinge."
Frau Niemeyer sah ihn fragend an: „Dann sind Sie in
einer anderen Angelegenheit hier?"
„So ist es", erwiderte Schwerdtfeger und berichtete
kurz über den Leichenfund. „Was mich stutzig gemacht
hat, ist die Tatsache, dass der Tote für die Firma
'Hammonia Werttransporte GmbH' gearbeitet hat."
„Hammonia Werttransporte GmbH? Das ist doch der
Dienst, der für die HanseBank arbeitet!"
„Sehen Sie, so etwas Ähnliches hatte ich fast
vermutet. Sie erwähnten neulich, dass Sie für den
Morgen des Überfalles die Anlieferung eines größeren
Geldbetrages erwartet hatten, dass sich diese
Lieferung aber verzögert hatte. Haben Sie noch etwas
über den Grund dafür herausgefunden?"
„Ich weiß nur, dass die Lieferung an diesem Tag an
eine andere Zweigstelle ging", sagte Frau Niemeyer.
„Über die Gründe wurde mir nichts mitgeteilt. Glauben
Sie, dass es da einen Zusammenhang zum Überfall gibt?"
„Das halte ich durchaus für möglich. Genaues weiß ich
selber noch nicht. Ich habe noch eine Frage zu dem
Bankräuber, der Sie gezwungen hat, den Tresor
auszuräumen. Das war doch der gleiche, der den jungen
Kunden erschossen hat?"
 „Das war der gleiche", bestätigte die
Zweigstellenleiterin.
„Sie erwähnten neulich, dass er der Ansicht war, es
müsse viel mehr Geld im Tresor gewesen sein. Er
scheint also gewusst zu haben, dass Ihre Filiale an
diesem Morgen einen Geldtransport erwartete. Ich muss
Ihnen jetzt eine hoffentlich nicht unangenehme Frage
stellen: Wie schätzen Sie die Zuverlässigkeit Ihrer

zweiten Kraft ein? Anders ausgedrückt, halten Sie es für möglich, dass sie etwas mit der Sache zu tun hat?"
„Sie meinen, ob Frau Kamphausen etwa dem Verbrecher einen Tipp wegen des Geldtransportes gegeben haben könnte?"
Schwerdtfeger nickte, Frau Niemeyer fuhr fort: „Das halte ich für ganz ausgeschlossen. Frau Kamphausen arbeitet seit über zwanzig Jahren für uns und ist absolut zuverlässig. Während des Überfalles machte sie einen völlig verschreckten Eindruck. Ich glaube, dass sie gar nicht die Nerven für solche Kontakte hätte."
Es kann durchaus eine undichte Stelle woanders in der Bank gegeben haben, dachte Schwerdtfeger. Aber das wäre nicht mein Bier, da ich ja nicht mehr in der Sonderkommission mitarbeite. Ich werde Michaelis auf diese Möglichkeit hinweisen. Andererseits könnte ein Zusammenhang zu dem Toten aus dem Holländischbrookfleet bestehen. Vorausgesetzt natürlich, es handelt sich bei dem tatsächlich um den vermissten Werttransport-Mitarbeiter.
„Danke für die Auskünfte und den guten Kaffee", sagte Schwerdtfeger. „Dann will ich Sie nicht länger aufhalten."
„Gern geschehen. Ich hoffe, dass ich ein wenig zur Aufklärung dieses scheußlichen Verbrechens beitragen konnte", sagte Frau Niemeyer. „Wenn Sie weitere Fragen haben sollte, zögern Sie bitte nicht, mich anzurufen. Vielen Dank für die schönen Blumen und - viel Erfolg!"
Die nächste Station, ein Besuch beim Geschäftsführer der 'Hammonia Werttransporte GmbH' war erst für vierzehn Uhr terminiert. Es war Zeit für einen Imbiss, Schwerdtfegers Magen meldete sich unüberhörbar. Am Steindamm sollte sich etwas Passendes finden. Schwerdtfeger machte sich zu Fuß auf; es würde schwierig sein, dort einen Parkplatz zu finden.
Am Steindamm gab es Sexshops, Bars und Stundenhotels, aber auch einige Asiashops, Antiquitätengeschäfte, eine Bildergalerie und einige ethnische Restaurants.

Eine jugendliche Prostituierte in einem ultrakurzen Höschen und mit knielangen Lederstiefeln schaute ihn prüfend an, verzichtete aber auf eine Ansprache. Hat sie mich jetzt als Polizisten erkannt oder in die Kategorie 'jenseits von Gut und Böse' eingestuft, überlegte Schwerdtfeger. Er vermutete das Erste, es geschah ihm immer noch, dass ihn jüngere Frauen interessiert anschauten. Nach kurzem Suchen fand er ein Fischlokal und bestellte eine 'Scholle nach Finkenwerder Art' mit Kartoffelsalat. Der Fisch war frisch und mit kleinen Speckstückchen gebraten und schmeckte vorzüglich.

31

„Möchten Sie eine Tasse Kaffee?" fragte der Geschäftsführer der 'Hammonia Werttransporte GmbH'.
„Danke, gerne", sagte Schwerdtfeger.
Das Büro des Geschäftsführers war nüchtern und ohne großen Aufwand eingerichtet. Ein geräumiger hölzerner Schreibtisch, auf dem ein PC, eine Telefonanlage und ein Sprechfunk-Transceiver standen, dahinter ein Bürostuhl. In einer Ecke der Raumes stand ein Faxgerät auf einem kleinen Tischchen, in der gegenüberliegenden Ecke ein Tisch aus weißem Kunststoff mit vier Stühlen aus rostfreiem Stahl. An den Wänden hingen einige Urkunden sowie Fotos von verschiedenen gepanzerten Werttransportern mit dem Logo der Firma, dem Umriss eines fünfstrahligen Sterns mit dem Hamburger Staatswappen in der Mitte.
„Was kann ich für Sie tun?" fragte der Geschäftsführer verbindlich, nachdem seine Sekretärin den Kaffee gebracht hatte.
„Sie haben eine Vermisstenmeldung für Ihren Mitarbeiter Hartmut Seehaus abgegeben, ist das richtig?"
„Das ist richtig. Er war als Begleiter für einen

Werttransport am 27. Mai eingeteilt und ist nicht, wie wir es erwartet hätten, um 7:30 Uhr zum Dienstantritt erschienen. Darauf haben wir, ich denke es war gegen 8 Uhr 15, versucht, ihn telefonisch in seiner Wohnung zu erreichen. Der Anruf wurde aber nicht beantwortet. Wir dachten, er sei vielleicht unterwegs hierher und haben seine Handynummer versucht. Jeder unserer Mitarbeiter hat ein geschäftliches Handy, das er in gewissem Umfang auch privat nutzen darf. Dafür ist er verpflichtet, es vierundzwanzig Stunden pro Tag eingeschaltet zu lassen. Als wir die Nachricht erhielten, „Der Teilnehmer ist vorübergehend nicht erreichbar", hatten wir zum ersten Mal das Gefühl, dass da etwas passiert sein muss. Nachdem auch weitere Versuche, ihn zu erreichen, erfolglos waren, haben wir ihn dann als vermisst gemeldet. Wissen Sie etwas über den Verbleib von Herrn Seehaus?"
Schwerdtfeger zog die Ausdrucke mit dem Gesicht des Toten aus der Innentasche seines Jacketts: „Ist das Herr Seehaus?"
„Das ist er", sagte der Geschäftsführer und wirkte einigermaßen beunruhigt. „Was ist mit ihm?"
Schwerdtfeger zögerte einen Moment und sagte dann: „Ich fürchte, ich habe eine schlechte Nachricht für Sie. Herr Seehaus wurde am Morgen des 27. Mai tot aufgefunden. Er wurde ermordet."
Der Geschäftsführer schwieg einen Moment und sagte dann: „Was ist denn genau geschehen?"
„Er wurde erschlagen. Jemand fand seine Leiche in den frühen Morgenstunden des 27. Mai in einem Fleet treibend."
„So etwas hatte ich schon befürchtet. E hätte sich bestimmt bei uns gemeldet, wenn er aus irgend einem Grunde verhindert gewesen wäre, seine Arbeit anzutreten."
„Was hatte der Herr Seehaus denn für einen beruflichen Hintergrund?" wollte Schwerdtfeger wissen.
„Er kam aus der Ex-DDR, hatte dort für das Ministerium

153

für Staatssicherheit gearbeitet. Es gibt viele Stasi-Leute, die heute bei privaten Sicherheitsdiensten arbeiten. Das hat im Wesentlichen zwei Gründe: Sie sind erstens für diese Art von Aufgaben gut ausgebildet und zweitens ist es wegen ihrer Vorgeschichte für sie schwierig, in anderen Branchen Fuß zu fassen. Seehaus war übrigens ein sehr zuverlässiger und hoch motivierter Mitarbeiter. Es wird schwierig sein, die durch seinen Tod im Betrieb entstandene Lücke wieder zu füllen."

„Sie führen Werttransporte für die HanseBank durch, ist das richtig?" fuhr Schwerdtfeger fort.

Der Geschäftsführer zögerte einen Moment und sagte dann: „Sie werden sicher verstehen, dass ich ein wenig gehemmt bin, über unsere Kunden Auskunft zu geben."

„Das hatte ich auch gar nicht anders erwartet", sagte Schwerdtfeger diplomatisch. „Es geht hier aber um die Aufklärung eines Kapitalverbrechens. Seehaus ist getötet worden, und ich halte es für möglich, dass es einen Zusammenhang mit dem Banküberfall in der HanseBank am 27.05. gibt. Außerdem weiß ich bereits, dass Sie für die HanseBank arbeiten, und ich weiß weiter, dass die Zweigstelle 14 an diesem Morgen einen größeren Geldbetrag erwartete, der von Ihnen geliefert werden sollte, aber nicht eingetroffen ist."

„Wenn Sie das sowieso schon wissen", erwiderte der Geschäftsführer, „sehe ich keinen Grund, Ihnen die Auskunft zu verweigern. Was Sie sagen, ist alles richtig. Am Morgen des 27. Mai war ein größerer Geldtransport in die Zweigstelle 14 der HanseBank geplant."

„Um welchen Betrag handelte es sich?" fragte Schwerdtfeger. Der Geschäftsführer öffnete eine Schublade seines Schreibtisches, holte ein Heft heraus und blätterte darin. „Es handelte sich um einen Betrag von etwa 1,4 Millionen €", sagte er dann.

Schwerdtfeger pfiff durch die Zähne. „Da hätte sich der Überfall ja richtig gelohnt. Und warum wurde der

Betrag nicht ausgeliefert, so wie es geplant war?"
„Weil Seehaus, der für diesen Transport als Begleiter
eingeplant war, nicht aufzufinden war. Es ist ein
Grundsatz unseres Unternehmens, bei ungewöhnlichen
Ereignissen, die einen bestimmten Transport betreffen,
zunächst die Zentrale des betreffenden Bankhauses zu
kontaktieren, unsere Beobachtungen mitzuteilen und sie
zu fragen, ob sie in Anbetracht der Umstände einen
Fahrplanwechsel wünschen. In diesem Fall hat uns die
Zentrale angewiesen, den Betrag an eine andere
Zweigstelle zu liefern."
Also doch, dachte Schwerdtfeger. Es sieht tatsächlich
so aus, als ob zwischen dem Tode des
Werttransportbegleiters und dem Banküberfall ein
Zusammenhang besteht. Soll ich den Geschäftsführer
befragen, ob er es für möglich hält, dass Seehaus mit
Ebeling gemeinsame Sache gemacht hat? Aber der wäre
wohl genau so auf Vermutungen angewiesen, wie ich es
bin, da kaum anzunehmen ist, dass er in einem
derartigen Fall davon genaue Kenntnis hätte. Und
außerdem würde er bei einer derartigen Frage die
Fahne des Unternehmens hoch halten und erwidern, das
hielte er für ganz unwahrscheinlich.
„Dann einstweilen vielen Dank für die Auskünfte und
für den Kaffee", sagte er. „Für den Fall, dass Ihnen
noch etwas einfällt, das wichtig sein könnte, hier ist
meine Karte."
Wieder in seinem Büro, dachte Schwerdtfeger über diese
neue, überraschende Wendung nach. Der Geldtransport
hatte die Zweigstelle 14 der HanseBank nicht
angefahren, so wie Ebeling es möglicherweise erwartet
hatte. Es sah inzwischen fast so aus, als habe er von
der Tatsache, dass bei der Zweigstelle 14 der
HanseBank ein größerer Geldbetrag erwartet wurde,
gewusst. Hatte Ebeling mit dem Überfall vom 27. Mai
den ultimativen Befreiungsschlag geplant? Wenn das so
war, konnte er von diesem Transport nur von einem
Insider erfahren haben, von jemandem, der selber davon

Kenntnis hatte. Das waren mit Sicherheit nur sehr
wenige Personen. Einer von ihnen war der Begleiter des
Transportes, Hartmut Seehaus, selber. Und der war
jetzt tot. Diese gedankliche Kette führte unweigerlich
zu der Frage: Hatte Ebeling diese Information aus
Seehaus heraus geholt und ihn dann getötet?
Schwerdtfeger schrieb einen Bericht über seine
bisherigen Erkenntnisse im Fall Seehaus und leitete
ihn an Reinders weiter. Einer spontanen Eingebung
folgend, faxte er den Bericht auch an den
Kommandoführer des MEK.

32

Schwerdtfeger fiel ein, dass er versprochen hatte,
sich bei Dr. Clemens zu melden. Dieser hatte jedoch
ein Patientengespräch; seine Sekretärin versprach,
dass er baldmöglichst zurück rufen würde.
In der Zwischenzeit konnte er die neuen Eingänge
durchsehen. Das Doppel seines Aktenvermerkes war
zurück, mit Datum und Absendevermerk von Frau Steiner,
der Sachgebietssekretärin. Zwei Amtsbotengänge später
bekam er auch das Original zurück. Reinders hatte
handschriftlich vermerkt: „Da Sie mit dem Fall keine
Befassung mehr haben, ist es auch nicht Ihre Aufgabe,
in dieser Angelegenheit diesbezügliche Vermerke zu
verfassen. Daher zurück an Sie. Reinders, KOR,
31.05.02.
Das war ein deutliches „Roger", dachte Schwerdtfeger
und zuckte die Achseln. Er kann jetzt nicht mehr
behaupten, er sei von mir über irgendwelche
Hintergründe nicht informiert worden. Er hat meinen
Vermerk gesehen und hat entschieden, ihn seinen
Vorgesetzten vorzuenthalten. Die Verantwortung liegt
bei ihm, da, wo sie hingehört. Dann heftete er beide
Exemplare seines Vermerkes ab.
Sein Telefon meldete sich. „Hallo, Herr
Schwerdtfeger", begrüßte ihn Dr. Clemens, „wie sieht

es aus, hätten Sie heute Zeit für mich?"
„Ich bin heute mindestens am frühen Abend Strohwitwer, meine Frau hat eine Einkaufstour geplant, also passt es sehr gut. Ich könnte in einer halben Stunde bei Ihnen sein. Wäre das passend?"
„Das passt ausgezeichnet. Also bis dann."
Die Praxis des Psychologen nahm ein ganzes Geschoss in einem ihm selber gehörenden Haus in der Fußgängerzone der Poststraße ein, in bester, ruhiger Innenstadtlage in unmittelbarer Nähe von Binnenalster, Jungfernstieg und Rathausmarkt. Seine Wohnung lag ein Stockwerk höher im selben Haus, die übrigen Stockwerke waren vermietet.
Dr. Clemens bot Schwerdtfeger Platz in der Bibliothek seiner Praxis an. Die Wände der Bibliothek waren mit Bücherregalen bedeckt, in denen nicht nur wissenschaftliche Literatur zu finden war. In einer Ecke das Raumes stand eine Stereoanlage, ihr gegenüber war eine Sitzgruppe. Schwerdtfeger wusste von früheren Besuchen, dass Dr. Clemens die Bibliothek gelegentlich als Erweiterung seiner Wohnung nutzte.
„Möchten Sie einen Kaffee?" fragte er Schwerdtfeger.
„Danke nein", antwortete dieser; „ich hatte heute schon soviel davon, dass ich um meinen ruhigen Schlaf fürchten muss."
„Aber gegen einen Schluck Wein hätten Sie nichts?"
„Wie man hört, soll Wein guten Schlaf eher fördern", sagte Schwerdtfeger diplomatisch.
Dr. Clemens verließ den Raum und kehrte kurze Zeit später mit einem Tablett mit Sandwiches, einer Flasche Weißwein in einem Weinkühler und zwei Weißweingläsern zurück. Er bemerkte Schwerdtfegers etwas überraschten Blick und sagte: „Da Sie mindestens heute am frühen Abend Strohwitwer sind, habe ich in der Bleichstraße einen Imbiss besorgen lassen, und weil Meeresfrüchte dabei sind, passt Weißwein hier besser. Der versprochene Rotwein ist nicht aufgehoben, nur aufgeschoben. Die Flasche steht schon geöffnet im

Nebenraum. Greifen Sie bitte zu". Er schenkte Weißwein ein. „Auf ein gutes Ende Ihres Falles."

„Meines ehemaligen Falles", präzisierte Schwerdtfeger. Dann nahm er ein Sushi, trank einen Schluck Weißwein und berichtete von seiner Abberufung als Leiter der Sonderkommission, von seinem neuen Fall und dessen jüngster Entwicklung.

Als er geendet hatte, sagte Dr. Clemens: „Mir fällt dazu ganz spontan ein, dass es da vielleicht einen Zusammenhang mit dem Banküberfall Ebelings gibt. Glauben Sie, dass Ebeling Kontakt mit dem Werttransportbegleiter, wie hieß er doch, Seehaus, hatte?"

„Daran habe ich auch schon gedacht", gab Schwerdtfeger zu. „Möglicherweise haben die beiden verabredet, das Ding zusammen zu drehen, dann hat Ebeling sich anders besonnen und sich des Wachmannes entledigt. Das führte dann dazu, dass der Geschäftsführer der Werttransportfirma den Transport, bei dem es um eine Riesensumme ging, im Einvernehmen mit dem Bankunternehmen umleitete. Nur ist das bisher alles eine Hypothese, für die ich noch keinerlei Beweise habe."

„Angenommen, es wäre so", sagte Dr. Clemens, „dann würde Ebeling, so wie ich ihn einschätze, auch diesen Umstand der jungen Bankangestellten, die er als Geisel genommen hat, zurechnen. Der Werttransport hat die Bankfiliale nicht erreicht, weil diese von der Polizei, die von Frau Möller gerufen wurde, umstellt war. Ein Psychopath akzeptiert nie, dass seine Probleme die Folgen seiner eigenen Handlungen sind, es sind immer nur die anderen, die ihm böswillig und in feindlicher Absicht geschadet haben."

„Ach herrjeh", sagte Schwerdtfeger, „daran habe ich ja noch gar nicht gedacht. Wenn er auch für diesen Umstand Frau Möller die Schuld gibt, dann wäre die ja wirklich in höchster Gefahr."

„Ich fürchte, davon müssen wir leider ausgehen",

bestätigte Dr. Clemens. „Aber nun erzählen Sie mir doch, warum man Ihnen den Vorsitz der Sonderkommission so Knall auf Fall entzogen hat."

„Bevor ich mich hierzu äußere", erwiderte Schwerdtfeger, „lassen Sie mich sagen, dass ich über die Hintergründe für Ihre und meine Ablösung keine gesicherten Erkenntnisse habe, sondern nur Vermutungen äußern könnte. Ich täte das ungern, darum wird es das Beste sein, wenn ich Ihnen berichte, was geschehen ist, und Sie ziehen Ihre eigenen Schlussfolgerungen."

„Einverstanden", sagte Dr. Clemens. „Unsere Häppchen haben wir abgeräumt, und damit Ihnen beim Sprechen der Mund nicht zu trocken wird, hole ich vorher den Rotwein." Er verschwand und kehrte kurz darauf mit einer schon geöffneten Flasche und zwei Rotweingläsern zurück. Er goss zunächst sich, dann Schwerdtfeger ein, Schwerdtfeger hob sein Glas.

„Auf Ihre Gesundheit, und danke für die freundliche Bewirtung."

„Gern geschehen, und danke, dass Sie gekommen sind", erwiderte Dr. Clemens, und beide tranken einen Schluck.

„Pinot Noir, der Spätburgunder", sagte Schwerdtfeger. „Eine edle Traube. Es ist seltsam: Trinke ich einen guten Cabernet Sauvignon, dann halte ich das für die Spitze des Weingenusses. Habe ich jedoch einen edlen Pinot Noir im Glas, dann bin ich mir gar nicht mehr so sicher. Haben Sie eine psychologische Erklärung für diesen Effekt?"

„Ich habe diese Beobachtung bei mir auch schon gemacht", sagte Dr. Clemens lächelnd. „An einer Erklärung dafür arbeite ich noch. Aber nun berichten Sie, ich bin schon ziemlich gespannt."

Schwerdtfeger erzählte der Reihen nach von den verschiedenen Versuchen seiner Vorgesetzten, ihn dazu zu veranlassen, die in der Sonderkommission beschlossene Vorgehensweise zu ändern und wie er darauf reagiert hatte. „Das Argument für eine schnellere, oder sollte ich lieber sagen, hastigere Vorgehensweise war, die Öffentlichkeit habe kein Verständnis dafür, dass der Zustand der Verletzung des Rechtes so lange andauere. Sie wünsche eine schnellere Wiederherstellung von Recht und Ordnung. Aber wie kann die Öffentlichkeit zum Schiedsrichter darüber werden, wie die Polizei in einem bestimmten Fall vorgeht? Dazu braucht es methodische Kenntnisse der Polizeiarbeit und detaillierte Kenntnisse des Einzelfalls. Wenn wir vor der Lösung eines Falles jedes Mal erst eine Volksbefragung durchführen wollten, kämen wir schließlich zu gar nichts mehr."

Dr. Clemens schwieg eine Weile, dann sagte er: „Das Ganze hört sich für mich nach politischer Einflussnahme an."

„Nun haben Sie es ausgesprochen", sagte Schwerdtfeger, „was ich schon die ganze Zeit gedacht habe. Steckt Innensenator Krause dahinter? Er sieht sich ja als Missionar, als Kreuzritter auf einem Feldzug zur Wiederherstellung von Recht und Ordnung. Ich halte einen derartigen Feldzug im Grundsatz für eine gute Sache, so wie bei uns die Dinge liegen, und ich glaube ihm seine gute Absicht, aber wenn er sich auf diese Weise in die polizeiliche Detailarbeit einmischen würde, dann täte er seiner Sache damit gewiss keinen guten Dienst."

„Die meisten Katastrophen werden nicht böswillig verursacht, sondern in bester Absicht oder aus Nachlässigkeit", antwortete Dr. Clemens. „Das ist die persönliche Tragik vieler selbsternannter Wohltäter der Menschheit, die mit ihren Aktionen das Gegenteil von dem erreicht haben, was sie beabsichtigten. Da muss es eine Kraft geben, die stets das Gute will und doch das Böse schafft."

„Könnte man diese Kraft vielleicht Dummheit nennen?" fragte Schwerdtfeger zornig.

„Urteilen Sie jetzt nicht ein wenig zu hart? Das Leben ist lebenstypisch sehr kompliziert, das gilt auch für viele Entscheidungssituationen, die eben mehr Stellschrauben haben, als die berufenen Entscheider sich das normaler Weise vorstellen. Wenn wir schon dieser Kraft einen Namen geben wollen, dann würde ich eher „Selbstüberschätzung" vorschlagen."

„Sie haben Recht", sagte Schwerdtfeger niedergeschlagen. „Vermutlich bin ich im Moment ziemlich frustriert, da leidet das Gefühl für die Gerechtigkeit. Es regt mich nur wahnsinnig auf, dass wir fast sicher wissen, dass jemand hier diesen Fall auf eine Katastrophe zusteuert. Wir wissen das und können doch gar nichts unternehmen, um es zu verhindern."

„Ich kann Ihre Gefühle gut verstehen, aber Sie haben, weiß Gott, wirklich alles getan, was in Ihrer Macht stand, um diese Katastrophe abzuwenden", beruhigte ihn Dr. Clemens. „Wir müssen eben akzeptieren, dass es höhere Instanzen gibt, auf deren Handlungen wir keinen Einfluss nehmen können. Die von ihnen ausgelösten Ereignisse können wir getrost der Kategorie „Schicksal" zuordnen. Aber wir sollten darüber nicht vergessen, dass es auch positive Dinge im Leben gibt, so wie zum Beispiel diesen guten Wein. Lehnen Sie sich zurück im Bewusstsein, alles Menschenmögliche unternommen zu haben, und lassen sie uns den Rest, der in der Flasche ist, genießen, so wie er es verdient hat."

„Da haben Sie schon wieder Recht", sagte Schwerdtfeger. „Auf Ihr Wohl."

Und nachdem beide einen Schluck getrunken hatten, sagte er: „Es tut gut, sich über ein Thema, welches einem am Herzen liegt, einmal auszusprechen."

Dr. Clemens antwortete mit einem jungenhaften Grinsen: „Sehen Sie, und von dem Bedürfnis der Menschen, sich einmal aussprechen zu können, lebe ich."

Schwerdtfeger sah sich in der Bibliothek um, dann grinste er seinerseits: „Und wie es aussieht, gar nicht mal so schlecht."

33

„Na, wie war dein Tag heute?" wurde Schwerdtfeger von seiner Frau begrüßt.

„Danke, es ging so. Und wie ist es dir ergangen? Hast du etwas Hübsches eingekauft?"

Frau Schwerdtfeger präsentierte stolz einen Rock in dezentem Karomuster in verschiedenen Brauntönen und eine dazu passende Bluse.

„Herbstfarben. Das harmoniert gut zusammen. Wann ziehst du es einmal an?"

Ehe sie auf diese Frage antworten konnte, klingelte das Telefon. Schwerdtfeger hob den Hörer ab.

„Hier ist Günter Pauli. Möchtest du über die neuesten Entwicklungen informiert werden oder störe ich etwa beim Abendessen?"

„Du störst nicht", sagte Schwerdtfeger. „Schieß los."

„Also dann: Ebeling hat vor etwa zwanzig Minuten mit seinem Kumpan und der jungen Geisel aus der Bank das Haus in der Klosterstraße verlassen. Es war wieder die gleiche Veranstaltung wie neulich in der Bank: Ebeling hatte wieder ein Zelt und einen Wagen verlangt. Dann sind die drei unter dem Zelt zum Fluchtfahrzeug getippelt und dann damit abgerauscht. Wir haben Ebeling entsprechend Deinem Vorschlag einen Wagen mit satellitengestütztem Objektverfolgungssystem gegeben und werden seinen Weg verfolgen. Es ist geplant, ihn außerhalb des bebauten Gebietes vor Erreichen der Grenzen der Freien und Hansestadt Hamburg zu stellen. Die Leute vom MEK hatten wohl sehr gehofft, Ebeling durch einen gezielten Schuss ausschalten zu können, sie hatten aber durch Ebelings Trick mit dem Zelt keine Chance. Der Kommandoführer ist stinksauer über die ganze Entwicklung. Das Fernsehen hat den Abzug Ebelings übrigens gefilmt, es wird heute Abend im Regionalprogramm zu sehen sein, wie ich hörte. Den alten Leuten, die in der von Ebeling besetzt gehaltenen Wohnung leben, geht es so weit gut. Sie werden psychologisch betreut. Der medizinische Check hat keine Probleme ergeben. Im Moment ist noch die Spurensicherung in der Wohnung. Sie hoffen, einen Hinweis auf die Identität des zweiten Mannes zu finden. Das ist so weit alles."

„Danke dir für die Info", sagte Schwerdtfeger. „Hältst du mich weiter auf dem Laufenden?"

„Klar doch", sagte Pauli.

Schwerdtfeger schaltete das Regionalfernsehen ein. Der Elbtunnel sollte eine weitere Röhre bekommen, im Hafen war eine Barkasse mit einer Motoryacht kollidiert, die Motoryacht war gesunken, alle Besatzungsmitglieder wurden gerettet. Schießerei auf St. Pauli, ein Verletzter war ins Krankenhaus St. Georg eingeliefert worden, er war aber noch nicht vernehmungsfähig.

Und dann zeigte der Bildschirm das Haus Nr. 127 in der Klosterstraße. Schwerdtfeger schaltete den Videorecorder auf 'Aufnahme'. Der Sprecher sagte: „Im Entführungsfall der jungen Angestellten, die anlässlich des Überfalles auf eine Zweigstelle der HanseBank vor drei Tagen als Geisel genommen wurde, hat die Polizei ihre Taktik geändert. Während sie bisher darauf setzte, die beiden Täter durch ausdauernde Belagerung zu zermürben und sie so zur Aufgabe zu bewegen, wurde jetzt beschlossen, ihnen zusammen mit der Geisel freien Abzug zu ermöglichen. Was hinter dieser plötzlichen Änderung eines eigentlich plausiblen Polizeikonzeptes steckt, ist uns nicht bekannt. Entsprechende Anfragen an die Pressestelle des Polizeipräsidiums blieben angeblich mit Rücksicht auf den noch nicht abgeschlossenen Fall unbeantwortet. Die Polizei hat inzwischen das Fluchtauto bereit gestellt, einen zivilen, schwarzen BMW der Fünfer-Reihe" (hier machte die Kamera einen Schwenk auf das bereit stehende Fahrzeug). „Die Polizei hat sich zurück gezogen. In diesem Moment öffnet sich die Haustür und.....nein, so etwas habe

ich in meinem ganzen Leben noch nie gesehen.
Ein...haufenförmiges Monster mit vier, fünf, sechs
Beinen erscheint in der Türöffnung und betritt
trippelnd die Straße. Es sind drei Menschen, sie haben
sich eine Plane, nein, es ist ein Zelt, übergelegt.
Die Zeltplane bedeckt ihre Körper, nur die Füße sind
zu sehen. Diese stecken alle in Sportschuhen der
gleichen Marke. Das ist raffiniert, so hat das MEK
keine Chance, die Situation durch einen gezielten
Schuss zu entschärfen. Das Monster erreicht das
Fluchtauto, die vordere linke Tür des Wagens wird
geöffnet, der Menschenklumpen streckt sich, wird zu
einem schlangenartigen Gebilde, welches in das Auto
kriecht und auf den beiden Vordersitzen Platz nimmt.
Wer sitzt am Steuer, wer daneben? Das ist unmöglich
auszumachen, da alle drei Personen Masken tragen. Die
Tür wird geschlossen, der Motor des Fluchtfahrzeuges
wird angelassen, und schon fährt der Wagen mit
quietschenden Reifen an und entfernt sich mit hoher
Geschwindigkeit. Wird er verfolgt? Nein, dafür gibt es
keine Anzeichen. Was geschieht hier? Warum lässt man
zwei Schwerverbrecher, die man sicher umstellt hatte,
die in der Falle saßen, frei, und dazu noch mit seiner
Geisel? Gibt es ein Konzept, das dahinter steckt?
Sehen Sie zu diesem Thema unser Interview mit dem
Innensenator Sascha Krause direkt nach diesem
Beitrag."
Die Kamera fuhr in die Unschärfe, auf dem Bildschirm
materialisierte sich ein Studio. Blautöne überwogen im
Bild. In der Mitte des sonst leeren Raumes standen
zwei Sessel, in denen sich, von Spots hell beleuchtet,
zwei Männer gegenüber saßen. Der Moderator stellte
sich zunächst vor und richtete dann das Wort an seinen
Gast: „Neben mir sitzt der Herr Innensenator Krause.
Herr Senator, auch Sie haben eben die dramatische
Szene gesehen, die sich gerade vor dem Haus
Klosterstraße 127 abspielte. Ich möchte die Frage
unseres Reporters aufgreifen und an Sie weiterleiten:

Die Polizei war bisher in einer ziemlich komfortablen Lage. Sie hatte das Haus, in dem sich die beiden Verbrecher mit ihrer Geisel verschanzt hatten, umstellt. Die Verbrecher saßen in der Falle. Nun hat die Polizei die beiden zusammen mit ihrer jungen Geisel entkommen lassen. Hat die Polizei einen Fehler gemacht? Oder gibt es eine Idee, die dahinter steckt? Was können Sie unseren Zuschauern dazu sagen?"

„Vielen Dank für diese Gelegenheit, hier zu Ihren Zuschauern sprechen zu dürfen. Wie Sie wissen, habe ich mir den Kampf für Recht und Gerechtigkeit zu einem sehr persönlichen Anliegen gemacht. Sie alle kennen die Zustände, die ich nach Übernahme meines Amtes hier vorgefunden haben. Nun ist es an der Zeit, sich die Ärmel aufzukrempeln, um diesen Augiasstall auszumisten."

Der Moderator sagte, und Schwerdtfeger glaubte eine Spur von Ungeduld in seiner Stimme zu hören: „Zurück zu meiner Frage: Warum hat die Polizei die Gangster, die doch sicher in der Falle saßen, frei gelassen, und noch dazu mit ihrer Geisel?"

„Dazu möchte ich Folgendes sagen", erwiderte der Innensenator. „Ich kenne das Polizeikonzept nicht im Einzelnen, und wenn ich es kennen würde, so dürfte ich es hier nicht ausplaudern. Ich bin sicher, dass Ihre Zuschauer das verstehen werden. Gestatten Sie mir jedoch, zwei Dinge erwähnen: Erstens habe ich volles Vertrauen in die Kompetenz und Professionalität unserer Polizeitruppe, die, da bin ich mir sicher, diese Angelegenheit in Kürze zu einem guten Ende führen wird. Und zweitens, lassen Sie mich auf einen Vorteil dieser neuen Taktik hinweisen: Die beiden Verbrecher hatten ja nicht nur eine Geisel, nämlich die junge Angestellte aus der Bank, sie hatten deren drei: Als sie die Wohnung in der Klosterstraße 127 besetzt hatten, waren ihnen mit den rechtmäßigen Wohnungsbesitzern noch zwei weitere Geiseln in die Hände gefallen. Diese beiden Geiseln sind wieder frei,

und sie haben, soviel mir bisher bekannt ist, keinen
Schaden erlitten. Das ist alles, was ich Ihnen zum
aktuellen Stand der Dinge sagen kann."
Schwerdtfeger wandte sich an seine Frau, die sich
neben ihn gesetzt hatte, und sagte ärgerlich: „So ein
Heuchler! Er kennt das Polizeikonzept nicht im
Einzelnen! Ich denke, dass dieses so genannte
Polizeikonzept von ihm höchst persönlich stammt."
„Er ist eben vorsichtig", erwiderte seine Frau, „wenn
Du recht hast und er zieht die Strippen in dieser
Angelegenheit, dann wäre es wohl nicht so klug, das
vor der Öffentlichkeit auszuplaudern. Außerdem hat er
Recht, wenn er sagt, er dürfe das Konzept nicht
verraten, so lange der Fall nicht abgeschlossen ist."
„Das ist schon richtig", sagte Schwerdtfeger. „Wollen
wir eine Tasse Tee darauf trinken?" „Machen wir",
sagte seine Frau.

34

Schwerdtfeger war heute ziemlich früh ins Büro
gegangen. Nun, da er die Sonderkommission nicht mehr
zu leiten hatte, war sein Arbeitsvolumen überschaubar.
Vielleicht konnte er heute etwas früher nach Hause
gehen; es war Freitag und das freie Wochenende stand
vor der Tür, immer vorausgesetzt, es geschah nichts,
was seine Anwesenheit im Dienst erforderlich machte.
Beim augenblicklichen Stand der Dinge konnte er sich
das nicht vorstellen. Er hatte diesen Gedanken gerade
zu Ende gedacht, als es an seine Tür klopfte.
Michaelis betrat sein Büro. Er sah unausgeschlafen
aus.
„Guten Morgen, Herr Schwerdtfeger. Sie hatten gesagt,
wenn ich eine Frage hätte, dürfte ich zu Ihnen
kommen."
„Aber gewiss, Herr Michaelis. Was ist denn geschehen?"
„Es ist furchtbar. Wir haben Ebeling und die Leute,

die bei ihm waren, schon wieder verloren. Er hatte, wie die Kommission das noch unter Ihrer Leitung vorgeschlagen hatte, einen Wagen mit satellitengestütztem Navigationssystem. Nachdem er die Klosterstraße verlassen hatte, nahmen mehrere Einsatzfahrzeuge die Verfolgung auf. Sie waren mit Objektverfolgungsanlagen ausgerüstet und empfingen die gleichen Daten wie Ebelings Fahrzeug, so dass sie seine Position direkt auf ihrem Display verfolgen konnten. Sie hatten daher das gleiche Bild wie Ebeling in seinem Fahrzeug: Die Position des Fluchtfahrzeuges war eingeblendet in einen Ausschnitt des Hamburger Stadtplanes. Dadurch konnten sie genügend Abstand halten, um nicht vom Fluchtfahrzeug bemerkt zu werden. Ebeling fuhr über die Grindelallee und die Lombardsbrücke in Richtung Innenstadt, parkte seinen Wagen am Steintorplatz in der Nähe des Hauptbahnhofes. Dort stiegen alle drei nach den Meldungen des ersten Verfolgerfahrzeuges aus. Ebeling hatte einen Rucksack dabei und wir dachten, dass sie sich im Bahnhof mit Proviant für die weitere Flucht versorgen wollten. Ein Beamter stieg aus dem ersten Pkw aus und ging hinter den Dreien her. Die verschwanden jedoch blitzschnell im Eingang des U-Bahnhofes Steintorplatz. Als der verfolgende Beamte unten war, fuhr gerade eine Bahn in Richtung Barmbek ab."

„Und haben Sie den Fluchtwagen untersucht?"
„Das haben wir", bestätigte Michaelis. „Der Schlüssel steckte im Zündschloss, sonst war außer dem Zelt nichts zurück geblieben. Ebeling hat den Wagen offensichtlich aufgegeben."
„Das hat er mit dem letzten Fluchtfahrzeug auch gemacht", sagte Schwerdtfeger. „Er hatte damals den Peilsender gefunden. Nun muss ihm die Idee gekommen sein, dass die Position seines Wagens ja im wageneigenen Navigationssystem bekannt ist und per Funk weitergeleitet werden kann. Der Ebeling ist zwar schwer kriminell, aber er ist kein Dummer. Ist die

Fahndung nach den Dreien raus?"
„Das habe ich natürlich sofort veranlasst", sagte
Michaelis. „Wir haben auch Beamte in die U-Bahn
geschickt. Die sind drei Stationen später, Haltestelle
Rödingsmarkt, zugestiegen, schneller war das nicht zu
schaffen, da hatten die drei den Zug aber schon wieder
verlassen. Was soll ich nur tun?"
Der arme Kerl, dachte Schwerdtfeger mitleidig.
„Wie ich Ebeling einschätze".sagte er, „ist er aus der
U-Bahn schon an der nächsten Haltestelle wieder
ausgestiegen, weil er mit einer Verfolgung rechnete.
Er ist halt ein Typ, der nichts dem Zufall überlässt.
Hat Reinders Sie übrigens informiert, dass Ebeling
möglicher Weise der Täter in einen weiteren Mordfall
ist?"
„Der Kommandoführer des MEK hat mir das Fax mit Ihrem
Bericht gegeben, daher kenne ich Ihre Vermutung.
Reinders hat diese Tatsache mir gegenüber nicht
erwähnt."
„Das sieht ihm ähnlich", sagte Schwerdtfeger grimmig.
„Das könnte doch eventuell Ihre SoKo betreffen. Der
Mann ist völlig teamunfähig."
„Was soll ich jetzt nur machen?" Michaelis sah
ziemlich unglücklich aus.
„Über das hinaus, was ich Ihnen bisher hierzu gesagt
habe, fällt mir auch nicht mehr ein. Ich wünsche Ihnen
alles Gute", sagte Schwerdtfeger ernst.
Michaelis verließ müde sein Büro.
Kaum war er draußen, als Schwerdtfegers Telefon
klingelte. Der Kommandoführer des MEK meldete sich.
„Guten Morgen, Herr Schwerdtfeger. Haben Sie schon von
der Katastrophe gehört, die sich gestern Abend
ereignet hat?"
„Sie meinen, dass Ebeling und seine Gruppe schon
wieder von der Bildfläche verschwunden ist? Michaelis
war eben hier und hat mich informiert".
„Das hätte nie passieren dürfen. Wir haben es vorher
gesagt, dass das schief geht", fuhr der Kommandoführer

fort. „So etwas kommt dabei heraus, wenn jeder Bürokrat, ob mit oder ohne Beamtenstatus, glaubt, den Fachleuten Anweisungen erteilen zu können."

„Wie könnte ich Ihnen da widersprechen?" sagte Schwerdtfeger.

„Ich habe da übrigens noch etwas für Sie. Vielen Dank, dass Sie mir Ihren Bericht zugefaxt haben. Ich bin darauf hin die Gespräche in der Wohnung, die wir mit Richtmikrofon aufgenommen haben, noch einmal durchgegangen. Der Ebeling hat tatsächlich gewusst, dass die Filiale für die frühen Morgenstunden einen Geldtransport erwartete. Er glaubte, der Werttransport hätte sich an diesem Morgen verspätet und wäre wegen der Polizeiabsperrung nicht durchgekommen. Er gibt der jungen Bankangestellten auch dafür die Schuld und hat ihr auch deswegen gedroht."

„Um Gottes Willen", sagte Schwerdtfeger, „so was hatte ich schon befürchtet. Dann ist ja die Situation noch viel kritischer, als wir das zunächst angenommen haben. Könnten Sie mir ein Band mit der Tonaufzeichnung schicken?"

„Kopie ist schon auf dem Weg", erwiderte der Kommandoführer. „Ich habe diesen Umstand auch in meinem Bericht hervorgehoben, damit später niemand sagen kann, er hätte nichts gewusst. Von dem Bericht bekommen Sie ebenfalls eine Kopie."

„Danke für die Info", sagte Schwerdtfeger, „aber gern", sagte der Kommandoführer und legte auf.

Schwerdtfeger dachte über die augenblickliche Situation nach. Eine Beziehung zwischen Ebeling und dem erschlagenen Werttransportbegleiter Seehaus könnte tatsächlich bestanden haben. Welcher Art war die? Hatte Ebeling Seehaus nur ausgehorcht oder hatten sich die beiden verabredet, das Ding zusammen zu drehen? Die letzte dieser beiden Möglichkeiten hielt Schwerdtfeger für ziemlich unwahrscheinlich. Wie sollte eine mögliche Beteiligung eines Tippgebers vom Werttransportdienst funktionieren? Würde Seehaus einer

Versprechung Ebelings, er bekäme seinen Anteil nach der Tat, vertrauen? Schwerdtfeger glaubte nicht an die berühmte Ganovenehre. Seehaus hatte keine Mittel, Ebeling zu zwingen, ihn an der Beute zu beteiligen; informierte er die Polizei, so würde das sofort die Frage aufwerfen, woher er denn die Kenntnis über die Details des Überfalles hatte. Als ehemaligem Stasi-Mann musste man Seehaus derartige Zusammenhänge nicht erklären. Vermutlich hatte Ebeling dem Mann vom Werttransportdienst auch nicht seine genauen Personalien gegeben.

Was konnte er tun, um hier voran zu kommen? Seehaus konnte er nicht mehr befragen. Ebeling war zur Zeit nicht greifbar. Er konnte im Moment nur versuchen herauszufinden, ob Seehaus' Kollegen bei der 'Hammonia Werttransporte GmbH' etwas über seine Freizeitgewohnheiten wussten.

Er griff zum Telefon und rief den Geschäftsführer an und vereinbarte mit ihm einen neuen Termin. „Passt es Ihnen gleich heute Vormittag?" fragte der.

„Das wäre mir am liebsten", sagte Schwerdtfeger. „Dann bis bald."

„Nehmen Sie Platz", sagte der Geschäftsführer. Schwerdtfeger unterrichtete ihn über seine neuesten Erkenntnisse. Es hilft alles nichts, sagte Schwerdtfeger sich, ich muss ihm diese Frage stellen.

„Halten Sie es für möglich, dass Seehaus sich mit Ebeling zusammen getan hat, um den Geldtransport zusammen auszurauben? Immerhin wusste Ebeling, dass frühmorgens am 27. eine größere Lieferung in der Filiale erwartet wurde."

Der Geschäftsführer nahm sich für die Beantwortung der Frage seine Zeit. Schließlich sagte er: „Der Seehaus machte auf mich eigentlich einen integeren Eindruck. Wie ich Ihnen sagte, arbeitete er früher bei der Stasi. Bevor ich ihn einstellte, habe ich mich mit ihm über seinen Dienst beim ostdeutschen „Ministerium für Staatssicherheit" unterhalten. Er sagte mir, dass er der Überzeugung war, einer guten Sache gedient zu haben. Ich hatte den Eindruck, dass er selber noch nicht ganz begriffen hatte, was die Wende eigentlich herbeigeführt hat. Ich glaube, er war wohl etwas blauäugig, jedenfalls war es diese ehrliche Aussage, die mich bewog, ihn einzustellen. Er hat sich in der Folge hier immer gut geführt, war pünktlich und zuverlässig."

„Wie lange hat er schon für Ihr Unternehmen gearbeitet?"

„Im Juli wären es fünf Jahre gewesen. Bevor ich ihn einstellte, musste er übrigens ein polizeiliches Führungszeugnis vorlegen. Es verzeichnete „kein Eintrag". Das Führungszeugnis liegt übrigens bei seiner Personalakte. Möchten Sie es sehen?"

Schwerdtfeger verzichtete. Er selber hatte vom Geschäftsführer einen guten Eindruck und verließ sich auf dessen Aussage.

„Meine Aufgabe ist es jetzt, nachzuweisen, dass es Kontakte zwischen Ebeling und Seehaus gab", sagte er. „Dazu muss ich heraus finden, mit wem er Umgang hatte. Hatte er eine Freundin? Hatte er Kontakte mit seinen Kollegen? Verkehrte er in irgendwelchen Bars oder Gaststätten?"

„Ich kann Ihnen dazu jetzt nichts sagen", erwiderte der Geschäftsführer. „Über sein Privatleben weiß ich nichts. Seine Kollegen sind im Moment fast alle unterwegs. Ich mache Ihnen folgenden Vorschlag: Wenn heute Nachmittag alle zurück sind, rufe ich sie zusammen und befrage sie. Und wenn jemand etwas weiß, gebe ich Ihnen Namen, Adresse und Telefon- oder Handynummer. Wäre das ein akzeptables Angebot?"

„Das wäre ein sehr akzeptable Angebot", sagte Schwerdtfeger. „Vielen Dank, ich weiß Ihre Kooperation zu schätzen."

Der Geschäftsführer lachte. „Wissen Sie, in meinem Gewerbe ist es nützlich, gute Kontakte zur Polizei zu haben."

171

35

Wieder in seinem Büro, machte Schwerdtfeger eine
zeitlich geordnete Aufstellung der Ereignisse, die
Bezug auf den Fall des ermordeten
Werttransportbegleiters Seehaus haben konnten. Das
stellte sich so dar:

- Entlassung Ebelings aus der JVA: 1. 11. 2001
- Auffinden von Seehaus' Leiche im
  Holländischbrookfleet: 27.05. 2002 um 06:18
- Einlieferung der Leiche in der Rechtsmedizin: 27.05.
  08:36.
    Wahrscheinlicher Todeszeitpunkt nach Angaben der
Rechtsmedizin 6±2 Stunden
    vor der Einlieferung, also am 27.05. ungefähr
zwischen 0:30 Uhr und 4:30 Uhr
    morgens.
- Beginn des Banküberfalles: 27. 05. 2002, 09:37 Uhr.

Es passte. Ebeling konnte Seehaus am Abend oder in der
Nacht vor dem Banküberfall umgebracht haben.
Das Telefon klingelte. „Hamburger Morgenpost, Tiede am
Apparat", sagte eine aufgeräumt klingende Stimme.
„Spreche ich mit Hauptkommissar Schwerdtfeger?"
„Das tun Sie", bestätigte Schwerdtfeger. „Kann ich
etwas für Sie tun?"
„Das können Sie," bestätigte die Stimme. „Ich bin der
Polizeireporter unserer Zeitung. „Ich wundere mich ein
wenig über die Entwicklung im Fall des Bankräubers und
Geiselnehmers Ebeling. Der Bankraub und die
Geiselnahme geschah am 27. Mai. Am gleichen Tag wurde
eine Wohnung, in der der Bankräuber und sein Kumpan
Zuflucht gefunden hatte, von der Polizei entdeckt und
umstellt. Am Abend des gleichen Tages fand eine
Pressekonferenz mit dem Innensenator statt, in der
dieser eine Festnahme des mutmaßlichen Verbrechers für

den folgenden Tag ankündigte. Das geschah aber nicht, die Polizei sah davon ab, die Wohnung zu stürmen. Das kann ich verstehen, denn eine Erstürmung der Wohnung hätte sicher zu Toten oder Schwerverletzten unter den Geiseln geführt. Gestern nun, am 1. Juni, lässt man die Gangster zusammen mit einer Geisel plötzlich frei. Außerdem erfährt man unter der Hand, dass Sie, Herr Hauptkommissar, von der Leitung der Sonderkommission, die sich mit diesem Fall beschäftigt, entbunden wurden. Alle diese Tatsachen hinterlassen beim unbefangenen Beobachter den Eindruck, dass da etwas falsch gelaufen ist. Was können Sie dazu sagen?"
„Woher wissen Sie denn eigentlich, dass ich angeblich von der Leitung der Sonderkommission entbunden bin?" wollte Schwerdtfeger wissen.
„Oh, wir haben so unsere Informationsquellen. Sie werden verstehen, dass ich meine Informanten nicht Preis geben darf. Aber zurück zu meiner Frage: Sind da irgendwo Fehler gemacht worden?"
„Zu Ihrer Frage", erwiderte Schwerdtfeger, „muss ich Ihnen leider mitteilen, dass ich nicht befugt bin, Ihnen Auskunft zu erteilen. Bitte wenden Sie sich an den Polizeipräsidenten oder den von ihm beauftragten Öffentlichkeitsbeamten. Die Telefonnummer des Letzteren ist....."
Schwerdtfeger hörte das Besetztzeichen, der Reporter hatte schon aufgelegt. Time is money, dachte Schwerdtfeger, die Telefonnummer des Polizeisprechers kennt er sicher auswendig und bei der Presse hat man keine Zeit für überflüssige Höflichkeitsfloskeln. Aber ich würde gerne wissen, woher der rasende Reporter weiß, dass ich von der Leitung der Sonderkommission entbunden bin. Da muss es doch eine undichte Stelle im Polizeiapparat geben, die derartige Polizeiinterna an die Öffentlichkeit bringt. Oder ist diese Stelle vielleicht bei der Innenbehörde?
Schwerdtfeger machte sich eine Tasse Kaffee und überlegte, was er weiter tun würde an diesem schönen

Freitag Nachmittag, als sich sein Telefon abermals meldete. Es war der Geschäftsführer der Werttransportfirma.

„Hallo Herr Schwerdtfeger, ich habe unsere Leute nach Kontakten mit Seehaus befragt und bin fündig geworden. Seehaus war ein ziemlicher Einzelgänger, aber er hatte engere Kontakte mit einem seiner Kollegen, der wie er aus der Ex-DDR stammt. Er hat, wie Seehaus auch, für die Staatssicherheit gearbeitet. Ich habe den Mann zu Ihnen in Marsch gesetzt, da können Sie ihn befragen und gleich ein Protokoll mit ihm machen."

„Das finde ich prima", sagte Schwerdtfeger. „Ich weiß Ihre Unterstützung wirklich zu schätzen."

„Ist gern geschehen", sagte der Geschäftsführer. „Ich wünsche Ihnen ein schönes Wochenende."

Es dauerte keine Viertelstunde, bis der Pförtner des LKA-Dienstgebäudes anrief. „Bei mir ist ein Besucher, der zu Ihnen möchte. Er heißt Schulze und sagt, er würde von Ihnen erwartet. Soll ich ihm einen Besucherschein geben?"

„Ist er von der Werttransport-Firma 'Hammonia Werttransporte GmbH'? wollte Schwerdtfeger wissen.

„Das ist richtig". „Dann schicken Sie ihn zu mir herauf."

Es klopfte an Schwerdtfegers Bürotür, und auf sein „Herein" trat ein athletisch gebauter Mann von etwa 45 Jahren sein Zimmer. „Schulze, Hammonia Werttransporte. Mein Chef hat mich beauftragt, Sie aufzusuchen."

Er machte einen etwas soldatischen Eindruck, hielt sich aufrecht, sprach kurz und präzise. Schwerdtfeger hatte ein wenig den Eindruck, er würde gleich militärisch grüßen. Seinem Akzent nach war er Berliner.

„Schwerdtfeger vom Landeskriminalamt, guten Tag", sagte er freundlich. "Nehmen Sie doch bitte Platz. Möchten Sie eine Tasse Kaffee?"

„Ich bin so frei", sagte Herr Schulze erfreut, und Schwerdtfeger machte sich an seiner Kaffeemaschine zu schaffen.

„Sie haben vom Schicksal Ihres Kollegen Seehaus gehört?" eröffnete er die Befragung.

„Sein Tod hat mich ziemlich betroffen. Ich war mit ihm befreundet. Wir sind beide aus der DDR und kennen - , kannten uns von früher."

„Wir gehen davon aus, dass er ermordet wurde."

„Und gibt es schon einen Verdächtigen?"

„Es gibt eine Spur, die ich verfolge. Ich brauche jedoch weitere Informationen und hoffe da besonders auf Ihre Hilfe."

„Ich bin sehr daran interessiert, dass der Täter seiner wohlverdienten Strafe zugeführt wird", sagte Schulze. „Sie können auf meine volle Unterstützung zählen."

„Als erstes muss ich Ihnen eine unverblümte Frage stellen", sagte Schwerdtfeger ernst. „Sie kannten Herrn Seehaus seit vielen Jahren und können ihn sicher gut einschätzen. Halten Sie es für möglich, dass er, eventuell gemeinsam mit seinem Mörder, geplant haben könnte, einen Geldtransport Ihrer Firma auszurauben?"

Schulze schwieg einen Moment. Dann sagte er: „Das halte ich für völlig ausgeschlossen. Ich kannte Hartmut seit fast zwanzig Jahren. Er war ein fast fanatisch ehrlicher Mensch, der sich stets für seine Arbeit engagierte. Es war ihm immer wichtig, gute Ergebnisse abzuliefern. Für seine - frühere Arbeit hat er einige Auszeichnungen bekommen, auf die er damals sehr stolz war. Er tat auch seine Arbeit für die 'Hammonia Werttransporte GmbH' gern. Der Chef schätzte ihn übrigens als guten Mitarbeiter."

„Das hat der mir auch gesagt", bestätigte Schwerdtfeger."

„Für einen Raubüberfall fehlte ihm jede Motivation. Er verdiente ziemlich gut und hatte nur bescheidene Bedürfnisse. Soviel ich weiß, hat er auch einiges Geld auf der Bank."

„Hatte er eine Freundin oder einen regelmäßigen

Bekanntenkreis, in dem er verkehrte?"

„Er hatte sicher keine feste Freundin. Gelegentliche Frauenbekanntschaften hatte er schon, aber das dauerte nie besonders lange. Er war eben kein sonderlich geselliger Typ. Wenn es einmal eine firmeninterne Feier gab, dann hat er sich nicht verweigert, aber er hatte kaum private Kontakte zu den Kollegen, das heißt, abgesehen von mir. Das liegt vielleicht an unserer gemeinsamen Vergangenheit. Wir haben an Wochenenden gelegentlich etwas zusammen unternommen."

„Gab es irgend eine Bar oder Gaststätte, in der er regelmäßig verkehrte?"

„Wir sind gelegentlich in den 'Klabautermann' zum Essen oder auf ein Bier gegangen. Das ist ein gemütliches Lokal in der Deichstraße, mitten in der Altstadt."

Das sind etwa achthundert Meter Luftlinie vom Fundort der Leiche, überlegte Schwerdtfeger.

„Wann waren Sie zum letzten Mal mit ihm dort?"

„Das muss vor zwei oder drei Wochen gewesen sein. Wir hatten uns für den 26. Mai dort zum Abendessen verabredet, mir kam aber... etwas dazwischen, eine Familiengeschichte. Im Gegensatz zu Hartmut bin ich nämlich verheiratet."

„Wissen Sie, ob er dort war?"

„Das war er wohl. Ich rief ihn relativ spät zu Hause an, um ihn zu informieren, dass ich nicht kommen konnte, ich bekam aber nur seinen Anrufbeantworter. Dann versuchte ich es auf seinem Handy, da war er schon auf dem Wege. Er hatte Verständnis für mein Problem und sagte, dann ginge er eben allein dort hin. War das der Tag, an dem er umgebracht wurde?"

Warum soll ich ihm das verschweigen, überlegte Schwerdtfeger, das kann er ruhig wissen. „Das sieht nach unseren bisherigen Erkenntnissen so aus."

Schulze schwieg einen Moment und sagte:

„Möglicherweise hat er dort seinen Mörder getroffen. Meine Güte, wenn mir diese dumme Geschichte nicht dazwischen gekommen wäre, dann wäre Hartmut jetzt vermutlich noch am Leben."

„Mit so etwas kann ernsthaft niemand rechnen", beruhigte ihn Schwerdtfeger. „Er hat dort möglicherweise einen Schwerkriminellen getroffen und ist mit ihm ins Gespräch gekommen . Alles Weitere könnte sich dann daraus ergeben haben."

„Vielleicht kann sich das Personal oder einer von den Gästen noch an Einzelheiten erinnern", vermutete Herr Schulze. Er denkt wie ein Polizist, dachte Schwerdtfeger. Bei der Ausbildung, die er wahrscheinlich hatte, ist das eigentlich kaum überraschend.

„Wie Sie sich sicher schon denken, werde ich da nachhaken. Da bekomme ich hoffentlich einen Hinweis, der mich weiter bringt. Gibt es sonst noch irgend etwas, das Sie mir in dieser Angelegenheit mitteilen können?"

Herr Schulze dachte einen Augenblick nach. „Ich glaube nicht. Wenn Sie mir Ihre Karte geben, kann ich Sie ja anrufen, falls mir noch etwas einfällt."

„Einverstanden. Wir müssen aber noch ein kurzes Protokoll machen."

Das Verfassen des Protokolls dauerte nur eine Viertelstunde, da Herr Schulze Schwerdtfeger eine fertige Aussage in den Computer diktierte. Schwerdtfeger musste kaum nachfragen oder die Formulierungen ändern. Man merkt, dass er das geübt hat, dachte er. Als er die Seiten ausdruckte, schaute der Mann von der Werttransportfirma noch einmal kurz über den Text und unterschrieb.

„Sie haben mir sehr geholfen. Ich wünsche Ihnen ein schönes Wochenende", verabschiedete sich Schwerdtfeger.

„Ihnen auch, und vielen Dank für den Kaffee. Ich hoffe, Sie fassen das Schwein, das Hartmut umgebracht hat", sagte Herr Schulze.

„Seien Sie sicher, ich tue mein Bestes", versprach

Schwerdtfeger ihm.

Seltsam, überlegte Schwerdtfeger, dass Seehaus, der ihm als nicht besonders gesellig geschildert worden war, möglicher Weise einem Wildfremden so detaillierte Informationen über seine Arbeit gegeben haben sollte. Aber wer kann schon vorher sagen, wie sich ein Mensch in einer bestimmten Situation verhalten wird? Vielleicht könnte Dr. Clemens das ja erklären? Spielte da die Tatsache eine Rolle, dass Seehaus sich auf einen geselligen Abend zu zweit eingestellt hatte und nun plötzlich allein im Lokal saß? Vielleicht hatte es ja auf Anhieb zwischen ihm und seinem Gesprächspartner geklappt, oder dieser hatte instinktiv den richtigen Zugang zu Seehaus' Vertrauen gefunden? Wenn Ebeling dieser Gesprächspartner gewesen wäre, hätte dieser vermutlich zur Vorbereitung seines Coups Erkundigungen über den potentiellen Informanten eingezogen, über seinen Hintergrund, über seine Vergangenheit, und ihn dann auf geeignete Weise darauf angesprochen, Verständnis geäußert. Wenn dann noch Alkohol im Spiel war, fände Seehaus' vermutliche Indiskretion schon eine Erklärung.

Auf jeden Fall würde er, am besten noch heute Abend, mit den Bildern von Seehaus und Ebeling in den 'Klabautermann' gehen und das Personal und mögliche Stammkunden nach den beiden befragen. Diese Art von Ermittlungen durfte man nicht auf die lange Bank schieben, sondern man musste tätig werden, solange die Erinnerungen der möglichen Zeugen noch einigermaßen frisch waren.

Es wäre sicher kontraproduktiv, zu früh im „Klabautermann" zu erscheinen. Er würde gegen 20 Uhr dort zu Abend essen und dann das Personal und die Kundschaft befragen, ob sich jemand daran erinnern konnte, die beiden zusammen im Lokal gesehen zu haben. Da es bis dahin noch einige Stunden waren, würde er jetzt nach Hause fahren, um sich noch etwas auszuruhen und seine Frau über seine Pläne für heute Abend zu informieren.

36

„Soso, Du hast heute am Freitag Abend mal wieder
Dienst", sagte Schwerdtfegers Frau kritisch. „Ist bei
euch die große Hektik ausgebrochen? Ich hatte gehofft,
wir könnten abends bei dem schönen Wetter einen
Spaziergang machen, aber dann wird das ja wieder
nichts. Na, komm man erst mal auf die Terrasse zum
Kaffee trinken, dabei kannst du mir ja Näheres über
deinen Einsatz erzählen."
„Einen tollen Streuselkuchen hast du gebacken", lobte
Schwerdtfeger und nahm sich noch ein zweites Stück.
„Danke für die Blumen. Möchtest du noch eine Tasse
Kaffee?"
„Danke, ja. Als Entschädigung für den ausgefallenen
Spaziergang heute Abend könnten wir ja morgen
Nachmittag einen Ausflug ins Alte Land machen. Was
hältst du davon?"
„Da waren wir schon länger nicht mehr, das ist eine
gute Idee. Ob es schon Kirschen zu kaufen gibt?" Frau
Schwerdtfeger spielte darauf an, dass im nördlichsten
Obstanbaugebiet Deutschlands zur Erntezeit Stände an
der Straße standen, an denen Obst an Vorbeifahrende
verkauft wurde. „Ich weiß es auch nicht genau", sagte
Schwerdtfeger. „Ein Kollege, der in Buxtehude wohnt,
hat mir übrigens erzählt, dass die Preise für die
Kirschen, die man dort an den Ständen zahlt, vom
Autokennzeichen abhängen. Von Fahrern mit HH-
Kennzeichen sollen angeblich höhere Preise verlangt
werden als von Fahrern, die das drüben einheimische
Zeichen, nämlich STD, drauf haben."
„Das ist gemein", sagte Frau Schwerdtfeger. „Wir
Hamburger nehmen schon den weiteren Weg in Kauf, um
ins Alte Land zu kommen, und dann müssen wir auch noch
mehr zahlen. Du könntest ja mit einem Einsatzfahrzeug

179

mit Stader Kennzeichen zum Kirschen kaufen fahren,
aber wie ich Euren Laden so kenne, ist das ganz
bestimmt strafbar."
„Bestimmt", sagte Schwerdtfeger. „Wie wäre es mit
'rechtswidriger Erschleichung von Preisvorteilen,
verbunden mit missbräuchlicher Benutzung eines Dienst-
Kfz'?"
„Hört sich richtig gefährlich an", gab Frau
Schwerdtfeger zu. „Da fühlt man sich schon fast
vorbestraft. Aber das mit der Kaffeefahrt machen wir.
Sieh man zu, dass es heute Abend nicht zu spät wird.
Und passe gut auf dich auf."
„Das verspreche ich dir", sagte Schwerdtfeger ernst.
„Es ist aber kein gefährlicher Einsatz. Ich muss nur
feststellen, ob zwei bestimmten Personen an einem
bestimmten Tag zusammen in einer Wirtschaft waren. Du
musst dir also wirklich keine Sorgen machen. Ich werde
mich auch bemühen, bald wieder zu Hause zu sein."
Die Deichstraße gehörte zum ältesten Teil Hamburgs.
Hier war der Jahrhunderte alte Stadtkern, hier war der
Große Brand von 1842 ausgebrochen, der damals fast die
gesamte Altstadt zerstört hatte. Die Straße verlief in
einer leichten Kurve. Schmale, fünf bis sechs
Stockwerke hohe, spitzgiebelige Häuser aus rotem
Backstein säumten die Straße, Die älteren Häuser
hatten Fachwerk an den Giebelseiten, ein Teil der
Häuser war jedoch neueren Datums, mit sicherem
Stilgefühl in das ältere Ambiente eingefügt. Die auf
der einen Straßenseite stehenden Häuser grenzten an
das Nicolaifleet, einen Kanal, der die Alster mit der
Elbe verband. Hier waren die Anfänge des Hamburger
Hafens gewesen. Enge Gänge führten zwischen den
Häusern hindurch an das Wasser. Sähen die Häuser nicht
so norddeutsch aus, dachte Schwerdtfeger, so könnte
man fast glauben, man sei in Venedig.
In einigen der Häuser befanden sich Restaurants.
Schwerdtfeger fand den „Klabautermann" und setzte sich
an einen Zweiertisch mit Blick auf den Kanal. Im

Wasser spiegelten sich die von der Abendsonne rot beleuchteten Giebel der Fachwerkhäuser auf der anderen Seite des Fleets.

Das Lokal machte einen gemütlichen Eindruck. Die niedrige Decke war durch massive, dunkel gestrichene Holzbalken verstärkt. Nautische Motive beherrschten den Raum, an einer Wand stand auf einem Regal ein großes Modell einer Hansekogge, daneben hing das Bild eines Leuchtturms, der, in einem aufgewühlten Meer stehend, tapfer seine Lichtbündel aus sandte. An der Wand hinter der Bar schließlich hing ein Bild, welches ein dem Untergang geweihtes Segelschiff zeigte. An seinem Steuer stand eine krüppelhafte Gestalt, deren verzerrtes, in Grau-Grün gehaltenes Gesicht den Betrachter anblickte. Diese Gestalt steuerte das Schiff direkt auf eine Klippe zu. Unter dem Bild war ein Messingschild angebracht, dessen Inschrift lautete: „Der Klabautermann".

Eine junge Frau näherte sich Schwerdtfeger und fragte: „Sie möchten essen?"

„Das auch", erwiderte er, „aber vorher habe ich noch eine Frage." Er zeigte diskret seinen Dienstausweis und dann die Bilder von Ebeling und Seehaus. „Kennen Sie diese beiden Personen? Ich bin vom LKA und ermittele in einem Mordfall."

Die junge Frau sah die beiden Bilder an und sagte dann: „Ich denke, die habe ich hier vor ein paar Tagen gesehen. Ich kann mich besonders an den einen erinnern (sie zeigte auf das Bild von Seehaus), der war hier schon öfter. Aber der andere war auch hier, der ist mir etwas dumm aufgefallen, weil er mir vorwarf, seine Rechnung sei nicht korrekt. Als ich ihm alles vorgerechnet habe, meinen Sie, der hätte sich entschuldigt oder ein nennenswertes Trinkgeld hinterlassen? Nicht die Bohne."

„Können Sie mir sagen, wann die beiden genau hier waren?"

„Da müsste ich mal gerade in meine Unterlagen schauen.

181

Soll ich Ihnen inzwischen schon einmal die Speisekarte bringen?"

„Das wäre gut", sagte Schwerdtfeger.

Während er die Speisekarte studierte, sah die junge Frau einen Stoß von Kassenzetteln durch. Nach einigen Minuten kam sie wieder. „Die beiden waren am 27. Mai hier. Sie sind etwa gegen 21 Uhr gekommen, haben gegessen und auch einiges getrunken und haben um 23:47 Uhr nach Kassenaufdruck gezahlt und sind dann zusammen weggegangen."

„Sie haben mir sehr geholfen", sagte Schwerdtfeger. „Ich möchte Sie bitten, vielleicht am Montag Vormittag zu mir zu kommen, damit ich Ihre Aussage protokollieren kann. Und bitte geben Sie mir den Kassenzettel. Hier ist meine Adresse." Er gab ihr eine Visitenkarte.

„Das nennt man dann wohl 'staatsbürgerliche Pflicht'", sagte die junge Frau. „Wäre Montag gegen 11 Uhr passend?"

„Das passt mir gut. Gibt es noch weitere Kunden, die heute hier sind und die die beiden am 27. Mai hier gesehen haben könnten?"

Die junge Frau sah sich um.

„Sehen Sie dahinten am Ecktisch den älteren Herren mit dem Bart? Das ist der Heinrich Töwe, der ist hier Stammkunde. Der war neulich auch da. Andere Kunden, die damals da waren, sehe ich nicht."

Schwerdtfeger bedankte sich. Sieht schon aus wie ein Original, der Herr Töwe, dachte Schwerdtfeger. Etwa sechzig Jahre alt, noch reichlicher, wenn auch etwas wirrer grau melierter Haarwuchs, entsprechender, etwa zehn Zentimeter langer Bart, ein schon etwas faltiges Gesicht mit zwei hellwachen, listigen blauen Augen, trug er trotz der frühsommerlichen Temperaturen einen ziemlich dicken Pullover aus ungefärbter Naturwolle. Er saß allein an einem Zweiertisch und hatte ein Bier und ein Schnapsglas vor sich stehen. Schwerdtfeger stellte sich vor, zeigte seinen Ausweis und nannte sein Anliegen.

„Ich bin der Hein", sagte der Angesprochene mit einem dröhnenden Bass in schönstem Hamburger Dialekt. „Na dann zeigen Sie mal die Typen, für die Sie sich interessieren." Schwerdtfeger zeigte seine Bilder, die er aufmerksam betrachtete. „Aber ja", sagte er dann, „die waren beide vor fünf Tagen auch hier. Kamen so kurz nach neun und saßen an einem Nachbartisch. Ich bekomme vom vielen Reden immer so eine trockene Kehle, kann die Polizei nichts dagegen unternehmen?" Schwerdtfeger nickte und Hein rief dröhnend durchs Lokal: „Lisa, noch mal eine Runde Lütt un Lütt."

Dann fuhr er fort: „Also, der eine (er zeigte auf das Bild von Seehaus), „war öfter hier, der war hier Stammkunde, so wie ich. Den anderen habe ich damals zu ersten Mal gesehen."

Die junge Frau brachte die bestellte Runde, ein kleines Bier und einen Schnaps, Hein sagte, „das hier geht auf den Herrn Polizeipräsidenten" und Schwerdtfeger nickte bestätigend. Dann fasste Hein die beiden Gläser mit der rechten Hand auf eine verzwickte Weise, so dass er aus beiden Gläsern gleichzeitig trinken konnte, sagte „die Polizei soll leben" und trank mit einem Zug das Schnapsglas leer und das Bierglas halbleer.

„So, nun ist die Trockenheit der Kehle bekämpft, es kann weiter gehen. Also der Neue hier (er zeigte auf Ebelings Bild) hat auf den anderen eingeredet, er sprach ziemlich leise, ich konnte nicht verstehen, worum es ging. Sie tranken ziemlich viel und waren ein Herz und eine Seele. Achteran haben sie dann auch noch was gegessen. Kurz vor Mitternacht bekamen sie scheinbar eine Meinungsverschiedenheit."

„Konnten Sie verstehen, worum es da ging?" fragte Schwerdtfeger. „Ich merkte plötzlich, wie dieser (er zeigte auf das Bild von Seehaus) bannig in de Brass war." „Das müssen Sie mir übersetzen", sagte Schwerdtfeger. „Ich bin ein Quidje."

„Sie sind ein Quidje? Wir sind alle irgendwo Ausländer, nehmen Sie es nicht so schwer", sagte Hein tolerant. „Wie sagt man auf Hochdüütsch? Er war sehr zornig und sagte zum anderen: „Was willst Du eigentlich?" und der andere muss wohl zu ihm gesagt haben „nicht so laut", denn ich konnte dann nichts mehr verstehen. Kurz darauf hat der Große da (er zeigte auf Ebelings Bild) gezahlt und sie sind zusammen gegangen. Mehr weiß ich nicht."

„Das hilft mir weiter", sagte Schwerdtfeger. „Nun brauche ich noch Ihre Personalien. Außerdem müssten Sie demnächst in meine Dienststellen kommen, damit wir Ihre Aussage protokollieren können."

„Ich opfere gerne meine wertvolle Zeit im Dienste der Gerechtigkeit", sagte Hein dröhnend. „Das kostet man aber noch eine Runde."

Schwerdtfeger nickte.

„Lisa, noch mal Lütt un Lütt, dat betolt de Udel*," rief Hein.

Die junge Frau brachte das Gewünschte und fragte Schwerdtfeger: „Das geht wieder auf Sie?"

„Das geht in Ordnung."

Das läuft ja ganz gut, dachte Schwerdtfeger. Und nun wird es Zeit für mich, selber etwas zu essen. Er bestellte ein Rinderfilet Medium mit Beilagen.

„Wie wäre es mit einem Glas Wein dazu? Wir hätten da einen trockenen Cabernet Sauvignon", schlug die junge Frau vor.

„Das hört sich doch vorzüglich an. Ich muss gerade einmal telefonieren und gehe dazu vor die Tür."

„Es ist recht, ich weiß Bescheid", sagte die junge Frau.

Obwohl Schwerdtfeger im Mordfall Seehaus noch immer keinen gerichtsfesten Beweis in der Hand hatte, konnte es eigentlich keinen vernünftigen Zweifel mehr geben,

*Udel: Mundartlicher Ausdruck für Polizist

was hier geschehen war. Ebeling hatte sich an Seehaus herangemacht und hatte es verstanden, ihm die Information über den für den nächsten Tag geplanten Geldtransport zu entlocken. Dann war Seehaus offensichtlich misstrauisch geworden und Ebeling hatte ihn, wohl irgendwo in der historischen Speicherstadt, erschlagen, um sein Projekt nicht zu gefährden.
Sein Wein stand schon auf dem Tisch. Er trank einen Schluck und schaute auf das Fleet hinaus.

Schwerdtfeger rief mit seinem Mobiltelefon Michaelis an und informierte ihn kurz über seine neuesten Erkenntnisse. „Dann müssen wir wohl davon ausgehen, dass Ebeling auch hinter dem Mord an dem Werttransport-Begleiter steckt", resümierte Michaelis. „Man muss ihm scheinbar das Schlimmste zutrauen."
Ich habe dich gewarnt, dachte Schwerdtfeger. „Gibt es eigentlich Neues bei der Fahndung nach Ebeling?"
„Der ist immer noch spurlos verschwunden. Wir gehen davon aus, dass er sich noch in Hamburg aufhält. Wir überwachen den Nahverkehr, alle Ausfallstraßen, Bahnhöfe und auch den Flughafen."
„Dann weiter viel Erfolg", wünschte Schwerdtfeger und ging in das Restaurant zurück.
Sein Essen kam, zu dem Fleisch gab es Bratkartoffeln und Gemüse. Schwerdtfeger schnitt das Steak an, es war in der Mitte zartrosa, so wie er es bestellt hatte. Dass er in dienstlicher Mission hier im Restaurant war, sollte ihn nicht daran hindern, seine Mahlzeit mit Genuss zu verzehren. Das Leben wird durch den Dienst nicht angehalten, dachte er, und da er grundsätzlich seinen Dienst gern verrichtete, sah er sein Leben als eine Einheit an. Außerdem war dies ein dienstlicher Einsatz; das hatte den zusätzlichen Charme, dass er das Essen abrechnen konnte.
Er hatte sein Essen gerade verspeist, als die junge Frau, die ihn bedient hatte, aufgeregt an seinen Tisch

kam. „Ihr Verbrecher, nach dem Sie sich gerade erkundigt haben, ist im Fernsehen", sagte sie. „Möchten Sie ins Büro kommen und sich die Sendung ansehen?"

„Bin schon unterwegs", sagte Schwerdtfeger.

Um ins Büro zu kommen, musste Schwerdtfeger durch die Küche. Hier stand ein junger Mann an einem großen Herd und beaufsichtigte gleichzeitig mehrere Töpfe und Pfannen. Ein weiterer junger, südländisch aussehender Mann stand an einem kleinen Tisch und schnitt Gemüse.

„Hier hinein", sagte die junge Frau und öffnete eine Tür.

Das Büro war winzig. Es war nur Platz für einen kleinen Schreibtisch, auf dem sich ein Computermonitor, das Tastenfeld sowie ein Mousepad mit einer Maus befanden. Außerdem gab es ein Telefon und eine kleine Halogen-Tischleuchte. Hinter dem Schreibtisch stand ein Bürostuhl, dann gab es zwischen dem Schreibtisch und den Wänden noch Platz für einen engen Durchgang. Über dem Schreibtisch stand auf einer Wandkonsole ein kleiner Fernsehempfänger.

„Unser Reporter hat die drei hier in der Mönckebergstraße angetroffen", sagte eine Stimme. Das Bild zeigte Ebelings Gesicht ohne Maske. Dicht bei ihm war die junge Geisel. Die beiden waren von einer Menschenmenge umgeben. Schwerdtfeger sah jedoch niemanden, den er für Ebelings Komplizen hielt. Ebeling hielt der Geisel einen Revolver an den Kopf. Die Kamera zoomte ihr Gesicht heran.

„Sie sieht verstört aus, kein Wunder nach dem, was sie die letzten fünf Tage durchgemacht hat. Wären Sie bereit, uns ein Interview zu geben?" Diese Frage war offensichtlich an Ebeling gerichtet.

„Ich habe nichts dagegen. Wie Sie sehen, geht es uns gut, aber der Polizei kann ich nur raten, uns nicht einmal schräg anzuschauen", dabei machte er eine unmissverständliche Geste mit seiner Pistole.

„Was haben Sie weiter vor?" fragte der unsichtbare

Reporter, und die Kamera richtete sich auf Ebelings Gesicht. Dieser lachte.

„Sie werden nicht erwarten, dass ich Sie lückenlos in meine Pläne einweihe", sagte er. „Als nächstes besorge ich uns ein Auto, in das die Polizei keinen Spionagesender eingebaut hat, dann setzen wir uns ab. Im übrigen habe ich die Absicht, in Freiheit alt und grau zu werden."

Und, an seine Geisel gewandt: „Willst Du mir dabei nicht helfen, Süße?"

Die Kamera hielt wieder auf das Gesicht der jungen Frau. Sie sah unglücklich aus und hatte rote, verweinte Augen. „Jetzt ist die Sendung beendet", sagte Ebeling, sein Arm kam ins Bild, wurde groß, griff nach der Kamera, dann wurde der Bildschirm dunkel.

„Das arme Mädchen", sagte die junge Frau, die hinter Schwerdtfeger gestanden und die Szene im Fernsehen beobachtet hatte. „Warum lässt die Polizei zu, dass es so gequält wird? Da gibt dieser Schwerverbrecher ein Fernsehinterview auf der Mönckebergstraße und die Polizei tut nichts."

Volkes Stimme, dachte Schwerdtfeger. Recht hat sie. Aber diese Frage ist an mich gerichtet, sie erwartet eine Antwort. „Ich vermute, dass Zivilfahnder direkt bei der Gruppe sind", sagte er. „Nur sind die Umstände nicht so, dass sie eingreifen können. Stellen Sie sich vor, es kommt mitten in den Mönckebergstraße zu einer Schießerei. Das gäbe Tote und Verletzte. Und die Polizei, die Ebelings Vorgeschichte ja kennt, traut ihm zu, dass er bei einem Versuch, ihn festzunehmen, die Geisel gnadenlos erschießt. Glauben Sie mir, unser Beruf ist auch nicht immer einfach."

„Sie haben recht, das ist eine schwierige Lage, daran hatte ich gar nicht gedacht", sagte die junge Frau.

Schwerdtfeger ging vor die Tür, zog er sein Mobiltelefon heraus und rief Michaelis noch einmal an. Der war sofort dran. „Sie werden nicht glauben, was

187

ich hier eben im Regionalprogramm gesehen habe", sagte er. „Ebeling hat in der Mönckebergstraße gerade ein Fernsehinterview gegeben. Die Geisel hatte er auch dabei."

„Mein Gott, warum weiß ich nichts davon?" fragte Michaelis fassungslos. „Wir haben seine Spur völlig verloren."

Die Polizei sollte vielleicht mehr fernsehen, dachte Schwerdtfeger.

Seit der seinem Abzug aus der belagerten Wohnung in der Klosterstraße war Ebeling, sein Komplize und die Geisel wieder untergetaucht. Was war schief gegangen? Niemand hatte damit gerechnet, dass Ebeling seinen ihm von der Polizei gestellten Fluchtwagen wieder aufgeben würde, ich übrigens auch nicht, dachte Schwerdtfeger selbstkritisch. Hätte man das vorher sehen können? Ebeling war eben ein sehr misstrauischer, vorsichtiger Mensch. Durch diesen unerwarteten Haken, den er geschlagen hatte, wurde das Konzept des Innensenators, Ebeling schnell zu stellen, wieder ruiniert. Wir hatten ihn in der Falle, dachte Schwerdtfeger, er war unser Gefangener; nun hat er seine Handlungsfreiheit wieder gewonnen, ist mit der Geisel auf freiem Fuß. Nun sind wir seine Gefangenen.

„Er hat die Absicht geäußert, einen Wagen zu kapern, „in den die Polizei keinen Sender eingebaut hat", wie er sich ausdrückte, und sich abzusetzen. Ist die Fahndung raus?"

„Die ist raus. Wir haben auch Kräfte an allen Ausfallstraßen postiert. Was könnte ich noch machen?"

„Sie könnten möglichst viele Zivilstreifen los schicken, zum Beispiel auf zivilen Motorrädern, auf Fahrrädern oder auch zu Fuß. Geben Sie denen Bilder vom Ebeling und Sandra Möller mit. Die sollen alle Straßen der Innenstadt abklappern und in jedes Auto schauen. Autos mit drei Insassen sind verdächtig. Im übrigen rate ich, sich von meinem Mitarbeiter Pauli helfen zu lassen, der ist ja in Ihrer

Sonderkommission. Günter Pauli ist wirklich ein guter
Mann, dem man eine Situation nicht lange erklären
muss. Ihr solltet auch einmal darüber nachdenken, wie
der Reporter es denn geschafft hat, Ebeling
aufzufinden."

„Danke für Ihre Unterstützung", sagte Michaelis. Er
hört sich erschöpft, fast ein wenig apathisch an,
dachte Schwerdtfeger.

„Halten Sie die Ohren steif, und alles Gute", sagte er
und beendete das Gespräch. Dann ging er wieder ins
Restaurant zurück, setzte sich an seinen Tisch.
Er trank den letzten Schluck Wein aus seinem Glas und
signalisierte der jungen Frau, dass er zahlen wolle.
Sie kam mit der Rechnung, er fügte ein gut bemessenes
Trinkgeld hinzu. „Schönen Abend noch, und wir sehen
uns am Montag", verabschiedete sich die junge Frau
lächelnd.

Schwerdtfegers Frau war noch aufgeblieben, sie hatte
auf ihn gewartet.

„Schön, dass du wieder da bist. Es hat ja nicht so
lange gedauert, wie ich es befürchtet hatte. Ich mache
mir bei deinen Einsätzen immer Sorgen um dich."

„Aber ich habe dir versprochen, immer vorsichtig zu
sein", sagte Schwerdtfeger ernst, „und dieses
Versprechen habe ich nach Möglichkeit immer gehalten."

„Aber du hast eben einen gefährlichen Beruf", meinte
seine Frau, „und du wirst zugeben, dass nicht jede
Situation so verläuft, wie die Polizei sie geplant
hat. Dazu kommt, dass du mitunter ziemlich lange
Arbeitszeiten hast. Dann bin ich mit meinen Gedanken
allein. Glaube mir, eine Polizistenfrau hat es auch
nicht immer leicht."

„Ich weiß das. Aus diesem Grunde sind schon einige
Ehen von Kollegen geschieden worden."

„Da hat es aber wahrscheinlich grundsätzlich nicht
gestimmt, und diese Ehen wären vermutlich auch
geschieden worden, wenn der Mann Schlossermeister oder
Oberförster gewesen wäre. Ich weiß, dass dein Beruf

189

wichtig für dich ist, und weil du wichtig für mich
bist, habe ich gelernt, damit leben."
„Aber nun bin ich ja bald im Ruhestand, und dann
siehst du mehr von mir, als es dir vielleicht lieb
ist."
„Ich glaube, das werde ich aushalten. Wie war denn
dein Einsatz heute Abend, hast du etwas Neues
herausgefunden? Erzähl doch mal."
Schwerdtfeger antwortete: „Oh, ich hatte eigentlich
eine ganz gute Zeit. Im 'Klabautermann' in der
Deichstraße kann man gut essen, außerdem ist es dort
gemütlich, da müssen wir auch einmal hin." Und dann
schilderte er, was am Abend geschehen war. Seine Frau
war besonders verblüfft über die Tatsache, dass
Ebeling mitten in der Innenstadt dem Lokalfernsehen
ein Interview geben konnte. „Das ist aber kein
Ruhmesblatt für die Polizei, sei mir bitte nicht
böse", sagte sie. „Ich weiß ja, dass du persönlich
nichts mehr mit dem Fall zu tun hast."
„Du hast völlig recht", meinte Schwerdtfeger. „Ich bin
ja mal auf das Echo in der Zeitung vom morgen
gespannt."
„Ich auch. Und ansonsten bleibt es für morgen bei der
Fahrt ins Alte Land?"
„Dabei bleibt es. Dass man mich von der Leitung der
Sonderkommission entbunden hat, hat schließlich auch
seine Vorteile. Ich muss, im Gegensatz zum armen
Michaelis, nicht mit Samstagsarbeit rechnen."

37

„Das gab es in Hamburg noch nie!". Mit dieser
Schlagzeile in zwei Zentimeter großen Buchstaben
eröffnete die 'Hamburger Morgenpost' die heutige
Sensationsmeldung. Der Untertitel lautete „HanseBank-
Verbrecher wieder untergetaucht. Von der Polizei
bislang vergeblich gesuchtes Geiselmonster gibt in der

Stadtmitte unbehelligt Interviews." Unter der Schlagzeile war ein postkartengroßes Foto, auf dem Ebeling mit einer Pistole auf den Kopf seiner jungen Geisel zielte. „Sie sieht aus, als wolle sie gleich in Tränen ausbrechen, das arme Ding", sagte Frau Schwerdtfeger mitfühlend.

Die beiden saßen am Kaffeetisch auf der Terrasse ihres Hauses und schauten gemeinsam auf die erste Seite der Zeitung. Der Beitrag schilderte die Szene, die Schwerdtfeger gestern Abend im Fernsehen beobachtet hatte.

„Lesen Sie hierzu unseren Kommentar auf dieser Seite," lautete der letzte Satz.

Der Kommentar gab ein vernichtendes Urteil über die Qualität der Hamburger Polizei ab. „Innensenator Krause hat auf seiner Pressekonferenz am 27. Mai geäußert, er rechne für den nächsten Tag mit einer Festnahme. Nun, heute ist der zweite Juni, und die flüchtigen Straftäter geben Interviews in Hamburgs Stadtzentrum und tanzen dem Rechtsstaat auf der Nase herum. Die Polizei hat völlig versagt. Der Innensenator, der für eine Erneuerung des Rechtsstaates in Hamburg angetreten ist, hat eine Sisyphusarbeit übernommen: Er muss den morschen Polizeiapparat völlig neu aufbauen." Und in diesem Stil ging es weiter.

„Die Polizei hat völlig versagt? Meine Güte, hier werden die Fakten völlig auf den Kopf gestellt", sagte Schwerdtfeger ärgerlich. „Irgend jemand hat die Polizei daran gehindert, ihre Arbeit so zu tun, wie es richtig gewesen wäre. Wir hatten Ebeling völlig unter Kontrolle, wir hatten ein schlüssiges Konzept erarbeitet, an dem auch Dr. Clemens mitgewirkt hat. Ich glaube, es war nur eine Frage der Zeit, bis Ebeling aufgegeben und alle Geiseln in der Wohnung zurück gelassen hätte. Dann hat eine höhere Macht eingegriffen, oder sollte ich sagen, uns ins Handwerk gepfuscht, und unser Konzept über den

Haufen geworfen. Und nun schau dir die Katastrophe an, die dabei angerichtet worden ist. Die Verbrecher sind auf freiem Fuß, geben Interviews in Hamburgs Innenstadt, die Polizei hat den Kontakt mit ihnen verloren. Und nun sind wir auch noch die Schuldigen! Es ist wirklich unglaublich."

„Rege dich mal wieder ab", sagte Frau Schwerdtfeger. „Diese Entwicklung ist nun wirklich nicht deine Schuld, und es gibt auch nichts, was du tun könntest, um die Situation zu verbessern. Heute ist Sonnabend, du hast keinen Bereitschaftsdienst, die Sonne lacht vom Himmel, und wir wollen heute unseren Ausflug machen. Dabei kommst du auf andere Gedanken. Hast du schon genauer überlegt, wo wir hinfahren?"

„Du hast ja recht", sagte Schwerdtfeger. „Das Leben geht weiter. Schenke mir noch eine Tasse Kaffee ein, ich hole schon einmal die Straßenkarte."

Er hatte kaum zu Ende gesprochen, als das Telefon klingelte. Frau Schwerdtfeger nahm den Hörer ab, meldete sich und sagte dann mit gerunzelten Brauen zu ihrem Mann: „Es ist für dich". Und, das Mikrofon zuhaltend, ergänzte sie im Flüsterton: „Dein Vorgesetzter Reinders. Vergiss nicht, dass wir heute etwas vor haben."

Schwerdtfeger nickte, übernahm den Hörer und meldete sich.

„Hier ist Reinders. Guten Morgen, Herr Schwerdtfeger. Wie geht es Ihnen?"

„Danke der Nachfrage", antwortete Schwerdtfeger. „Ich sitze auf unserer Terrasse im Sonnenschein beim Kaffee und lese in der Zeitung erstaunliche Dinge über die Hamburger Polizei."

„Da ist dem Michaelis in der Tat einiges aus dem Ruder gelaufen. Was ihm fehlt, ist gewissermaßen etwas professionelle Hilfe. Wären Sie bereit, sich der Sonderkommission als Berater zur Verfügung zu stellen?"

Du willst einen Bedenkenträger wie mich als Berater?

dachte Schwerdtfeger. Da steckt doch etwas dahinter.
Er legte eine Denkpause ein und sagte dann: „Danke für
das Angebot, aber es gibt drei Gesichtspunkte, die ich
hierbei beachten muss."
Die Leitung schwieg einige Sekunden, dann fragte
Reinders: „Und welche wären das?"
Schwerdtfeger sagte : „Ich habe zum ersten eine
schriftliche Verfügung vom Polizeipräsidenten, in der
er mir mitteilt, dass meine Tätigkeit in der
Sonderkommission mit Wirkung vom 30. Mai beendet ist
und ich ersucht werde, mich wieder für Regelaufgaben
zur Verfügung zu stellen. Er hat mir also nicht nur
die Leitung der Soko entzogen, sondern mit ganz
generell jede Mitarbeit in der Kommission untersagt.
Und wie Sie ja wissen, habe ich mich als Beamter den
Weisungen meines Präsidenten zu fügen." Schwerdtfeger
misstraute Reinders, daher hielt er es für besser, den
Rat, den er Michaelis gestern gegeben hatte, nicht zu
erwähnen.
Frau Schwerdtfeger, die aufmerksam zuhörte, nickte
nachdrücklich.
„Und wenn wir zweitens einmal von diesem formalen
Aspekt absehen", fuhr Schwerdtfeger fort, „ich wäre
bereit, mitzuarbeiten, wenn ich nur eine Chance sähe,
die Ereignisse etwas in die von mir für richtig
gehaltene Richtung zu lenken, also mit anderen Worten
etwas für die Sicherheit der jungen Geisel zu tun.
Wenn ich also der Überzeugung wäre, hier noch etwas
retten zu können, und Ihr Angebot wäre ernst gemeint,
würde sich sicher ein Weg finden lassen, mit der
präsidialen Weisung zu leben. So wie die Dinge im
Moment jedoch liegen, sehe ich diese Chance nicht. Ich
habe aus dem, was besonders Sie mir bei verschiedenen
Anlässen sagten, den Eindruck gewonnen, dass jemand
die Steuerung in diesem Fall übernommen hat, der seine
eigenen Ziele verfolgt, und diese Ziele haben nach
meiner Ansicht mit den Interessen der Geisel nur am
Rande etwas zu tun. Inzwischen hat diese Einmischung

in die Arbeit der Polizei Konsequenzen gehabt. Mit der
Freilassung von Ebeling und der Erlaubnis, die Geisel
mitzunehmen, sind die Dinge inzwischen so weit aus dem
Ruder gelaufen, dass nach meiner Überzeugung hier
nichts mehr zu retten ist. Die Sache wird ein böses
Ende nehmen, und darum will ich mit diesem Geschäft
nichts mehr zu tun haben."
Reinders schwieg wieder für einige Sekunden. Das muss
er nun erst einmal verdauen, dachte Schwerdtfeger.
Dann sagte Reinders: „Das ist allein Ihre
Interpretation. Ich würde aber noch gerne wissen, was
denn nun Ihr dritter Gesichtspunkt ist?" Nun schwieg
Schwerdtfeger für einige Sekunden, dann sagte er: „Den
möchten Sie bestimmt gar nicht hören."
Reinders legte grußlos auf, Schwerdtfeger hörte das
Besetztzeichen. Sie haben keine Form, die jungen
Führungskräfte, dachte er.
„Dem hast du es aber gut gegeben", sagte
Schwerdtfegers Frau.
„Es war nicht meine Absicht, ihm eins auszuwischen
oder den Rechthaber herauszukehren", erwiderte
Schwerdtfeger. „Was ich gesagt habe, sind schlicht die
Tatsachen. Und außerdem entspricht es meiner
Überzeugung."
 Frau Schwerdtfeger lächelte. „Das glaube ich dir. Was
war übrigens dein dritter Gesichtspunkt?"
„Ich denke, dass dem Strippenzieher inzwischen
vielleicht selber klar geworden ist, dass er einen
gravierenden Fehler gemacht hat und die Angelegenheit
falsch gesteuert wurde. Dann wird sich irgendwann die
Frage stellen, durch wen diese fatale Wendung
ausgelöst wurde. Und dann wird man bei der
Aufarbeitung dieser Affäre auf die Tatsache stoßen,
dass alles damit begann, dass ich vom Präsidenten mit
Schreiben vom 30. Mai von der Arbeit in der
Sonderkommission entbunden wurde. Ich denke, hinter
Reinders Versuch, mich wieder in die Arbeit der
Sonderkommission hereinzuholen, steckt die Absicht,

die Vergangenheit zu ändern und diesen Fehler
ungeschehen zu machen."
„Wenn du dich auf Reinders' Angebot einließest, würde
bei einem schlechten Ausgang auch etwas an dir hängen
bleiben, habe ich Recht?"
„Da hast du völlig recht, du denkst schon wie ein
Beamter", sagte Schwerdtfeger.
„Ich bin ja schließlich seit über dreißig Jahren mit
einem verheiratet."
„Wenn ich nur eine Chance sähe, hier noch etwas zum
Guten zu wenden, würde ich alle Bedenken sausen lassen
und mich an die Arbeit machen."
„Ich weiß, dass du das tun würdest", sagte Frau
Schwerdtfeger ernst und nahm seine Hand, „und ich
würde dich darin bestärken, Ausflug oder nicht."
„Aber der große Unbekannte, dem es aus welchen Gründen
immer gefallen hat, Schicksal zu spielen, hat alle
Brücken hinter sich gründlich verbrannt," fuhr
Schwerdtfeger fort. „In diesem Fall ist wirklich alles
zu spät. Ich möchte dir auch nicht verschweigen, dass
mich eine kalte Wut packt bei diesem sinnlosen Walten
höherer Instanzen. Da entscheidet jemand, vermutlich
mit schlimmen Konsequenzen, nur weil er auf Grund
seiner Stellung so entscheiden kann, ohne jeden Sinn
und Verstand. Da lehnt sich etwas in mir auf. Und weil
das so ist, steht unserem Ausflug nichts im Wege."
Frau Schwerdtfeger legte ihre Hand auf seine. „Ich
kann das gut verstehen."
„Ich muss einmal in die Karte schauen, um die beste
Route für unsere Tour herauszufinden. Ist übrigens
noch eine Tasse Kaffee da?"
Nach dem Frühstück brachen die beiden auf. Es war
wieder ein herrlicher Tag, die Sonne schien vom
strahlend blauen Himmel. Schwerdtfeger fuhr in
östlicher Richtung auf den Elbtunnel zu. Bevor dieser
im Jahre 1975 dem Verkehr übergeben wurde, war ein
Ausflug ins Alte Land, das doch den im Westen Hamburgs
gelegenen Elbvororten direkt gegenüber lag, für deren

195

Bewohner eine ziemlich umständliche Angelegenheit, fast eine kleine Reise. Man musste, um zu den Elbbrücken zu gelangen, die gesamte Innenstadt durchfahren. War die Elbe überquert, musste man weit in südliche Richtung fahren, um das tief gegliederte Gebiet des Hafens zu umgehen. Um zur Unterelbe zurück zu gelangen, ging es dann wieder nach Westen und Norden. Demgegenüber war jetzt für Schwerdtfeger der Weg ins Alte Land auf etwa zwanzig Prozent der früher zu bewältigenden Strecke zusammen geschrumpft. Es lag für die Menschen, die in den schönen Elbvororten lebten, direkt vor der Haustür. Das hatte unter anderem die Konsequenz, dass die Preise für Immobilien und Baugrundstücke auf dem südlichen Elbufer seit Inbetriebnahme des Elbtunnels, oder sogar schon seit der Genehmigung des Bauwerkes, drastisch gestiegen waren. Viele Hamburger hatten in Buxtehude oder in dessen Umland Grundstücke erworben und dort gebaut und waren so zu Bürgern Niedersachsens geworden.

Als die beiden in den Elbtunnel einfuhren und das Tageslicht wich, sagte Schwerdtfegers Frau: „Es ist doch immer wieder ein komisches Gefühl, zu wissen, dass wir hier unter dem Grund der Elbe lang fahren. Vielleicht fährt ja gerade ein großes Schiff über unseren Tunnel? Und doch fahren wir hier trocken und in völlig sicher unter dem Fluss durch. Findest du das nicht auch merkwürdig?"

„Das geht mir genau so," bestätigte Schwerdtfeger. „Und wenn man hundert Mal hier durch fährt, wird man das Gefühl, sich hier unten in einem Ausnahmezustand zu befinden, nicht los. Der Tunnel ist wirklich ein technisches Wunderwerk. Man kann hier sogar Radio hören." Um seine Behauptung zu beweisen, schaltete er sein Autoradio an. „Und sogar das Handy funktioniert. Wenn es Reinders einfallen sollte, mich anzurufen, kann er mich auch hier unten erreichen."

„Ich hoffe, du hast es ausgeschaltet", sagte Frau Schwerdtfeger erschrocken.

„Keine Sorge, ich habe heute keinen Bereitschaftsdienst. Und dass es Reinders einfallen sollte, mich noch einmal anzurufen, kann ich mir nach unserem Gespräch von heute morgen nicht vorstellen."
Sie hatten den durch eine Markierung an den Wänden gekennzeichneten tiefsten Punkt des Tunnels hinter sich gelassen, die Fahrbahn wies jetzt eine leichte Steigung auf. In Fahrtrichtung wurde allmählich eine blasse Ahnung des Tageslichtes wahrnehmbar, als Schwerdtfeger im Rückspiegel plötzlich zuckende Blaulichter sah. Es war eine ganze Kolonne von Polizeifahrzeugen, die sich rasch näherte. Er wechselte auf die rechte Fahrspur, um sie passieren zu lassen. Die Kolonne brauste mit ohrenbetäubendem Martinshorngeheul vorüber. Schwerdtfeger zählte insgesamt zehn Polizeifahrzeuge, Streifenwagen, zivile PKWs, gepanzerte Fahrzeuge und ein Bus, dann folgten noch ein Rüstwagen der Feuerwehr und zwei Notarztwagen. „Da muss irgendwo eine größere Aktion steigen", bemerkte er zu seiner Frau. „Sogar das Mobile Einsatzkommando ist mit dabei."
„Ob das etwas mit deinem Fall zu tun hat?" fragte seine Frau.
„Das ist durchaus möglich", erwiderte er, und die Ahnung einer bevorstehenden Tragödie beschlich ihn. Dann war der Tunnel zu Ende und sie tauchten wieder ein in die strahlende Schönheit des Frühlingstages. Die Einsatzfahrzeuge waren schon hinter der nächsten Kurve verschwunden, und der herrliche Sonnenschein verscheuchte die dunklen Gedanken schnell. „Wir müssen gleich rechts abbiegen", sagte Schwerdtfeger. „Ich habe mir vorgestellt, dass wir den Obstmarschenweg entlang fahren."
„In Neuenfelde ist eine schöne alte Kirche mit einer Arp Schnittger-Orgel", schlug seine Frau vor.
„Da du ja für Kultur zuständig bist und dich sicher auch im Reiseführer schlau gemacht hast, werden wir sie einmal anschauen."

Neuenfelde gehört noch zu Hamburg, war aber schon sehr ländlich. Schwerdtfeger suchte einen Parkplatz in der Nähe der Kirche St. Pankratius. „Das ist eine barocke Kirche, die sind in Norddeutschland nicht besonders häufig", erläuterte Frau Schwerdtfeger. Den Reiseführer in der Hand, machte sie ihren Mann auf die Sehenswürdigkeiten aufmerksam, unter anderem einen Beichtstuhl von 1730.

„Ein Beichtstuhl? Dann muss diese Kirche wohl einmal katholisch gewesen sein", überlegte Schwerdtfeger.

Die Arp Schnittger-Orgel wurde besichtigt, Frau Schwerdtfeger wusste, dass der Orgelbaumeister in der Kirche begraben lag. Dann ging es weiter in Richtung Jork, vorbei an Obstbaumpflanzungen und Kanälen, den 'Fleeten'. Das Alte Land war im 12. und 13. Jahrhundert von Holländern besiedelt worden, die aus ihrer Heimat die Kenntnisse mitgebracht hatten, wie man das Land vor der zerstörenden Gewalt des Wassers schützt.

Dann wurde die Este überquert, ein Nebenfluss der Elbe. In dem schmalen Wasserlauf, dessen Ufer von hohen Bäumen bestanden waren, ankerten Dutzende von Segel- und Motorbooten.

„Schau mal, eine Windmühle", sagte Frau Schwerdtfeger. „Wie gut die noch erhalten ist."

Dann ging es nach Jork hinein. Schwerdtfeger fand einen Parkplatz in der Nähe des Rathauses. „Das sieht aus wie ein Bauernhaus", stellte er fest. „Ist es nicht prächtig, mit den weißen Fachwerksbalken und dem roten Dach", freute sich seine Frau.

„Lass uns einen Stadtrundgang machen, vielleicht finden wir ein gemütliches Restaurant zum Mittagessen."

„Einverstanden, wenn du den Fremdenführer machst", erwiderte Schwerdtfeger.

„Die Stadt Jork ist schon sehr alt, über 750 Jahre", wusste Schwerdtfegers Frau. Sie war gut vorbereitet auf den heutigen Tag und führte ihren Mann vorbei an alten Bauernhöfen mit ihren Prunkportalen aus weißen Holzbalken, Kirchen und einer Windmühle. „Es gibt hier auch ein Heimatmuseum", ließ sie einen Versuchsballon los.

Schwerdtfeger schaute in die Runde und sagte: „Das Wetter ist ja heute fast zu schade für einen Museumsbesuch. Vergiss auch nicht, dass es hier im Alten Land noch mehr zu besichtigen gibt. Wir wollen noch etwas essen, das braucht seine Zeit, und vielleicht in Stade Kaffee trinken. Wenn wir noch einen Museumsbesuch einschieben, wird uns vielleicht die Zeit zu knapp."

„Da hast du sicher Recht", gab Frau Schwerdtfeger zu. Nachdem die beiden in einem Restaurant in der alten Stadt zu Mittag gegessen hatten, ging es weiter auf Straßen, die von Kanälen begleitet wurden und von hohen Bäumen gesäumt waren, durch Obstplantagen, vorbei an alten Bauernhäusern mit prächtigen Prunkportalen in Richtung Stade, wo die beiden nach einem Rundgang durch die Altstadt Kaffee tranken.

„Es ist ja immer wieder schön hier", sagte Schwerdtfeger zu seiner Frau. „Aber so langsam steigt vor meinem inneren Auge das Bild unseres Hauses auf. Unsere ruhige Terrasse mit Blick auf den von dir gut gepflegten Garten hat jetzt schon Schatten. Da könnten wir Abendbrot essen und hinterher bei einem Glas Wein den heutigen Tag besprechen."

„Der Gedanke ist mir auch schon gekommen", gab seine Frau zu. „Ich habe den Verdacht, dass wir uns etwas müde gesehen haben."

„Wir sind eben keine Dreißig mehr", gab Schwerdtfeger zu. „Also vorwärts, fahren wir zurück nach Hause. Für den Rückweg wählte Schwerdtfeger einen etwas direkteren Weg. Die Bundesstraße 73 führte ihn auf dem schnellsten Wege zurück zum Elbtunnel.

Nach dem Abendbrot schaltete Schwerdtfeger das Fernsehgerät ein, um die Abendnachrichten zu hören.

Nachdem die neuesten globalen Entwicklungen und die üblichen Ankündigungen der Regierenden Deutschlands und derer, die es gerne werden wollten, über beabsichtigte Reformen ('..schmerzhafte Einschnitte werden sich nicht vermeiden lassen..') abgearbeitet worden waren, folgte ein Bericht über ein Hamburger Ereignis. „Die Jagd auf den mutmaßlichen Bankräuber und Mörder, der von einer Sonderkommission der Hamburger Polizei gesucht wurde, hat ein Ende gefunden", berichtete der Sprecher.

Was geschehen war, stellte sich Schwerdtfeger wie folgt dar: Die Polizei hatte nach einer umfangreichen Fahndung das neue Fluchtfahrzeug Ebelings entdeckt und verfolgt. Man hatte sämtliche Ausfahrten der Hansestadt abgeriegelt. Das Fluchtfahrzeug war am Autobahndreieck Hamburg-Südwest auf die A 261 in Richtung Bremen abgebogen. Diese Autobahn war kurz vor der Hamburger Stadtgrenze, in der Nähe des Ortes Beckedorf, durch einen auf der Autobahn quer gestellten Bus gesperrt. Auf einem Parkplatz vor dieser Sperre standen, von der Autobahn nicht einsehbar, Einsatzfahrzeuge der Polizei.

Als das Fluchtfahrzeug den Parkplatz passiert hatte, verließen diese den Parkplatz, sperrten die Autobahn für den folgenden zivilen Verkehr und folgten Ebelings Wagen. Dieser bremste vor dem quergestellten Polizeibus, hinter dem Männer des MEK in Deckung gegangen waren. Als Ebeling sich von Polizeifahrzeugen umzingelt war, kam es zu einer Schießerei, in deren Verlauf die junge Geisel und er selbst getötet wurden. Es gab keine genauen Angaben darüber, wie die Geisel zu Tode kam. Ebelings Kumpan wurde unverletzt festgenommen und werde zur Zeit von der Polizei verhört. Wie die Geisel zu Tode gekommen war, stehe noch nicht fest; man müsse die Ergebnisse der rechtsmedizinischen Untersuchung abwarten. Zu diesen Informationen wurde ein Standbild eingeblendet. Man sah einen schwarzen BMW, welcher schräg zwischen den

200

beiden Fahrspuren einer Autobahn stand und am Heck
Spuren eines Auffahrunfalls zeigte. Das Heck war
eingedrückt, das Heckfenster und das linke hintere
Fenster waren zerstört, die Straßenoberfläche rund um
das Auto war mit Glassplittern übersät.
Schwerdtfeger schaltete den Fernsehempfänger aus und
sagte: „Mein Gott, wir haben es vorher gewusst. Und
nicht nur das, wir haben darauf hingearbeitet, genau
diese Situation zu vermeiden. Und nun ist sie doch
eingetreten. Ich will Pauli anrufen, der weiß bestimmt
Einzelheiten, die man im Fernsehen nicht sieht."
Pauli hatte sein Handy eingeschaltet und war nach dem
dritten Signal am Apparat. Er sagte einigermaßen
gewunden, „Im Moment ist es etwas unpassend, ich rufe
aber so schnell wie möglich zurück."
„Er ist momentan in einer Besprechung", sagte
Schwerdtfeger zu seiner Frau." „Komm, wir setzen uns
auf die Terrasse und besprechen alles bei einem Glas
Wein", schlug sie vor. Schwerdtfeger, der das
dringende Bedürfnis zu einer Aussprache hatte, stimmte
zu und holte eine Flasche Wein aus dem Keller. Als er
diese gerade geöffnet hatte, klingelte das Telefon.
Pauli war dran.
„Hallo Manfred. Entschuldige, dass ich dich vorhin so
kurz abgewimmelt habe", sagte er. „Aber wir waren
mitten in einer Besprechung, oder, besser gesagt, in
einer Veranstaltung, in der uns erklärt wurde, wie wir
die letzten Ereignisse zu betrachten hätten."
„Ich habe gerade im Fernsehen einen Bericht über euren
Zugriff auf Ebeling gesehen", sagte Schwerdtfeger.
„Erzähl doch bitte erst einmal, was alles genau
passiert ist."
„Geht sofort los. Wir hatten Polizeibeamte auf
Motorrädern losgeschickt, die das gesamte Stadtgebiet
durchgekämmt haben. Das war ein Ratschlag von dir,
stimmt's?"
„Stimmt."
„Wir hatten Einsatzkräfte an allen Fernstraßen, die

aus dem Stadtgebiet herausführen. Zusätzlich wurden die üblichen Maßnahmen ergriffen, verstärkte Kontrollen auf den Fernbahnhöfen und auf dem Flughafen. Schließlich wurde eine der Motorradstreifen fündig, meldete die Position des Fluchtfahrzeuges und verfolgte es. Wir hatten den Eindruck, dass Ebeling die Stadt in Richtung Süden verlassen wollte, und verlegten zusätzliche Einheiten an die nach Süden führenden Autobahnen. Um Ebeling aufzuhalten, während wir unsere Reserven in Stellung brachten, machten wir von kreativer Ampelsteuerung Gebrauch. Der Verkehr in der Innenstadt brach fast völlig zusammen. Und als Ebeling dann in Richtung Bremen fuhr, schnappte die Falle zu: Ein Bus stellte sich auf der Autobahn quer, der nachfolgende Verkehr wurde umgeleitet. Als Ebeling den Fluchtwagen bremste, rammte ein gepanzertes Einsatzfahrzeug seinen Wagen von hinten und die Leute vom MEK sprangen heraus und gingen in Stellung. Dann fiel im Fluchtfahrzeug ein Schuss, Ebeling hatte die Geisel mit seiner Pistole erschossen. Dann öffnete er das Fenster und nahm unsere Leute mit der Maschinenpistole unter Feuer. Diese schossen zurück, dabei wurde Ebeling tödlich getroffen. Sein Kumpan leistete keine Gegenwehr. Er hat keinen Schuss abbekommen und wurde festgenommen. Er heißt Oskar Weber und ist polizeilich ein unbeschriebenes Blatt; nicht vorbestraft. Nachdem alles vorüber war, inspizierte der Kommandoführer des MEK sofort die Leiche, noch bevor die Spurensicherung eine Chance hatte. Er hat sofort einige Fotos geschossen, was ihm umgehend einen Rüffel von Reinders eingetragen hat. Er solle sich gefälligst nicht anmaßen, Aufgaben der Spurensicherung und der Rechtsmedizin zu übernehmen."

„Wie ich ihn einschätze, kann er gut damit leben", sagte Schwerdtfeger.

„Er wollte wohl erst gar keine Diskussion darüber aufkommen lassen, ob möglicherweise einer seiner Leute die Geisel tödlich getroffen hätte", meinte Pauli.

„Er ist eben ein Vorgesetzter, der sich vor seine
Leute stellt."
Schwerdtfeger schwieg einige Sekunden und sagte dann:
„Ebeling hat sich also genauso verhalten, wie Dr.
Clemens es vorausgesagt hatte. Hätte man uns nur
machen lassen, wäre diese Tragödie wahrscheinlich
verhindert worden."
„Der Kommandoführer des MEK hat sich in der
Abschlussbesprechung ebenfalls in diesem Sinne
geäußert. Du kennst ja seine unverblümte Art. Die
Reaktion von Reinders hierauf war merkwürdig
verhalten, er wies nur darauf hin, dass zur
abschließenden Beurteilung der Todesursache der Geisel
die Ergebnisse der Autopsie abgewartet werden müssten.
Dann gab er uns noch mit auf den Weg, dass außer dem
Polizeipräsidenten und dem von ihm beauftragten
Öffentlichkeitsbeamten niemand befugt sei, der
Öffentlichkeit gegenüber Äußerungen zu diesem Fall
abzugeben. Wer es dennoch tue, und dabei sah er den
Kommandoführer des MEK an, riskiere ein
Disziplinarverfahren. Der Kommandoführer grinste ihn
nur an. Das wäre in etwa alles."
„Danke dir, Günter, für den Bericht. Das muss ich
jetzt alles erst einmal verdauen."
„Ich sage jetzt nicht, 'nimm es nicht so schwer', denn
ich kenne dich ja, aber vergiss nicht, das ganze hat
nichts mit dir zu tun, da man dir den Fall aus den
Händen genommen hat. Du hattest keine Möglichkeit, den
Gang der Dinge zu beeinflussen."
„Das ist nett, dass du das jetzt sagst, Günter," sagte
Schwerdtfeger ein wenig gerührt, „und vielen Dank für
deinen Bericht. Wir sehen uns dann am Montag wieder."
„Und trotz allem noch einen schönen Sonntag",
verabschiedete sich Pauli.
Schwerdtfeger saß niedergeschlagen auf der Terrasse
und nippte von seinem Wein.
„Geht es dir gut?" fragte seine Frau ihn besorgt.
„Ich muss immer daran denken, dass wir uns heute einen

schönen Tag gemacht haben und dass zur gleichen Zeit die arme Geisel gestorben ist. Meine Güte, was das arme Ding erlitten hat! Sie war noch so jung!"
Seine Frau sah ihn liebevoll an und sagte: „Du wirst sicher nicht den Fehler machen, Mitgefühl, das in diesem Fall wirklich angebracht ist, mit Verantwortung zu verwechseln. Man hat bestimmt schon öfter zu dir gesagt, dass du nichts, aber auch gar nichts zu diesem Ausgang beigetragen hast. Du hast im Gegenteil alles versucht, das zu verhindern, aber das Glück halt war nicht mit dir."
Schwerdtfeger stand auf, nahm seine Frau in die Arme und sagte: „Wie schön, dass ich eine so kluge Frau habe."
Aber in ihm wuchs ein neues Gefühl. Es war kalte Wut auf diejenigen, welche diese Katastrophe mutwillig herbei geführt hatten.
Und in seinem Kopf bildete sich eine Frage: Warum?

38

Schwerdtfeger hatte sich auf dem Weg in sein Büro eine Hamburger Zeitung gekauft.
„Geisel tot! Geiselnahme endet nach sechs Tagen in einer Katastrophe. Unsere Polizei hat sich unsterblich blamiert" lautete die zehn Zentimeter hohe Schlagzeile.
Ein Kommentar zu diesem Thema spekulierte darüber, dass angesichts „des derzeitigen Zustandes unserer Polizei" ein Bürger, der das Pech hatte, „in dieser unserer Stadt" als Geisel genommen zu werden, getrost mit dem Leben abschließen konnte. Eine Reform des Polizeiapparates an „Haupt und Gliedern" sei dringend erforderlich. „Die Polizeibeamten sind unter Deutschlands Arbeitnehmern privilegiert. Sie müssen nicht, wie die meisten anderen abhängig Beschäftigten, eine Kündigung befürchten, genießen eine umfangreiche

Sicherung in allen Lebenssituationen und erhalten nach Ende ihrer aktiven Zeit eine üppige Pension, zu der sie im Gegensatz zu Millionen Rentnern keinen Eigenbeitrag leisten mussten. Ist es da zu viel verlangt, wenn der Steuerzahler im Gegenzug für diese Segnungen ein wenig mehr Engagement für die Sicherheit der Bürger erwartet?"

Schwerdtfeger legte angewidert die Zeitung bei Seite und ging zur Tagesordnung über. Nachdem Ebelings Leiche nun in der Rechtsmedizin lag, schrieb er einen Auftrag an Dr. Leandros, mit der Bitte, zu überprüfen, ob die Gewebeteile, die unter den Fingernägeln des ermordeten Hartmut Seehaus, dem Begleiter des Werttransporters, von Ebeling stammten. Wenn das der Fall wäre, könnte er den Mordfall Seehaus abschließen. Als Schwerdtfeger über den Flur des Bürotraktes ging, traf er Reinders, der im Gespräch mit einem ihm unbekannten Zivilisten war. Schwerdtfeger fing seinen Blick auf und nickte ihm zweimal nachdrücklich zu. Das konnte zum Beispiel „Guten Morgen" bedeuten, Schwerdtfeger hatte aber etwas anders gemeint. Seine Botschaft war bei Reinders wohl auch richtig angekommen; dieser wandte seinen Kopf mit einem Ruck ab.

Es klopfte an Schwerdtfegers Bürotür, und auf sein „Herein" trat Kollege Michaelis ein. Er sah ziemlich unglücklich aus, dachte Schwerdtfeger.

„Ich fühle mich furchtbar", sagte er zu Schwerdtfeger. „Es ist alles genau so eingetroffen, wie Sie es vorher gesagt haben. Die Geisel ist tot, und es ist alles meine Schuld."

„Ihre Schuld ist es nicht", widersprach Schwerdtfeger. „Sie ist von einem Verbrecher getötet worden, der ein Psychopath war. Ich glaube auch nicht, dass die Art der Aufgabenerledigung in diesem Fall von Ihnen erdacht wurde. Täusche ich mich, oder haben Sie auf Anweisung gehandelt?"

„Ich habe ausschließlich Reinders' Anweisungen

befolgt", gab Michaelis zu. „Und haben Sie sich diese Anweisungen schriftlich geben lassen, so wie ich es Ihnen geraten habe?"

„Ich war mir nicht sicher, dass man das machen kann", erwiderte Michaelis. „Ich habe Reinders darauf angesprochen, und er sagte nur sehr grob, ich solle ihm nicht mit einem derartigen Unsinn kommen. Dieser bürokratische Firlefanz sei ganz bestimmt auf Ihrem Mist gewachsen, Sie seien für dergleichen bekannt."

„Wo er recht hat, hat er recht", sagte Schwerdtfeger. „Allerdings habe nicht ich diesen bürokratische Firlefanz erfunden, sondern das steht so im Beamtengesetz. Der Sinn dieser Regelung ist es doch, unklare Anweisungen zu vermeiden oder bei Anordnungen am Rande der Legalität die Verantwortung einzugrenzen."

„Wie Sie das so sagen, hört sich alles ganz klar an," sagte Michaelis bedrückt. „Aber dann höre ich Reinders Gegenrede, und danach bin ich ganz durcheinander. Was glauben Sie, wie das jetzt weiter geht?"

Ahnungsvoller Engel, dachte Schwerdtfeger. „Ich hoffe sehr, dass Reinders sich später noch an seine Anweisungen erinnern kann. Es würde mich aber nicht überraschen, wenn bei ihm die eine oder andere Gedächtnislücke auftreten sollte. Derartiges soll es schon gegeben haben. Gibt es übrigens Zeugen für die Weisungen, die Reinders Ihnen erteilt hat?"

„Leider nein. Reinders hat mich vor jeder Einsatzbesprechung aufgesucht und mir unter vier Augen klar gemacht, was er von mir erwartet." Das passt, dachte Schwerdtfeger grimmig.

„Und Sie haben nicht zufällig ein kleines Tonaufzeichnungsgerät mitlaufen lassen?" Michaelis sah ihn entsetzt an. „Aber Kollege Schwerdtfeger, eine derartige Frage habe ich von Ihnen nun wirklich nicht erwartet. Das wäre doch unanständig."

Sancta Simplicitas, dachte Schwerdtfeger (er hatte das

kleine Latinum), hier ist aber auch wirklich Hopfen und Malz verloren. Reinders kann alles abstreiten, und an Michaelis wird diese ganze unerfreuliche Geschichte hängen bleiben. Wenn Reinders sich hier aus der Schlinge zu ziehen versteht, und Michaelis wird sicher keine nennenswerte Gegenwehr leisten, hat er das Zeug für eine steile Karriere.

„Ich glaube, ich mache Ihnen erst einmal eine Tasse Kaffee", sagte er mitleidig.

„Oh ja, die könnte ich jetzt gut gebrauchen."

Als der Kaffee in der Kaffeemaschine gurgelte und sein Duft sich in Schwerdtfegers Büro ausbreitete, sagte Michaelis: „ Wissen Sie, Kollege Schwerdtfeger, Sie waren für mich eigentlich immer ein Vorbild. Bei Ihnen ist immer alles so klar, Sie wissen immer, was Sie wollen, und das bekommen Sie dann fast immer auch."

„In diesem Fall habe ich es nicht bekommen", sagte Schwerdtfeger, und es klang ein wenig bitter. „Aber wie Sie wissen, hat jedes Ding seine zwei Seiten. Reinders zum Beispiel hat mich einen Bedenkenträger und Bürokraten genannt, wie Sie ja selber wissen. Aber man kann es eben nicht allen Menschen recht machen, und ich versuche das auch erst gar nicht. Ich halte mich bei meiner Arbeit erstens an die geltenden Gesetze, zweitens an das, was ich gelernt habe, und drittens an den gesunden Menschenverstand. Und wenn jemand der Meinung ist, es könne sich über alles hinweg setzen und die Dinge auf seine Weise realisieren, dann soll er es halt selber machen oder mich, wie gesagt, schriftlich anweisen. Wenn dann etwas schief geht, gibt es hinterher jedenfalls keine lange Suche nach dem Schuldigen. Was aber nun Ihren Fall betrifft, Kollege Michaelis, so würde ich mir keine grauen Haare wachsen lassen. Sie sind Beamter auf Lebenszeit und haben keine Gesetze verletzt. Sie haben nichts getan, als die Weisungen zu befolgen, die Sie von Ihrem Vorgesetzten erhalten haben. Wenn jemand aus unserem Hause Sie danach befragt, dann zögern Sie

nicht, das genau so auszusagen, und selbst wenn
Reinders das bestreiten sollte, steht immerhin Aussage
gegen Aussage. Schließlich hat Reinders versucht, auch
mich zu manipulieren, und meine Weigerung, mich darauf
einzulassen, hat dann zu meiner Ablösung geführt. Sie
können davon ausgehen, dass ich bereit bin, das so
auszusagen. Und bedenken Sie: Je mehr Sie sich wehren,
desto weniger wird man Sie befragen, und am Ende ist
dann niemand Schuld, denken Sie an meine Worte."
„Danke für den guten Rat, und diesmal werde ich
bestimmt auf Sie hören. Ich hätte das schon viel
früher tun sollen."
„Wir machen alle Fehler, Kollege Michaelis, da sind
Sie keine Ausnahme."
Nachdem sich Michaelis Schwerdtfegers Büro wieder
verlassen hatte, brachte der Amtsbote die Post.
Schwerdtfeger machte sich an die Durchsicht seiner
Eingänge. Ein weißer, zugeklebter Umschlag fiel ihm
auf. Dieser trug keinen Absender, jemand hatte mit
Kugelschreiber nur Schwerdtfegers
Dienststellenbezeichnung vermerkt. Schwerdtfeger
öffnete den Umschlag. Er enthielt nur einen DIN A-4
-Bogen, an den ein mit Bleistift beschriebener
Notizzettel hing:
„LKA 23-1, bitte nach Unterschrift der Anlage diese an
mich zurücksenden. Das Original des ursprünglichen
Schreibens des Präsidenten bitte beifügen. Rd."
Schwerdtfeger nahm sich den DIN A-4-Bogen vor und
begann zu lesen:

KHK Schwerdtfeger
Dst LKA 23-1

HH, den 04. Juni 01

Hiermit erkläre ich, dass ich aus freien Stücken den
Vorsitz der Sonderkommission 'Schweinchen Schlau'
niedergelegt habe, weil mir diese Aufgabe nicht

zusagte. Meiner Bitte um Ablösung wurde vom
Polizeipräsidenten, Dr. Guilleaume, entsprochen.

Gezeichnet:

(Schwerdtfeger)

Schwerdtfeger packte der Zorn.
Nachdem man mich aus der Kommission heraus gedrängt
hat und dann solange an dem Fall herum gepfuscht hat,
bis die Geisel getötet wurde, ist jetzt Vertuschung
angesagt. Die Vergangenheit ist nicht so, wie sie sein
sollte, also muss sie geändert werden. Von mir
erwartet man, dass ich mich an dieser Aktion beteilige
und erkläre, ich hätte die Leitung der
Sonderkommission abgegeben, weil ich mich dem Fall
nicht gewachsen gefühlt hätte. Das ist doch wirklich
eine bodenlose Frechheit!
Reinders, der eine wichtige Rolle in diesem bösen
Spiel übernommen hatte, will sich auf meine Kosten aus
der Affäre ziehen. Das kannst du dir abschminken,
dachte Schwerdtfeger, nicht mit mir.
Reinders Formular lag vor ihm. Am liebsten würde er es
zerreißen und in den Papierkorb werfen. Aber was wäre
damit gewonnen? Erst mal ruhig durchatmen, sagte er
sich. Seine Wut am Papier auszulassen, wäre sicher
nicht hilfreich.
Er musste seinen Zorn, der seine Denkfähigkeit
beeinträchtigen könnte, unter Kontrolle bekommen und
versuchen, das Ganze als Sachproblem zu betrachten.
Was würde Westerkamp raten? Schwerdtfeger stellte sich
vor, er säße seinem ehemaligen Chef gegenüber „Fällen
Sie nie eine Entscheidung im Zorn", hatte der einmal
gesagt. „Gefühle, wie zum Beispiel Mitleid mit dem
Opfer einer Straftat oder Zorn auf den Täter,
beeinträchtigen das Denkvermögen und lenken von den
Tatsachen ab. Emotionen verschwinden, wenn man über
einen Fall, der einen aufregt, einmal geschlafen hat.

Man muss die Umstände frei von Leidenschaften analysieren, die möglichen Beteiligten ermitteln und sich über ihre Motive Klarheit verschaffen, bevor man einen Aktionsplan entwirft. Die gründliche Analyse der Hintergründe ist eine notwendige, aber noch lange keine hinreichende Voraussetzung für den endgültigen Erfolg."

Genau diese Analyse würde er jetzt durchführen. Die Fakten waren vorhanden. Jetzt kam es darauf an, abzuwägen und die richtige Entscheidung zu fällen.

Welche Auswirkungen hätte meine Weigerung, an dieser unappetitlichen Vertuschung mitzuwirken, auf mich selber?

Ich gehe in wenigen Monaten in den Ruhestand. Ich bin in der Spitzenstellung der Laufbahn des gehobenen Dienstes, mit einer Karriere kann man mich also nicht mehr locken. Für den Fall, dass ich meine Rolle so spiele, wie man es von mir erwartet, wird man mir vielleicht etwas anbieten, eine Sonderaufgabe oder einen Beratervertrag. Ich würde ein Einkommen zusätzlich zu meiner Pension beziehen, für das ich wahrscheinlich keine Gegenleistung erbringen müsste, dass nur den Sinn hätte, mich für meine Mitwirkung bei der Vertuschung zu entschädigen. Aber kann ich da ganz sicher sein? Wenn ich das Papier erst einmal unterschrieben habe, bin ich beschädigt; ich habe mich diesem Fall nicht gewachsen gefühlt. Röche es nicht förmlich nach Vertuschung, wenn mich die Polizeibehörde dafür noch belohnen würde?

Wie würde die Behörde reagieren, wenn ich mich dem Ansinnen, das man an mich gerichtet hat, verweigern würde? Offiziell überhaupt nicht, denn offiziell, da war Schwerdtfeger sich sicher, hätte es ein derartiges Ansinnen nie gegeben. In wenigen Monaten würde er in den Ruhestand gehen, dann würde man ihm eine Urkunde überreichen, in der ihm der Erste Bürgermeister den Dank der Freien und Hansestadt Hamburg für die geleisteten treuen Dienste aussprechen würde. Einen

Beratervertrag würde er ganz sicher nicht bekommen, aber darauf konnte er leichten Herzens verzichten. Das Haus, das seiner Frau und ihm gemeinsam gehörte, war schuldenfrei, alle darauf liegenden Hypotheken waren längst getilgt, und seine Pension, ein Privileg, wie er heute der Zeitung entnommen hatte, würde ihm zu einem Leben zwar nicht im Luxus, aber frei von finanziellen Sorgen reichen.

Wie würden die weiteren Rollen in diesem Spiel verteilt werden? Michaelis würde sehr wahrscheinlich die Rolle des Versagers zugewiesen werden, der durch sein schwaches Management dieses Falles für den Tod der Geisel verantwortlich wäre. Man würde ihm nie einen offiziellen Vorwurf machen, denn das würde die Gefahr mit sich bringen, dass er in einem formalen Verfahren aussagen würde, er sei von Reinders angewiesen worden, so zu verfahren, wie er schließlich verfahren war. Der Vorwurf seiner Unfähigkeit würde sehr diskret hinter seinem Rücken gehandelt werden, würde von einem Vorgesetzten dem anderen weitergereicht werden, beim Mittagessen oder in der Kaffeepause. „Der Michaelis? Das ist doch derjenige, der den Ebeling-Fall so verpfuscht hat. Beim Versuch, diesen Schwerverbrecher dingfest zu machen, wurde eine Geisel getötet. Der Verbrecher wurde dann vom MEK erschossen. Das war damals eine unserer größten Pleiten." Und wenn Reinders, der ja ganz genau wusste, wie alles zusammenhing, längst eine raketenhafte Karriere gestartet haben würde, hätte Michaelis einen Vorgesetzten, der den Fall nicht mehr aus eigener Anschauung kannte und diese Behauptungen glaubte. Michaelis würde künftig für die einfachen Fälle zuständig sein, für Autodiebstähle und so weiter, und er würde Schaden an seiner Karriere nehmen; einen Aufstieg in den Höheren Dienst könnte er sich sicherlich abschminken.

Wie sich Michaelis' Karriere künftig entwickeln würde, hing auch ein wenig davon ab, wie er, Schwerdtfeger, sich jetzt verhalten würde. Würde er dieses böse Spiel mitspielen, so wie Reinders es beabsichtigt hatte, dann würde diese Sache an Michaelis hängen bleiben. Würde er sich jedoch verweigern, dann wäre die Beweiskette gegen Michaelis nicht lückenlos. Reinders müsste damit rechnen, dass Schwerdtfeger eventuellen Vorwürfen gegen Michaelis widersprechen würde, oder dass Michaelis sich auf ihn berufen könnte. Michaelis hätte dann einen Zeugen, der Reinders Darstellung der Ereignisse jeder Zeit widersprechen könnte.

Schwerdtfeger hatte Michaelis versprochen, auszusagen, was ihm selber widerfahren war, wie er vom Vorsitz der Sonderkommission „Schweinchen Schlau" entfernt wurde. Er spürte wenig Neigung, etwa nach dem Grundsatz „was stört mich mein dummes Gerede von gestern", nun sein Michaelis gegebenes Versprechen zu brechen. Schwerer noch wog die Tatsache, dass durch das unqualifizierte Eingreifen der Leitungsebene in seine Arbeit ein Mensch völlig sinnlos gestorben war. Schwerdtfeger hatte an dem Tod der jungen Geisel keinen Anteil; wenn er sich nun im Nachhinein an einer Vertuschungsaktion beteiligte, so käme es ihm vor, als ob er einen Teil der Schuld an diesem Ereignis auf sich nähme. Er befürchtete, dass er sich eine derartige Handlungsweise später selber zum Vorwurf machen würde, dass er Schwierigkeiten haben würde, künftig damit zu leben. Irgendwie war die ganze Sache anrüchig. Es wird immer Menschen geben, sagte sich Schwerdtfeger, die uns feindlich gesonnen sind und die versuchen werden, uns zu schaden, das ist lebenstypisch, aber die schlimmsten Fehler, die uns am nachhaltigsten beeinträchtigen, begehen immer nur wir selber.

Würde er sich Reinders' Komplott verweigern, so hätte das wahrscheinlich auch Konsequenzen für diesen. Würde seine Organisation der Vertuschung scheitern, so würde sich das auch Reinders' Karriere auswirken. Sie würde zunächst ausfallen, verbesserte Schwerdtfeger sich in Gedanken, denn bei Reinders' Karrieregeilheit und seiner Neigung zu dieser Art von Spielchen würden sich weitere Chancen ergeben. Reinders war skrupellos, und er würde jede sich bietende Gelegenheit nutzen, und irgendwann würde er sicher Erfolg haben. Schwerdtfeger war nur nicht sonderlich motiviert, dazu beizutragen. Was würde geschehen, wenn Michaelis als möglicher Schuldiger ausfiel? Scheinbar ohne Zusammenhang fiel ihm ein Schillerzitat ein, das bei näherem Nachdenken genau diese Situation beschrieb, merkwürdig, wie doch das Gehirn arbeitet: „Es rast der See, und will sein Opfer haben." Ein Schuldiger an diesem Debakel musste her, und wenn Schwerdtfeger oder Michaelis nicht in Frage kamen, nun, dann würde sich eben ein anderer finden.

Es war nicht verboten, Westerkamps Strategie auch auf Fälle ohne kriminellen Hintergrund anzuwenden. Diese Strategie war nichts anderes als ein Denkschema zur Lösung von Problemen. Er hatte die Situation nun im Sinne der Westerkamp'schen Anleitung analysiert.

39

Schwerdtfeger war von Natur aus kein Rebell, er war aber auch kein unkritischer Befehlserfüller. Er hatte fast sein ganzes Berufsleben für die Hamburger Polizei gearbeitet, fühlte sich ihr ohne Frage verbunden, würde sie bei Diskussionen im Freundeskreis gewiss jeder Zeit gegen unberechtigte Vorwürfe in Schutz nehmen. Er würde jedoch nicht soweit gehen, jede Unregelmäßigkeit gut zu heißen oder gar zu decken. Sein Entschluss war gefasst. Schwerdtfeger fuhr seinen PC hoch, öffnete das Textprogramm und schrieb:

KHK Schwerdtfeger
Dst. LKA 23-1

An Herrn

KOR Reinders

HH, den 04.06.02

Sehr geehrter Herr Reinders,

ich sehe mich gehindert, die mir von Ihnen übersandte Erklärung zu unterschreiben, da sie nicht den Tatsachen entspricht. Wie Ihnen selber bekannt ist, wurde mir durch Schreiben des Polizeipräsidenten vom 29. Mai 2002 (siehe beigelegte Kopie) die Mitarbeit in der Sonderkommission untersagt, nachdem ich mich nicht entschließen konnte, auf die mir von Ihnen erteilten Weisungen bezüglich der weiteren Bearbeitung des Falles „Banküberfall mit Geiselnahme" einzugehen. Ich befürchtete, dass deren Befolgung zum Tode der Geisel Sandra Möller führen würde. Es ist schon fast überflüssig, zu erwähnen, dass die dann folgenden Ereignisse mir Recht gegeben haben.
Ich sehe mich weiter gehindert, Ihnen das oben erwähnte Schreiben des Polizeipräsidenten zu übersenden, da es eine an mich persönlich gerichtete Verfügung Dr. Guilleaumes darstellt, die vermutlich auch in Abschrift in meine Personalakte eingegangen ist. Diese Verfügung wurde nicht zurückgenommen und hat daher Wirksamkeit erlangt. Eine nachträgliche Beseitigung dieses Briefes könnte geeignet sein, Zweifel aufkommen zu lassen über mein eigenes Motiv, mich mit diesem Fall nicht weiter zu beschäftigen.
Daran kann ich kein Interesse haben.
Ob ich mich damit auch einer Dokumentenunterdrückung schuldig machen würde, wäre zu prüfen.
Die mir übersandte Erklärung habe ich wieder beigefügt.

Mit freundlichem Gruß

Manfred Schwerdtfeger.

2 Anlagen.

Schwerdtfeger machte sich eine Kopie von Reinders Erklärung. Er würde die Verfügung des Präsidenten mit nach Hause nehmen und für seine Handakte, die er in seinem Schreibtisch aufbewahrte, ebenfalls eine Kopie davon anfertigen. Schwerdtfeger wollte niemandem etwas Böses unterstellen, aber Akten oder Teile davon, so hatte Schwerdtfeger in einschlägigen Magazinen gelesen, hatten mitunter die Gewohnheit, zu verschwinden. Da gab es doch sogenannte „Löschtage"? War nicht auch Ebelings Akte aus dem Archiv der Staatsanwaltschaft verschwunden? Die Physik lehrte, dass Materie nicht verschwinden konnte, aber das Leben lehrte, dass sie es immer wieder versuchte. Und oft genug waren diese Versuche erfolgreich. Besser, er wäre etwas vorsichtig.
Dann legte er die für Reinders bestimmte Kopie seines Schreibens in eine Umlaufmappe und tat diese in den Ausgangskorb.
Der Amtsbote kam, leerte seinen Ausgangskorb und brachte neue Eingänge. Darunter waren Ausschnitte aus Zeitungen, welche den Fall Ebeling abhandelten. Die Pressestelle des Polizeipräsidiums wertete regelmäßig die Arbeit der Hamburger Polizei betreffende Pressemeldungen aus, schnitt die Artikel aus, klebte sie auf
DIN A-4-Bögen, stellte eine ausreichende Anzahl an Kopien her und schickte sie die betroffenen oder interessierten Stellen. Dass er einen Satz Kopien bekommen hatte, lag wohl daran, dass die Pressestelle seine Herauslösung aus der Arbeit der Sonderkommission nicht mitbekommen hatte.
Schwerdtfeger machte sich an die Lektüre der Ausschnitte. Die „Weltwoche" schrieb in einem Kommentar: „Innensenator Krause ist erklärter Weise angetreten, mit dem Laissez-faire der

Vorgängerregierung in der Rechtspolitik Schluss zu machen. Aber es scheint, dass er die Größe der übernommenen Aufgabe noch unterschätzt hat. Es wird noch viel Wasser die Elbe herunter fließen und erheblicher Anstrengung bedürfen, um den von ihm übernommenen Augiasstall auszumisten."

Die Frankfurter Zeitung" kommentierte: „Innensenator Krause, der vor der Hamburger Wahl vollmundig versprochen hatte, mit der 'ererbten Misswirtschaft' auf dem Gebiet des Justiz- und Polizeiwesens kurzfristig Schluss zu machen, sieht sich nun mit den Tatsachen des Lebens konfrontiert. Daraus lässt sich der Schluss ziehen, dass auch Herr Krause nur mit Wasser kocht."

Und in diesem Stil ging es weiter, je nach dem politischen Standort des betreffenden Blattes. Sogar das Magazin „Reflexe" gönnte unter der Rubrik „Personalien" dem Fall einige Zeilen in seinem üblichen, etwas flapsigen Stil: „Innensenator Krause erklärte zum Hamburger Geiselgate, er werde notfalls 24 Stunden pro Tag dafür tätig sein, um die Zustände im Hamburger Polizeiapparat in den Griff zu bekommen. Sollte das nicht hinreichend sein, um den gewünschten Erfolg herbei zu führen, steht es ihm frei, auch noch nachts daran zu arbeiten."

Dieses Material hebe ich mir auf, sagte sich Schwerdtfeger grimmig. Sollte es mich eines Tages einmal anwandeln, das alles nicht zu glauben, kann ich es immer noch einmal nachlesen.

40

Es klopfte an seine Tür, und Reinders trat ein, ohne sein „Herein" abzuwarten. Er trug das Schreiben in der Hand, das Schwerdtfeger vor einer knappen halben Stunde an ihn abgesandt hatte. Er kam ohne Umschweife zur Sache.

„Herr Schwerdtfeger, ich habe Ihren Brief gelesen, den Sie mir da geschrieben haben. Das ist alles nicht hilfreich. Ich denke, Sie sind da im Begriff, einen großen Fehler zu begehen, und davor möchte ich Sie gerne bewahren. Ich gebe zu, dass uns hier etwas aus dem Ruder gelaufen ist, und wir brauchen Ihre Mithilfe, um die Sache wieder gerade zu rücken. Ich glaube, Sie sollten sich nicht verweigern, wenn es darum geht, der FHH zur Seite zu stehen. Das war jedenfalls in der Vergangenheit doch nie Ihre Art. Sie gehen nun bald in den Ruhestand, und wir haben vorgesehen, mit Ihnen einen Beratervertrag abzuschließen, der es der Hamburger Polizei ermöglichen würde, auch nach Ihrem Ausscheiden aus dem aktiven Dienst von Ihrem reichen Schatz an Erfahrungen und Kenntnissen der praktischen und operativen Polizeiarbeit zu profitieren. Das hätte für Sie den zusätzlichen Nutzen, dass sich Ihre finanziellen Verhältnisse im Ruhestand erheblich verbessern würden. Sagen Sie jetzt bitte nichts zu meinem Vorschlag, bevor Sie sich endgültig entscheiden. Ich möchte, dass Sie diese Angelegenheit überschlafen und morgen noch einmal mit mir besprechen. Nehmen Sie Ihren Brief einstweilen erst einmal wieder an sich. Wenn Sie es dann für unbedingt nötig halten, können Sie ihn mir morgen ja immer noch wiedergeben." Und damit legte er Schwerdtfeger sein Schreiben mit allen Anlagen wieder auf den Tisch. „Ich wünsche Ihnen noch einen schönen Tag."

Und damit war Reinders schon wieder verschwunden, ohne Schwerdtfeger die Gelegenheit zur Gegenrede zu geben. Schwerdtfeger wunderte sich. Nanu, fragte er sich mit milder Ironie, die Polizei will mit einem Bedenkenträger und Superbürokraten wie mir wirklich einen Beratervertrag abschließen? Hat man keine Befürchtungen, dass ein derartiger Schritt zur totalen Bürokratisierung der Polizei führen könnte? Vielleicht fällt es mir ja ein, einschlägige Seminare zu organisieren, etwa zu dem Thema „Bürokratie für Fortgeschrittene" oder „Stellung und Aufgaben des Bedenkenträgers in der Polizeiverwaltung"? Also das könnte mich ja beinahe reizen. Wie höflich Reinders auch war? Das ist man ja von ihm gar nicht gewohnt. Das war gewissermaßen, um es in der Sprache der Werbebranche auszudrücken, ein völlig neues Reinders-Gefühl. Aber es war auf jeden Fall richtig, ihn nicht gleich hinaus geworfen zu haben. Er hat mir sowieso keine Chance dazu gelassen. Absagen kann ich ihm auch morgen noch, aber jetzt kann ich über dieses Thema noch einmal mit meiner Frau reden. Ich bin mir eigentlich völlig sicher, was sie mir raten wird, aber es wäre trotzdem richtiger, mit ihr darüber sprechen. Wir besprechen ja sonst auch alles, das wäre auch in diesem Fall sicher nicht falsch.

Sein Telefon klingelte, der Kommandoführer des MEK war dran. „Hallo, Herr Schwerdtfeger, ich denke, Sie wissen schon über die Ereignisse bei Beckedorf Bescheid? Wie ich die Verhältnisse bei Ihnen einschätze, hat Herr Pauli Sie sicher schon informiert?

„Das hat er", bestätigte Schwerdtfeger. „Es ist genau so gekommen, wie wir das vorausgesagt haben."

„Das ist es. Ich glaube, dass das für Reinders eine ziemlich bittere Pille ist. Wissen Sie, was er zu mir sagte, als Ebeling die Geisel erschossen hat? 'Wer den Schuss abgegeben hat, der zum Tode von Frau Möller führte, muss durch die rechtsmedizinische Untersuchung geklärt werden'. Dabei wurde die Geisel direkt nach dem Ramming durch das Einsatzfahrzeug erschossen, als unsere Leute noch gar nicht geschossen hatten."

„Darauf hin haben Sie selber einige Fotos von der Einschussstelle gemacht, nicht wahr?"

„Ja, und das hat Reinders überhaupt nicht gepasst. Er hat mich sofort deswegen angefaucht. Wenn sich herausstellte, ich hätte Spuren verwischt, würde er dafür sorgen, dass ich zur Verantwortung gezogen

würde. Meine Güte, bin ich vielleicht ein Anfänger? Alles, was ich angefasst habe, war die Klinke der hinteren rechten Tür des Fluchtfahrzeuges, und dafür hatte ich Handschuhe an. Ich habe immer ein Paar dabei. Aber die Bilder, die ich gemacht habe, sind völlig eindeutig: Es handelte sich um einen aufgesetzten Schuss, es waren sichtbare Schmauchspuren da, und man erkennt sogar die Druckstelle, wo er die Pistole aufgesetzt hat. Ich habe die Bilder sofort vervielfältigen lassen und habe sie auf der dem Einsatz folgenden Besprechung verteilt. Es gab dann keine weitere Diskussion mehr, aber Reinders hat uns quasi mit der einstweiligen Erschießung gedroht, falls wir es etwa wagen sollten, irgend welche Informationen über diesen Fall an die Öffentlichkeit zu geben. Meine Güte, als ob wir nicht wüssten, dass nur der Präsident oder sein Beauftragter für Öffentlichkeitsarbeit dazu befugt sind."
„Die Phase der Wahrheitsfindung ist voll angelaufen", sagte Schwerdtfeger vieldeutig, aber der Kommandoführer hatte ihn sofort verstanden.
„Man ist also an Sie herangetreten", erwiderte er. „Sie müssen jetzt nichts sagen, ich kenne doch Ihre vornehm zurückhaltende Art."
Schwerdtfeger schwieg.
„Dann bin ich ja mal gespannt, wen es nun erwischt. Sie kennen doch die vier Phasen der operativen Planung? Phase eins: Begeisterung. Phase zwei: Verwirrung. Phase drei: Bestrafung der Unschuldigen und Phase vier: Beförderung der Unbeteiligten".
Schwerdtfeger bestätigte, die vier Phasen zu kennen.
„Meiner Einschätzung nach befinden wir uns momentan zwischen Phase zwei und Phase drei."
„Wenn Sie das sagen", meinte der Kommandoführer lachend, „dann wird es wohl so sein. Ich bin nur gespannt, wie das alles weiter geht. Das Beste ist jetzt wohl, den Kopf einzuziehen und die Explosion abzuwarten."

„Vielen Dank für die Information", sagte
Schwerdtfeger, „und weiterhin viel Erfolg bei der
Verteidigung des Rechtsstaates."
„Sie gehen ja nun bald in den Ruhestand", meinte der
Kommandoführer.
„Früher konnte ich mir das kaum vorstellen, aber nach
den Ereignissen der letzten acht Tage ist es für mich
nicht mehr undenkbar."
„Das kann ich gut verstehen", sagte der Kommandoführer
ernst. „Ich denke aber, dass ich vorher noch etwas von
Ihnen hören werde."
„Mit Sicherheit", versprach Schwerdtfeger, „und wenn
es die Einladung zu meiner Abschiedsfeier ist."
„Das würde mich bestimmt freuen", erwiderte der
Kommandoführer, „aber ich hoffe doch, Sie noch vorher
zu sehen."
Kaum hatte Schwerdtfeger den Telefonhörer wieder
aufgelegt, als es an seiner Bürotür klopfte. Michaelis
trat ein, Schwerdtfeger bot ihm Platz an. „Einen
Kaffee?"
„Danke, gerne", sagte Michaelis. „Es gibt schon wieder
etwas Neues. Eben war Reinders bei mir. Er redete mit
Engelszungen auf mich ein und bat mich, alle Schuld
für die missglückte Ebeling-Aktion auf mich zu nehmen.
Ich sollte aussagen, dass es meine Idee war, Ebeling
mit der Geisel abziehen zu lassen. Er würde persönlich
dafür sorgen, dass mir daraus kein Schaden entstünde.
Ich habe mich aber strikt geweigert und habe ihn daran
erinnert, dass ich nur seine Anweisungen befolgt
hätte. Ich habe noch gesagt, wenn ich einen Fehler
gemacht hätte, dann wäre es mein blinder Gehorsam
gewesen. Das hat ihm gar nicht nicht gepasst und er
hat ziemlich ärgerlich mein Büro verlassen."
„Das war bestimmt die richtige Entscheidung",
erwiderte Schwerdtfeger. „Häufig ist der bequemere Weg
derjenige, der uns auf lange Sicht die größeren
Schwierigkeiten macht. Ich kann mir, ehrlich gesagt,
auch nicht vorstellen, dass sich eine Übernahme der

Verantwortung für diesen Reinfall nicht schädlich auf Ihre Karriere ausgewirkt hätte. Glauben Sie mir, das hätte Ihnen lange nachgehangen."
„Das habe ich mir auch gedacht. Scheinbar ist der Reinders auch jemand, der viel verspricht, wenn der Tag lang ist."
„Hier ist noch ein Rat", meinte Schwerdtfeger. „Ich würde an Ihrer Stelle Gedächtnisprotokolle über die verschiedenen Unterredungen mit Reinders anfertigen, wenn möglich mit Datum und Uhrzeit."
„Das ist eine gute Idee", sagte Michaelis. „Sie haben immer so gute Ideen. Das werde ich gleich machen."
„Diese Art von Vorschlägen ist für einen Bürokraten wie mich doch eine der leichtesten Übungen", sagte Schwerdtfeger lächelnd.
„Nehmen Sie doch Reinders' Geschwätz nicht so ernst. Dass Sie ein Bürokrat sind, behauptet mit Ausnahme von Reinders doch wirklich niemand hier. Ich bin Ihnen überhaupt sehr dankbar, dass Sie mich so gut beraten haben. Ich wünschte nur, ich hätte schon früher auf Sie gehört."
„Wir können alle immer noch dazu lernen", sagte Schwerdtfeger. „Da sind Sie ganz bestimmt keine Ausnahme."
Das Szenario, dass Reinders sich ausgedacht hatte, war immerhin schlüssig. Er, Schwerdtfeger, hatte die Leitung der SoKo niedergelegt, weil er sich von der Sache überfordert fühlte, dann wurde Michaelis die SoKo übertragen und der fällte dann völlig allein die fatale Entscheidung, die zum Tode der jungen Frau fühlte. Reinders hatte sich sicher vorgestellt, dass es eine Art von formaler Untersuchung geben würde, um die Sache wasserdicht zu machen. Michaelis und er müssten entsprechende Aussagen machen, dann würde ein Protokoll geschrieben und damit war diese Art der Wahrheit dann unwiderruflich festgezurrt. Eine Einmischung in die Arbeit der Polizei von oben hatte nie stattgefunden. Eine Erinnerung stieg in ihm auf.

Schwerdtfeger hatte einmal ein Buch gelesen, das albtraumhaft einen zukünftigen Superstaat schilderte, in dem die Vergangenheit flexibel den jeweiligen Erfordernissen der Gegenwart angepasst wurde. Wie hieß es doch gleich? '1984' von George Orwell.

„Ich hätte da noch eine Frage, die die Sonderkommission betrifft", sagte Schwerdtfeger zu Michaelis. „Was haben Sie eigentlich über Ebelings Komplizen herausbekommen? Ich habe irgendwo aufgeschnappt, dass er Weber heißt und noch nicht vorbestraft ist."

„Also, das ist schon eine seltsame Geschichte", erwiderte Michaelis. „Oskar Weber ist ein entfernter Verwandter von Ebeling, ein Cousin oder so. Er hat Bankkaufmann gelernt, war aber zur Zeit arbeitslos. Ebeling hat ihn auf den Bankraub angesprochen, hat ihm vorgegaukelt, die Sache sei völlig risikolos. Es sei eine Riesensumme im Tresor, von der Weber dreißig Prozent bekommen sollte. Alles was er zu tun hätte, wäre, die Leute im Schalterraum der Bank unter Kontrolle zu halten, während Ebeling unten den Tresor ausräumte. Weber versicherte ziemlich glaubhaft, dass er noch nie eine Straftat begangen hätte. Er konnte nicht einmal mit einer Pistole umgehen, Ebeling hat ihm eine besorgt und ihm gezeigt, wie man das Ding gebraucht. Ihm wäre die ganze Sache ziemlich gegen den Strich gegangen."

„Das passt zu seinem Verhalten während des Überfalles", sagte Schwerdtfeger.

„Eben. Wir hatten den Eindruck, dass er sich zu der Teilnahme breit schlagen ließ, weil er schließlich nicht nein sagen konnte, der arme Kerl. Das kommt ihm jetzt teuer zu stehen."

Solche Menschen gibt es, dachte Schwerdtfeger. Es gibt sie öfter, als man denkt.

41

Schwerdtfeger saß mit seiner Frau auf der Terrasse seines Hauses. Es war ein schöner, frühsommerlicher Abend, die Sonne war schon gesunken, ein warmer Wind wehte, und einige Insekten flogen um eine kleine Petroleumlampe, die Frau Schwerdtfeger auf den Tisch gestellt hatte.

Beide hatten ein Glas Wein vor sich auf dem Tisch. Schwerdtfeger hatte seiner Frau von Reinders' Versuch erzählt, ihn zur Mitwirkung an einer „Aktion zur nachträglichen Korrektur der Realität", wie Schwerdtfeger es einigermaßen ironisch ausdrückte, zu gewinnen. Vor dem Gespräch hatte er sich schon die Frage gestellt, ob es sich dabei nicht um einen innerdienstlichen Vorgang handelte, über den er zur Verschwiegenheit auch gegenüber Familienmitgliedern verpflichtet war. Er hatte jedoch entschieden, dass der ganze Vorgang einigermaßen unregelmäßig, ja sogar ungesetzlich war. Konnte es einen Schutz von Dienstgeheimnissen geben, die 'ein wenig außerhalb der Legalität' angesiedelt waren, wie einmal ein Politiker etwas spitz formuliert hatte? Schwerdtfeger hatte diese Frage für sich verneint und hatte seiner Frau alles haarklein berichtet.

Diese schwieg eine Zeit lang und sagte dann: „Wie ich dich kenne, hast du dich besonders über die Vorstellung geärgert, du könntest den Fall abgegeben haben, weil du dich vor der Verantwortung gefürchtet hättest."

„Da hast du völlig recht. Ich habe bisher noch nie vor einem schwierigen Fall gekniffen."

„Und du bist auch derjenige von euch, der die meisten schwierigen Fälle aufgeklärt hat."

„Das hast du jetzt gesagt", sagte Schwerdtfeger, „ich möchte dir aber nicht widersprechen."

„Bescheidenheit ist eine Zier", sagte Frau Schwerdtfeger, „sie ist aber nicht immer zielführend.

Was jetzt den Beratervertrag betrifft, den Reinders erwähnt hat: Ist er da irgendwie ins Detail gegangen?"
„Das ist er nicht, schon weil er gar nicht befugt war, im Namen der Behörde ein Angebot zu machen", erwiderte Schwerdtfeger. „Wenn er, was zu vermuten ist, politische Kontakte hat, so hatte er die Funktion eines Telefons, er gab nur das durch, was man ihm aufgetragen hatte."
„So eine Art von stiller Post", sagte Frau Schwerdtfeger.
„Genau. Von dieser Art der Nachrichtenübermittlung kann man keine hohe Präzision erwarten. Da gibt es jedoch einen grundsätzlichen Aspekt, der mich erheblich stört. Wenn jemand, wie man mir gerne unterstellen möchte, vor einem schwierigen Fall zurück schreckt, ist der dann der richtige Mann, die Polizei zu beraten?"
„Vielleicht", sagte Frau Schwerdtfeger, „ist einfache Logik ja etwas für das gemeine Fußvolk, und die hochklassigen Leute, die die Hebel der Macht in der Hand halten, haben dergleichen Firlefanz gar nicht nötig?"
Schwerdtfeger lachte. „Also das hast jetzt du einfach wieder umwerfend formuliert." Seine Frau fuhr fort:
„Es war durchaus nicht meine Absicht, ein Witzchen zu machen. Mir ist aufgefallen, dass manche Männer, besonders die intelligenten, sich den Blick auf die einfachen Tatsachen des Lebens gelegentlich durch formalistische Irrelevanzen verstellen lassen. Was in dieser Sache doch einzig zählt, ist der politische Wille zur Gestaltung, der sich nur ungern von Bedenken formaler Art verfälschen lässt. Oder, um es für das Fußvolk, zu dem ich uns beide zähle, auszudrücken: Wenn die real existierende Realität bei der Durchführung eines politischen Projektes stört, wird sie eben durch eine besser geeignete Realität ersetzt. Was dich jetzt betrifft, so brauchen sie deine Mitarbeit, um ihre Version der Realität

durchzusetzen. Damit du nicht irgendwann deine Meinung änderst und mit der Wahrheit herausrückst, muss man dich eben kaufen."

„Das hört sich schlüssig an", sagte Schwerdtfeger. „In der Praxis läuft das aber in der Regel so, dass sich der zu Belohnende zunächst einmal fest legt, bei einer Behörde normaler Weise in Schriftform. Darum hat Reinders mir ja eine Erklärung vorgelegt, in der ich zugebe, den Vorsitz der Sonderkommission aus eigenem Antrieb niedergelegt zu Haben. Hätte ich die erst einmal unterschreiben, so könnte ich hinterher nicht mehr zurück. Behörden sind gewohnt, sich abzusichern. Und erst danach würde über meine „Belohnung" entschieden werden. Ich halte es aber für möglich, dass etwas daran ist. Von Beraterverträgen für pensionierte Polizeibeamte habe ich schon gehört, ohne dass ich wusste, was im Einzelfall dahinter steckte."

„Nehmen wir einmal an, das mit dem Beratervertrag wäre ernst gemeint. Würdest du das Angebot annehmen?"

„Ich habe darüber nachgedacht, wollte aber vorher Deinen Rat hören."

Frau Schwerdtfeger schaute ihren Mann prüfend an und sagte dann: „Also ich müsste mich sehr in dir täuschen, wenn du das ernsthaft erwägen würdest. Du bist einfach nicht der Typ dafür, oder irre ich mich?"

„Du irrst dich nicht. Mir macht die ganze Sache erhebliche Bauchschmerzen. Wie du weißt, bin ich eigentlich ein engagierter Polizist und von Haus aus nicht direkt ein Rebell. Daher fällt es mir schon etwas schwer, den Leuten eine Absage zu erteilen. Aber in diesem Fall mitzuspielen, widerstrebt mir noch viel mehr."

„Du fühlst dich einer Idee verbunden, aber nicht notwendiger Weise den Leuten, welche diese Idee zu verwalten haben."

„Du hast Recht, du kannst das besser ausdrücken als ich. Was mich jedenfalls an der ganzen Sache stört, ist die Vorstellung, dass ein Mensch gestorben ist, ohne einen handfesten Grund, nur wegen einer Laune, einer unüberlegten Idee, die gegen den Rat der erfahrenen Fachleute durchgesetzt wurde, und dass derjenige, der diese Idee durchgesetzt hat, nur weil er die Macht dazu hatte, nun nicht zu seiner Verantwortung stehen will, sondern sich feige hinter völlig unbeteiligten Polizisten verstecken will. Ich könnte mich ja auf den Standpunkt stellen, erst kommt das Fressen, dann kommt die Moral, aber hier ist eben ein junger Mensch gestorben, und wenn ich an dieser Vernebelungsaktion mitwirkte, hätte ich immer das Gefühl, ich wäre ein wenig mitschuldig an diesem Tod. Diese Vorstellung würde mich vermutlich für den Rest meines Lebens verfolgen. Meine Mitwirkung an dieser traurigen Angelegenheit kurz vor meinem Ruhestand würde nachträglich alles, was mir in dieser Zeit gelungen ist, und wofür ich all die Jahre gearbeitet habe, irgendwie entwerten. Das muss ich mir so kurz vor dem Ruhestand nicht mehr aufladen. Aber nun haben wir die ganze Zeit davon gesprochen, was ich möchte. Was würdest du mir denn raten?"

Seine Frau sagte: „Das ist eine Entscheidung, mit der du leben musst, und darum ist es am wichtigsten, wie du darüber denkst. Ich glaube, dass eine Annahme von Reinders Vorschlag dich belasten würde. Du bist nicht der harte Kriminalist, der du zu sein scheinst, und ich glaube, du würdest es dir für den Rest deines Lebens zum Vorwurf machen, wenn du jetzt auf diesen Vorschlag eingehen würdest. Du wärst künftig nicht mehr der Alte, und darunter würde ich auch leiden. Darum lautet mein Rat: Lass es."

„Das ist genau das, was ich tun werde", sagte Schwerdtfeger.

Frau Schwerdtfeger sah ihren Mann liebevoll an und sagte: „Etwas anderes hatte ich von Dir auch nicht erwartet. Du hattest diese Entscheidung für dich schon längst gefällt, stimmt's?"

Schwerdtfeger nickte. „Ich wollte aber auf jeden Fall

noch einmal mit dir darüber sprechen. Schließlich geht es hier auch um Geld, und das hat Auswirkungen auf unsere gemeinsame Zukunft."

„Finanziell haben wir das nun wirklich nicht nötig. Wir haben unser Haus abbezahlt, und deine Pension müsste ausreichen, uns komfortabel über die Runden zu bringen. Vergiss auch nicht, dass ich ab 65 eine Rente aus meiner berufstätigen Zeit bekommen werde. Das ist nicht sehr viel, aber es hilft weiter. Viel wichtiger für uns beide ist, dass du mit dir selber im Frieden leben kannst."

„Ich bin froh, dass wir noch darüber gesprochen haben, und dass du der gleichen Ansicht bist. So fällt es mir leichter, morgen hart zu bleiben. Reinders wird das nicht gefallen, aber da kann ich ihm nicht helfen, da muss er dann durch."

„Dann trinken wir jetzt noch einen Schluck auf unseren Beschluss", sagte Frau Schwerdtfeger.

„Wir hatten doch noch Walnüsse, die würden gut zum Wein passen", sagte Schwerdtfeger.

„Ich hole sie mal", sagte Frau Schwerdtfeger und stand auf.

42

Schwerdtfeger wusste, dass Reinders die Angewohnheit hatte, früh zum Dienst zu erscheinen. Er hatte diese Nacht gegen seine sonstige Gewohnheit ein wenig unruhig geschlafen und war morgens ziemlich früh aufgewacht, bevor der Wecker ihn wecken konnte. Also beschloss er, aus der Not eine Tugend zu machen und die Angelegenheit so schnell wie möglich hinter sich zu bringen.

„Herein", sagte Reinders auf sein Klopfen, und, als er eintrat: „Guten Morgen, Herr Schwerdtfeger, nehmen Sie Platz. Sie haben die Angelegenheit überschlafen und wollen mir Ihre Entscheidung mitteilen?"

Schwerdtfeger setzte sich auf den Besucherplatz an Reinders Schreibtisch. „Meine Entscheidung ist unverändert", sagte er und legte Reinders dessen Erklärung wieder auf den Tisch.

Reinders Lächeln wurde langsam weniger und verschwand schließlich wie das Licht einer Lampe, die mit einem Dimmer herunter geregelt wird. „Haben Sie sich diesen Schritt auch gut überlegt?" fragte er. „Ich hatte sehr auf Ihre Mitwirkung gezählt. Ich kenne Sie als einen engagierten Polizeibeamten und hatte gehofft, dass Sie uns nicht im Stich lassen werden. Ihre Behörde braucht Sie, und Sie sollten sich nicht verweigern."

„Ich habe meinen Entschluss reiflich überlegt," erwiderte Schwerdtfeger. „Ich habe auch verstanden, dass mir für den Fall meiner - nun, Kooperation ein Beratervertrag winkt. Ich glaube weiter, dass nach meinem dienstlichen Verhalten in der Vergangenheit mein Dienstherr keine Veranlassung hat, an meinem Engagement zu zweifeln. Ich bin der Auffassung, dass im Fall Ebeling schwere Fehler gemacht worden sind. Ich habe mehrfach darauf hingewiesen, dass es hier im die Sicherheit der Geisel geht und um nichts anderes. Man hat mich nicht verstanden oder nicht verstehen wollen. Schließlich hat mich der Polizeipräsident aus der Sonderkommission herausgenommen. Ich habe zuletzt einen Vermerk geschrieben, um meine Auffassung deutlich zu machen. Den haben Sie mir jedoch zurück geschickt."

„Das ist jetzt nicht der richtige Zeitpunkt für Rechthaberei", unterbrach Reinders ihn gereizt.

Schwerdtfeger sagte mit Festigkeit: „Es geht hier nicht um Rechthaberei, ich war nur gerade dabei, Ihnen meine Entscheidung zu erläutern. Wenn Sie gestatten, würde ich das gerne zu Ende bringen."

Er machte eine kurze Pause, wartete auf Einwände, aber es kamen keine. Dann fuhr er fort: „Jemand hat anders entschieden, als ich das für richtig gehalten hatte. Ich möchte hier darauf verzichten, darüber nachzudenken, wer das war, denn es kann mir schließlich egal sein. Aber wer immer das nun entschieden hat, sollte jetzt zu seiner Entscheidung stehen und sie auch vertreten. Ich wurde aus dem Fall herausgenommen, nicht auf meinen Wunsch, aber nachdem das einmal so entschieden wurde, ist es nicht meine Absicht, in diesem Fall noch nachträglich irgendwie aktiv zu werden."

Reinders schwieg einen Augenblick und sagte dann: „War das nun alles?"

„Das war alles", bestätigte Schwerdtfeger.

„Ich denke", sagte Reinders", dass Sie mit dieser Einstellung Ihrer Verantwortung für das Ganze, für unsere Polizei und für die Freie und Hansestadt Hamburg nicht gerecht werden. Ich gebe ja zu, dass hier Fehler gemacht worden sind, da haben Sie recht. Worum es jetzt geht, ist, den Schaden, der aus diesen Fehlern entstehen kann, zu minimieren."

Habe ich eine Verantwortung für die Hamburger Polizei als Ganzes? überlegte Schwerdtfeger. Ich dachte, ich sei Kriminalist, zuständig für die Lösung der mir übertragenen Kriminalfälle, und für die Polizei als Ganzes gäbe es jemanden, der dafür extra besoldet wird, und zwar viel höher als ich. Das ist jetzt aber die Gelegenheit, mehr über den Hintergrund herauszufinden, denn er möchte mich überzeugen. Und er fragte: „Könnten Sie das mit der Schadensminimierung etwas genauer erklären?"

Reinders suchte offensichtlich nach den passenden Worten. Er geht auf dünnem Eis, dachte Schwerdtfeger. Reinders sagte: „Diese Sache hat in meinen Augen einen grundsätzlichen Aspekt. Unser Innensenator" (jetzt kommt es, dachte Schwerdtfeger) „ist angetreten, um Recht und Gesetz in Hamburg wieder Geltung zu verschaffen. Diese seine Mission ist ebenso notwendig wie ehrenwert, und wir alle sollten ihn dabei unterstützen. Nun ist diese Panne geeignet, seine Arbeit zu beeinträchtigen. Sie können ihn jedoch dabei

unterstützen. Damit würden Sie sich einen Verdienst um
die rechtsstaatliche Sache erwerben" (und einen
Beratervertrag bekommen, dachte Schwerdtfeger).
Nun bin ich wieder dran, dachte Schwerdtfeger und
sagte: „Danke für Ihre Erläuterungen. Ich verstehe,
was Sie meinen. Aber ich kann mich Ihrem Standpunkt
nicht anschließen. Um es deutlich zu sagen, ich bin zu
einer Mitwirkung in dem von Ihnen gewünschten Sinne
nicht bereit."
Nun dauerte Reinders' Schweigen wesentlich länger.
„Schade, dass Sie in dieser Hinsicht so unflexibel
sind. Ich habe Sie immer für ein wenig blauäugig
gehalten", sagte er dann. „Ich hatte schon befürchtet,
dass unsere Unterredung so enden würde, aber es war
schließlich einen Versuch wert. Aber lassen wir dass,
es hat wohl keinen Sinn. Ich habe aber noch eine
andere Frage. Es geht um den Tod des
Sicherheitstransport-Begleiters von der 'Hammonia
Werttransporte GmbH'. Sie haben bei der Rechtsmedizin
beantragt, das Gewebematerial unter den Fingernägeln
des Ermordeten auf Übereinstimmung mir Ebelings Gewebe
untersuchen zu lassen. Ist das wirklich noch
notwendig?"
Nun war Schwerdtfeger ehrlich verwirrt. „Warum sollte
das nicht mehr notwendig sein?" fragte er.
„Die Untersuchung verursacht erhebliche Kosten, und
Ebeling ist doch nun tot", erläuterte Reinders.
Heilige Einfalt, dachte Schwerdtfeger (heute dachte er
in Deutsch), der Mann hat überhaupt nicht begriffen,
warum diese Untersuchung durchgeführt werden muss.
„Ich habe den Auftrag, den Mordfall an dem Wachmann
aufzuklären", sagte er. „Bisher liegt kein Beweis
dafür vor, dass Ebeling ihn wirklich umgebracht hat.
Es erscheint auf Grund der Begleitumstände lediglich
wahrscheinlich. Bevor aber kein Beweis für Ebelings
Täterschaft vorhanden ist, könnte es ja auch ein
anderer gewesen sein. Solange der Täter nicht
eindeutig feststeht, ist der Fall nicht abgeschlossen

und es könnte ja sein, dass der Täter noch frei herum läuft. Um den Mord aufzuklären, und das ist schließlich mein Auftrag, wenn ich ihn richtig verstanden habe, muss diese Untersuchung daher durchgeführt werden."

Reinders bekam einen roten Kopf (nanu, dachte Schwerdtfeger, er hat ja gelegentlich ganz menschliche Züge) und nickte zum Zeichen seines Einverständnisses. Damit war Schwerdtfeger entlassen.

Schwerdtfeger saß in seinem Büro und wunderte sich. Er versuchte, sich in die Lage derjenigen zu versetzen, die in dieser Affäre die Fäden zogen. Er fand die Art der beabsichtigten Vertuschung nicht besonders geschickt. Er selber, den man scheinbar als zweiten Sündenbock (nach Michaelis) ausgewählt hatte, war innerhalb der Hamburger Polizei einigermaßen bekannt. Viele seiner Kollegen würden vermutlich einfach nicht glauben, dass er die Leitung der Sonderkommission niedergelegt hätte, weil er sich nicht zugetraut hätte, den Fall Ebeling fachgerecht zu Ende zu bringen. Er hatte in der Vergangenheit schon weit schwierigere Fälle erfolgreich bewältigt.

Die Mitglieder der Sonderkommission „Schweinchen Schlau", die den Fall von Anfang an mit erlebt hatten, wussten das sowieso besser. Aber kam es darauf an, was die Kollegen glaubten und einander in den Kantinen beim Mittagessen erzählten oder ging es eher darum, was die Öffentlichkeit glaubte? Die würde das glauben, was die Medien veröffentlichten, und die veröffentlichten das, was sie als kopiertes Statement von der Pressestelle der Polizei bekamen. Allerdings könnte auch in den Zeitungen das eine oder andere Fragezeichen auftauchen, denn die Polizeireporter hatten öfter über Schwerdtfegers Fälle berichtet.

Nun hatte Reinders' Versuch, seine Version der Realität durchzusetzen, nicht geklappt. Wie würde es weiter gehen? Was würde er, Schwerdtfeger, jetzt unternehmen, wenn er diese Vertuschung zu organisieren hätte?

Rein logisch gesehen, dachte er, gibt es jemanden, der viel geeigneter ist, nach außen hin die Verantwortung für diesen so vollständig aus dem Ruder gelaufenen Fall zu übernehmen, nämlich Dr. Guilleaume, den Polizeipräsidenten. Der hatte Schwerdtfeger nämlich schriftlich von der Leitung der Sonderkommission suspendiert. Als Polizeipräsident war er sowieso mindestens dem Namen nach für alles verantwortlich, was innerhalb der Hamburger Polizei geschah. Die Abberufung Dr. Guilleaumes hätte in den Augen des Innensenators noch den zusätzlichen Charme, dass er den Posten des Polizeipräsidenten mit einem seiner Parteigänger besetzen könnte. Bingo! dachte Schwerdtfeger, das wäre doch die perfekte Lösung des Problems. Warum nur sind die Realitätserschaffer nicht darauf gekommen?

Und was sollte er von Reinders unglaublichem Vorschlag halten, die Untersuchung der Gewebespuren unter den Fingernägeln des Transportbegleiters einzusparen, weil Ebeling ja nun tot war? Reinders ist ja kein Dummer, überlegte Schwerdtfeger, er ist vielleicht etwas oberflächlich. Es wird sich vermutlich so verhalten, dass er derart mit der Vertuschung des in der Ebeling-Angelegenheit begangenen Fehlers beschäftigt war, dass er einfach keine Zeit mehr hatte, über die Trivialitäten des Tagesgeschäftes nachzudenken. „First things first", lautete, im besten Manager-Neudeutsch, einer seiner Lieblingsaussprüche, und da die Politik scheinbar Vorrang hatte, hatte er eben „Prioritäten gesetzt".

Schwerdtfeger dachte über Reinders nach. Dessen Gerede über seine angeblichen bürokratischen Verhaltensweisen hatte ihn doch mehr geärgert, als er sich das selber eingestehen wollte. Reinders wollte ihn, Schwerdtfeger, für eine Vertuschungsaktion gewinnen, hatte ihn jedoch schon vorher vor den Kopf gestoßen. Eigentlich, dachte er, steht sich Reinders mit seiner etwas spontanen und undiplomatischen Art, mit Menschen umzugehen, bei seinen hochfliegenden Plänen selber ein wenig im Wege. Aber vielleicht schadete das gar nicht, wenn man nur den richtigen Rückenwind hätte? Ist es bei uns so, dass jemand Karriere machte, der abgesehen von dem dringenden Wunsch danach über keinerlei Qualifikation verfügte? Vielleicht hing eine Karriere auch gar nicht von der Leistungsfähigkeit des Betroffenen ab, sondern nur davon, dass der jemanden fand, der ihn förderte, aus welchen Gründen auch immer?

Schwerdtfeger wusste das nicht so genau, würde Reinders aber weiterhin beobachten. Seine Kollegen würden ihn auch als Pensionär auf dem laufenden halten. Es gab auch einen Klub der pensionierten Polizeibeamten, deren Mitglieder sich regelmäßig trafen. Dort wurden, wie er gehört hatte, immer Informationen über die neuesten Entwicklungen bei der Behörde ausgetauscht. Schwerdtfeger vermutete, dass diese Nachrichtenbörse nur dazu da war, den Ehemaligen das Gefühl zu geben, noch ein wenig dazuzugehören.

Dr. Leandros rief an. „Hallo, Herr Schwerdtfeger, ich habe soeben Ihren Antrag auf Untersuchung der Gewebeproben auf den Tisch bekommen. Ich hatte ihn eigentlich schon lange erwartet."

„Er wurde hier bei uns durch interne Überlegungen ein wenig verzögert", sagte Schwerdtfeger trocken.

„Soso? Interne Überlegungen? Na, ich habe die Untersuchung schon einmal durchgeführt, sie musste sowieso gemacht werden. Und nun raten Sie, was dabei herausgekommen ist?"

„Die Gewebeteile stammen von Ebeling", vermutete Schwerdtfeger.

„Genau! Ich habe an Ebelings Leiche die entsprechenden Kratzspuren gefunden, übrigens an seinem rechten Handgelenk. Und das bedeutet, dass Sie den Fall gelöst haben. Ebeling hat Seehaus umgebracht. Bloß gut, dass Sie mich auf die Untersuchung auf Gewebereste angesprochen haben. Tut mir leid, dass ich das nicht sofort geprüft habe."

„Kein Problem. Wir machen alle Fehler."

„Die einen machen kleine Fehler, andere machen große", äußerte Dr. Leandros viel sagend.

„Sie sagen es", erwiderte Schwerdtfeger. „Ich bekomme noch den Bericht von Ihnen?"

„Steckt schon im Computer. Ich habe übrigens noch etwas herausgefunden, was Sie eventuell interessiert."

„Und das wäre?" wollte Schwerdtfeger wissen.

„Ich habe, wie es meines Amtes ist, die Leiche von Sandra Möller obduziert. Der Todesschuss stammte eindeutig aus Ebelings Pistole. Und was glauben Sie, was ich da noch an Interessantem herausgefunden habe?"

„Lassen Sie mich raten. Sie war schwanger."

„Genau" sagte Dr. Leandros verblüfft. „Wie kommen Sie jetzt darauf?"

„War vielleicht Gedankenübertragung. Im wievielten Monat war sie denn? Und haben Sie die DNA des Embryos bestimmt?"

„Im vierten, und ja, ich habe die DNA bestimmt. Sie ist also verfügbar."

Ob diese Tatsache irgendwelche interessanten Aspekte eröffnete? Schwerdtfeger würde darauf zurück kommen. Aber im Moment gab es Dringenderes zu tun.

Schwerdtfeger dachte über den Mordfall Seehaus nach. Eindeutig fest stand nur, dass Ebeling Seehaus erschlagen hatte. Stand es wirklich 'eindeutig' fest oder sollte er besser formulieren, von einer Ermordung Seehaus' durch Ebeling sei 'mit an Sicherheit grenzender Wahrscheinlichkeit' auszugehen? Immerhin war keine Mordwaffe vorhanden. Was war denn zweifelsfrei bekannt?

Schwerdtfeger machte sich daran, seinen Bericht zu formulieren.

KHK Manfred Schwerdtfeger, LKA 23-1
HH, 04. Juni 2002

Abschlussbericht zum Mordfall Hartmut Seehaus.

Auftrag erteilt am: 30.05.2002
Durch: KOR Reinders
Untersuchungen abgeschlossen am: 04. 06. 2002

Ergebnisse:

Hartmut Seehaus, geb. 27.11.60, Angestellter der
'Hammonia Werttransporte GmbH', nicht vorbestraft,
wurde ermordet. Seehaus' Leiche wurde im
Holländischbrookfleet gefunden und am 27.05. um 06:18
auf der Polizeinotrufnummer durch einen Anrufer, der
sich nicht identifizierte, gemeldet.
Der Tod trat ein durch einen mit großer Gewalt von
vorn oben geführten Schlag auf den Schädel des
Getöteten. Die Mordwaffe wurde nicht gefunden. Eine
Suche danach erscheint wenig Erfolg versprechend, da
durch Strom- und Gezeitenversatz der Fundort der
Leiche mit Sicherheit nicht deren Versenkungsort ist.
Als Mordwaffe wurde wahrscheinlich eine Metallstange
von etwa 3 cm Durchmesser verwendet (s. hierzu
anliegenden Bericht der rechtsmedizinischen
Abteilung).
Beim Getöteten wurde Gewebematerial unter den
Fingernägeln festgestellt, das nach genetischer
Untersuchung von Maik Ebeling, geb. 13.03.1967,
vorbestraft wegen Mordes, schweren Raubes,
Körperverletzung, räuberischer Erpressung, stammt.
Dieser weist entspr. Kratzspuren am rechten Handgelenk
auf (s. hierzu Bericht der rechtsmedizinischen
Abteilung). Demnach ist davon auszugehen, dass ein
Kampf zwischen den beiden statt gefunden hat.
Der Getötete und Ebeling kannten sich. Sie wurden am
26. Mai zusammen in der Gaststätte „Zum
Klabautermann", Deichstraße 24, HH 20459, gesehen (s.
hierzu beiliegende Zeugenaussagen). Sie hatten dort

einen Streit (s. hierzu beiliegende Aussage des Zeugen Heinrich Töwe). Sie verließen den „Klabautermann" kurz vor Mitternacht am 26. Mai (Zeugenaussage der Mitinhaberin des 'Klabautermann', Elisabeth Jansen). Nach Angaben der Rechtsmedizin trat der Tod am 27.05. ungefähr zwischen 0:30 Uhr und 4:30 Uhr ein.
Ebeling beging am nächsten Tag, dem 27. Mai 2002, den Banküberfall auf die Zweigstelle 14 der HanseBank (Einzelheiten hierzu s. Bericht der Sonderkommission „Schweinchen Schlau"). Der Zweigstellenleiterin, Frau Regine Niemeyer, sagte aus, dass Ebeling sich bei der von ihm erpressten Übergabe des im Tresor der Zweigstelle 14 befindlichen Geldbetrages von etwa € 58.000.- in dem Sinne äußerte, dass er einen erheblich höheren Betrag erwartet hätte .
Frau Niemeyer sagte weiter aus, dass für den frühen Morgen des 27. Mai ein Geldtransport der Firma „Hammonia Werttransporte GmbH" im Wert von über 1 Millionen € erwartet wurde. Für diesen Transport war Hartmut Seehaus als Begleiter eingeteilt. Dieser Transport traf jedoch nicht ein (s. hierzu die beigefügte Aussage der Frau Regine Niemeyer).
Nach Aussage des Geschäftsführers der Firma 'Hammonia Werttransporte GmbH'
(Anlage) wurde die Geldsendung in Absprache mit der Zentralstelle der HanseBank auf eine andere Zweigstelle umgeleitet, nachdem das Verschwinden des Mitarbeiters der Werttransportfirma Hartmut Seehaus von deren Geschäftsleitung bemerkt wurde.
Aus allen diesen Tatsachen erscheint folgende Tathergangsrekonstruktion als sehr wahrscheinlich: Ebeling machte die Bekanntschaft von Seehaus und machte sich an ihn heran in der Absicht, von ihm Informationen über Zeit und Ziel geplanter Werttransporte zu erlangen. Bei dem gemeinsamen Gaststättenbesuch der beiden am Abend des 26. Mai erlangte Ebeling offensichtlich Informationen über einen für den frühen Morgen des 27. Mai 2002 geplanten

Transportes in die Zweigstelle 14 der HanseBank. Bei diesem Transport sollte ein Betrag von € 1,4 Mio geliefert werden. Es kam zum Streit zwischen den beiden, als Seehaus möglicherweise Verdacht in Bezug auf Ebelings Absichten schöpfte. Offensichtlich gelang es Ebeling jedoch zunächst, Seehaus' Verdacht zu zerstreuen. Anlässlich eines gemeinsamen Spazierganges in der Speicherstadt, den die beiden nach Verlassen der Gaststätte unternahmen, flammte der Streit erneut auf, es kam zum Kampf zwischen den beiden und schließlich zum Mord an Seehaus, den Ebeling vermutlich in der Absicht ausführte, den von ihm geplanten Überfall auf die Zweigstelle 14 der HanseBank nicht in letzter Minute zu gefährden.
Was Ebeling bei dem Mord als Waffe diente, ob er diese bei sich geführt, zufällig gefunden oder irgendwo in der Nähe des Tatortes versteckt hatte und wo diese sich jetzt befindet, sind Fragen, die sich wahrscheinlich nie mehr klären lassen, da die beiden Beteiligten, die als Einzige etwas darüber hätten aussagen können, tot sind. Ich halte die Klärung dieser Fragen jedoch für zweitrangig. Der Mordfall erscheint dem Ablauf nach geklärt zu sein. Es wäre meines Erachtens in wirtschaftlicher Hinsicht nicht zu vertreten, hier noch weiteren Aufwand zu treiben.
Welche Rolle Ebelings Kumpan bei der ganzen Angelegenheit spielte, ist hier nicht bekannt und gehört meines Erachtens auch nicht zum Auftragsumfang. Auf den (mir zur Zeit noch nicht vorliegenden) Bericht der Sonderkommission „Schweinchen Schlau" wird verwiesen.

Schwerdtfeger, KHK.

Anlagen

Schwerdtfeger leitete den Bericht an Reinders, der ihn an seinen eigenen Vorgesetzten weiter senden würde. Er schickte auch eine Kopie an Michaelis, den Leiter der inzwischen aufgelösten Sonderkommission 'Schweinchen Schlau'.

43

Es klopfte an Schwerdtfegers Bürotür, Kollege Pauli trat ein. Er trug heute Jeans und ein T-Shirt mit einem dicken blauen horizontalen Streifen auf der Brust. „Stand des Hamburger Hochwassers am 17. Februar 1962" lautete der dazu gehörige Text. „Grüß Dich, Manfred, es geht das Gerücht um, du hättest den Fall des Toten im Holländischbrookfleet schon gelöst. Stimmt das?"
„Gibt es da ein Gerücht?" fragte Schwerdtfeger. „Hier hast du die Fakten dazu." Er gab Pauli seine Kopie des eben fertig gestellten Berichtes.
Pauli las den Bericht und pfiff dann durch die Zähne. „Gratuliere zum schnellen Erfolg. Das hättest du eigentlich gar nicht bearbeiten dürfen, das fällt voll in den Zuständigkeitsbereich der Sonderkommission", sagte er.
„Da bin ich mal gespannt, ob Reinders das auch auffällt", erwiderte Schwerdtfeger. „Von dem habe ich nämlich den Auftrag. Der Objektivität halber muss man aber anmerken, dass dieser Zusammenhang zunächst durchaus nicht klar war. Der stellte sich erst im Zuge der Ermittlungen heraus."
„Du verstehst es sicher nicht falsch, Manfred", sagte Pauli, „wenn ich behaupte, deine Arbeit ist der einzige konstruktive Beitrag zur Arbeit der Sonderkommission seit deinem Rausschmiss. Unter Michaelis trat die SoKo nicht nur auf der Stelle, es ging sogar im Rückwärtsgang."
„Danke für die Anerkennung", sagte Schwerdtfeger. „So was tut mitunter gut. Dass sich die Kommission im Rückwärtsgang bewegte, nachdem Michaelis ihr Leiter

war, ist übrigens weniger seine Schuld."
„Schon klar, Manfred, es lebe die altmodische
Fairness. Sein Fehler war, dass er den Einflüsterungen
unserer führenden Polizeistrategen nicht widerstanden
hat."
„Es ist eben nicht jeder von uns ein geborener
Rebell."
„Leider wahr. Es gibt übrigens noch ein weiteres
Gerücht", fuhr Pauli fort. „Dem Vernehmen nach
bekommen wir bald einen neuen Polizeipräsidenten."
Nun war es an Schwerdtfeger, durch die Zähne zu
pfeifen.
„Was ist, Manfred, fällt dir etwas dazu ein?" wollte
Pauli wissen.
„Dazu fällt mir Verschiedenes ein. Mir fällt zum
Beispiel ein, dass ein Schuldiger für diese ganze
verkorkste Aktion gebraucht wird. Wenn sich sonst kein
Freiwilliger findet, der diese Rolle übernehmen will,
ist Dr. Guilleaume dazu ein geeigneter Kandidat. Er
hat mich schließlich schriftlich aus der Arbeit der
SoKo entlassen. Weiter fällt mir ein, dass der
derzeitige Polizeipräsident noch von der inzwischen
abgewählten Regierung eingesetzt wurde. Das ist jetzt
die Gelegenheit für den Innensenator, ihn durch ein
Mitglied seiner eigenen Partei zu ersetzen."
„Donnerwetter, auf den Aspekt war ich ja noch gar
nicht gekommen, aber du hast sicher recht. Es gibt
übrigens noch etwas Neues von der JVA-Front.
Interessiert?"
„Aber ja. Schieß los."
„Das habe ich wieder von meinem Gewährsmann in der
Justizvollzugsanstalt. Da läuft gerade ein Verfahren
gegen Dr. Müller."
„Weiß ich schon", sagte Schwerdtfeger.
„Was du aber wahrscheinlich noch nicht weißt: Man hat
Dr. Müller inzwischen nachweisen können, dass Ebeling
auf der Baustelle seines privaten Hauses mitgearbeitet
hat."

„Das ist ja ein Ding! Weißt du, wie man das herausbekommen hat?"

„Ebeling hat die Elektroinstallationen von Dr. Müllers Haus gemacht, er ist ja gelernter Elektroinstallateur. Er hat offensichtlich auch die dafür notwendigen Materialbestellungen durchgeführt. Das ganze Zeug wurde von der Elektrofirma an die Baustelle geliefert, und Ebeling hat den Lieferschein mit seinem vollen Namen unterschrieben. Diesen Lieferschein hat man gefunden."

„Es ist erstaunlich, wie solche Sachen immer heraus kommen. Warum hat Ebeling nicht mit irgend einem unleserlichen Namen unterschrieben?"

Pauli lächelte und zwinkerte Schwerdtfeger zu. „Da kommst du bestimmt ganz alleine drauf."

Schwerdtfeger überlegte einen Moment und sagte dann: „Mensch, Günter, natürlich! Ebeling wollte etwas gegen Dr. Müller in der Hand haben. Hätte der nicht bei seiner vorzeitigen Entlassung mitgespielt, wäre seine Zweckentfremdung als Schwarzarbeiter auf Dr. Müllers privater Baustelle irgend wann heraus gekommen, rein zufällig, versteht sich."

„Eben", sagte Pauli. „Die Leute von der JVA rechnen damit, dass sie über kurz oder lang einen anderen Leiter bekommen."

„Das glaube ich auch", sagte Schwerdtfeger. „Mir fällt übrigens noch etwas ein."

„Schieß los, Manfred."

„Du trägst gelegentlich so interessante T-Shirts. Neulich hattest Du eins, das vom großen Brand von 1842 übrig geblieben war, mit Original-Brandflecken, heute trägst du eins, das zeigt, wie hoch das Hochwasser 1962 war. Überprüfen kannst du das übrigens nicht, damals warst du ja noch gar nicht geboren."

Pauli lachte. „Ich kenne da so ein Shop, das Hamburgensien verkauft, und ich finde diese T-Shirts ganz witzig."

„Außerdem dienen sie der Fortbildung der Quidjes, die

auf diese Weise erfahren, dass es 1842 in Hamburg gebrannt hat und dass es 1962 ein schlimmes Hochwasser gab."

„Weißt du, die meisten gebürtigen Hamburger wissen mindestens das mit dem Brand auch nicht so genau. Wahrscheinlich haben wir das ja einmal in der Schule gelernt, aber wenn das so war, habe ich es jedenfalls wieder vergessen."

Der Amtsbote brachte die Post, und Schwerdtfeger schaute seine Eingänge durch. Reinders hatte seinen Seehaus-Bericht noch einmal bei ihm vorbei geleitet, bevor er an die höheren Instanzen ging. Er wollte ihm doch nicht seine Anerkennung aussprechen für die schnelle Aufklärung des Falles? Das sähe ihm nun gar nicht ähnlich. Er sah den Bericht genauer an. Reinders hatte neben dem Teil, den Schwerdtfeger als aus den Fakten abgeleitete Tathergangsrekonstruktion bezeichnet hatte, mit seinem blauem Fasermaler angemerkt „Spekulativ, da durch Tatsachen nicht ausreichend belegt".

Kotzbrocken, dachte Schwerdtfeger. Reinders war es doch, der immer betonte, dass es bei der Fallaufklärung darauf ankam, auf Kostenminimierung zu achten. Nur die zur Fallklärung wesentlichen Ermittlungen waren zulässig, überflüssige Untersuchungen hatten zu unterbleiben, das war man dem Steuerzahler schuldig, so sein O-Ton. Na warte, dachte Schwerdtfeger, dir spiele ich jetzt einen Streich. Und er schrieb mit schwarzem Fasermaler darunter: „Wenn Sie es anordnen, ermittle ich weiter, um zu versuchen, den 'spekulativen' Teil mit Tatsachen zu untermauern. Man könnte damit anfangen, die Fleets nach der Tatwaffe absuchen zu lassen."

Dann schickte er den Vorgang an Reinders Vorgesetzten. Der würde den Kopf über diesen Notenwechsel schütteln. Westerkamp hatte einmal zu Schwerdtfeger gesagt: „Manchmal schafft es nur der absolute Gehorsam, die Absurdität einer Anordnung deutlich zu machen."

Schwerdtfeger beantragte einige Tage Urlaub. Es waren im Garten Arbeiten zu verrichten, die er seiner Frau nicht zumuten wollte, im Haus stand die eine oder andere Reparatur an. In einem Haus ging immer etwas kaputt, das war nur eine Frage der Zeit. Schwerdtfeger konnte sich in den meisten Fällen selber helfen, nur in schwierigen Fällen wurden Handwerker gerufen. Außerdem wollte er wieder ein wenig Abstand gewinnen zu den unerfreulichen Ereignissen der vergangenen Tage.

44

Schwerdtfeger saß mit seiner Frau auf der Terrasse seines Hauses. Das gemeinsame Frühstück war beendet, das Geschirr aber noch nicht abgeräumt. „Es tut richtig gut, einmal ausschlafen zu können", sagte Schwerdtfeger. „Man kann in Ruhe frühstücken, miteinander reden, anschließend die Zeitung lesen."
„Bald kannst du das ja jeden Tag", sagte Frau Schwerdtfeger. „Du wirst ja in wenigen Monaten pensioniert, dann besteht dein Leben nur noch aus Freizeit. Was hast du übrigens heute vor?"
„Wenn ich die Zeitung gelesen habe, will ich mich etwas im Garten betätigen. Das Wetter ist schön. Und ich könnte zum Beispiel den Rasen mähen."
„Das ist eine gute Idee. Du könntest auch das Blumenbeet hinter der Terrasse einmal neu bepflanzen. Die Stauden, die dort stehen, sind schon ziemlich alt."
„Dann müsste ich neue im Gartencenter besorgen?" fragte Schwerdtfeger.
„Ganz recht, und du könntest bei der Gelegenheit auch noch etwas Kompost unter die Erde mischen. Es ist übrigens noch etwas Kaffee da. Möchtest du noch eine Tasse?"
„Gerne", sagte Schwerdtfeger, und während seine Frau ihm die Tasse voll schenkte, griff er nach der

Zeitung.

Die Schlagzeile auf der fünften Seite, die mit „Hamburg, unsere Stadt" überschrieben war, sprang ihn förmlich an: „Hamburger Polizeipräsident Dr. Guilleaume zurückgetreten." Der Artikel besagte, dass Dr. Guilleaume aus gesundheitlichen Gründen um seine Entlassung gebeten hatte. Der Innensenator nahm den Rücktrittsantrag an und dankte Dr. Guilleaume für die der Stadt geleisteten Dienste. In einem Kommentar wurde die Meinung geäußert, der Polizeipräsident übernehme mit seinem Rücktritt die Verantwortung für das unglückliche Agieren der Hamburger Polizei in der „Geiselaffäre". „Damit ist die Chance für einen Neuanfang bei unserer Polizei gegeben. Eine Reform unserer Polizei an Haupt und Gliedern tut Not. Mit dem Rücktritt des Polizeipräsidenten Dr. Guilleaume, der noch unter dem abgewählten Regime in sein Amt berufen wurde, ist ein Anfang gemacht. Weitere Schritte müssen folgen, damit die berühmt-berüchtigten Hamburger Verhältnisse endlich überwunden werden."

Schwerdtfeger knüllte die Zeitung zusammen und warf sie auf den Boden.

„Was ärgert dich denn so?" wollte seine Frau wissen. Schwerdtfeger hob die Zeitung auf, schlug die dritte Seite auf und reichte sie seiner Frau. Diese las mir gerunzelter Stirn, faltete die Zeitung dann zusammen und legte sie auf den Stuhl neben sich.

„Das ist einfach unglaublich", sagte sie. „Wollen die Zeitungsmacher uns für dumm verkaufen oder wissen sie es selber nicht besser?"

„Ich vermute das letztere", antwortete Schwerdtfeger. „Die Reporter schreiben das, was ihnen der Öffentlichkeitsbeamte des Innensenators erzählt oder zufaxt."

„Stellen die denn keine eigenen Ermittlungen an?" fragte Frau Schwerdtfeger.

„Das glaube ich nicht. Ich habe kürzlich irgendwo gelesen, dass die Zeiten des investigativen

Journalismus vorüber sind. Gründe dafür wurden in dem Artikel nicht gegeben. Ich denke, es gibt keine rasenden Reporter mehr, weil die mit wilden Skandalgeschichten vielleicht bei ihren eigenen Geschäftsleitungen anecken würden, wenn nämlich ihre Stories nicht in die von der Zeitung vertretene politische Richtung passen. Außerdem wäre das schlecht für die Einnahmen aus der Anzeigenwerbung. Da gehen sie dann lieber auf Nummer Sicher und halten sich an die offiziellen Verlautbarungen."

„Du meinst also, sie wollen es nicht besser wissen?"

„So ungefähr. Aber ich glaube, ich werde mich jetzt im Garten betätigen. Es ist schönes Wetter, und etwas körperliche Bewegung tut mir gut."

„Gute Idee. Den Wagen brauchst du also nicht?"

„Nein."

„Dann werde ich einkaufen fahren. Wenn ich noch Zeit habe, fahre ich beim Gartencenter vorbei und bringe neue Stauden mit."

Die Sonne schien warm vom Himmel, und Schwerdtfeger machte sich daran, den Rasen zu mähen. Solche mehr oder minder mechanischen Tätigkeiten ließen den Gedanken freien Lauf, und es war nur natürlich, dass Schwerdtfeger sich mit den Ereignissen der jüngsten Vergangenheit beschäftigte. Er erinnerte sich an die Unterredung, die er bei Dr. Guilleaume hatte. Die Situation, vor der er   Dr. Guilleaume gewarnt hatte, war eingetreten. Der Präsident hatte seine Warnung in den Wind geschlagen, wohl, um seinen Posten zu retten, aber sein Gehorsam hatte ihm nichts genützt. Was wäre geschehen, wenn er sich geweigert hätte, dem Drängen Krauses nachzugeben, wenn er Schwerdtfegers Standpunkt eingenommen hätte? Schwerdtfeger zweifelte nicht daran, dass es unter seiner Regie einen, höchstens zwei Tage länger gedauert hätte, den Fall zu einem guten Ende zu bringen. Auch dann wäre der Präsident sicher abgelöst worden, das lag einfach in der politischen Logik, aber

sicher nicht sofort, weil es ja keinen aktuellen
Anlass gegeben hätte. Aber was viel wichtiger war: Er
hätte sich nicht selber vorwerfen müssen, durch seinen
Gehorsam zum frühen Tod eines jungen Menschen
beigetragen zu haben.
Mit dem Mannesmut vor Königsthronen, dachte
Schwerdtfeger, haben manche von uns so ihre Probleme.
Oder war eine gewisse Flexibilität der
Meinungsbildung, der gelegentliche Verzicht auf die
Verteidigung einer eigenen, als richtig erkannten
Position, vielleicht eher ein Auswahlkriterium für
höhere Führungsposten in der Beamtenhierarchie?
Wer würde wohl neuer Polizeipräsident werden? Ihm fiel
spontan Dr. Hausen ein. Schwerdtfeger musste zugeben,
dass dessen schnelles und hartes Vorgehen im Fall des
JVA-Leiters Dr. Müller ihm imponiert hatte. Dr. Hausen
schien eine Persönlichkeit zu sein, die im Stande
wäre, etwas zu bewegen. Wie hätte sich Dr. Hausen wohl
verhalten, wenn er in der Lage Dr. Guilleaumes gewesen
wäre? Darüber konnte Schwerdtfeger nur spekulieren.
Der Rasen war fertig gemäht, Schwerdtfeger brachte den
Rasenschnitt auf den Kompost, als das Familienauto in
die Garageneinfahrt fuhr. Seine Frau war mit den
Einkäufen zurück.
„Hilfst Du mir mal mit diesem Kasten? Ich habe dir
auch etwas mitgebracht."
Schwerdtfeger trug den Pappkarton mit Einkäufen in die
Küche. Sein Frau hielt eine Boulevardzeitung in der
Hand.
„Möchtest Du Volkes Stimme zum Geiselskandal
erfahren?" fragte sie. „Ich möchte Dich aber gleich
warnen, diesen Quatsch nicht allzu ernst zu nehmen."
Schwerdtfeger setzte sich mit der Zeitung auf die
Terrasse. Auf der ersten Seite war ein Bild des
Fluchtwagens abgebildet. Durch ein geöffnetes Fenster
sah man die getötete Geisel zusammengesunken auf dem
Rücksitz des Wagens sitzen. „Warum musste diese Frau
sterben?" lautete die Überschrift in fünf Zentimeter

245

hohen roten Buchstaben. Zunächst wurden die Fakten über die letzte Phase dargestellt, dann begann die Meinungsmache. „Die Freie und Hansestadt Hamburg beschäftigt über eintausenddreihundert Kriminalbeamte. Von den Arbeitsbedingungen dieser Staatsdiener kann die arbeitende Bevölkerung" („arbeitende Bevölkerung", so eine Gemeinheit, dachte Schwerdtfeger) „nur träumen. Sie sind unkündbar, leisten keinerlei Zahlungen für eine Alterssicherung und bekommen Weihnachtsgeld, Urlaubsgeld und nach ihrer Zurruhesetzung ein Altersruhegeld, das für die meisten von uns unerreichbar ist. Sollten die Steuerzahler, die diesen Leuten alles das finanzieren, für all diese Privilegien nicht erwarten dürfen, dass sie wenigstens ordentliche Arbeit leisten? Der Polizeipräsident Dr. Guilleaume ist zurück getreten. Das ehrt ihm, aber löst das Problem noch nicht. Es wird wirklich hohe Zeit, dass der neue Innensenator die Ärmel aufkrempelt und die ihm unterstellten Polizeibeamten zum produktiven Arbeiten bringt. Dabei wünschen wir ihm viel Erfolg."

Na prima, dachte Schwerdtfeger, da lassen wir ja jemanden ran, der weiß, welche Fehler man künftig vermeiden muss.

Abends sah Schwerdtfeger im Regionalfernsehen ein Interview mit Innensenator Krause. „Welche Gründe haben Ihrer Ansicht nach zu der Katastrophe von Beckedorf geführt? Wir bitten Sie um eine ehrliche Analyse."

Das ist eine ziemlich neutrale Frage, dachte Schwerdtfeger. Innensenator Krause antwortete: „Ich muss leider sagen, dass die Qualität der Arbeit unserer Polizei noch nicht meinen Erwartungen entspricht. Ich habe gewusst, dass ich ein schweres Erbe von der Vorgängerregierung übernehmen würde. Aber ich werde die Ärmel aufkrempeln und an die Arbeit gehen. Und ich habe einen ausgezeichneten Mann, der mich dabei unterstützen wird. Das ist Dr. Hausen,

unser neuer Polizeipräsident. Ich kenne ihn und seine
Führungs- und Managerqualitäten schon länger und weiß,
dass ich mich auf ihn verlassen kann."
Meine Ahnung war also richtig, dachte Schwerdtfeger.
Das Telefon klingelte. Kollege Pauli war dran. "Hallo,
Manfred, wie schmeckt denn der Urlaub?"
„Nach mehr", sagte Schwerdtfeger.
„Das höre ich aber gar nicht gern. Was ich an dir als
Teamleiter habe, weiß ich, aber was nach dir kommt,
weiß ich nicht. Weißt du übrigens schon, wer unser
neuer Präsident ist?"
„Überraschung, ich weiß es schon. Es ist Dr. Hausen.
Der war sowieso schon mein Geheimtipp."
„Aber jetzt kommt etwas, das du noch nicht weißt. Dr.
Guilleaume hat den Portugaleser bekommen."
Das war die höchste Auszeichnung, die die Freie und
Hansestadt Hamburg zu vergeben hatte.
„Ich weiß das aus ganz sicherer Quelle, ich kenne da
jemanden im Öffentlichkeitsreferat."
„Sag mal, Günter, du hast wohl überall deine Leute
sitzen, oder?"
„Nur in den wirklich wichtigen Stellen. Das mit
Guilleaumes Orden ist übrigens der Öffentlichkeit
nicht bekannt gegeben worden."
„Das verstehe ich schon. Dann darf Dr. Guilleaume den
Orden bloß zu Hause tragen, oder?"
Pauli lachte. „So ähnlich. Vielleicht darf er ihn sich
öffentlich an die Brust heften, wenn er achtzig ist."
„Na, dann sollten wir ihm ein langes Leben wünschen.
Ich finde es übrigens nett von dir, dass du mich immer
so auf dem Laufenden hältst."
„Mache ich doch gerne. Nun will ich aber aus der
Leitung verschwinden. Bis bald dann wieder. Tschüüß."
„Bis die Tage dann."

45

Am letzten Tage seines Urlaubes bekam Schwerdtfeger
unerwarteten Besuch.
Am späten Nachmittag schien die Sonne warm vom Himmel,
das hatte in ihm die Lust geweckt, im Garten zu
arbeiten. Während er dabei war, ein Beet mit bunten
Sommerblumen zu bepflanzen, wurde er plötzlich
angesprochen.
„Guten Tag, Herr Schwerdtfeger. Sie üben wohl schon
für die Zeit Ihrer Pensionierung?"
„Oh, guten Tag, Herr Dr. Clemens. Was hat Sie denn in
unsere Gegend verschlagen?"
„Ich hatte heute keine Termine, da habe ich meine
Praxis geschlossen. Ich dachte, es wäre eine gute
Idee, bei dem schönen Wetter ein wenig in Blankenese
spazieren zu gehen. Auf dem Rückweg fiel mir ein, bei
Ihnen vorbei zu fahren. Ich hoffe, Sie sind mir nicht
böse, dass ich einfach in Ihren Garten eingedrungen
bin?"
„Ich bitte Sie. Ich wollte sowieso gerade aufhören.
Sie sehen etwas bestaubt und durstig aus. Lassen Sie
uns auf unserer Terrasse einen guten Tropfen trinken."
„Die Konvention gebietet, dass ich mich jetzt ein
wenig ziere," sagte Dr. Clemens. „Dass Sie sich
Umstände machen, muss aber wirklich nicht sein.
Übrigens, bestaubt bin ich auch nicht."
„Nachdem den Erfordernissen der Konvention Genüge
getan wurde, können wir jetzt zur Tat schreiten",
sagte Schwerdtfeger. Sein Gast folgte ihm ohne weitere
Widerworte.
Während Schwerdtfeger in der Küche eine Flasche
Weißwein aufzog, sagte seine Frau zu ihm: „Wie ich
sehe, haben wir einen Gast. Er wird doch sicher zum
Abendbrot bleiben?"
„Ich denke schon."
„Dann mache ich eine Platte mit Schnittchen, wäre das
in deinem Sinne?"

„Unbedingt. Kommst du dann auch zu uns auf die Terrasse?"

„Lass mich die Vorarbeiten machen, dann stoße ich zu euch."

„Ein guter Tropfen", sagte Dr. Clemens und ließ sich einen Schluck vom Weißwein auf der Zunge zergehen. „Kühl, frisch, fruchtig und trocken."

„Uns geht es gut", sagte Schwerdtfeger. „Ich muss diese Tage aber immer wieder an das Schicksal der ermordeten Geisel denken. Es belastet mich, auch wenn ich es nicht vermeiden konnte."

„Das traurige Ende der Geiselnahme war nicht anders zu erwarten, so wie Ebeling strukturiert war", sagte Dr. Clemens. „Wir hatten es vorher gesehen und auch gesagt. Ganz besonders Sie haben, weiß Gott, Ihr Möglichstes getan, diesen Ausgang zu vermeiden."

„Ich glaube, dass Ebeling diesen Banküberfall sehr sorgfältig geplant hatte", sagte Schwerdtfeger. „Er hoffte auf eine Beute von fast 1,5 Millionen €. Vermutlich wollte er sich mit der Beute absetzen und irgendwo in der Südsee, wie man so schön sagt, 'ein neues Leben beginnen'. Dann kam alles ganz anders. Das Werttransportunternehmen leitete den Transport um, weil der Transportbegleiter Seehaus nicht zum Dienstantritt erschien: Ebeling hatte ihn ermordet. Sandra Möller rief die Polizei, die die Bank umstellte, und wir konnten ihn identifizieren, weil er in der Bankfiliale Streit mit dem jungen Mann provozierte, der ihm dann die Maske vom Gesicht riss, so dass die Überwachungskamera sein Gesicht aufzeichnete. Hätte er nach seiner Flucht aus der Bankfiliale die Geisel frei gelassen und ihr das Handy zurück gegeben, hätten wir seinen Aufenthaltsort nicht lokalisieren können. Seine Probleme waren die Folge seiner eigenen, übertrieben aggressiven Handlungsweise, aber es war genau so, wie Sie es voraus sagten: Er machte seine Geisel für seine selbst verschuldeten Probleme verantwortlich und rächte sich an ihr. Aber wir waren ja durch Sie vorgewarnt und hätten die Lage noch in den Griff bekommen, als Ebeling in der Klosterstraße in der Falle saß, hätte sich nicht jemand von weiter oben eingemischt. Während meines Gespräches mit Guilleaume hat dieser mir gesagt, auch er bekäme seine Befehle, er leite sie nur weiter. Das kann eigentlich nur bedeuten, der Innensenator selber hat in diesem Fall die Strippen höchst persönlich gezogen. Auch mein Sachgebietsleiter Reinders hat in diesem Zusammenhang den Innensenator erwähnt. Man ist übrigens seiner Zeit an mich heran getreten, ich sollte einen Revers unterschreiben, in dem ich erklären sollte, ich hätte die Leitung der Sonderkommission aus freien Stücken niedergelegt. Daraus hätte dann jeder den Schluss ziehen können, dass ich mich dieser Aufgabe nicht gewachsen gefühlt hätte. Man hat mir, gewissermaßen als Belohnung, mit einem Beratervertrag gewinkt, den die Polizeiverwaltung angeblich nach Eintritt meines Ruhestandes mit mir abschließen wollte. Ich habe das aber abgelehnt."

„Das kann ich verstehen", meinte Dr. Clemens. „Sie haben aus heutiger Sicht völlig richtig gehandelt. Das hört sich schon ein wenig anrüchig an. Einzelheiten über den Beratervertrag hat man Ihnen wohl nicht mitgeteilt?"

„Nein, und ich habe auch nicht danach gefragt, weil mich der Vorschlag nicht gereizt hat. Ich befürchte aber, dass etwas an Michaelis, meinem Nachfolger als Leiter der SoKo, hängen bleiben wird. Er hat nur etwas blauäugig seine Befehle befolgt, die er von weiter oben bekommen hat. Auf meinen Rat, sich alles schriftlich geben zu lassen, hat er nicht gehört. Er war der Letzte in einer Befehlskette. Und den Letzten beißen nun einmal die Hunde. Es wird keine offizielle Untersuchung statt finden, oh nein. Eine derartige Untersuchung könnte man sich nicht leisten, denn da bestünde die Gefahr, dass die Wahrheit ermittelt würde. Also wird man vermutlich die Vorwürfe diskret behandeln, man wird es vermeiden, Michaelis damit zu konfrontieren. Wenn Michaelis irgendwann einen neuen Abteilungsleiter hat, der die Angelegenheit nicht selber erlebt hat, nimmt der das dann für bare Münze."

„Wie wir Deutschen wissen sollten, war es schon immer etwas riskant, Befehlen blind und unreflektiert zu folgen. Michaelis sollte auf diese Situation gefasst sein und im übrigen seine Arbeit ordentlich erledigen", meinte Dr. Clemens. „Wenn er einem Chef mit genügend Urteilsvermögen unterstellt ist, kommt es schließlich nur auf ihn selber an. Für ihn ist es ganz wichtig, dass er etwas aus dieser Situation gelernt hat."

„Dafür liegen Anzeichen vor", meinte Schwerdtfeger. „Aber einen anderen hat es definitiv getroffen, nämlich den Polizeipräsidenten Dr. Guilleaume. Der letztere ist nach offizieller Verlautbarung zwar 'aus Gesundheitsgründen' zurück getreten, aber die Medien haben das so kommentiert, als ob er die Konsequenzen aus der katastrophal fehlgeschlagenen Beendigung des Geiseldramas gezogen hätte."

„Ich finde den Vorschlag, den man Ihnen gemacht hat, ein wenig unplausibel", sagte Dr. Clemens. „Man kennt Sie in der Polizeiverwaltung, und auch die zuständigen Reporter der Hamburger Zeitungen haben gelegentlich schon über Sie berichtet. Hätten Sie eingewilligt, sich bei dem Vertuschungsmanöver zu beteiligen, wäre ein Glaubwürdigkeitsproblem entstanden."

„Also Sie werden lachen", sagte Schwerdtfeger spontan, „darüber habe ich auch schon nachgedacht. Von der Logik her ist Dr. Guilleaume ein viel geeigneterer Kandidat."

„Wissen Sie, was ich glaube", fragte Dr. Clemens und kniff das linke Auge zu, „Krause hatte von Anfang an Dr. Guilleaume im Visier. Das passt auch ausgezeichnet in die politische Landschaft. Er musste ein Interesse daran haben, den Polizeipräsidenten gegen ein Mitglied seiner eigenen Partei auszutauschen, da kam ihm dieser Fall als Vorwand gerade recht. Damit man das innerhalb der Hamburger Polizei nicht so merkt, hat er mit dem Angebot an Sie eine Nebelwand errichtet, hinter der er dann sein Manöver gefahren hat. Krause hat sich sicher genau über Sie informiert und wäre vermutlich sehr überrascht gewesen, wenn Sie auf den Vorschlag eingegangen wären."

„Donnerwetter, darauf war ich jetzt noch nicht gekommen", rief Schwerdtfeger überrascht aus. „Da hätte Krause, wenn ich das einmal so brutal ausdrücken möchte, gewissermaßen zwei Fliegen mit einer Klappe geschlagen. Aber vermutlich haben Sie recht. Was aber unseren Innensenator betrifft, so hat er sein Geschäft als Politiker überraschend schnell gelernt. Wie er die Schuld an Ereignissen, die er ganz allein herbeigeführt hat, bei anderen parkte, das muss man schon als gekonnt bezeichnen. Er hatte doch noch gar nicht so lange Gelegenheit, diese hohe Kunst zu üben?"
Schwerdtfeger nahm einen Schluck vom Grauburgunder, ließ den Wein im Glas kreisen und fuhr fort:
„Vielleicht ist es mit Politikern wie mit den Machos? Man kann das nicht lernen, man muss es einfach sein?"
„Das ist gut", sagte Dr. Clemens lächelnd.
Schwerdtfeger überlegte eine Weile und sprach weiter:
„Was mich aber bei dieser ganzen Affäre wundert, ist, wie die Vertuschung immer wieder funktioniert. Wie kommt es, dass wir, das Wählervolk, diesen Burschen nicht auf ihre Schliche kommen? Das ist doch, weiß Gott, nicht das erste Mal, dass man uns die Hucke voll gelogen hat. Sind wir, ist die Menschheit, einfach lernunfähig?"
Dr. Clemens nahm sein Glas zur Hand, trank genießerisch einen kleinen Schluck und sagte: „Ah, das ist ein guter Wein. Das Leben hat durchaus seine schönen Momente. Was aber Ihre Frage betrifft, ob die Menschheit lernfähig ist: Ich glaube, das Problem besteht darin, dass die meisten Menschen nicht die

Veranlagung zu diesem Geschäft, zur Politik, zu dem in diesem Geschäft erforderlichen Ausmaß an Schauspielerei und, meiner Ansicht nach oft genug, Unehrlichkeit haben. Und weil ihnen diese Veranlagung fehlt, können sie sich auch nicht vorstellen, dass andere diese Eigenschaften haben können, dass der Machterhalt so und nicht anders funktioniert. Die Menschen schließen häufig von sich selber auf andere und glauben, die seien genau so wie man selber: Willst du den anderen erkennen, schau in dein eigenes Herz. Das ist ein weit verbreiteter, gewissermaßen prominenter Irrglaube. Die Unterschiede zwischen menschlichen Individuen können gewaltig sein. Selbst mal unterstellt, die Medien würden die Hintergründe irgend einer Polit-Schurkerei im Detail bringen, würden die meisten Menschen es nicht glauben, weil das Dementi der Betroffenen auf dem Fuß folgte. Aber wie die Dinge liegen, sorgen die Betroffenen schon selber dafür, dass es keine Beweise für ihre Handlungen gibt, so dass eventuelle Medienberichte, wenn sie denn geschähen, immer spekulativ wären. Sie selbst haben den Beweis für diese Behauptung geliefert: Als Sie schriftliche Weisungen verlangten, wurden Sie von der Leitung der Sonderkommission entbunden."
„Ein perfekt funktionierendes System", sagte Schwerdtfeger nachdenklich. „Nur die Resultate, die es produziert, sind nicht in jedem Fall optimal."
„Irrtümer und Fehler sind schließlich menschlich", gab Dr. Clemens zu bedenken.
Schwerdtfeger sagte: „Ob die Eltern der Geisel das auch so gelassen sehen würden? Ich bin jedenfalls froh, dass ich so hart geblieben bin. Der unglückliche Ausgang dieser Geschichte muss doch für den armen Michaelis eine furchtbare Belastung sein."
„Das ist der Preis, den er für seine Schwäche zahlt".
„Wir haben öfter darüber gesprochen, was ein Psychopath eigentlich ist. Ich entsinne mich, dass Sie gesagt haben, Psychopathen seien gefühlskalt,

egoistisch, von sich selber überzeugt, aber nicht geisteskrank." „Das ist richtig. Psychopathen haben nicht nur Eigenschaften, die auf den ersten Blick abstoßend wirken. Sie können charmant und charismatisch sein, folgerichtig denken, sie sind oft rhetorisch begabt, sie neigen dazu, andere Menschen zu manipulieren und auch einzuschüchtern. Sie sind stets bereit, die Schuld für eigenes Fehlverhalten bei anderen zu suchen. Sie haben eine Raubtiermentalität. Ihnen ist jedes Mittel zur Durchsetzung ihrer persönlichen Ziele recht."

Schwerdtfeger schwieg eine Minute, trank einen Schluck Wein. Dann sagte er: „Wie es scheint, gibt es diese nicht nur in Verbrecherkreisen."

Dr. Clemens nickte zustimmend mit dem Kopf. „Das haben Sie gut ausgedrückt. Sie haben Recht. Wir leben in einer Gesellschaft, welche mit ihrem Wertekatalog Psychopathen ermutigt. Der schrankenlose Selbstverwirklichungs-Egoismus in vielen Partnerbeziehungen, Individualismus ohne Grenzen, wirtschaftlicher und politischer Erfolg um jeden Preis, der Wunsch, den eigenen Namen in der Öffentlichkeit bekannt zu machen, die Unverfrorenheit, mit der man dem politischen Kontrahenten oberflächliche und verlogene Argumente um die Ohren schlägt, die kaltschnäuzige Manipulation der Menschen zur Durchsetzung der eigenen Ziele - schon die ganz Jungen wollen 'cool' sein. Psychopathen haben in der Tat wenig Schwierigkeiten, sich in Politik, Verwaltung sowie im Big Business zu etablieren und dort erfolgreich zu sein. Dafür gibt es gerade auch in Deutschlands Geschichte einige Beispiele."

Frau Schwerdtfeger erschien, in der Hand ein Tablett mit Schnittchen, und sagte:
„Jetzt aber genug der tief schürfenden Themen. Ich schlage vor, dass wir uns etwas stärken und dann zum gemütlichen Teil übergehen. Manfred, der Wein ist alle. Sorgst du für Nachschub?"

„Mache ich", sagte Schwerdtfeger.

46

Zurück in seinem Büro, holte die tägliche Routine
Schwerdtfeger rasch wieder ein.
Er hatte sich gefragt, ob es wohl eine Reaktion
Reinders' auf seinen Bericht gegeben hatte, das war
aber offensichtlich nicht der Fall. Schau an, dachte
Schwerdtfeger, vielleicht ist der Mann ja lernfähig,
wer hätte das gedacht.
Da war doch noch etwas gewesen, um das er sich kümmern
wollte?
Dr. Leandros, der Chef der rechtsmedizinischen
Abteilung, hatte ihm mitgeteilt, dass Sandra Möller,
die ermordete Geisel, schwanger gewesen war. Von Frau
Niemeyer, der Zweigstellenleiterin der HanseBank-
Zweigstelle, hatte er erfahren, dass Sandra Möller bis
vor einigen Wochen bei der Innenbehörde gearbeitet
hatte. Wie hatte sie sich ausgedrückt? Sie hatte dort
gekündigt, weil sie Schwierigkeiten mit einem ihrer
Vorgesetzten bekommen hatte, oder so ähnlich.
Vielleicht bestand ja kein Zusammenhang zwischen diese
beiden Tatsachen. Sie war jung und attraktiv und wird
einen Freund gehabt haben, dachte Schwerdtfeger, das
wäre doch normal. Er sollte vielleicht versuchen,
diesen Freund ausfindig zu machen, um eine Verwicklung
der Innenbehörde sicher auszuschließen. Das gehörte,
nun da die Sonderkommission aufgelöst war, durchaus zu
seinen Routineaufgaben. Da brauchte er niemanden um
Erlaubnis zu fragen. Reinders zu fragen wäre wohl auch
eher kontraproduktiv gewesen, der hätte ihn bestimmt
ausgebremst. Wie lautete doch einer der wichtigsten
Beamtenregeln? 'Wer viel fragt, bekommt viel Antwort'.
Und im Falle seines Vorgesetzten Reinders war er
einigermaßen sicher, dass ihm die Antwort nicht
gefallen würde.

Wie konnte er hier vorankommen? Ob Frau Möller wohl Eltern oder Geschwister hatte, die man nach ihren Verhältnissen befragen könnte? Das Telefonbuch wäre sicher nicht hilfreich, um diese aufzufinden; in Hamburg gab es sicher Hunderte, wenn nicht Tausende von Teilnehmern dieses Namens.

Seine erste Anlaufstelle wäre Frau Niemeyer von der HanseBank. Sie könnte sicher Sandra Möllers Bewerbungsunterlagen zugänglich machen; vielleicht gab es da einen Hinweis. In Bewerbungsschreiben waren häufig die Namen der Eltern, manchmal auch deren Adresse, angegeben.

Frau Niemeyer Telefonnummern hatte er noch bei seinen Unterlagen. Also rief er sie in der Bank an.

„Guten Morgen, Frau Niemeyer. Schwerdtfeger hier. Wie geht es Ihnen?"

„Hallo, Herr Schwerdtfeger. Wir sind hier immer noch ein wenig von den Ereignissen geschockt. Besonders der Tod von Frau Möller macht uns zu schaffen. Morgen ist ihre Beerdigung, da gehen wir natürlich auch hin. Die Zweigstelle wird solange geschlossen. Und wie geht es Ihnen so?"

„Danke, ich kann nicht klagen. Ich bin bei der abschließenden Bearbeitung des Überfalles auf Ihre Filiale und hätte da noch die eine oder andere Frage. Wann und wo genau ist übrigens Frau Möllers Bestattung?"

„Friedhof Am Diebsteich, um elf Uhr dreißig. Treffpunkt ist die Kapelle."

Das wäre sicher eine Gelegenheit, Kontakt mit den Eltern aufzunehmen.

47

Der Himmel war wolkenverhangen, es fiel ein feiner, fast staubartiger Regen. „Es schmuddelt", nennt der Hamburger diesen für seine Heimatstadt nicht untypischen Zustand.

Das trübe Wetter war einigermaßen passend zum Anlass dieser Veranstaltung. Während der Zeremonie am offenen Grabe hielt sich Schwerdtfeger im Hintergrund. Frau Niemeyer hatte ihn schon gesehen und ihm grüßend zugenickt, auch Frau Kamphausen, die andere Angestellte der HanseBank-Filiale, war erschienen, sonst kannte Schwerdtfeger niemand von den etwa zwanzig Anwesenden. Das ältere, ganz in Schwarz gekleidete Paar waren sicher die Eltern der Verstorbenen. Die Frau schluchzte leise vor sich hin, ihr Mann wischte sich sich von Zeit zu Zeit die Tränen aus den Augen. Es waren auch einige jüngere Frauen erschienen, Freundinnen von Sandra Möller, wie Schwerdtfeger vermutete. Einen jungen Mann sah er nicht. Sie hatte wohl zur Zeit ihres Todes keinen Freund oder Verlobten gehabt.

Nachdem der Sarg hinunter gelassen war, drückte der Pastor dem Elternpaar die Hand und sprach ihnen Trost zu. Das Schluchzen der Mutter hatte sich verstärkt, ihr Mann legte seinen Arm um ihre Schultern. Danach löste sich die Gruppe auf. Einige der Erschienenen begleiteten Sandra Möllers Eltern zum Ausgang. Schwerdtfeger schloss sich dieser Gruppe an. Als sie den Parkplatz des Friedhofs erreicht hatten, trat er auf den Vater der Verstorbenen zu und zeigte seinen Dienstausweis.

„Mein Name ist Schwerdtfeger. Ich bin von der Kriminalpolizei und war mit ihrem Fall befasst. Ich möchte Ihnen mein Beileid aussprechen und Ihnen sagen, dass ich es sehr bedaure, dass wir nicht mehr für Ihre Tochter tun konnten", sagte er.

„So, Sie sind von der Polizei", sagte Herr Möller, und es klang einigermaßen scharf. „Das ist ja wirklich schön, dass sich mal jemand von Ihnen bei uns meldet. Ich finde übrigens nicht, dass sich die Polizei sich im Falle der Geiselnahme meiner Tochter mit Ruhm bekleckert hat. Meiner Ansicht nach hätten Sie etwas umsichtiger vorgehen müssen, aber ich bin ja nur ein dämlicher Bürger und Steuerzahler, bitte entschuldigen Sie meine unbedarfte Ansicht."

Meine Güte, dachte Schwerdtfeger, gab das noch keine Kontakte zwischen der Behörde und den Eltern? Es ist doch üblich und hätte sich auch so gehört, dass wir die Eltern so schnell wie möglich vom Tode ihrer Tochter informiert hätten. Sie haben es ja wohl aus den Medien erfahren. Einfach unglaublich, wie dieser Fall gehandhabt wurde.

„Ich möchte Ihnen da nicht widersprechen", sagte er vorsichtig. „Es gibt bei uns einige Leute, die das schon ähnlich formuliert haben. Ich bitte um Verständnis, wenn ich dazu jetzt nicht mehr sagen möchte. Es gäbe noch einige Fragen an Sie. Ich verstehe, dass jetzt nicht der richtige Zeitpunkt ist, diese Fragen zu stellen, aber ich würde Sie bitten, mir Ihre Adresse mitzuteilen. Ich würde dann auf Sie zukommen, wenn Sie ein wenig zur Ruhe gekommen sind. Oder, vielleicht noch besser, ich gebe Ihnen meine Karte, und Sie rufen mich an, wenn es Ihnen passt."

Herr Möller nahm die Karte entgegen und sagte: „Einverstanden. Ich lasse dann von mir hören."

Die Adresse kann ich notfalls auch von der Friedhofsverwaltung erfahren, sagte sich Schwerdtfeger, drückte beiden Eltern stumm die Hand und verschwand.

48

Am nächsten Tag im Büro holte Schwerdtfeger ein Blatt Papier und einen Fasermaler und schrieb alle ihm bekannten, Sandra Möller betreffenden Tatsachen auf:

1. Frau Möller, Alter 25 Jahre, ist zum Zeitpunkt ihres Todes im vierten Monat schwanger gewesen.

2. Sie arbeitete erst seit nunmehr sechs Wochen bei der HanseBank.

3. Vorher arbeitete sie bei der Innenbehörde, wo sie nach Aussage von Frau Niemeyer „Schwierigkeiten mit einem ihren Vorgesetzten" hatte.

Daraus ergeben sich folgende Fragen:

a. Arbeitete der Vater ihres Kindes bei der Innenbehörde, und wenn ja, wer war es?

b. Hängen die erwähnten Schwierigkeiten, die sie mit einem ihrer Vorgesetzten gehabt haben soll, mit ihrer Schwangerschaft zusammen?

c. Wer war dann dieser Vorgesetzte?

d. Wenn das alles nicht zutrifft, welcher Art waren diese Schwierigkeiten sonst?

e. Wenn sie doch Schwierigkeiten mit einem ihrer Vorgesetzten hatte, warum hat sie dann ein so gutes Zeugnis bekommen?

Eine weitere wichtige Frage, dachte Schwerdtfeger, wäre, was mache ich hier eigentlich? Wegen welcher Straftat ermittle ich hier, und gegen wen? Ihm war klar, dass es keinen Anfangsverdacht für irgend eine Straftat gab. Ihn störte ganz einfach das Zusammentreffen der verschiedenen Tatsachen, die irgendwie auf eine merkwürdige Weise zusammen zu passen schienen: Eine junge Frau, die bei der Innenbehörde arbeitet, verlässt diese wegen eines Streites mit einem Vorgesetzten und bekommt trotzdem ein sehr gutes Zeugnis. Sechs Wochen später stirbt sie eines gewaltsamen Todes. Anlässlich einer routinemäßig vorgenommenen Obduktion stellt sich heraus, dass sie im vierten Monat schwanger war. Da drängte sich schon die Frage auf, ob es zwischen allen diesen Umständen einen Zusammenhang gab.

Solange ich keinen unvertretbaren Aufwand treibe, beruhigte er sich selber, kann es nicht schaden, die eine oder andere Frage zu stellen. Ich muss nur aufpassen, dass ich mich nicht in irgend welche absurden Aktivitäten verrenne. Aber ich habe schon genügend Selbstkritik, dass ich das rechtzeitig merken würde.

Er legte das Blatt in seine obere rechte Schreibtischschublade.

Das Telefon auf seinem Schreibtisch meldete sich. Es war der Vater von Sandra Möller. Er hörte sich heute weniger gereizt an als am Tage zuvor.

„Sie wollten mit mir sprechen. Entschuldigen Sie bitte meine etwas gereizte Art von gestern, aber Sie werden sicher Verständnis für meine Lage haben."

Wenn du wüsstest, wie viel Verständnis ich für dich habe, dachte Schwerdtfeger, und er sagte: „Ich kann Sie sehr gut verstehen. Bitte glauben Sie mir, dass meine Kollegen auch nicht sehr glücklich darüber sind, wie das Ganze abgelaufen ist. Ich habe Sie angesprochen, weil ich hoffe, noch etwas mehr über die Hintergründe dieser schlimmen Geschichte in Erfahrung zu bringen."

Schwerdtfegers Gesprächspartner schwieg für einige Sekunden, wie um herauszufinden, was diese Aussage genau bedeuten sollte, dann sagte er: „Mir wäre es am liebsten, wenn Sie zu uns kommen könnten."

„Einverstanden", sagte Schwerdtfeger. „Wann würde es Ihnen denn passen?"

„Jederzeit", sagte Herr Möller. „Ich würde den genauen Zeitpunkt nur gerne vorher wissen."

„Wäre heute Nachmittag passend, so gegen fünfzehn Uhr?"

„Einverstanden", sagte nun Herr Möller.

260

Nach dem Mittagessen machte sich Schwerdtfeger
rechtzeitig auf den Weg. Er zog der derartigen
Gelegenheiten öffentliche Verkehrsmittel der Benutzung
seines Dienstwagens vor. Das Netz des Hamburger
Verkehrsverbundes war gut ausgebaut, und U - oder S -
Bahn brachten ihn angesichts der häufigen Staus auf
den Straßen im Stadtzentrum meistens schneller ans
Ziel, und ob er, dort angekommen, auch einen Parkplatz
gefunden hätte, war mehr als zweifelhaft.
Die S-Bahn-Linie 21 brachte ihn zur Haltestelle
Diebsteich. Auf dem Wege zum Haus, in dem die Familie
Möller wohnte stand eine Gruppe von Jugendlichen. Aus
den Augenwinkeln sah Schwerdtfeger, wie sich einer der
jungen Männer heftig bewegte. Was tat der da? Meine
Güte, dachte Schwerdtfeger, der tritt da auf eine am
Boden liegende Person ein.
Er zog sofort sein Mobiltelefon aus der Tasche und
rief die Einsatzzentrale an.
„Hauptkommissar Schwerdtfeger, LKA 23-1. Prügelei mit
Körperverletzung vor dem Haus Nummer 36 in der
Isebeckstraße. Ich brauche dringend mindestens eine
Funkstreife und wahrscheinlich einen Notarztwagen."
„Kommt sofort" versprach der Kollege am Einsatzplatz.
Schwerdtfeger begab sich nun im Laufschritt an den Ort
des Geschehens. Dabei fiel sein Blick auf das vor ihm
stehende Haus. Auf dem Balkon im zweiten Stock stand,
an die Balkonbrüstung gelehnt, ein Paar in den
Vierzigern und schaute der Prügelszene ruhig zu, so
wie man einen spannenden Krimi im Fernsehen anschaut.
Eben holte der stehende Jugendliche, der etwa 17 Jahre
alt sein mochte, wieder zu einem Tritt aus. Er trug
schwere, geschnürte Stiefel. Der am Boden Liegende
blutete aus Mund und Nase und bewegte sich nicht.
„Sofort aufhören, Polizei!" befahl Schwerdtfeger dem
Prügler. Der ignorierte diese Ansprache und trat
erneut zu. Schwerdtfeger packte ihn beim Kragen und
riss ihn zurück, so dass er zu Boden fiel. „Ey,
spinnst Du, Alter?" schrie der Jugendliche mit vor Wut

verzerrtem Gesicht, sprang auf und machte Anstalten, Schwerdtfeger anzugreifen. „Halt, Polizei!", rief Schwerdtfeger noch einmal. Der Jugendliche, ein kräftig gebauter junger Mann, holte zu einem Schlag aus, der auf Schwerdtfegers Kopf gezielt war. Dieser schlug mit der linken Hand die geballte Faust zur Seite und stieß dem Schlager die gespreizten Finger seiner Rechten in den Hals. Der Schläger stieß ein krächzendes Geräusch hervor und fasste sich an den Kehlkopf.

Schwerdtfeger nutzte die augenblickliche Lähmung seines Kontrahenten zu einem Gegenangriff. Blitzschnell drehte er dessen Arme auf den Rücken, was einen weiteren Schmerzensschrei hervorrief, und ließ seine Handschellen klicken.

Inzwischen hatte sich der Gefesselte von seiner Verblüffung erholt. „Hey, ihr Flaschen, was schaut ihr hier zu? Macht den Opa endlich fertig und nehmt mir das verdammte Ding ab!"

Drohend rückte der Kreis der Umstehenden näher, Schwerdtfeger wollte gerade zu seiner Dienstwaffe greifen, als mit Martinshorngeheul und zuckendem Blaulicht ein Streifenwagen heran schoss und mit quietschenden Reifen stoppte. Ihm folgte mit kurzem Abstand ein zweiter.

Als die Polizisten herzu traten, löste sich die Versammlung auf, die Jugendlichen verschwanden blitzartig.

„Festhalten", rief Schwerdtfeger den Polizisten zu. Es gelang der Besatzung des zweiten Streifenwagens, einen von ihnen zu erwischen, dann waren die übrigen verschwunden.

„Schwerdtfeger, LKA", stellte er sich vor. „Sie sind gerade zur richtigen Zeit gekommen. Nehmen Sie diesen Typen hier fest, wegen schwerer Körperverletzung und Widerstandes."

Der Streifenführer packte den Schläger am Arm. Dieser versuchte, sich loszureißen und schrie den

Streifenführer an: „Nicht anfassen, Arschloch!"
„Und Beamtenbeleidigung" ergänzte Schwerdtfeger. Der
Streifenführer lächelte und verfrachtete den Übeltäter
in seinen Streifenwagen. Schwerdtfeger gab ihm seine
dienstliche Karte und sagte: „Sie bekommen eine Kopie
des Berichtes von mir."
Dann wandte er sich an den Streifenführer des zweiten
Wagens. Indem er auf den Balkon im zweiten Stock
deutete, sagte er: „Die beiden da oben sind Zeugen.
Nehmen Sie bitte ihre Personalien auf und prüfen Sie,
ob eine Anzeige wegen unterlassener Hilfeleistung in
Betracht kommt."
Blitzartig waren die beiden vom Balkon verschwunden.
Die Beamten des ersten Streifenwagens übernahmen den
zweiten Gefangenen, der Streifenführer grüßte, indem
er lässig seine rechte Hand an seine Mütze legte, und
fuhr mit Blaulicht davon.
Der Streifenführer des zweiten Wagens setzte sich
seine Mütze auf und ging, begleitet von seiner
Kollegin, ins Haus.
Inzwischen war auch der Notarztwagen eingetroffen. Der
Notarzt beugte sich über den am Boden Liegenden,
untersuchte ihn, gab ihm eine Spritze und sagte: „Er
ist am Leben, ansonsten sieht er aber ziemlich schlimm
aus. Er hat einen Nasenbeinbruch, vermutlich mehrere
Rippenbrüche. Ob er eine Schädelfraktur hat, muss im
Krankenhaus festgestellt werden. Der Kreislauf ist
instabil, sieht nach inneren Verletzungen aus. Er muss
sofort ins Krankenhaus."
„Wo bringen Sie ihn hin?"
„Nach Eppendorf. Ich sorge dafür, dass Sie über seinen
Zustand informiert werden."
„Danke, hier ist meine Karte."
Die Sanitäter legten den Verletzten vorsichtig auf
eine Bahre, schoben diese in den Wagen, dann brauste
der Notarztwagen mit Blaulicht und Martinshorn davon.

49

Derartige Ereignisse wie das, was eben abgelaufen war, waren in Hamburg nicht gerade selten. Besonders in einigen Neubaugebieten, welche soziale Brennpunkte darstellten, herrschten Jugendbanden nach ihren eigenen Regeln. Raubüberfälle, Erpressungen, Körperverletzungen und Auseinandersetzungen mit konkurrierenden Banden waren an der Tagesordnung. Die Aufklärungsquote der von diesen Banden begangenen Straftaten war gering, weil sich die Opfer oder auch Unbeteiligte aus Angst vor Racheakten weigerten, diese Straftaten anzuzeigen oder sich der Justiz als Zeugen zur Verfügung zu stellen. Es herrschte eine Kultur der Nicht-Einmischung und des Wegschauens: Was mich nicht unmittelbar betrifft, geht mich nichts an. Nur wenn die Polizei wie in diesem Fall zufällig auf eine gerade statt findende Straftat stieß, gab es eine Möglichkeit, einzuschreiten.

Auch in solchen Fällen waren gewisse Regeln zu beachten. Während einerseits die Polizei zum Einschreiten und zur Hilfeleistung für die potentiellen Opfer gesetzlich verpflichtet war, war es gegen die Vorschriften, dabei ein unvertretbares Risiko einzugehen. Aus diesem Grunde hatte Schwerdtfeger Verstärkung angefordert, bevor er sich selber einmischte. Außerdem war das einfach ein Gebot der Klugheit. Der Beruf eines Polizisten war von Haus aus gefährlich genug; um nicht selber zu Schaden zu kommen, mussten die Beamten daran interessiert sein, die unvermeidlichen Risiken zu minimieren.

Schwerdtfeger jedenfalls wollte noch möglichst lange etwas von seiner Pension haben.

Er ärgerte sich jedes Mal, wenn er im Fernsehen einen Krimi anschaute und der Zuständige sich bedenkenlos nach Rambo-Art ins Getümmel stürzte, ohne vorher die Reserven zu mobilisieren. Dass diese Aktionen jedes Mal gut ausgingen, lag nach Schwerdtfegers Ansicht allein daran, dass der Kommissar vom Dienst in der nächsten Folge der Serie wieder gebraucht wurde.

Einige Häuser weiter wohnte die Familie Möller im dritten Stock. Da es keinen Fahrstuhl gab, stieg er die Treppen zu Fuß hinauf. Auf sein Klingeln öffnete der Vater der getöteten Geisel, dessen Alter er auf Anfang Fünfzig schätzte. Dieser erschien ruhig und gefasst.

Er hatte das Geschehen in der Isebekstraße vom Fenster aus verfolgt. „Ich fand das richtig, dass Sie da eingeschritten sind", sagte er. „Meine Güte, ich glaube, ohne Sie hätte dieser Rowdy den anderen zu Tode geprügelt. Dies ist eine schlimme Zeit. Nur komisch, dass so was hier passiert, das ist doch eigentlich eine ruhige Gegend."

Schwerdtfeger hoffte auf einen Zeugen des ganzen Geschehens, aber Herr Möller war erst kurz vor Schwerdtfegers Eintreffen auf den Vorfall aufmerksam geworden und konnte nichts zur Aufklärung beitragen.

„Ich wollte gerade die 110 anrufen, als Sie auch schon dazu kamen."

Es war an der Zeit, zu seinem eigentlichen Anliegen zu kommen.

„Wie geht es Ihrer Frau?" wollte er wissen. Er hatte sie bisher noch nicht gesehen. „Nicht so gut", sagte Herr Möller bedrückt. „Sie liegt im Bett, hat vom Arzt ein Sedativum bekommen. Ich habe mir die Tage frei genommen, um bei ihr zu sein."

„Es tut mir persönlich sehr Leid, wie die Geiselnahme Ihrer Tochter ausgegangen ist", sagte Schwerdtfeger. „Hatte Ihre Tochter einen Verlobten oder einen festen Freund?"

„Davon ist mir nichts bekannt. Warum fragen Sie?" Sollte ich ihm vom der Schwangerschaft seiner Tochter erzählen? überlegte er dabei. Besser vielleicht noch nicht jetzt, das regt ihn eventuell auf und er fängt noch an, auf eigene Faust zu ermitteln. Das könnte ich jetzt überhaupt nicht gebrauchen.

„Wir versuchen, möglichst viele ihrer Freunde und Bekannten kennen zu lernen. Vielleicht weiß ja der eine oder andere irgend welche Einzelheiten, die für uns wichtig sind. Sie hatte also in der letzten Zeit keine männlichen Freunde?"

„Was meinen Sie mit 'in der letzten Zeit'?"

„Sagen wir, so in den letzten vier oder fünf Monaten."

„Sie war prinzipiell kein Kind von Traurigkeit und ging früher gelegentlich mit dem einen oder anderen jungen Mann aus. Das waren aber alles keine festen Bekanntschaften. In den letzten Monaten war das aber nicht mehr der Fall. Komisch, das ist mir bisher selber nicht aufgefallen, aber jetzt, wo Sie das erwähnen...."

Wenn es keinen Mann in ihrem Privatleben gab, überlegte Schwerdtfeger, dann gab es ja vielleicht eine Beziehung am Arbeitsplatz?

„Ich hörte, dass Ihre Tochter erst kürzlich ihren Arbeitsplatz bei der Innenbehörde gekündigt hat. Was waren dafür die Gründe?"

Herr Möller sah ein wenig unglücklich aus. „Ich fürchte, darüber weiß ich auch nichts Genaueres", sagte er. „Sie arbeitete seit über drei Jahren in der Kostenkontrolle der Innenbehörde und war eigentlich an ihrem Arbeitsplatz sehr zufrieden. Sie hatte nette Kollegen und engagierte sich ziemlich für ihre Arbeit, machte öfter sogar Überstunden. In den letzten vier oder fünf Monaten hatten wir, meine Frau und ich, den Eindruck, dass sie dort richtig glücklich war. Und plötzlich ging dann der Ärger mit diesem Vorgesetzten los."

„Kennen Sie den Namen dieses Vorgesetzten?" wollte Schwerdtfeger wissen.

„Leider nicht. Sie war da merkwürdig zugeknöpft und hat uns seinen Namen nicht genannt. Meine Frau und ich, wir haben uns darüber gewundert, weil sie uns sonst immer alles sagte. Jedenfalls hat sie dann von sich aus gekündigt. Sie hat übrigens ein sehr gutes

Zeugnis bekommen. Sie halten das, was da passiert ist, scheinbar für wichtig?"

„Solange wir nicht genau wissen, was da passiert ist, kann alles wichtig sein. Hat Ihre Tochter vielleicht ein Tagebuch gehabt?"

„Das glaube ich nicht. Da fällt mir aber noch etwas anderes ein. Sie hatte eine Freundin mit der sie sehr vertraut war. Die war eine Kollegin von ihr, arbeitet auch beim Innensenator. Vielleicht hat sie der ja etwas erzählt?"

„Wissen Sie deren Namen und Anschrift?"

„Moment - , die hieß Claudia. Claudia Jacobsen, mit C."

„Im Vornamen?"

„Ja, ich meine, auch im Zunamen."

„Wissen Sie auch, wo die Frau Jacobsen wohnt?"

„Irgendwo im Stadtteil Rotherbaum. Böttcherstraße oder so ähnlich. Ich weiß dass, weil ich meine Tochter da einmal mit dem Auto hingebracht habe."

„Gibt es sonst noch etwas, das Sie mir sagen könnten?"

Herr Möller runzelte die Stirn, dachte einige Sekunden nach. Dann sagte er: „Ich glaube nicht."

Schwerdtfeger gab ihm seine Karte. „Sollte Ihrer Frau oder Ihnen noch etwas einfallen, rufen Sie mich bitte an."

„Das tue ich bestimmt. Es ist tröstlich für uns, dass sich jemand von der Polizei um diese schlimme Sache kümmert."

„Versprochen", sagte Schwerdtfeger, gab Herrn Möller die Hand und ging.

Ob sie ein Verhältnis mit einem ihrer Vorgesetzten hatte? War dessen Vaterschaft vielleicht der Grund für die Schwierigkeiten, wegen denen sie ihren Arbeitsplatz gekündigt hatte? überlegte Schwerdtfeger, während er die Treppen des Hauses wieder hinunter stieg.

50

Auf der Straße war wieder Ruhe eingekehrt.
Schwerdtfeger sah sich um, konnte aber keinen der an
der Prügelszene Beteiligten mehr entdecken. Die haben
sich alle verkrümelt, um nicht noch Schwierigkeiten zu
bekommen, dachte er.
Er zog sein Mobiltelefon aus der Tasche und rief
seinen jungen Kollegen Pauli an.
„Hallo Günter, hier Manfred. Könntest du für mich mal
eine Telefonnummer und die dazugehörige Adresse
herausfinden?"
„Moin Manfred, das mache ich doch glatt. Wie heißt den
der Teilnehmer?"
„Es ist eine Frau, Claudia Jacobsen, zweimal mit C,
Bötcherstraße oder so ähnlich."
Eine Minute verging, dann meldete Pauli sich wieder.
„Hallo Manfred, hier kommt's:
Claudia Jacobsen, Böttgerstraße 12, die Nummer ist
4136079. Hast du das?"
„Schon notiert, danke, Günter."
„Auskunftei Pauli, stets zu Ihren Diensten", sagte
Pauli lachend und hing auf.
Schwerdtfeger schaute auf seine Uhr. Es war jetzt kurz
nach 16 Uhr, wahrscheinlich war Frau Jacobsen noch
nicht zu Hause. Er beschloss, erst mal mit der S-Bahn
zurückzufahren. Vom Bahnhof Dammtor bis zur
Böttgerstraße betrug die Entfernung etwa einen
Kilometer, oder eine Viertelstunde zu Fuß. Mit dem
Auto würde er für diese Strecke und um diese Zeit
bestimmt länger brauchen.
Kurz nach 16:40 stieg er am Dammtor-Bahnhof aus und
rief Frau Jacobsen an. Die war zu Hause und meldete
sich nach dem dritten Freizeichen.
„Hier Hauptkommissar Schwerdtfeger vom
Landeskriminalamt. Sie sind eine ehemalige Kollegen
von Sandra Möller, ist das richtig?"
Einige Sekunden herrschte Schweigen, dann fragte seine

Gesprächspartnerin, und es hörte sich einigermaßen misstrauisch an: „Wieso will die Polizei das denn wissen?"

Nanu, ist da was? fragte sich Schwerdtfeger. Hier ist scheinbar Vorsicht angebracht.

„Wir machen nur noch einige abschließende Untersuchungen, von denen wir uns eine restlose Aufklärung des an ihr begangenen Verbrechens erhoffen", sagte er. „Wann könnte ich Sie denn einmal besuchen? Oder möchten Sie lieber zu mir ins LKA kommen?"

„Es wäre mir lieber, Sie kämen zu mir. Passt es Ihnen jetzt sofort?"

Schon überredet, dachte Schwerdtfeger und sagte: „Ich bin ein einer Viertelstunde bei Ihnen."

Als er an der Wohnungstür von Frau Jacobsen klingelte, öffnete ihm ein junger Mann. „Schwerdtfeger vom LKA", stellte er sich vor und zeigte unaufgefordert seinen Ausweis. Der junge Mann schaute sich den Ausweis aufmerksam an, dann sagte er: „Ich bin Markus Reuter. Kommen Sie herein, Claudia erwartet Sie schon."

Wohl ihr Freund oder „Lebensabschnittsgefährte", wie das heute so schön heißt, dachte Schwerdtfeger.

Der junge Mann führte ihn in ein sparsam möbliertes Wohnzimmer. Helles Holz und Leinenstoffe überwogen. Das schwedische Möbelhaus, dachte Schwerdtfeger.

Claudia Jacobsen saß auf einer Couch und bot ihm Platz in einem der Sessel an. Sie hatte eine Tasse Kaffee vor sich, eine zweite stand auf dem niedrigen Couchtisch, der eine Glasplatte hatte, daneben. Dort nahm der junge Mann Platz. Er macht den Eindruck, als wolle er sie vor mir beschützen, dachte Schwerdtfeger.

„Möchten Sie auch eine Tasse Kaffee?" fragte sie ihn.

„Danke, gerne". Die junge Frau verschwand kurz und kam mit einer dritten Tasse zurück. „Milch und Zucker stehen auf dem Tisch." Schwerdtfeger bediente sich.

„Sie waren eine Kollegin von Sandra Möller", sagte er

und es war mehr eine Feststellung als eine Frage.
„Wir sind zusammen zur Schule gegangen und haben zur gleichen Zeit bei der Innenbehörde angefangen", erzählte die junge Frau.
„Dann kann man wohl sagen, dass Sie auch miteinander befreundet waren?"
„Sandra war meine beste Freundin", sagte Frau Jacobsen, und nun wirkte sie deutlich niedergeschlagen. „Ich konnte es gar nicht fassen, wie das mit ihr passiert ist. Konnten Sie das nicht verhindern?"
Schwierige Frage, überlegte Schwerdtfeger. Wenn ich jetzt erwähne, dass ich nichts für sie tun konnte, weil man mir den Fall entzogen hat, folgt sofort die Frage, was ich hier eigentlich will. Ich kann auch nicht sagen „das geschah alles auf Weisung von oben, aber ich war total dagegen". Wenn ich hier Polizeiinterna ausplaudere, kann ich in Teufels Küche kommen.
„Wir haben uns psychologischen Rat geholt und geglaubt, dass das die beste Strategie sei, um sie da heile herauszubekommen. Man kann sagen, dass wir die kriminelle Energie von Ebeling unterschätzt haben."
„Es ist immer schwierig, vorherzusagen, wie sich jemand in einer bestimmten Situation verhält", sprang ihm der junge Mann unvermutet bei. Schwerdtfeger blieb nichts anderes übrig, als ihm zuzustimmen.
„Wir würden gerne Näheres über die Gründe wissen, die zu Frau Möllers Ausscheiden aus dem Dienst bei der Innenbehörde führte", fragte er weiter. „Wie man hört, soll es da Schwierigkeiten mit einem Vorgesetzten gegeben haben?"
Schwerdtfeger spürte mehr als dass er es sah, wie sich die junge Frau versteifte. „Es tut mir leid, dazu kann ich überhaupt nichts sagen."
„Aber Sie wissen doch bestimmt, dass es da Probleme gab? Als Ihre beste Freundin wird sie doch mit Ihnen darüber gesprochen haben?" insistierte er.

„Davon weiß ich nichts", wiederholte Frau Jacobsen.
„Hatte Ihre Freundin an ihrem Arbeitsplatz eine
Beziehung? Anders ausgedrückt, hatte sie vielleicht
ein Verhältnis mit einem ihrer Vorgesetzten?"
„Ich sage jetzt gar nichts mehr", erwiderte die junge
Frau jetzt einigermaßen heftig. „Und außerdem wäre es
besser, wenn Sie jetzt gingen."
Der junge Mann, der ob der unerwarteten Entwicklung
selber einigermaßen verblüfft wirkte, erhob sich mit
unmissverständlicher Gestik und Schwerdtfeger blieb
nichts anderes übrig, als ihm zum Ausgang zu folgen.
Das war ja eine kurze Einvernahme, überlegte
Schwerdtfeger, während er die Treppe hinunter stieg.
Sie ist ja plötzlich richtig heftig geworden.
Irgendwie muss ich wohl einen wunden Punkt berührt
haben.
Ich glaube, da war etwas, das Frau Jacobsen mir aus
irgend einem Grunde verschweigen wollte. Vielleicht,
um sich selber zu schützen?

51

Am nächsten Morgen meldete sich sein Telefon. „Hier
Universitätsklinik Eppendorf, Dr. Vollmer. Sind Sie
Herr Hauptkommissar Schwerdtfeger?"
„Der bin ich."
„Sie wollten über den Zustand des Patienten Rolf Höper
informiert werden?"
„Ich vermute, dass ist der junge Mann, der gestern in
der Isebeckstraße schwer misshandelt wurde?"
„Der selbe. Als er hier eingeliefert wurde, stand er
auf der Kippe. Er hatte einen Milzriss und starke
innere Blutungen. Wir haben ihn sofort operiert, er
liegt auf der Intensivstation und ist im Moment
stabil. Natürlich kann es immer noch zu Komplikationen
wie Nachblutungen oder Infektionen kommen. Außerdem
hatte er drei Rippenbrüche, einen Nasenbeinbruch und

überall Hämatome. Er ist wirklich schlimm zugerichtet worden. Haben Sie denjenigen, der das getan hat?"
„Der sitzt jetzt hinter Schloss und Riegel", bestätigte Schwerdtfeger.
„Ich kann Ihnen nur gratulieren. Sie haben dem jungen Mann höchst wahrscheinlich das Leben gerettet. Sie kamen wohl gerade noch rechtzeitig."
„Danke, Herr Dr. Vollmer. Manchmal, aber nicht immer, macht meine Arbeit mir noch Freude."
Sein Gesprächspartner schwieg einige Sekunden und sagte dann: „Ich glaube, ich kann Ihre Gedanken nachvollziehen. Ich werde Sie weiter auf dem Laufenden halten. Ich wünsche Ihnen noch einen schönen Tag."
„Und ich Ihnen auch, danke für Ihren Anruf."
Als Schwerdtfeger eine halbe Stunde später über den Gang ging, um sich im Sozialraum Wasser für seine Kaffeemaschine zu holen, kam Reinders auf ihn zu. Nanu, dachte Schwerdtfeger, er wird mir doch wohl nicht etwa gratulieren wollen?
„Guten Morgen, Herr Schwerdtfeger", sagte Reinders freundlich lächelnd. „Wie ich höre, haben Sie gestern wieder zugeschlagen?"
„Das kommt bei mir gelegentlich vor. Meinen Sie jetzt ein spezielles Ereignis?"
„In der Tat. Sie haben doch gestern Nachmittag einen jungen Mann festgenommen und in Handschellen abführen lassen. Dessen Anwalt hat Sie übrigens wegen Körperverletzung angezeigt. Sie sollen seinen Kehlkopf mit einem Handkantenschlag malträtiert haben."
„Sagt der Straftäter das? Dann kann er ja scheinbar noch reden. Er war nur gerade dabei, einen anderen jungen Mann umzubringen, da dachte ich, es wäre gesetzlich geboten, ihn daran zu hindern. Notwendige Hilfeleistung, und so weiter. Steht irgendwo im Kleingedruckten."
„Danke für die Belehrung", sagte Reinders steif. „Das weiß ich selber auch. Muss es dabei nur immer gleich so gewalttätig zugehen?"

272

„Polizei-Rambo im Rentenalter schlägt minderjährigen Chorknaben zusammen. Das würde eine tolle Schlagzeile ergeben. Welche Vorgehensweise hätten Sie denn vorgeschlagen?"

„Wie wäre es, wenn Sie es mal mit Psychologie versuchten? Den anderen beruhigen, ihn auf die Konsequenzen seiner Handlungsweise hinweisen, einfach mit ihm reden. Das ist die moderne Methode der Konfliktbewältigung."

„Diese moderne Vorgehensweise hat mir bei Ebeling vorgeschwebt. Leider wurde ich durch die höhere Vernunft (hier machte Schwerdtfeger eine Kunstpause und sah Reinders lächelnd ins Gesicht) daran gehindert. Die setzte auf eine Lösung mehr im Wildwest-Stil. Ich dachte gestern, ich wende das im Fall Ebeling Gelernte auf diesen Fall an. War das jetzt wieder falsch gedacht?"

Reinders machte eine schroffe Kehrtwende und verschwand ohne einen weiteren Kommentar in seinem Büro.

Ich kann ganz unbesorgt sein, dachte Schwerdtfeger. Bevor Reinders mich einmal lobt, springt er vom Heinrich Hertz-Turm. Und er konnte sich eine klammheimliche Freude über die eben abgelaufene Szene nicht ganz verkneifen.

Kaum war er wieder in seinem Büro, als sich sein Telefon erneut meldete. Er hatte den Polizeipräsidenten am Apparat.

„Hier Hausen, guten Morgen, Herr Schwerdtfeger", sagte der Präsident. „Ich hatte eben einen Anruf aus der Universitätsklinik Eppendorf. Der leitende Arzt hat mir Ihren Einsatz im Fall des Gewaltopfers Rolf Höper geschildert. Er ist, kurz gesagt, der Ansicht, dass Sie dem jungen Mann durch Ihr Eingreifen das Leben gerettet haben. Er hat mir zugesagt, mir darüber eine schriftliche Aussage zukommen zu lassen. Ich werde dafür sorgen, dass dieser Bericht in Ihre Personalakte eingeschlossen wird. Danke Ihnen für Ihr vorbildliches

Verhalten."

„Vielen Dank", sagte Schwerdtfeger. „Ein wenig Lob tut richtig gut. Mir scheint, dass nicht alle gleichmäßig begeistert sind. Mein Vorgesetzter hat mich eben darauf angesprochen. Ihm erschien mein Einsatz zu schlagkräftig, er hat zu einem mehr psychologischen Vorgehen geraten. Das sei zeitgemäßer."

„Herr Reinders ist ein Idiot. Machen Sie sich nichts draus." sagte der Präsident. „Ich wünsche Ihnen noch einen schönen Tag."

Schwerdtfeger konnte ein schadenfrohes Grinsen nicht ganz unterdrücken. Auf diese Nachricht brauchte er jetzt eine Tasse Kaffee.

Als er sich gerade eine Tasse eingeschenkt hatte, kam Günter Pauli zur Tür herein. „Moin, Manfred. Es riecht auf dem Flur so gut nach deinem Kaffee, da kam mir die spontane Idee, eine Dienstbesprechung anzusetzen."

„Setz Dich, Günter", sagte Schwerdtfeger und holte noch eine Tasse.

„Mir ist Reinders eben über den Weg gelaufen. Er sah etwas zerknittert aus. Weißt du etwas darüber?"

„Vielleicht hat ihn jemand zusammengestaucht?" mutmaßte Schwerdtfeger.

„Es wäre ihm und uns zu wünschen. Was gibt es Neues bei dir?"

„Ich habe es von Leandros, dass Sandra Möller im vierten Monat schwanger war."

Pauli pfiff durch die Zähne. „Und nun denkst du scharf darüber nach, ob es da.....irgend welche Zusammenhänge gibt?"

„Der Gedanke drängt sich auf, ja."

Pauli sagte nach einer längeren Denkpause: „Aber das würde ja bedeuten, dass....

Nein, das kann ich mir nun wirklich nicht vorstellen. Erzähle mir nicht, dass du etwa in dieser Richtung ermittelst."

„Dazu habe ich keinen Auftrag."

„Aber wie ich dich kenne, denkst du darüber nach?"

„Es macht mich schon ein wenig nachdenklich."
„Dann pass bloß auf, dass Reinders dir nicht drauf kommt."
Reinders ist ein Idiot, das habe ich aus dienstlicher Quelle, dachte Schwerdtfeger. Er sagte: „Mir ist keine Vorschrift bekannt, die Polizeibeamten das Nachdenken verbietet. Sollte dieses Nachdenken irgendwann zu Ergebnissen führen, hätte ich dann eine neue Situation, mit der ich fertig werden müsste. Im Moment trete ich aber auf der Stelle. Mein Problem ist, dass ich zu der Schwangerschaft keinen Mann finden kann. Der Vater von Sandra Möller sagte mir, dass nach seinem Wissen seine Tochter im fraglichen Zeitraum keine Männerbekanntschaft hatte. Er nannte mir dann den Namen einer, wie er sich ausdrückte, 'sehr vertrauten' Freundin, die auch bei der Innenbehörde arbeitete."
„War das diese Claudia Jacobsen, wegen der du mich angerufen hast?"
„Die gleiche. Sie arbeitet auch bei der Innenbehörde. Ich war auch schon da. Sie hat mich zunächst ganz freundlich empfangen und machte den Eindruck, ganz aufgeschlossen zu sein. Als ich sie dann aber fragte, ob nach ihrem Wissen Sandra Möller ein Verhältnis an ihrem Arbeitsplatz gehabt hätte, blockte sie plötzlich total ab. Sie hat mich dann praktisch hinausgeworfen."
„Das ist schon eine merkwürdige Reaktion. Sieht so aus, als ob sie dir etwas verschweigen wollte."
„Das dachte ich auch. Ich habe den Eindruck, dass sie Angst vor irgend etwas hatte."
„Und was willst du jetzt weiter unternehmen?"
„Ich habe Sandra Möllers Vater gefragt, ob seine Tochter ein Tagebuch geführt hätte. Junge Mädchen vertrauen manchmal Dinge, die sie nicht aussprechen können, einem Tagebuch an. Ein solches Tagebuch gibt es nach Herrn Möllers Ansicht aber nicht. Wir haben vereinbart, dass er mich anruft, wenn sich noch etwas Neues ergibt."

„Manfred, könnte es sein, dass du noch mit einem Fuß im Zeitalter der Poesiealben stehst? Ich glaube, dass das Tagebuch eines modernen jungen Mädchens sich heutzutage in einem Notebook befindet."

„Mensch Günter, das ist ein genialer Gedanke! Darauf war ich verkalkter Oldie noch gar nicht gekommen. Bleibe mal hier, ich rufe ihren Vater gleich noch einmal an."

Herr Möller nahm das Telefon nach dem dritten Freizeichen ab.

„Hier ist noch einmal Schwerdtfeger. Mir ist da noch etwas eingefallen. Sagen Sie, hatte Ihre Tochter einen Computer?"

„Ja, sie hat so ein kleines Ding, man sagt, glaube ich, Laptop dazu. Damit ist sie öfter mal ins Internet gegangen und hat E-Mails versandt."

„Würde es Ihnen etwas ausmachen, uns diesen Laptop für einige Tage zu überlassen?"

„Den können Sie gerne haben. Glauben Sie, dass Sie darauf noch irgend welche Informationen finden?"

„Das ist absolut möglich. Ich lasse den Laptop heute noch abholen."

„Ich bin den ganzen Tag im Haus."

„Wunderbar, und vielen Dank."

„Ich könnte das Notebook nach Dienstschluss abholen, ich komme auf meinem Nachhauseweg da sowieso vorbei", bot Pauli an. „Wir brauchen da übrigens professionelle Hilfe. Vermutlich ist das Notebook mit einem Festplatten-Passwort gesichert. Aber keine Sorge, ich kenne da einen Computer-Spezialisten in unserer DV-Abteilung, der kann das Passwort auf dem kurzen Dienstweg für uns knacken. Der offizielle Weg könnte sich als risikoreich erweisen."

„Was wäre ich bloß ohne deine Kontakte und deine guten Ideen?"

„Du weißt ja: Auskunftei Pauli, stets zu Ihren Diensten."

„Das war eine höchst erfolgreiche Dienstbesprechung",

sagte Schwerdtfeger und schenkte noch einmal Kaffee nach.

52

Als Pauli gegangen war, klingelte Schwerdtfegers Telefon. Der Staatsanwalt war dran.
„Hallo, Herr Schwerdtfeger, hier ist Dr. Martens. Meinen Glückwunsch zu Ihrer gestrigen Aktion. Da haben Sie ja wohl ein Menschenleben gerettet."
Das hat sich scheinbar herumgesprochen, dachte Schwerdtfeger.
„Vielen Dank, Herr Dr. Martens, aber ich habe eigentlich nur meine Arbeit getan. Als ich erkannte, dass der junge Mann in Schwierigkeiten war, blieb mir gar nichts anderes übrig, als ihm zu helfen. Für diese Aufgaben werde ich bezahlt."
„Bescheidenheit ist eine Zier. Aber hier habe da zum Geschehensablauf noch einige Fragen. Dr. Willumeit, der Anwalt des Schlägers, eines gewissen Alexej Dimitrow, hat Sie wegen Körperverletzung angezeigt. Sie sollen den Schläger grundlos mit einem Handkantenschlag auf den Kehlkopf geschlagen haben. Verstehen Sie mich nicht falsch, ich ordne das schon richtig ein, der Dimitrow hat einschlägige Jugendstrafen. Aber ich muss die Sache vom Tisch bekommen, und dazu brauche ich Ihre Hilfe."
„Ein Handkantenschlag gegen den Kehlkopf hätte sicher zu erheblichen Verletzungen geführt. Hat Dr. Willumeit derartige Verletzungen nachgewiesen?"
„Nein, das hat er nicht. Mir ist auch nicht bekannt, ob überhaupt eine ärztliche Untersuchung statt gefunden hat."
„Das wäre dann wohl notwendig. Ich habe mich übrigens dem Jugendlichen, der bei meinem Eintreffen auf den bewegungsunfähig am Boden Liegenden eintrat, zwei Mal als Polizist zu erkennen gegeben und ihn zum Aufhören

aufgefordert. Als er das ignorierte, habe ich ihn am Kragen gepackt und ihn von seinem Opfer weg gerissen, so dass er zu Boden gefallen ist. Er sprang sofort wieder auf und griff mich an. Ich habe seinen Angriff abgewehrt und ihm drei Finger meiner rechten Hand in den Hals gestoßen. Diese Art von Angriff ist ungefährlich, hat aber einen Überraschungseffekt, den ich genutzt habe, um ihm Handschellen anzulegen. Was sagen übrigens die Zeugen?"

„Ein Ehepaar hat die Schlägerei von einem Balkon im zweiten Stock aus beobachtet. Die können sich erstaunlicher Weise an keinerlei Details erinnern."

„Die haben vermutlich Angst. Haben die eigentlich die Polizei telefonisch über die Schlägerei informiert?"

„Das haben sie nicht."

„Das wäre dann unterlassene Hilfeleistung."

„Das ist richtig. Von den bei der Prügelei anwesenden Jugendlichen, die wir bisher identifiziert haben, stützen zwei die Behauptung des Rechtsanwaltes Willumeit. Die anderen äußern sich nicht zur Sache."

„Auch die umstehenden Jugendlichen haben sich in diesem Sinne strafbar gemacht."

Der Staatsanwalt lachte. „Wenn man den Zeugen das auf geeignete Weise klar macht, könnte es vielleicht zu einer Auffrischung ihres Erinnerungsvermögens beitragen."

„Das haben Sie jetzt gesagt, Herr Dr. Martens."

„Habe ich. Bekomme ich eine Kopie Ihres Berichtes?"

„Sowieso."

„Dann wünsche ich Ihnen noch einen schönen Tag."

Gut, dass er nicht gefragt hat, was ich eigentlich in der Isebeckstraße wollte, dachte Schwerdtfeger. Ich werde aufpassen müssen, wie ich das in meinem Bericht formuliere.

53

Es war ein schöner Juniabend. Schwerdtfeger saß mit seiner Frau auf der Terrasse ihres gemeinsamen Hauses. Sie hatten beide ein Glas Weißwein vor sich, in einem Kühler stand die angebrochene Flasche.

Schwerdtfegers Frau trank einen Schluck. „Schmeckt gut, dieser trockene Kaiserstühler", bemerkte sie.

„Als wir uns kennen lernten, hat es dich geschüttelt, wenn ich dir einen trockenen Wein vorsetzte. Du sagtest 'der ist mir zu sauer'" erinnerte sich Schwerdtfeger.

„Wir Norddeutschen mögen von Haus aus lieber etwas süßeren Wein. Aber dann hast du mich umerzogen. Heute muss ich mich richtig überwinden, wenn ich bei einer Freundin bin und dort süßen Wein angeboten bekomme."

„Der Mensch ist ein Gewohnheitstier. Übrigens, was ich dir erzählen wollte: Ich bin im Fall der getöteten Geisel auf einen interessanten Umstand gestoßen."

„Lass hören."

„Bei der routinemäßigen Obduktion stellte sich heraus, dass Sandra Möller im vierten Monat schwanger war."

„Was ist daran so ungewöhnlich? Sie war im richtigen Alter, und heute sind die jungen Mütter nicht immer verheiratet."

„Ich habe ihren Vater gefragt, ob sie einen Freund gehabt hat. Er war über ihre früheren Bekanntschaften einigermaßen in Bilde, wusste aber nichts über einen derzeitigen Freund."

„Das muss noch nicht unbedingt etwas bedeuten. Heute leben die jungen Frauen ihr eigenes Leben und beichten ihren Eltern nicht mehr jede Liebschaft."

„Trotzdem ist da irgend etwas faul. Sie arbeitete bis vor einigen Wochen bei der Innenbehörde. Ganz plötzlich bekam sie offensichtlich Streit mit einem Vorgesetzten und hat gekündigt. Und es ist mir nicht gelungen, Näheres darüber herauszubekommen, was diesen Streit ausgelöst hat und worum es dabei ging. Der

Vater weiß wohl nichts, und als ich eine enge Freundin von ihr, die auch bei der Innenbehörde arbeitete, nach Einzelheiten fragte, hat die total gemauert. Als ich ihr die Frage stellte, ob sie ein Verhältnis mit einem ihrer Vorgesetzten gehabt hatte, hat sie mich rausgeworfen. Ich hatte das Gefühl, dass sie selber Angst hatte."

„Das ist allerdings wirklich merkwürdig. Wenn sie einfach nichts gewusst hätte, dann hätte sie das eben gesagt. Dass sie aber so heftig reagiert hat, scheint mir darauf hin zu deuten, dass sie sehr wohl etwas weiß, aber aus irgend welchen Gründen nichts sagen möchte. Weißt du übrigens, ob diese Freundin Beamtin oder Angestellte ist?"

„Weiß ich nicht. Warum sollte das wichtig sein?"

„Vielleicht ist die Angelegenheit ja so brisant, dass sie um ihre Stellung fürchtet. Eine Beamtin muss sich da weniger Sorgen machen, aber einer Angestellten, gar einer so jungen, kann eine Behörde durchaus unter irgend einem Vorwand kündigen."

„Mensch, Gisela, da könnte was dran sein. Das würde aber bedeuten, dass ich hier an einer ganz heißen Sache dran bin."

„Sei nur vorsichtig."

„Ich bin Beamter", sagte Schwerdtfeger lächelnd.

„Auch Beamte sind verwundbar", sagte seine Frau ernst.

54

Schwerdtfeger war am nächsten Morgen kaum in seinem Büro eingetroffen, als auch schon sein Telefon läutete. Das wird Reinders sein, vermutlich hat er mal wieder einen brandeiligen Auftrag, vermutete er, aber als er den Hörer abgehoben hatte, meldete sich ein ziemlich aufgeregter Herr Möller.

„Guten Morgen, Herr Schwerdtfeger, entschuldigen Sie den frühen Anruf, aber bei uns ist gestern

eingebrochen worden. Ich war mit meiner Frau weg, sie sollte mal auf andere Gedanken kommen, wir waren erst im Theater und dann noch zum Essen, und als wir nach Hause kamen, fiel uns auf, dass die Tür zu Sandra s Zimmer auf war, wir haben sie sonst immer geschlossen, und Sandras Zimmer war durchwühlt worden."
Herr Möller war völlig außer Atem, und Schwerdtfeger nutzte dessen Atempause, um zu fragen, ob etwas fehlte. „Nein, das scheint nicht der Fall zu sein.
„Haben Sie auch in den anderen Zimmern nachgeschaut; ob etwas fehlt, Geld, Schmuck oder sonstige Wertgegenstände?"
„Da haben wir gleich nachgeschaut. Nein, es fehlt absolut nichts. Den Laptop meiner Tochter hat Ihr Kollege ja schon gestern abgeholt."
Der Laptop! dachte Schwerdtfeger. Ob der Einbruch dem Laptop galt? Das wird ja immer merkwürdiger.
„Das hat seine Richtigkeit. War eigentlich Ihre Haustür aufgebrochen oder das Schloss beschädigt?"
„Nein, weder der Tür noch dem Schloss war irgend etwas anzumerken."
„Einbruch fällt nicht in mein Arbeitsgebiet. Ich werde aber die zuständigen Kollegen vom Einbruchsdezernat zu Ihnen schicken. Sie brauchen sich um nichts weiter zu kümmern. Ach, und fassen Sie bitte bis dahin im Zimmer....ihrer Tochter möglichst wenig an. Es ist auf jeden Fall gut, dass Sie mich gleich angerufen haben. Sollte Ihnen sonst noch etwas auffallen, melden Sie sich bitte sofort wieder bei mir. "
„Das mache ich ganz bestimmt", versprach Herr Möller. Schwerdtfeger rief Pauli an.
„Guten Morgen, Günter. Es gibt eine neue Entwicklung im Fall Möller."
„Moin, Manfred. Du gehst jetzt also davon aus, dass wir wieder einen 'Fall Möller' haben."
„Das könnte durchaus sein. Bei den Eltern ist gestern Abend eingebrochen worden. Möllers waren gestern Abend im Theater und zum Essen, sie waren also einige

281

Stunden außerhalb ihrer Wohnung. Jemand muss sie genau beobachtet haben, denn diese Zeit wurde dazu genutzt, bei ihnen einzubrechen. Es scheint nichts zu fehlen, aber das Zimmer ihrer toten Tochter wurde durchsucht."
„Das Notebook!" sagte Pauli.
„Genau das habe ich auch gedacht. Das könnte dem Notebook gegolten haben. Wo ist es denn jetzt?"
„Ich bin noch nicht dazu gekommen, es meinem Kollegen zu geben, es ist noch bei mir im Büro."
„Dann passe gut darauf auf. Ist dein Computerspezialist zuverlässig?"
„Absolut. Ich werde ihn entsprechend vorwarnen."
„Äußerste Diskretion ist geboten."
„Schon klar. Verlass' dich ganz auf mich."
Dann rief Schwerdtfeger die Kollegen vom Einbruch an.
„Einbruch, Forster hier."
„Manfred Schwerdtfeger. Hallo, Kurt, wie geht's denn so?"
„Danke, Manfred, ich kann nicht besser klagen. Und wie geht es dir? Man hat dir ja übel mitgespielt in dieser Möller-Geschichte. Wir sind hier alle ziemlich sauer, wie das abgelaufen ist. Aber so was kommt dabei heraus, wenn man die Fachleute nicht arbeiten lässt."
„Ich bin auch nicht besonders glücklich, das kannst du mir glauben. Aber da konnte ich halt gar nichts machen. Apropos Möller: Da habe ich was für euch. Bei dem Vater der Geisel ist gestern eingebrochen worden. Das sieht ziemlich nach Profi-Arbeit aus. Ich hatte gestern mit Herrn Möller Kontakt, es waren da noch einige Fragen wegen seiner Tochter offen, da hat er mich angerufen. Es scheint nichts zu fehlen, es wurde nur das Zimmer der Geisel durchsucht."
„Das ist ja merkwürdig. Ob da ein Zusammenhang zu dieser Geiselgeschichte besteht?"
„Da denke ich auch schon die ganze Zeit drüber nach. Schaut euch halt den Tatort genau an, und nehmt auch die Spurensicherung mit."
„Machen wir. Hast du die Adresse?"

„Isebeckstraße 32. Ach, und lasst mich wissen, was ihr gefunden habt."

„Aber klar. Du bekommst eine Kopie von unserem Bericht."

„Danke, und bis bald mal wieder."

55

Schwerdtfeger hatte mit Pauli eine stehende Vereinbarung: Wenn keiner der beiden außer Haus war, etwa auf einem Einsatz, zu einer Fortbildungsmaßnahme oder auf einer Dienstreise, trafen die beiden sich zu einer festen Zeit in der Kantine zum Mittagessen.

Als Schwerdtfeger heute den gewohnten Tisch ansteuerte, saß Pauli bereits da. Vor sich auf dem Teller hatte er ein etwas weniger als mittelgroßes Schweinesteak.

Schwerdtfeger setzte sich mit seinem Salatteller zu ihm.

„Dieses Stückchen Fleisch nennt sich Holzfällersteak", sagte Pauli ärgerlich. „Ein Holzfäller, der nach dieser Mahlzeit einen größeren Baum fällen müsste, würde sicher nach getaner Arbeit zusammenbrechen."

„Du denkst dabei bestimmt an die Holzfäller vergangener Zeiten", meinte Schwerdtfeger. „Vergiss nicht, dass es heute Kettensägen gibt. Da wäre es unwirtschaftlich, die Holzfäller so zu ernähren, als müssten sie einen Baum noch mit der Axt fällen."

„Die Polizeiverwaltung muss sparen, das ist uns bekannt. Der Name 'Holzfällersteak' ist jedenfalls irreführend", befand Pauli. „Es könnte zum Beispiel 'Pförtnersteak' heißen. Ein Pförtner übt eine meistens sitzende Tätigkeit aus und braucht darum kein großes Steak."

„Mache doch einen entsprechenden Verbesserungsvorschlag an die Kantinenverwaltung", regte Schwerdtfeger an. „Was gibt es sonst Neues?"

„Mein Gewährsmann aus der DV-Abteilung ist mit Hochdruck dabei, dein Notebook zu knacken. Er rechnet für den späten Nachmittag mit Ergebnissen und ruft mich dann an."

„Wenn der Einbruch bei Möllers wirklich dem Notebook galt, würde das bedeuten, dass da irgend welche Daten darauf sind, die jemanden gefährlich werden können", meinte Schwerdtfeger. „Das ist bis jetzt allerdings eine reine Spekulation. Sagst du mir Bescheid, wenn es Ergebnisse gibt?"

„Wir könnten zu ihm gehen, wenn die Ergebnisse vorliegen", schlug Pauli vor.

„Das ist eine prima Idee. Und wie wäre es mit einem Kaffee nach dem Essen?"

„Meinst du, hier in der Kantine?"

„I bewahre. Es wäre sicher eine Gemeinheit, dir nach dem Pförtnersteak noch den dünnen Kantinenkaffee zuzumuten. Gehen wir zu mir in mein Büro."

„Das ist doch mal ein Wort", sagte Pauli erfreut. „Worauf warten wir?"

Während die Kaffeemaschine gurgelte und liebliche Kaffeegerüche durch Schwerdtfegers Büro zogen, klingelte sein Telefon.

Schwerdtfeger hob ab. „Möller hier", meldete sich der Anrufer.

Schwerdtfeger drückte den Mithörknopf und machte Pauli ein Zeichen.

„Hallo, Herr Möller, gibt es etwas Neues?"

„Das kann man wohl sagen. Eben war jemand von der Polizei bei mir und wollte den Laptop meiner Tochter mitnehmen. Er war ziemlich erstaunt, als ich ihm mitteilte, dass Sie den Computer schon mitgenommen haben."

Pauli sah überrascht auf.

„Hat Ihr Besucher Ihnen seinen Dienstausweis gezeigt?" fragte Schwerdtfeger.

„Nein, er zeigte mir nur seine Dienstmarke. Da war das Wappen der Freien und Hansestadt Hamburg und eine fünfstellige Nummer drauf."

„Und konnten Sie einen Namen oder eine Dienststelle entziffern?"

„Nein, das muss auf der anderen Seite der Marke gestanden haben. Hätte ich danach fragen sollen?"

„Wir Polizeibeamten sind angewiesen, bei derartigen Besuchen unaufgefordert unseren Dienstausweis vorzuzeigen", erläuterte Schwerdtfeger. „Sie hätten den Namen und die Dienststelle erfragen können. Habe ich Sie richtig verstanden, dass Sie den Besucher unter Nennung meines Namens informiert haben, dass ich den Computer bei Ihnen abgeholt habe?"

Herr Möller schwieg einen Moment. „Hätte ich das besser verschweigen sollen?"

Schwerdtfeger und Pauli sahen einander an.

„Kein Problem, das ist schon in Ordnung", beruhigte Schwerdtfeger ihn. „Was ich Ihnen nur raten möchte, wäre, sich in ähnlichen Fällen genau über die Identität eines Besuchers, der sich als Polizist ausgibt, zu vergewissern. Verlangen Sie die Vorlage des Dienstausweises, notieren sich den Namen und die Dienststelle und zögern Sie nicht, sich in Zweifelsfällen bei seiner Dienststelle nach dem Besucher zu erkundigen. Es kommt gelegentlich vor, dass sich Straftäter unter dem Vorwand, Polizist zu sein, Zutritt zu Wohnungen verschaffen. Diese Blechmarken kann man schließlich auch fälschen."

„Da hätte ich wohl etwas vorsichtiger sein sollen", sagte Herr Möller niedergeschlagen.

„Man lernt aus Erfahrung. Noch ein Tipp: Wenn jemand, auch ein echter Polizist, etwa den Laptop Ihrer Tochter mitnehmen möchte, so ist es Ihre freie Entscheidung, ob Sie ihm den mitgeben. Wenn er ihn beschlagnahmen will, braucht er einen richterlichen Durchsuchungsbeschluss beziehungsweise eine Beschlagnahme-verfügung. Es sei denn, es ist 'Gefahr im Verzug', aber diese Situation ist in Ihrem Fall absolut nicht erkennbar. Auf jeden Fall können Sie eine Quittung für etwa beschlagnahmte Gegenstände verlangen."

„Schönen Dank für diese Hinweise", sagte Herr Möller. „Haben Sie bei der Untersuchung des Laptops übrigens schon etwas heraus gefunden?"

„Wir sind noch dabei", informierte Schwerdtfeger ihn. „Sobald unsere Untersuchungen abgeschlossen sind, bringen wir Ihnen das Gerät zurück."

„Es eilt nicht", sagte Herr Möller. „Und nochmals vielen Dank."

„Wie kommt es nur, dass ich jeden Moment mit einem Anruf Reinders' rechne, ich solle sofort den Computer abliefern", sagte Schwerdtfeger zu Pauli.

„Mensch, Manfred", sagte Pauli, „ich glaube, du hast recht. Irgendwie ist hier der Wurm drin, du bist an einer heißen Sache dran. Lass' uns sofort zu meinem DV-Spezialisten herüber gehen. Sehen wir mal, was er bis jetzt herausgefunden hat."

Als Schwerdtfeger die Tür seines Büros hinter sich schließen wollte, klingelte wieder sein Telefon. Instinktiv drehte er sich um, aber Pauli packte ihn beim Arm und zog ihn hinaus.

„Du hast recht, Günter", sagte Schwerdtfeger. „Bloß hier weg. Ich denke, ich schalte auch mein Handy aus."

„Gute Idee", sagte Günter Pauli.

56

Im Labor der DV-Abteilung saß ein junger Mann einsam an einem Tisch. Vor sich hatte er einen großen Becher mit schwarzem Kaffee, einen mit Zigarettenstummeln überquellenden Aschenbecher und das Notebook von Sandra Möller.

Günter Pauli stellte ihn Schwerdtfeger vor. „Das hier ist mein Freund Peter Weyhe, der Experte der Polizei für die Bits und Bytes. Peter, das ist mein Freund und Chef Manfred Schwerdtfeger."

Der junge Mann stand auf und gab Schwerdtfeger die Hand. „Ich habe schon viel von Ihnen gehört. Freut mich, ihre persönliche Bekanntschaft zu machen."
„Ganz meinerseits. Und danke, dass Sie uns helfen."
„Es ist mir doch ein Vergnügen, Günters Freunden zu helfen. Ich habe übrigens das Passwort geknackt, bin also im System drin, aber ich hatte noch keine Zeit, die Dateien auszuwerten."
„Das Problem ist", sagte Pauli, „es sind Umstände eingetreten, die es erforderlich machen, das Notebook in Kürze zurück zu geben. Was können wir da machen, um die Auswertung zu beschleunigen?"
„Wenn das so ist, schlage ich vor, die verdächtigen Dateien mit einem Laplink auf einen anderen Computer zu übertragen. Dann könnt Ihr die in aller Ruhe auswerten, auch wenn Ihr das Notebook zurück geben müsst. Eine noch elegantere Möglichkeit wäre, die Dateien auf eine externe Festplatte zu kopieren. Aber unser Mittelverwalter hat meinen Beschaffungsantrag abgeschmettert. Er meinte, die Computer hätten ja schon alle eine Festplatte, das müsste wohl genügen."
„Ein Halbgebildeter. Er weiß nur, dass gespart werden muss, koste es, was es wolle", sagte Pauli. „An was für Dateien denkst Du übrigens dabei?"
„Ihr sucht nach irgend welchen Aufzeichnungen oder Texten, richtig? Dann schlage ich vor, alle Textsysteme und die „Eigenen Dateien" zu übertragen. Wären gesendete und empfangene Emails eventuell von Interesse?"
„Auf jeden Fall", sagte Günter Pauli. „Und lasse uns mal die Verzeichnisse im Windows Explorer ansehen."
Peter Weyhe klickte mit der Notebookmaus. Pauli sah auf den Monitor.
„Da ist ein Ordner auf der Festplatte, der heißt 'Mein Tagebuch'. Das sieht doch ganz nach dem aus, was wir suchen, oder?"
Er sah Schwerdtfeger dabei an. Dieser nickte nachdrücklich.

„Das nehmen wir auch mit", sagte Günter Pauli.
„Gut, alles klar. Es gibt viel zu tun, warten wir's
ab. Wir brauchen jetzt also ein Notebook mit dem
gleichen Betriebssystem, sonst funktioniert das
Laplink nicht. Das wäre also Windows 98. Da ist schon
eins."
Peter Weyhe verband die beiden Notebooks mit einem
Kabel, installierte die notwendige Software und
begann, die Daten von Sandra Möllers Notebook auf das
andere zu übertragen. Nach etwa zwanzig Minuten sagte
er: „Das ist ja hier ein ziemlich langsames Teil, aber
jetzt sind wir fertig. Zur Vorsicht will ich die
Laplink-Software noch wieder deinstallieren. Es muss
ja nicht jeder sehen, was wir hier gemacht haben."
Er gab Schwerdtfeger das Notebook von Sandra Möller
und fragte: „Und wer macht von euch die Auswertung der
Daten?"
Pauli sah Schwerdtfeger an. „Das würde ich machen,
wenn du einverstanden bist."
Schwerdtfeger nickte.
Weyhe gab Pauli das zweite Notebook, holte einen
Quittungsblock und sagte: „Entschuldige, Günter, auch
ich brauchte hier noch eine Unterschrift, damit ich
später noch nachvollziehen kann, wo das Ding geblieben
ist. Du weißt ja, Ordnung muss sein bei der Behörde."
„Alles klar, Peter, und danke. Du hast etwas gut bei
mir."
„Kein Problem, wenn es nur der Wahrheitsfindung
dient."
„Und lasse die Quittung nicht herum liegen."
„Keine Bange, die kommt ins Safe. Und bis bald mal
wieder."

57

Schwerdtfeger war doch einigermaßen aufgescheucht durch die Tatsache, dass sich jemand bei Herrn Möller über den Verbleib von Sandra Möllers Notebook erkundigt hatte. Er beschloss, das Gerät sofort zurück zu bringen.

Da er es vermeiden wollte, mit dem Notebook unter dem Arm öffentliche Verkehrsmittel zu benutzen, nahm er seinen Dienstwagen für die Fahrt in die Isebeckstraße. Auf sein Klingeln öffnete Herr Möller und bat Schwerdtfeger herein.

„Oh, Sie haben ja Sandras Laptop schon wieder zurück gebracht. Haben Sie schon etwas gefunden?"

„Wir haben die Daten noch nicht ausgewertet", erwiderte Schwerdtfeger. „Ich wollte Sie nicht aufhalten, muss auch zurück in die Dienststelle. Passen Sie gut auf den Computer auf."

„Worauf Sie sich verlassen können", sagte Herr Möller. „Sie lassen von sich hören, sobald Sie etwas heraus gefunden haben?"

„Ich halte Kontakt mit Ihnen", sagte Schwerdtfeger einigermaßen unbestimmt. „Bis später."

Zurück im Büro rief er seinen Kollegen vom Einbruchsreferat an.

„Einbruch, Forster hier."

„Hallo, Kurt, hier ist Manfred."

„Moin, Manfred."

„Ich wollte mal hören, was Eure Ermittlungen zum Einbruch in der Isebeckstraße ergeben haben."

„Ich hatte schon bei dir angerufen, aber du warst wohl auf Achse. Möller hießen die doch, oder? Also, es ist schon einigermaßen seltsam. Was unsere Spurensicherung gefunden hat, kann man mit einem Wort exakt beschreiben: Nichts. Das fängt schon bei der Eingangstür an. Die wurde nicht aufgebrochen, sie weist keinerlei Beschädigungen auf. Die Einbrecher müssen einen Schlüssel gehabt haben. Das Komische

dabei ist nur, Möllers haben versichert, dass niemand außerhalb der Familie einen Wohnungsschlüssel hat. Es gibt drei Exemplare, für jedes Mitglied der Familie einen. Der Schlüssel der Tochter wurde bei ihren Sachen gefunden und ist in der Wohnung. Dann haben wir die ganze Wohnung nach fremden Fingerabdrücken abgesucht. Wir fanden nur die von Vater, Mutter und der toten Tochter. Die haben wir uns noch aus der Gerichtsmedizin besorgt. Sonstige Spuren: Fehlanzeige. Es scheint auch nichts zu fehlen, jedenfalls nach Angaben von Herrn und Frau Möller. Geld hat sie nicht interessiert; in einer Schale im Flur lag deutlich sichtbar ein 50 €-Schein, der war nach dem Einbruch noch vorhanden. Ziemlich untypisch. Die Einbrecher haben nur das Zimmer der Tochter durchsucht. Der Inhalt des Schrankes, also Kleidungsstücke und so, lagen zum Teil auf dem Bett und zum Teil auf dem Boden. Dabei wurde eine Schranktür aufgebrochen. Das ist auch wieder merkwürdig: Das Sicherheitsschloss der Eingangstür ist unbeschädigt, aber das primitive Schranktürschloss ist erbrochen. Na, vielleicht hatten die ja nicht genug Zeit, das Schloss kunstgerecht zu öffnen. Einen so komischen Einbruch habe ich während meiner gesamten Dienstzeit noch nicht erlebt. Wenn die Möllers diesen Einbruch nicht selbst inszeniert haben, waren hier absolute Profis am Werk."
Was sage ich ihm, überlegte Schwerdtfeger. Soll ich erzählen, dass meiner Meinung nach der Einbruch dem Notebook der Tochter galt? Besser lieber nicht, man weiß nicht, was da noch alles dahinter steckt.
„Hältst du es für möglich, dass die Möllers diesen Einbruch getürkt haben?"
„Eigentlich nicht. Es ist kein Motiv dafür erkennbar, Versicherungsbetrug oder so, da ja nichts fehlt. Außerdem haben die zur Zeit sicher ganz andere Sorgen, nach dem Tod ihrer Tochter, meine ich."
„Das sehe ich auch so. Na, habe jedenfalls vielen Dank für deinen Bericht."

„Da nicht für. Wann kommt ihr uns mal wieder
besuchen?"
„Gute Idee, muss ich mal mit meiner Frau besprechen."
„Tu das, und bis bald mal."

58

„Gibt es etwas Neues im Fall der armen Geisel?" fragte
Schwerdtfegers Frau. Sieh an, sie spricht auch schon
von einem Fall, dachte Schwerdtfeger.
„Bei Möllers ist eingebrochen worden, es wurde aber
nichts gestohlen. Ich glaube, der Einbruch galt Sandra
Möllers Laptop", sagte er.
„Warum, fehlte er?"
„Nein, denn wir hatten ihn vorher abgeholt. Günter
Pauli hatte vermutet, dass sie ihrem Computer
vielleicht ihre Erlebnisse bei der Innenbehörde
anvertraut hat, so eine Art von elektronischem
Tagebuch."
„Und wer, glaubst du, steckte dann hinter dem Einbruch
bei Möllers?"
„Wenn ich das nur wüsste. Kurt Forster hat sich den
Tatort angesehen, er meinte, da seien Profis am Werk
gewesen. Sie haben keine auswertbaren Spuren gefunden.
Merkwürdig war, dass die Eingangstür nicht
aufgebrochen war. Die Einbrecher müssen also einen
Schlüssel gehabt haben."
„Glaubst du, dass die Innenbehörde dahinter steckt?"
Nun hat sie es ausgesprochen, was ich kaum zu denken
wagte, dachte Schwerdtfeger. Gott segne ihre
Unbefangenheit. Habe ich nicht einmal gehört, dass
die Dienste zu jedem Sicherheitsschlossfabrikat einen
Generalschlüssel haben?
„Wie kommst du jetzt drauf?" fragte er.
„Überlege doch einmal, was bisher alles passiert ist.
Sandra Möller ist schwanger, hat Ärger mit einem
Vorgesetzten an ihrem bisherigen Arbeitsplatz,

kündigt, bekommt trotzdem ein gutes Zeugnis. Dann wird sie als Geisel genommen, der Innensenator schaltet sich in den Fall ein, mit dem Resultat, dass sie stirbt, ein Ende, das du vorher gesehen hast, das also vorhersehbar war. Nun wird bei den Eltern eingebrochen, auf sehr professionelle Weise, wie du sagst. Ist es nicht möglich, dass da jemand die Gelegenheit ergriffen hat, sich ein Problem vom Hals zu schaffen?"

„Wen meinst du mit 'jemand'?"

„Wie wäre es mit dem Innensenator selber? Er ist ein Frauentyp, sie verliebt sich in ihn, hat ein Verhältnis mit ihm, wird schwanger, stellt jetzt eine Gefahr für ihn dar. Er nutzt die Gunst der Stunde und die ihm zur Verfügung stehenden Mittel, um die Gefahr abzuwenden."

„Vielleicht hast du ja Recht", sagte Schwerdtfeger nachdenklich. „Aber wenn es so wäre, dürfte es ziemlich schwierig werden, das alles zu beweisen."

„Du bist doch Kriminalpolizist, oder?" sagte seine Frau. „Also beweise es."

Das Telefon klingelte. Frau Schwerdtfeger hob ab, sagte, „hallo, bitte melden Sie sich", und legte wieder auf.

„Wer war denn dran?" wollte Schwerdtfeger wissen.

„Es hat sich niemand gemeldet. Das Gleiche ist mir heute Mittag übrigens schon mal passiert. Ob sich da jemand verwählt hat?"

Oder ob jemand versucht, uns einzuschüchtern? fragte sich Schwerdtfeger, antwortete aber nicht.

59

Als Schwerdtfeger am nächsten Morgen, kaum in seinem Büro angekommen, seine stählernen Schreibtischschubladen aufschließen wollte, stellte er zu seiner Überraschung fest, dass diese offen waren.

Nanu? fragte er sich. Habe ich gestern bei
Dienstschluss vergessen, abzuschließen? Werde ich
langsam vergesslich? Aber ich habe doch gestern meine
Dienstwaffe in die Schublade gelegt und dann
abgeschlossen. Ich hatte zunächst überlegt, ob ich die
Pistole mit nach Hause nehmen wollte, habe dann aber
beschlossen, sie hier zu lassen. Und danach habe ich
abgeschlossen, der Schlüssel passte erst nicht, weil
es nämlich der falsche war. Und nun ist der
Schreibtisch offen?
Er prüfte sofort nach, ob seine Waffe noch da war. Da
war sie, geladen und gesichert, wie es die Vorschrift
verlangte.
War sein Büro etwa durchsucht worden? Fehlte sonst
etwas?
Er hatte doch vor einigen Tagen einige Fragen zur
Vorgeschichte von Sandra Möllers Tod formuliert und
mit Fasermaler auf ein Blatt Papier geschrieben.
Dieses Blatt hatte er obenauf in die obere rechte
Schreibtischschublade gelegt.
Da lag es nicht mehr. Er durchsuchte systematisch alle
Schubladen, aber das Blatt blieb verschwunden.
Wie waren der oder die Einbrecher überhaupt in sein
Büro gekommen? Er schloss sein Büro während den Zeiten
seiner Abwesenheit immer ab, so wie es die Vorschrift
verlangte. In den Büros der Polizeibeamten wurden
immer Dinge aufbewahrt, die nicht in falsche Hände
gelangen durften. Das fing bei Waffen und Munition an
und hörte bei vertraulichen Akten und
Dienstanweisungen nicht auf. Selbst das
Telefonverzeichnis des Landeskriminalamtes trug den
Aufdruck: „VS-Nur für den Dienstgebrauch." VS
bedeutete „Verschlusssache."
Schwerdtfeger sah sich das Sicherheitsschloss seiner
Bürotür an. Es war völlig unbeschädigt und wies auch
nicht den geringsten Kratzer auf. Es unterlag keinem
Zweifel, wer immer ihn besucht hatte, hatte einen
Schlüssel gehabt.

Wer hatte alles Zugang zu den Schlüsseln der Büroräume? Soviel Schwerdtfeger wusste, gab es Doppel der Schlüssel nur bei der dafür zuständigen Stelle der Hausverwaltung. Diese führte genau Buch über jedes ausgegebene Exemplar. Ging einmal ein Schlüssel verloren, wurde der Schließzylinder des betreffenden Schlosses ausgetauscht. Geschah dergleichen einem nachlässigen Beamten öfter, konnte es ihm passieren, dass die Verwaltung Erstattung der entstandenen Kosten von ihm verlangte.

Das Gespräch fiel ihm ein, das er am gestrigen Abend mit seiner Frau geführt hatte.

Als er eben darüber nachdachte, klingelte sein Telefon.

„Hier Günter, guten Morgen, Manfred. Du glaubst nicht, was ich....."

„Jetzt nicht", unterbrach ihn Schwerdtfeger. „Sehen wir uns zum Mittagessen wieder in der Kantine?"

Günter Pauli schwieg einige Sekunden und sagte dann: „Alles klar, bis nachher."

Diesmal war Schwerdtfeger der Erste, der am gewohnten Tisch eintraf. Als Pauli sich zu ihm setzte, sagte Schwerdtfeger: „Entschuldige, dass ich dich vorhin so schnell unterbrochen habe. Aber es geschehen hier merkwürdige Dinge. Denk dir, jemand hat über Nacht in meinem Büro eingebrochen."

„Woran hast du das gemerkt?"

„Erstens waren meine Schreibtischschubladen offen, die ich gestern vor Dienstschluss abgeschlossen habe. Und zweitens fehlt etwas. Ich hatte einige Sandra Möller betreffende Tatsachen, die mir auffällig erschienen, mit einem Fasermaler auf ein Blatt Papier geschrieben und einige Fragen formuliert. Dieses Blatt habe ich obenauf in eine der Schreibtischschubladen gelegt. Und heute morgen war es verschwunden."

„Und nun hast du dich gefragt, ob vielleicht die gleichen Leute, die dein Büro durchsucht haben, auch dein Telefon überwachen?"

„Genau das habe ich mich gefragt", gab Schwerdtfeger zu.

„Das würde mich gar nicht wundern", erwiderte Pauli. „Du musst auch an die Möglichkeit denken, dass dein Büro verwanzt ist."

„Das sagst du alles so locker, als ob dich das gar nicht wundern würde?"

„Das tut es auch nicht. Ich habe gestern Abend die Daten von Sandra Möllers Notebook ausgewertet. Du glaubst nicht, was ich da gefunden habe."

„Lass mich raten. Sandra Möller hatte ein Verhältnis mit dem Innensenator."

„Genau. Wie kommst du jetzt darauf?"

„Die Fakten legen das nahe. Ich habe gestern mit meiner Frau über den Fall gesprochen, und die vermutete das auch. Sie war der Ansicht, dass Sandra Möller ein Kind vom Innensenator erwartete."

„Sie hatte wahrscheinlich recht. Aber am Besten erzähle ich mal der Reihe nach. Ich habe dir übrigens die wichtigen Stellen ausgedruckt, da kannst du das später in aller Ruhe nachlesen."

„Es wäre vermutlich das Beste, wenn du mir deine Ausdrucke gibst. Ich würde sie zu mir nach Hause mitnehmen. Da kann ich alles in Ruhe durchlesen. Ich hoffe, du hast das ganze Material sicher aufbewahrt?"

„Mensch Manfred, ich habe es einfach in eine Schreibtischschublade gelegt. Ich wusste ja nicht, dass sich da jemand so sehr für das Material interessiert, dass er dein Büro durchsucht hat. Wir sehen gleich nach dem Essen nach, ob noch alles da ist."

Schwerdtfeger merkte, dass sein junger Kollege nun doch ein wenig beunruhigt war.

Zurück in eigenen Bürotrakt, schloss Pauli die Tür zu seinem Büro auf, zog eine Schreibtischschublade auf und begann eine hektische Suche.

„Schlechte Nachrichten?" fragte Schwerdtfeger.

„Verdammt! Alles ist weg. Ich hatte die Ausdrucke in

die Schublade gelegt und das Notebook oben drauf. Vor der Mittagspause war alles noch da. Da muss jemand die Zeit genutzt haben, als wir in der Kantine waren, um die Ausdrucke und das Notebook zu stehlen. Den Verlust des Notebooks muss ich Peter erklären."

„Das scheint mir ein Fall für unsere interne Betriebssicherung zu sein", sagte Schwerdtfeger. „Der solltest du den Einbruch und den Diebstahl melden."

Günter Pauli öffnete eine andere Schublade und zog eine Schachtel hervor, in der sich Disketten befanden. Nach kurzem Suchen zog er eine Diskette heraus.

„Es gibt auch eine gute Nachricht", sagte er triumphierend. „Ich konnte die Dateien nicht direkt von Peters Notebook ausdrucken, weil da keine Treibersoftware für meinen Drucker darauf war. Also habe ich die Dateien alle auf eine Diskette kopiert und sie dann von meinem eigenen PC ausdrucken lassen. Und hier ist die Diskette. Die haben sie nicht gefunden."

„Mache mir davon am besten gleich eine Kopie", sagte Schwerdtfeger, „die nehme ich mit nach Hause und kann sie dort ausdrucken. Und da kann ich sie so verwahren, dass niemand sie stehlen kann."

„Gute Idee", sagte Pauli und schob die Diskette in seinen PC. „Und mein Exemplar nehme ich auch mit nach Hause. Vorsicht ist die Mutter der Porzellankiste."

Nachdem der Kopiervorgang beendet war, gab er Schwerdtfeger seine Diskette und fügte hinzu: „Das sieht ja fast so aus, als ob der Innensenator hier seine Dienste daran gesetzt hat, um seine private Schandtat zu vertuschen."

„Und die brechen dann bei uns ein und stehlen einen Polizeicomputer", sagte Schwerdtfeger grimmig. „Alles für die Aufrechterhaltung der verfassungsmäßigen Ordnung. Professionell genug gehen sie ja schon dabei vor. Die müssen uns genau beobachtet haben, so dass sie wussten, was bei wem zu holen war und wann wir in der Kantine waren."

„Sind halt alles hochqualifizierte und gut ausgebildete Beamte", sagte Pauli. „Sie folgen ihren Anweisungen. Genau so wie wir. Und was machen wir jetzt weiter?"

„Wir stellen uns erst einmal dumm", schlug Schwerdtfeger vor. „Vergiss nicht, die Betriebssicherung über den Diebstahl des polizeieigenen Notebooks zu informieren."

„Bin gespannt, was dann dabei herauskommt", sagte Pauli. „Und wie geht es weiter?"

„Es gibt viel zu tun. Packen wir's an."

Nach Dienstende ging Schwerdtfeger noch in die Mönckebergstraße, um in der Lebensmittelabteilung eines großen Warenhauses etwas zur Ergänzung der häuslichen Vorräte einzukaufen.

Als er an der Käsetheke stand, fuhr ihm ein anderer Kunde mit seinem Einkaufswagen einigermaßen hart gegen seine rechte Ferse. Schwerdtfeger blickte sich um und sah sich mit seinem geschulten Polizistenblick den Mann an. Er war kräftig gebaut, etwa Ende dreißig, Haarfarbe schwarz, Größe etwa 1,85, Gewicht etwa 90 Kilo. Der Rammer sah nicht so aus, als sei er behindert oder sonst wie nicht in der Lage, mit seinem Einkaufswagen umzugehen. „Pardon", sagte Schwerdtfeger ironisch, aber sein Kontrahent blickte ihn nur mürrisch an.

Vielleicht ein Ausländer? dachte er, aber dann erkundigte sich der in flüssigem Deutsch nach Greyerzer Käse.

Als Schwerdtfeger in der Kassenschlange stand, stieß ihn jemand von hinten mit dem Einkaufswagen an. Er sah sich unauffällig um, es war der Mann von der Käsetheke. Schwerdtfeger tat so, als stolpere er und stieß dabei kräftig gegen den Einkaufswagen, dessen Griff er dabei seinem Hintermann in den Bauch rammte. „Können Sie nicht besser aufpassen?" schimpfte der. Schwerdtfeger lächelte ihn freundlich an und sagte: „Je ne comprends pas." Er hatte auf seinem Stuttgarter

Gymnasium Französisch als erste Fremdsprache gelernt. In der S-Bahn Richtung Blankenese sah er ihn wieder. Er saß ihm gegenüber und hielt die Hamburger Abendzeitung vor sein Gesicht. Aber die Zeitung hatte ein Loch, durch das Schwerdtfeger mitunter in sein dunkelbraunes Auge blickte. Es war wie in einem billigen Agentenfilm.

Das ist alles kein Zufall, sagte er sich, das hat System. Der Typ wollte auffallen. Das sind die gleichen Leute, die in meinem Büro eingebrochen haben. Die bei Möllers eingebrochen sind. Die Pauli das Notebook gestohlen haben. Und die anonym bei meiner Frau angerufen haben. Sie wollen mich verunsichern, um mich davon abzuhalten, in dieser schmutzigen Geschichte herumzuwühlen.

Und das Ganze hat etwas mit dem Innensenator zu tun.

60

Nach dem Abendessen ging Schwerdtfeger in das Arbeitszimmer, welches er sich im gemeinsamen Hause eingerichtet hatte.

An der Wand rechtwinklig zum einzigen Fenster stand ein großer Schreibtisch aus lackiertem Kiefernholz. Er bestand nur aus einer großen Platte und zwei Seitenbrettern. Auf der Platte befanden sich eine Arbeitsplatzleuchte, ein Telefon, ein flacher Monitor und die Tastatur eines Desktops. Der dazu gehörige PC und ein Drucker standen unter dem Tisch, der letztere auf einem kleinen Nachtschrank mit zwei Schubladen.

An der Wand gegenüber dem Fenster stand ein Anbauschrank, ebenfalls aus Kiefernholz bestehend, dessen größter Teil aus einem Bücherregal gebildet wurde.

Schwerdtfeger fuhr seinen Computer hoch und öffnete die Diskette. Er fand darauf zwei Dateien: „Mein Tagebuch", eine Textdatei, und einen Ordner, der einige Emails enthielt.

Er kopierte den Inhalt der Diskette auf seine Festplatte. Dann verschloss er die Diskette in einem kleinen, in eine Wand seines Zimmers eingebauten Safe. Er öffnete die Textdatei.

Die Einträge waren nach Datum geordnet. Über den ersten Teil ging Schwerdtfeger schnell hinweg. Es waren meist Belanglosigkeiten aus dem Berufsalltag bei der Innenbehörde, ein Streit mit ihrer Freundin Claudia, Bemerkungen über ihre Arbeit, die sie sehr engagiert zu erledigen schien.

Er scrollte den Text weiter. Jetzt wurde es spannend:

„Freitag, 06. September 2001.

Heute habe ich den Innensenator in der Kantine gesehen. Er geht einfach so in die Kantine wie jeder seiner Mitarbeiter, hat nicht einmal einen extra Tisch.

Ein gut aussehender Mann, noch ziemlich jung! Der könnte mir richtig gefährlich werden!!"

Dann wieder einige Belanglosigkeiten.

„Mittwoch, 11. September 2001.

Habe heute den Innensenator wieder in der Kantine getroffen. Er saß nur zwei Tische weiter. Als ich ihn ansah, trafen sich unsere Blicke. Er schenkte mir ein strahlendes Lächeln!!!

Donnerstag, 11. September 2001

Heute war der Innensenator nicht in der Kantine. Ich habe herausgefunden, dass er Sascha heißt.

Ich muss dauernd an ihn denken. Ich glaube, ich habe mich verliebt!!!

Montag, 15. September 2001.

Heute stand ich in der Schlange der Essensausgabe direkt vor Sascha. Er hat mich angesprochen, mich nach meinem Namen gefragt, Dann wollte er wissen, was denn meine Arbeit bei der Innenbehörde sei. Als ich sagte, ich sei in der Kostenkontrolle tätig, sagte er, das sei eine anspruchsvolle und für das Haus wichtige Tätigkeit, und wünschte mir viel Erfolg. Dabei

lächelte er mich wieder so nett an. Was für ein
Mann!!!"
Als Schwerdtfeger so weit gekommen war, rief er seine
Frau in sein Arbeitszimmer.
„Schau mal, was ich hier habe! Günter Pauli hat auf
Sandra Möllers Laptop ein Tagebuch gefunden, das er
für mich kopiert hat. Es könnte sein, dass du mit
deiner Vermutung recht hast, sie hätte etwas mit dem
Innensenator gehabt."
Frau Schwerdtfeger las den Text auf dem Monitor und
sagte: „Scrolle bitte weiter!"
Es folgten wieder einige Einträge allgemeiner Natur,
denen man entnehmen konnte, dass Sandra Möller sich
offensichtlich unsterblich in den Innensenator
verliebt hatte.
Dann wurde es plötzlich wieder konkret.
„Mittwoch, 24, September 2001.
Ich bekam heute ein Schreiben, das mich mit Wirkung
vom 1. November auf einen höher bewerteten Posten
versetzt. Ins Vorzimmer des Innensenators! Die
Arbeitsplatzbeschreibung lautet: 'Unterstützung der
Leitung des Hauses bei der Evaluierung der jährlichen
Entwürfe für den Haushalt der Innenbehörde'.
Hurra, da bin ich ganz nahe bei Sascha!!!"
Frau Schwerdtfeger runzelte ihre Stirn und sagte:
„Dieser Typ hat ja keine Zeit verschwendet. Du wirst
sehen, ich hatte recht: Er hatte was mit ihr."
„Das glaube ich inzwischen auch", sagte Schwerdtfeger.
Er scrollte weiter.
Die nächsten Einträge waren wieder allgemeiner Natur.
Schwerdtfeger entnahm ihnen immerhin, dass Sandra
Möller ihre Freundin Claudia Jacobsen akribisch über
alles informierte, was ihre angehende Beziehung zum
Innensenator betraf.
Die hat was gewusst, dachte er.
Interessant war folgender Eintrag:
„Montag, 1. Oktober.
Heute rief mich meine Chefin in ihr Büro und sagte zu

mir: 'Wie Sie ja schon wissen, werden Sie ab 1.
November in das Büro des Innensenators versetzt. Das
ist ein ziemlich verantwortungsvoller Posten, der
Ihnen da schon in relativ jungen Jahren angeboten
wird. Aber wie ich Sie kenne, werden Sie das schon
hinbekommen. Ich möchte Ihnen nur sagen, dass ich Sie
ungern verliere, aber wie sagen wir Beamten? 'Ober
sticht Unter'. Wenn der Innensenator Sie ruft, kann
ich nichts dagegen unternehmen.'
Dann sah sie mich ganz lieb an, umarmte mich und
sagte: 'Ich wünsche Ihnen alles Gute. Passen Sie gut
auf sich auf.' Sie ist eine sehr Nette, und ich
glaube, ich werde sie ziemlich vermissen.“
„Ich würde gerne wissen, an was die bei ihren guten
Wünschen gedacht hat“, warf Frau Schwerdtfeger ein.
„Genau das habe ich mich eben auch gefragt“, erwiderte
er.
Er scrollte weiter.
Die Einträge wurden wieder uninteressanter. Sandra
hatte notiert, sie habe das Gefühl, einige ihrer
Kolleginnen und Kollegen beneideten sie, es gab auch
gelegentlich spitze Bemerkungen wie zum Beispiel: „Du
hast den Innensenator wohl hypnotisiert?“
„Wer da wohl wen hypnotisiert hat“, kommentierte Frau
Schwerdtfeger.
Sandra Möller beschrieb mit einiger Länge eine
Ausstandsparty, die sie mit ihrer alten Stelle
veranstaltete. Die Kollegen hatten für ein
Abschiedsgeschenk gesammelt und verehrten ihr einen
Bildband über Venedig, da sie für diese Stadt
schwärmte. „Wenn ich einmal eine Hochzeitsreise mache,
wird das Ziel Venedig sein“, hatte sie notiert.
„Die Arme“, sagte Frau Schwerdtfeger mitleidig.
Schwerdtfeger scrollte weiter vor.
„Donnerstag, 1. November.
Heute war der erste Tag auf meiner neuen Stelle. Ich
sollte mich früh morgens beim Stellenleiter melden.
Der begrüßte mich und gab mir einen Überblick über die

Aufgaben, die hier anfielen. Er unterstellte mich Herrn Hoffmeister, einem der drei Gruppenleiter. Der würde mich einarbeiten und mir meine Aufgaben zuweisen.
Sascha habe ich den ganzen Tag nicht ein einziges Mal gesehen."
Richtig spannend wurde es einige Tage später.
„Montag, 12. November.
Heute während der Mittagspause klopfte es an der Tür meines Büros. Ich dachte, das wird sicher meiner Freundin Claudia sein, weil die mich öfters in meiner Mittagspause besuchte, und sagte: „Hereinspaziert!"
Als sich die Türe öffnete, bekam ich einen Riesenschreck: Es war der Innensenator! Er setzte sich auf den Besucherstuhl hinter meinem Schreibtisch und fragte ganz freundlich, ob ich mich denn hier schon gut eingelebt hätte und ob mir die Arbeit gefiele. Ich sagte, ja, ich sei sehr gern hier, und es sei eine Ehre für mich, in seinem Büro mitarbeiten zu dürfen. Er lächelte und sagte, das sei ein Posten wie jeder andere, und er sei ein ganz normaler Mensch. Ich sei sehr qualifiziert und er sei froh, dass ich mit zu seinem Team gehöre. So hat er sich wörtlich ausgedrückt! Dann fragte er mich, ob ich bereit sei, in Ausnahmesituationen auch gelegentlich Überstunden zu machen. Ich fühlte mich sehr glücklich und sagte, wenn er mich brauche, sei ich für ihn da. Er drückte mir fest die Hand und sagte: 'Das ist der Teamgeist, der uns weiter bringt!'"
„Jetzt setzt er an zum Landeanflug", sagte Frau Schwerdtfeger. „Er verschwendet nicht viel Zeit."
„Das sehe ich auch so. Du hast ihn übrigens von Anfang an richtig eingeschätzt", erwiderte Schwerdtfeger.
Er scrollte weiter.
„Donnerstag, 15. November.
Heute rief der Innensenator bei mir an und sagte, er hätte für eine Sitzung im Haushaltsausschuss der Bürgerschaft etwas vorzubereiten. Dazu brauche er

meine Hilfe, ob ich morgen Abend länger arbeiten könne. Ich sagte, ja, gerne.
Freitag, 16. November.
Ich war den ganzen Tag schrecklich aufgeregt. Gegen 15 Uhr begannen die Kollegen, sich ins Wochenende zu verabschieden, was mich etwas wunderte. Ich hatte geglaubt, dass das ganze Büro Überzeit machen würde, aber zuletzt war ich alleine übrig geblieben. Ich war etwas verunsichert und fragte mich, ob ich genügend eingearbeitet sei, um ihm nützlich sein zu können. Aber es kam alles ganz anders.
Gegen 17 Uhr, als der letzte Kollege gegangen war, öffnete sich die Tür meines Büros und der Senator kam herein. Ohne ein Wort zu sagen, nahm er mich in den Arm und küsste mich! Es war, als ob meine Träume wahr geworden waren! Er sagte, er habe sich damals in der Kantine gleich in mich verliebt. Dann nahm er mich bei der Hand und zog mich in sein Büro, wo er mich wieder küsste. Dann liebten wir uns auf einer großen Couch, die in seinem Büro stand. Es war wunderbar! Danach lagen noch einige Zeit wir aneinander gekuschelt auf seiner Couch. Er sagte, er heiße Sascha mit Vornahmen, ich erzählte ihm, dass ich das schon wusste. Dann fragte er nach meinem Vornamen. Er meinte, Sandra und Sascha, das passte gut zu einander. Dann sagte er, ich müsse hungrig sein, er habe etwas vorbereitet.
'Dann hast du schon damit gerechnet, dass wir heute zusammen sein würden?' wollte ich wissen, und er sagte, ich habe ihn damals in der Kantine so lieb angesehen, da habe er gewusst, ich sei die richtige Frau für ihn.
Er hatte eine Aufschnittplatte im Kühlschrank mit leckeren Häppchen, Lachs, Kaviar
und Hummer und dazu eine Flasche Champagner. Wir stärkten uns, dann liebten wir und noch einmal.
Freitag, 16. November.
Heute habe ich Sascha nicht zu Gesicht bekommen. Mir graut schon vor dem langen Wochenende ohne ihn!

Dienstag, 20. November.
Heute habe ich wieder 'Überstunden' gemacht. Es war traumhaft.
Hinterher sagte Sascha zu mir, wir müssten klug sein und dürften uns unsere Liebe nicht anmerken lassen. Er hätte Feinde und Neider, und wenn das heraus käme, könnte ihm das sehr schaden. Ich versprach ihm, dass er sich ganz auf mich verlassen könne.
Wir tauschten unsere E-Mail-Adressen aus und verabredeten, dass wir unsere Verabredungen künftig per E-Mail treffen würden. Das hat den Vorteil der Unauffälligkeit. Seine private Adresse ist '.SaschaK@Innenbehoerde-FHH.de .
Ich habe ihm meine private Adresse gegeben."
„Jetzt verstehe ich, was hinter dem Einbruch bei Möllers steckte. Krauses Jungs fürs Grobe wollten also tatsächlich den Computer, wie ich das schon vermutet hatte."
„Richtig, du hast das erwähnt. Aber schauen wir uns das Tagebuch mal weiter an."
Die folgenden Einträge enthielten keine neuen Tatsachen. Die junge Frau war bis über beide Ohren in den Innensenator verliebt, ihr Glück war förmlich mit Händen zu greifen.
Sie wäre wohl gerne mal mit ihrem Sascha ausgegangen; dieser argumentierte jedoch, wenn er sich mit ihr in der Öffentlichkeit sehen ließe, dann stünde es am nächsten Tage in der Zeitung.
„Der hat sie richtig ausgenutzt", kommentierte Frau Schwerdtfeger empört.
Richtig dramatisch wurde es etwa ein viertel Jahr später:
„Freitag, 22. Februar 2002.
Meine Regel ist überfällig. Heute früh war mir richtig schlecht, ich habe mich nach dem Aufstehen übergeben müssen. Meine Güte, ich werde doch wohl nicht schwanger sein? Ich besorge mir noch heute einen Schwangerschaftstest.

Sonnabend, 23. Februar.
Das Teststäbchen hat sich verfärbt. Im meinem Urin befand sich das HCG-Hormon, das ein sicheres Anzeichen für eine Schwangerschaft sein soll. Also ist es wahr, dass ich schwanger bin.
Wie konnte das nur passieren? Ich habe mich doch so vorgesehen.
Im Beipackprospekt steht, dass im Falle eines positiven Testergebnisses eine Bestätigung der Diagnose vom Frauenarzt empfohlen wird. Vielleicht ist diese HCG-Methode ja noch nicht genügend zuverlässig? Bevor ich mich aufrege, sollte ich erst einmal einen Termin mit meiner Frauenärztin machen."
„Die Hoffnung stirbt zuletzt", sagte Schwerdtfeger. „Sie hat sich vorgesehen. Senator Sascha hatte das wohl nicht nötig." Frau Schwerdtfeger war richtig zornig.
Schwerdtfeger scrollte weiter.
„Donnerstag, 28. Februar.
Meine Frauenärztin hat eine Blutprobe entnommen. Nach der Auswertung hat sie gesagt: 'Sie sind definitiv schwanger. Ich hoffe, das ist eine gute Nachricht für Sie. Wir sollten gleich einige Termine für die nun folgenden Schwangerschafts-Vorsorge-Untersuchungen machen.'
Montag, 4. März.
Ich habe die ganze Nacht kein Auge zu getan. Heute will ich es Sascha sagen.
Dienstag, 5. März.
Gestern habe ich Sascha den ganzen Tag nicht gesehen, aber heute habe ich nach dem Dienst eine E-Mail von ihm erhalten. Er will mich morgen nach Dienstende treffen. Dann werde ich es ihm sagen.
Wie wird er reagieren?
Mittwoch, 6. März.
Als Sascha gestern Abend zu mir in das Büro kam, habe ich es ihm gesagt. Er hat es erst nicht geglaubt, bis ich ihm den Terminplan der Frauenärztin gezeigt habe.

Da hat er gesagt: 'Bist du sicher, dass das Kind auch von mir ist?'
Dann sagte er, er hätte heute noch einen wichtigen Termin und habe keine Zeit für mich. Dann ist er gegangen. Ich habe die ganze Nacht geweint."
„So ein Schwein", sagte Frau Schwerdtfeger.
„Amen", sagte Schwerdtfeger. „Aber so langsam wird mir klar, warum Krauses Leute so scharf auf Sandra Möllers Notebook waren. So langsam wird mir überhaupt alles klar."
Er scrollte den Text weiter.
„Freitag, den 8. März
Von Sascha habe ich noch nichts wieder gehört.
Montag, 11. März.
Wieder keine Nachricht von Sascha.
Dienstag, 12. März.
Heute früh habe ich Sascha eine E-Mail geschickt. Ich bin gespannt auf
die Reaktion."
„Hier sind auch einige E-Mails drauf", sagte Schwerdtfeger und öffnete die Maildatei.

Von: "Sandra Möller" <Sandra.Möller@M-online.de>
An: "Sascha Krause" <SaschaK@Innenbehoerde-FHH.de>
Gesendet: Dienstag, 12. März 2002 06:35
Betreff: Wir müssen uns treffen

Mein Liebster,

vor nun fast einer Woche habe ich Dir gesagt, dass ich schwanger bin.
Du hast gefragt, ob das Kind denn auch sicher von Dir ist? Wie kannst Du nur so fragen? Du bist meine einzige Liebe, es gibt keinen anderen. Das müsstest Du wissen.
Ich habe Dich seither nicht gesehen. Sicher hattest Du

so viel zu tun?
Wir müssen uns dringend treffen, um zu besprechen, wie
es mit uns weiter geht.
Wann wirst Du Zeit für mich haben?
Ich küsse Dich

Sandra

„Ich kann mir schon denken, wie das weiter geht",
sagte Schwerdtfeger und ging zurück zur Text-Datei.
„Mittwoch, 13. März
Ich habe Sascha heute wieder den ganzen Tag nicht zu
Gesicht bekommen. Gestern Abend habe ich in meine
Mailbox geschaut: Keine Antwort auf meine E-Mail.
Donnerstag, den 14. März
Ich habe mich für Freitag Abend mit Claudia
verabredet. Ich muss unbedingt mich mit jemandem
aussprechen. Mit meinen Eltern kann ich nicht darüber
sprechen.
Wie soll das jetzt alles weiter gehen?
Sonnabend, 16. März
Gestern war ich mit Claudia im 'Klabautermann', einer
gemütlichen Kneipe in der Altstadt. Ich habe ihr die
ganze Geschichte von Anfang an erzählt."
„Die wusste also genau Bescheid", kommentierte
Schwerdtfeger.
„Sie fand das unglaublich. 'So müssen wir heute nicht
mehr mit uns umspringen lassen', meinte sie. 'Diese
Zeiten sind wohl vorbei. Stelle dem Typen doch ein
Ultimatum. Er soll dir eine Lösung vorschlagen. Wenn
er weiter Toter Mann spielt, wendest du dich an den
Personalrat oder an die Öffentlichkeit.'
Sie meint es gut mit mir. Ich muss über ihren Rat
nachdenken.
Sonntag, 17. März.
Heute habe ich Sascha eine weitere E-Mail geschickt."
Schwerdtfeger wechselte wieder zur Mail-Datei.

Von: "Sandra Möller" <Sandra.Möller@M-online.de>
An: "Sascha Krause" <SaschaK@Innenbehoerde-FHH.de>
Gesendet: Sonntag, 17. März 2002 09:47
Betreff: Entscheide Dich

Lieber Sascha!

Ich habe Dir vor 12 Tagen mitgeteilt, dass ich ein Kind von dir erwarte. Du hast dich seither nicht mehr bei mir sehen lassen, ich könnte auch sagen, du bist abgetaucht.
Willst du mich mit diesem Problem alleine lassen? Das kann ich nicht zulassen, denn dieses Kind ist nicht nur mein Problem, es ist auch deins.
Setze dich bitte mit mir in Verbindung. Ich hoffe, dass wir uns in Freundschaft einigen können.
Schade, wie alles mit uns gekommen ist.

Sandra

Schwerdtfeger wechselte wieder zum Tagebuch-Teil.
„Montag, 18. März
Auch heute wieder keine Reaktion auf meine E-Mail an Sascha. Er hat sich nicht bei mir gemeldet. Vielleicht sollte ich mit meinen Eltern sprechen oder mich anwaltlich beraten lassen?
Dienstag, 19. März.
Heute ist etwas Furchtbares passiert.
Als ich nach Dienstende nach Hause gehen wollte (vom Innensenator, natürlich, wieder kein Wort), war der Ausgang unseres Dienstgebäudes mit Sicherheitsleuten besetzt. Einer von Ihnen sprach mich an und bat um meine Handtasche. Ich gab sie ihm, er öffnete sie und

zog ein dickes Bündel Geldscheine heraus. „Ist das Ihr Geld?" fragte er mich. Ich hatte das Geld vorher noch nie gesehen und sagte ihm das auch.
Daraufhin bat er mich in einen Dienstraum des Sicherheitsdienstes und setzte ein Protokoll auf. In dem stand, dass heute bei einer Taschenrevision bei mir 2730.- Euro gefunden wurden. Ich hätte keine Erklärung über die Herkunft des Geldes anbieten können. Ich musste das Protokoll unterschreiben.
'Das Geld muss ich hier behalten', sagte er zu mir. 'Wir werden klären, woher es stammt.'"
„Das Imperium schlägt zurück", sagte Schwerdtfeger.
„Nein, was für ein Schwein", sagte Frau Schwerdtfeger noch einmal. „Glaubst du etwa, dass Sandra Möller das Geld wirklich gestohlen hat?"
„I bewahre", sagte Schwerdtfeger. „Das hat der Innensenator der jungen Frau möglicherweise sogar persönlich untergeschoben, um sie los zu werden. Er reagiert auf ein rein menschliches Problem mit politischen Mitteln. Wenn ein machtbewusster Politiker ein Problem mit einem anderen Menschen hat, was wird er dann tun? Er wird versuchen, dem Betreffenden irgend etwas anzuhängen, vielleicht Drogenmissbrauch, eine unmoralische Affäre, die Annahme einer Gefälligkeit wie etwa einer Luxusreise von einer Firma, an die der Betreffende Aufträge vergibt, oder Betrug bei der Abrechnung von Dienstreisespesen."

Aus dem letzten Teil von Sandra Möllers Tagebuch ging hervor, wie es mit ihr weiter ging: es wurde festgestellt, dass aus dem Tresor ihrer Dienststelle die identische Summe verschwunden war. Man beschuldigte sie des Diebstahls und drohte ihr, sie anzuzeigen, dann fand sich, „auf persönliche Fürsprache des Innensenators", wie ihr mitgeteilt wurde, ein Ausweg: Sie kündigte freiwillig „aus persönlichen Gründen", man schrieb ihr ein gutes Zeugnis und besorgte ihr die Stelle bei der HanseBank, die sie am 15. April 2002 antrat. Damit war für sie die Sache erledigt. Sandra Möller war aber nicht gesonnen, die Angelegenheit auf sich beruhen zu lassen. Sie schrieb Briefe an verschiedene Zeitungen, unter anderem an das Nachrichtenmagazin „Reflexe", und versuchte, ihre Erlebnisse zu veröffentlichen, hatte damit jedoch keinen Erfolg. Aus den Antwortschreiben der Redaktionen, wenn es welche gab, ging hervor, dass man ihr diese Geschichte nicht abnahm; eine der Partei des Innensenators nahe stehende Zeitung ließ durchblicken, dass man sie für geistesgestört hielt.

„Jetzt wissen wir alles, was passiert ist", sagte Schwerdtfeger.

„Und was hältst du davon?"

Schwerdtfeger sah seine Frau an und sagte nur: „Er muss weg." Er sagte das völlig leidenschaftslos, wie man eine sachbezogene Tatsachenfeststellung ausspricht, so, also sage er: „Es regnet, wir müssen den Schirm aufspannen."

Sie blickte ihn fragend an, er gab aber keine weiteren Erläuterungen.

Dann machte er drei Ausdrucke vom Gesamttext, legte ein Exemplar in sein persönliches Safe und steckte zwei Ausdrucke in seinen Aktenkoffer, um sie mit in den Dienst zu nehmen.

61

Schwerdtfeger traf am nächsten Tag Pauli in der Kantine. „Ich habe für dich einen Ausdruck des gesamten Textes von der Diskette gemacht", sagte er. „Ich habe ihn dir heute früh mit der Hauspost zugeschickt."

„Danke, habe ich bekommen. Und was hältst du von der Sache?"

„Er muss weg", sagte Schwerdtfeger wieder.

„Das sehe ich auch so", sagte Pauli. „Glaubst du, wir kriegen das hin?"
„Nur Mut", sagte Schwerdtfeger. „Wie sagten doch die alten Achtundsechziger? 'Rom wurde auch nicht an einem Tage niedergebrannt'." Pauli musste lächeln und er sagte: „Na, wenn das so ist, kannst du auf meine Unterstützung zählen."
„Danke. Das hatte ich schon gehofft. Was noch aussteht, ist der Nachweis, dass das Kind auch wirklich von ihm ist." „Dazu brauchen wir genetisches Material von dem Typen." „Dem Tagebuch habe ich entnommen, dass er sein Mittagessen in der Kantine der Innenbehörde zu sich nimmt, und nicht in irgend einem besonderen Raum." „Da hat er wohl einen besseren Überblick über die Struktur bei den weiblichen Nachwuchskräften. Aber das ist eine gute Idee, da müsste sich etwas machen lassen." „Da hast du vermutlich recht", sagte Schwerdtfeger. „Wie wäre es, wenn wir zur Abwechslung mal die Kantine der Senatsbehörden besuchen würden? Wie man hört, soll das Essen dort auch besser sein als hier."
„Machen wir", sagte Pauli. „Etwas Abwechslung bringt Farbe in das Leben."

62

Auf dem Wege zum Rathausmarkt erzählte Schwerdtfeger Pauli von seinem Erlebnis in der Lebensmittelabteilung des Warenhauses in der Mönckebergstraße. „Ich glaube, dass da ein Zusammenhang mit der Möller-Geschichte besteht."
„Da könntest du Recht haben", meinte Pauli. „Etwas Ähnliches ist mir übrigens auch passiert. Als ich neulich mit meinem Auto durch Hamburg fuhr, hing

dauernd einer an mir dran, in einem schwarzen Golf. Ich wendete schließlich und fuhr zurück, ich wollte einfach wissen, ob ich mich geirrt hatte, aber er war immer noch da. Er gab sich keine besondere Mühe, nicht bemerkt zu werden. Ich meine, ein Profi könnte jemanden stundenlang verfolgen, ohne dass der etwas davon merkt. Übrigens ist mir so was in den letzten Tagen nicht mehr passiert."

„Stimmt", sagte Schwerdtfeger, „mir auch nicht."

„Krauses Jungs glauben vielleicht, wir seien nicht mehr gefährlich, weil sie uns alle Unterlagen geklaut haben...."

„...oder sie haben das Tagebuch gelesen und ihnen ist die Motivation abhanden gekommen," vollendete Schwerdtfeger.

„Gut möglich, daran hatte ich noch gar nicht gedacht. Aber wir sind da."

Die beiden holten ihre Dienstausweise heraus und zeigten sie dem Uniformierten in der Pförtnerloge. Der schaute gar nicht hin. Schwerdtfeger sprach ihn an.

„Wo ist bitte die Kantine der Senatsbehörden?"

„Das ist kein öffentliches Restaurant, die ist nur für Angehörige der Verwaltung", sagte der Pförtner unfreundlich. „Wir sind vom Landeskriminalamt", sagte Schwerdtfeger.

„Könnte ich bitte Ihre Ausweise noch einmal sehen? Danke. Die Kantine ist im vierten Stock. Jetzt ist Mittagszeit, Sie brauchen nur den Massen hinterher zu gehen. Da hinten ist der Aufzug."

Sie reihten sich in die Essensschlange ein, wählten ihr Mittagessen und suchten sich einen freien Tisch, von dem aus sie den Raum einigermaßen überblicken konnten.

„Siehst du ihn schon?" fragte Schwerdtfeger.

„Nein", sagte Pauli. „Aber wir sind früh dran, wahrscheinlich kommt er noch. Wir sollten die Essensschlange beobachten."

„Vielleicht hat er irgend eine dringende Sitzung und

er kommt gar nicht", sagte Schwerdtfeger.
„Darauf müssen wir es ankommen lassen. Sonst gilt 'Neues Spiel, neues Glück'. Irgendwann erwischen wir ihn schon."
Nachdem die beiden ihre Mahlzeit verzehrt hatten, brachten sie ihr Essgeschirr zurück und holten sich Kaffee. „Der Kaffee ist hier besser als bei uns", sagte Schwerdtfeger.
„Das Essen übrigens auch. Es gibt hier halt viele prominente Kantinenbenutzer."
„Da ist er", sagte Schwerdtfeger plötzlich.
Gefolgt von zwei kräftig gebauten Männern, stellte sich der Innensenator an der Essensausgabe an.
„Die beiden sind sicher seine Bodyguards", mutmaßte Schwerdtfeger.
„Verdammt, an die hatten wir ja noch gar nicht gedacht. Na, es wird schon klappen, sie werden mich sicher nicht gleich erschießen. Lass uns getrennt marschieren. Ich werde mit ihm kollidieren und dafür sorgen, dass sein Geschirr auf den Boden fällt, und du spielst den Hilfreichen und sammelst alles wieder auf."
„Hört sich gut an", bestätigte Schwerdtfeger. „Das einzig Interessante für unseren Zweck ist seine Gabel. Die werde ich einkassieren."
Der Innensenator ließ sich seine Zeit. Nach etwa einer halben Stunde erhob er sich, nahm sein Tablett und ging in Richtung auf die Geschirr-Rückgabe. Seine beiden Begleiter waren noch nicht ganz so weit. Sie stürzten ihre Getränke hinunter und folgten dem Innensenator mit etwa zehn Metern Abstand.
Pauli war schon gestartet; er ging in eine Richtung, die ihn auf Kollisionskurs mit dem Senator bringen musste. Schwerdtfeger hatte Mühe, einigermaßen hinterher zu kommen.
Als Pauli noch zwei Meter vom Senator entfernt war, winkte er plötzlich einer jungen Frau zu, die an einem der benachbarten Tische saß. Die sah ihn einigermaßen

entgeistert an. Pauli machte, indem er auf die Frau
schaute, einen Schritt auf den Senator zu und stieß
mit dem rechten Arm an dessen Tablett, welches zu
Boden fiel.
Sofort waren die beiden Bodyguards zur Stelle. Sie
drängten Pauli vom Innensenator ab. Einer sagte
ziemlich grob. „Sieh gefälligst hin, wo du hingehst,
du Traumtänzer.
Weise dich aus, aber pronto."
Pauli sagte mit Würde: „Kommissar Pauli vom LKA.
Dienstausweis ist in meiner rechten oberen
Jackentasche. Und wollen Sie mich bitte nicht duzen.
Haben wir schon mal zusammen in einem Straßengraben
genächtigt? Das muss mir glatt entgangen sein."
Der Sicherheitsbeamte zog den Ausweis aus Paulis
Tasche, prüfte ihn und sagte einigermaßen zerknittert:
„Entschuldigen Sie schon, Herr Pauli, aber das sah
eben ziemlich verdächtig aus."
„Ich muss mich entschuldigen", sagte Pauli höflich.
„Das kommt davon, wenn man nicht dahin schaut, wo man
hingeht."
Schwerdtfeger hatte die von Pauli geschaffene
Ablenkung genutzt, um des Senators teilweise
zerbrochenes Geschirr vom Boden aufzusammeln und
wieder auf das Tablett zu stellen. Einer der beiden
Sicherheitsbeamten nahm ihm das Tablett ab und dankte
Schwerdtfeger höflich.
Dass die Gabel und ein Dessertlöffel fehlten, fiel ihm
dabei in der Eile gar nicht auf.

63

Schwerdtfeger und Pauli gingen gut gelaunt in Richtung
ihres Dienstgebäudes.
„Das war eben ein bühnenreifer Auftritt", sagte
Schwerdtfeger lachend. „Und wie gewählt du dich
ausgedrückt hast: 'Wollen Sie mich bitte nicht duzen!

Haben wir etwa zusammen im Straßengraben genächtigt?'"
„Das muss ich wohl in einem uralten Film gesehen
haben."
„Aber das hat die beiden Typen vom Sicherheitsdienst
so perfekt abgelenkt, dass ich mich in aller Ruhe
bedienen konnte."
Schwerdtfeger zog einen durchsichtigen Plastikbeutel
aus seiner Brusttasche, in dem eine Gabel und ein
Dessertlöffel waren.
„Hauptkommissar vom LKA stiehlt Besteck in der
Senatskantine", sagte Pauli lachend.
„Das war kein Diebstahl, das war die dienstlich
gebotene Sicherstellung von Beweismaterial", konterte
Schwerdtfeger.
„Dir fehlt das Unrechtsbewusstsein."
„Absolut. Krause hatte noch eine Nachspeise, scheinbar
einen Eisbecher, da konnte ich noch einen
Dessertlöffel ergattern. Das sollte reichen, um
genügend Genmaterial von ihm zu isolieren."
„Dann wäre unsere Aktion ein voller Erfolg gewesen."
„Hattest du etwas anderes erwartet? Ach, ich muss dich
noch bitten, über unsere Aktion absolutes
Stillschweigen zu wahren."
„Das versteht sich von selbst."
Zurück in seinem Büro verpackte Schwerdtfeger seine
Beute in einen neutralen, mit Styroporkügelchen
gefüllten Karton und legte einen handgeschriebenen
Zettel
dabei:

„Lieber Herr Dr. Leandros,

bitte untersuchen Sie die beigefügten Besteckteile auf
anhaftendes Genmaterial.
Die Sache eilt! Bitte informieren Sie mich gleich,
wenn Sie Ergebnisse haben.

Mit besten Grüßen, Manfred Schwerdtfeger.

Dann verschloss er den Karton mit braunem Klebeband und adressierte ihn.
Er war gerade fertig geworden, als der Amtsbote erschien und neue Eingänge brachte. Schwerdtfeger drückte ihm sein Päckchen in die Hand.
„Den kann ich Dr. Leandros gleich selber bringen", sagte der Amtsbote. „Ich komme heute noch in die Rechtsmedizin."
„Das wäre prima, die Sache ist dringend."
„Sie können sich ganz auf mich verlassen."

64

Am nächsten Tag klingelte am späten Vormittag Schwerdtfegers Telefon.
„Dr. Martens hier. Guten Morgen, Herr Schwerdtfeger.
„Guten Morgen, Herr Staatsanwalt."
„Es gibt etwas Neues. Ich habe jetzt alle Zeugen Ihrer Hilfsaktion von neulich vernommen. Nachdem sie mit den Tatsachen des Lebens konfrontiert wurden, kehrte bei allen Anwesenden schlagartig die Erinnerung zurück. Kurz gesagt, haben alle Ihrer Angaben bestätigt. Daraufhin habe ich dem Schläger Alexej Dimitrow noch eine Anzeige wegen falscher Anschuldigung angehängt."
„Sie meinen, weil ich wegen Körperverletzung angezeigt wurde?"
„Genau."
„Aber die Anzeige wurde doch von Dimitrows Anwalt erstattet, wie hieß er doch gleich?"
„Dr. Willumeit. Der hat nur in Interessenvertretung seines Mandaten agiert. Er kann geltend machen, er habe in gutem Glauben an die Wahrheit der Aussagen Dimitrows gehandelt. Strafbar gemacht hat sich nur der Letztere mit seiner falschen Beschuldigung. Lassen Sie mich noch sagen, dass ich keinen anderen Ausgang erwartet habe."

„Für den Dimitrow wird es jetzt wohl teuer?"
„Im Prinzip schon. Die Hauptanklage wird auf
versuchten Totschlag lauten, dazu kommt noch eine
Anzahl kleinerer Delikte. Da Dimitrow vorbestraft ist,
werde ich vier bis fünf Jahre Jugendstrafe
beantragen. Das Urteil hängt natürlich noch davon ab,
wer bei dem Prozess Vorsitzender Richter ist. Sie
kennen ja sicher auch das Sprichwort 'Auf hoher See
und vor Gericht ist man in Gottes Hand'. Wir haben
hier einen, der wird nur 'Papa Gnädig' genannt. Wenn
Dimitrow den bekommt, wird er streng angeschaut und zu
einem Jahr Bewährungsfrist verurteilt, etwa mit der
Begründung 'Mein Gott, er ist ja noch so jung'." Aber
dann würde ich in die Berufung gehen."
 „Damit er nicht übermorgen den nächsten umbringt ".
„Eben. Sie und ich, wir wissen Bescheid. Unsere
Aufgabe ist manchmal nicht ganz einfach. Jedenfalls
nochmals danke für Ihr beherztes Eingreifen."
„Danke für die Information."
Er hatte kaum aufgelegt, als das Telefon erneut
klingelte. Herr Dr. Leandros von der Rechtsmedizin war
dran.
„Hallo, Herr Schwerdtfeger, geht's ihnen gut?"
„Danke, ich hoffe das gleiche von Ihnen."
„Jetzt halten Sie sich mal fest. Ich habe die eine
oder andere Überstunde eingelegt, um das mir
übersandte Genmaterial auszuwerten. Und ich wette, Sie
wissen schon, von wem es stammt?"
„Lassen Sie mich raten. Es stammt vom Vater des
Embryos von Sandra Möller."
„Dachte ich mir doch, dass Sie das vermutet hatten.
Ihre Vermutung war richtig. Darf man fragen, wer das
ist?"
Schwerdtfeger schwieg einen Moment, dann sagte er:
„Das ist eine ziemlich schwierige Frage. Ich denke, es
wäre gegen jede Vernunft, wenn ich zum jetzigen
Zeitpunkt einen Namen nennen würde. Ich bitte Sie da
um Ihr Verständnis."

Nun schwieg Dr. Leandros einige Sekunden, dann sagte er: „In Ordnung. Sie werden Ihre Gründe haben. Aber die Gedanken sind frei."
Schwerdtfeger lachte, dann sagte er: „Bekomme ich Ihren Bericht?"
„So bald wie möglich. Ich wünsche Ihnen alles Gute."
„Danke, das kann man immer gebrauchen."
Dr. Leandros hat sich seine eigenen Gedanken gemacht, dachte er. Und er ist dabei zum richtigen Ergebnis gekommen.

65

Und wieder saßen Schwerdtfegers abends auf ihrer Terrasse. Es war ein schöner Spätfrühlingsabend, die Temperaturen waren schon fast sommerlich. Die beiden hatten nach einem guten Abendessen jeder ein Glas mit einem frischen Weißwein vor sich.
„Deine Vermutung war richtig", sagte Schwerdtfeger zu seiner Frau. „Unsere Rechtsmedizin hat heute mit 97,4-prozentiger Sicherheit festgestellt, dass der Innensenator der Vater des ungeborenen Kindes von Sandra Möller war."
„Wie bist du denn an das Genmaterial vom Krause gekommen? Das stelle ich mir einigermaßen schwierig vor."
„War gar nicht so schlimm. Der Senator hat die Angewohnheit, sein Mittagessen in der Kantine der Senatsverwaltung zu sich zu nehmen."
„Da lernt er vermutlich seine Mädchen kennen."
„Diese Vermutung wurde kürzlich schon von einem Kollegen geäußert. So wird es sein. Ich habe ihm jedenfalls eine benutzte Gabel und einen Dessertlöffel gemaust, auf denen sich genügend Genmaterial für eine Analyse befand."
„Hört sich ganz einfach an."
„Ganz so einfach war es denn doch nicht. Der Krause

war in Begleitung von zwei muskulösen Leibwächtern, die noch überlistet werden mussten."

„Du hast es jedenfalls geschafft. Und wie geht es jetzt weiter?"

„Das ist der schwierigste Teil. Kurz gesagt, ich weiß es nicht."

„Und was genau ist das Problem?"

„Ich kann Krause keine Straftat nachweisen. Es ist nicht strafbar, einer nachgeordneten Kraft ein Kind zu machen. Es wäre für ihn sicher politisch schädlich, aber es stellt eben keine Straftat dar. Ich kann Krause nicht nachweisen, dass er Sandra Möller das angeblich gestohlene Geld in die Tasche gesteckt hat. Und ich kann ihm auch nicht nachweisen, dass er in die Arbeit meiner Sonderkommission eingegriffen hat mit der Absicht, Sandra Möller durch Ebeling ermorden zu lassen. Wenn ich ich einen entsprechenden Bericht auf dem Dienstwege an den Staatsanwalt leiten würde, käme der mit Sicherheit nicht über Reinders hinaus. Und selbst wenn ich mich über die Vorschriften hinweg setzen würde und den Bericht direkt an den Staatsanwalt schickte, würde das nicht ausreichen, um Anklage zu erheben. Es ist zum Verrückt werden. Mir ist völlig klar, dass Krause schuld an Sandra Möllers Tod ist, aber es ist juristisch nicht beweisbar. Er würde vor Gericht argumentieren, er habe nach pflichtgemäßem Ermessen gehandelt und sich nicht von persönlichen Überlegungen leiten lassen. Als ehemaliger Staatsanwalt ist er ja genügend rechtskundig. Er hat gewissermaßen den perfekten Mord begangen."

„Das ist wirklich eine schwierige Situation. Was willst du tun?"

„Ich bin fest entschlossen, diesen Typen aus seinem Amt zu kegeln, aber ich weiß nicht wie. Als Cäsar den Grenzfluss Rubicon überschritt, um den römischen Senat zu stürzen, weil der ihn als Heerführer absetzen wollte, hatte er es leichter."

„Aber ich habe das Gefühl, dass du deinen Rubicon längst überschritten hast."

„Ich möchte ihn gerne überschreiten, wenn ich nur wüsste, wie ich das anstellen soll."

Frau Schwerdtfeger trank einen Schluck vom Weißwein und überlegte eine Weile. Dann sagte sie:

„Du kannst es schaffen. Du musst dir beim allem, was du planst, die menschliche Natur bedenken. Mache dir die menschlichen und besonders die allzu menschlichen Eigenschaften zu Nutze."

Na großartig, dachte Schwerdtfeger. Etwas allgemeiner ging es wohl nicht. Was soll ich jetzt damit anfangen? Missgelaunt wechselte er das Thema.

Nachdem noch etwa eine halbe Stunde mit Small Talk vergangen war, sagte Schwerdtfeger: „Ich bin ziemlich müde. Wollen wir schlafen gehen?"

Er schlief schnell ein. Der Schlaf war stets sein Freund gewesen; nach einer Nacht erholsamen Schlummers pflegte er am nächsten Morgen erholt und frisch aufzuwachen. Aber heute suchten ihn wilde Träume heim. Er war wieder Leiter der Sonderkommission „Schweinchen Schlau" und alle Mitglieder dachten über Mittel und Wege nach, Sandra Möller, Ebelings Geisel, zu retten. Plötzlich befand er sich draußen vor der Tür des Sitzungsraumes. Er wollte wieder in den Raum eintreten, aber die Tür war verschlossen. Er hörte, wie die Kollegen im Sitzungsraum diskutierten. Er rüttelte verzweifelt an der Türklinke, klopfte, aber niemand öffnete ihm die Tür.

Dann fuhr er mit seiner Frau durch den Elbtunnel, eine Kavalkade von Polizeifahrzeugen, die mit ohrenbetäubendem Martinshorngeheul heran raste, drängte sein Fahrzeug an den Rand der Fahrbahn, fast bis an die Tunnelmauer.

Es fielen Schüsse, und er befand sich plötzlich auf einem Friedhof. Es regnete, er war Zeuge einer Beerdigung. Reinders stand neben ihm und sah ihn an; sein Gesicht verzog sich zu einem obszönen Grinsen,

dann stieß er ein gellendes Gelächter aus.
„Reinders ist ein Idiot", sagte Dr. Hausen, der
Innensenator, gerade zu ihm, als er in Schweiß gebadet
aufwachte.
Schwerdtfeger war von seinem Albtraum erregt und
konnte nicht gleich wieder einschlafen. Er sann seinem
Traum nach. Irgend etwas stimmte doch nicht?
So lag er etwa zehn Minuten, als sich plötzlich ein
strahlendes Lächeln auf seinem Gesicht ausbreitete. Er
drehte sich nach seiner Frau um. Sie schlief
friedlich, ihr Gesicht war ihm zugewandt.
„Du bist ein Genie", sagte er leise zu ihr und küsste
sie auf die Stirn. Sie murmelte etwas im Schlaf und
drehte sich auf die andere Seite.
Dann schlief auch er wieder ein, erst der Wecker holte
ihn am Morgen aus einem tiefen und traumlosen Schlaf.

66

Schwerdtfeger schrieb einen Brief an seinen
Präsidenten:

„Sehr geehrter Herr Dr. Hausen,

bitte gestatten Sie, dass ich mich mit einem Problem,
welches ich nicht alleine lösen kann, direkt an Sie
wende. Es geht um den tragischen Tod der jungen Frau
Sandra Möller und damit zusammenhängende Ereignisse.
Anlässlich der Obduktion ihrer Leiche stellte unser
Rechtsmediziner, Herr Dr. Leandros, fest, dass Frau
Möller im vierten Monat schwanger war. Die Frage
drängte sich mir auf, ob ihre Schwangerschaft in einem
ursächlichen Zusammenhang mit der Tatsache stand, dass
sie mit Wirkung vom 1. April d.J. aus dem Dienst bei
der Innenbehörde ausgeschieden ist.
Nach dem die Befragung einer ihrer ehemaligen
Kolleginnen, die mit ihr eng befreundet war, nicht zu

greifbaren Ergebnissen führte, wurde Sandra Möllers
Notebook auf diesbezügliche Aufzeichnungen untersucht.
Den Ausdruck der relevanten Teile von Frau Möllers
elektronischem Tagebuch finden Sie in der
Anlage 1. Dort benannte sie den Innensenator, Herrn
Sascha Krause, als Vater für ihr ungeborenes Kind.
Es schien mir erforderlich, zu klären, ob diese
Behauptung eine falsche Beschuldigung des Herren
Innensenators darstellte. Aus diesem Grunde beschaffte
ich mir genetisches Material von ihm. Dabei war mir
ein Kollege behilflich, der bereit ist zu bezeugen,
dass das Material von Essbesteckteilen stammt, welches
in der Kantine der Senatsverwaltung vom Herren
Innensenator benutzt wurde.
Unsere Rechtsmedizin stellte eine Übereinstimmung
dieses Materials mit dem Material des Embryos fest.
Danach ist mit 97,4-prozentiger Wahrscheinlichkeit
davon auszugehen, dass der Herr Innensenator der Vater
des Kindes ist. Das Gutachten unseres Rechtsmediziners
ist als Anlage 2 beigefügt. Ich erwähne noch, dass
Herr Dr. Leandros keine Kenntnis über die Person hat,
von der das Genmaterial stammt.
Die im Tagebuch von Frau Möller aufgestellten
Behauptungen müssen also als zutreffend betrachtet
werden.
Damit ergibt sich folgendes Bild:

• Sandra Möller hat ein Verhältnis mit dem Herren
  Innensenator und wird als Folge dieses Verhältnisses
  schwanger;

• als sie sich mit der Bitte um eine Aussprache an
  den Herrn Innensenator wendet,
  wird sie des Diebstahl von 2.730 Euro aus der
  Handkasse ihrer Dienststelle beschuldigt. Sie
  verlässt die Behörde, ohne dass ein Verfahren gegen
  sie eröffnet wird, und bekommt auf Grund eines
  Empfehlungsschreibens der Innenbehörde eine Stelle

bei einer Niederlassung der HanseBank.

- Zufällig wird diese Filiale einige Wochen später überfallen, Sandra Möller wird als Geisel genommen.

- Eine Sonderkommission wird unter meiner Leitung gebildet. Sie entwickelt, unter Mitwirkung eines externen Psychologen, eine Strategie, die sicher stellen soll, dass die Bankräuber, deren Aufenthaltsort bekannt ist, festgenommen werden, ohne dass Frau Möller dabei gefährdet wird.

- Ich werde von meinem Sachgebietsleiter, Herrn Reinders, gedrängt, entgegen dem Beschluss der SoKo die beiden Straftäter sowie seine Geisel, Sandra Möller, abziehen zu lassen. Da ich eine derartige Vorgehensweise mit der Sicherheit der Geisel für unvereinbar halte, lehne ich sein Ansinnen ab.

- Bei diesem Stand der Dinge werde ich durch den ehemaligen Polizeipräsidenten Dr. Guilleaume, Ihren Vorgänger im Amt, als Leiter der SoKo abgelöst; zu meinem Nachfolger wird mein Kollege Michaelis ernannt.

- Dieser lässt, auf Anweisung unseres Sachgebietsleiters Herrn Reinders, der möglicherweise seinerseits auf Weisungen von weiter oben handelte, die Verbrecher frei abziehen. Es wird ihnen gestattet, ihre Geisel mitzunehmen. Diese Entscheidung war, nicht nur nach meiner Ansicht, ursächlich für ihren tragischen Tod.

Obwohl nicht bewiesen ist (und, meiner Ansicht nach, auch grundsätzlich nicht beweisbar ist), dass durch den Herren Innensenator oder auf seinen Druck hin Einfluss auf die Arbeit der Sonderkommission genommen wurde mit dem Ziel, den Tod der Geisel herbei zu

führen, ist bei objektiver Betrachtungsweise nicht zu
verkennen, dass bei zufälligem Bekanntwerden dieser
Umstände der Herr Innensenator etwa durch
entsprechende Veröffentlichungen in große
Schwierigkeiten kommen könnte.
Ich übergebe Ihnen, Herr Dr. Hausen, das von mir
gesammelte Material. Ich versichere Ihnen, dass ich in
dieser Angelegenheit über meine Ihnen geschilderten
Aktivitäten hinaus, die ich für mein pflichtgemäßes
Handeln hielt, in dieser Angelegenheit nichts weiter
unternehmen werde.

Mit vorzüglicher Hochachtung

Manfred Schwerdtfeger, KHK.

2 Anlagen

Schwerdtfeger steckte den Brief mit den Anlagen in
einen braunen Umschlag,
adressierte ihn mit

**an den Herrn Polizeipräsidenten
Dr. Hausen
PERSÖNLICH**

und legte in in den Ausgangskorb.

67

Schon kurz nach dem Mittagessen am selben Tage gab es
eine Reaktion auf seinen Brief. Er erhielt einen Anruf
vom Vorzimmer des Polizeipräsidenten.
„Hier Kindermann, hallo, Herr Schwerdtfeger! Der Herr
Präsident bittet Sie, Ihn heute um 16:30 Uhr zu
besuchen. Wäre das für Sie passend?"
Das ging ja schnell, dachte Schwerdtfeger. Er sagte:

324

„Das passt mir gut."

„Fein! Dann bis heute Nachmittag. Der Herr Präsident freut sich schon auf Ihren Besuch."

Schwerdtfeger erschien pünktlich im Vorzimmer des Präsidenten. „Der Herr Präsident erwartet Sie schon", sagte Frau Kindermann und ließ ihn ins Allerheiligste. „Nehmen Sie doch bitte Platz", sagte Dr. Hausen zu ihm. „Da ich weiß, dass Sie gerne Kaffee trinken, hat Frau Kindermann uns schon welchen gekocht."

Er schenkte Kaffee in zwei Tassen, stellte Zucker und Sahne in die Mitte des Tisches und nahm einen Schluck. Schwerdtfeger tat es ihm nach.

„Ich habe heute das Material von Ihnen bekommen und gelesen", eröffnete Dr. Hausen das Gespräch. „Ich möchte zum jetzigen Zeitpunkt nur sagen, dass Sie sehr umsichtig gehandelt haben, nur mich zu informieren. Ich habe die Bitte, dass Sie mit niemandem über Ihre Erkenntnisse sprechen. Was weiß eigentlich der von Ihnen erwähnte Kollege, der Ihnen geholfen hat, das Genmaterial zu besorgen?"

„Bei dem Kollegen handelt es sich um den Kommissar Günter Pauli, eine unserer besten Nachwuchskräfte. Er weiß nur das, was er selber erlebt hat, dass wir also Genmaterial vom Herrn Innensenator beschafft haben. Über das Ergebnis des Herrn Dr. Leandros ist er nicht informiert. Aber er macht sich vermutlich seine eigenen Gedanken. Ich habe ihn jedenfalls zur Verschwiegenheit angehalten. Angesichts dessen, was alles geschehen ist, wird es allerdings nicht vermeidbar sein, dass vermutlich Gerüchte entstehen."

„Gerüchte wird es immer geben. Das können wir nicht ändern. Wichtig erscheint mir nur, dass nichts von Ihrem Material nach draußen gelangt."

„Dafür ist Sorge getragen", versprach Schwerdtfeger.

„Sehr umsichtig", wiederholte Dr. Hausen. „Ich kann Ihnen noch nicht sagen, wie es jetzt in dieser Angelegenheit weiter geht, aber dass etwas geschehen muss, steht für mich außer Frage. Ich wollte Ihnen auf jeden Fall sagen, dass Sie völlig richtig gehandelt haben. Haben Sie eigentlich vor, demnächst in der Ruhestand zu gehen?"

„Das hatte ich eigentlich geplant", sagte Schwerdtfeger.

„Mir wäre es lieb, wenn Sie damit noch etwas warteten. Vielleicht lohnt es sich ja."

„Ich versprechen Ihnen", sagte Schwerdtfeger ernst, „dass ich Ihren Rat bedenken und mit meiner Frau besprechen werde."

„Das sollten Sie auf jeden Fall tun. Ich persönlich hoffe, dass ich noch möglichst lange von Ihrem Fachwissen profitieren werde."

Was meint er jetzt damit? fragte sich Schwerdtfeger. Will er mich zu seinem Berater befördern?

Dr. Hausen erhob sich zum Zeichen, dass die Besprechung beendet war.

„Wir sehen uns noch", sagte er zum Abschied. „Ich wünsche Ihnen einen schönen Abend."

68

Am zweiten Tag nach dieser Unterredung platzte eine Bombe.

Es begann damit, dass Pauli Schwerdtfeger am späten Vormittag anrief.

„Hast du heute schon in die Zeitung geschaut?" fragte der ihn. „Nicht? Dann will ich gleich mit der Tür ins Haus fallen. Innensenator Krause ist zurückgetreten. Und rate, wer sein Nachfolger ist?"

„Vielleicht unser Präsident, Dr. Hausen?" schlug Schwerdtfeger vor.

„Richtig! Sag mal, glaubst du, dass...."

„Ich schlage vor, wir besprechen das beim Mittagessen", unterbrach ihn Schwerdtfeger.

„Du hast mal wieder recht", sagte Pauli. „Also dann bis nachher."

Er hatte kaum aufgelegt, als das Telefon schon wieder klingelte. Es war der Kommandoführer vom MEK.

„Hallo, Herr Schwerdtfeger, wissen Sie schon, dass Krause zurück getreten ist?"

„Kollege Pauli hat es mir gerade erzählt."

„Es geht das Gerücht um, dass Sie etwas damit zu tun hätten."

„Was soll ich jetzt dazu sagen?"

„Hauptkommissar Schwerdtfeger verweigert die Aussage", stellte der Kommandoführer fest. „Er sagt nichts ohne seinen Anwalt. Was soll er auch dazu sagen? Entweder es ist etwas dran am Gerücht, dann wird er es kaum zugeben, oder es ist nichts dran, dann fällt ihm sowieso nichts dazu ein."

„Da haben Sie sich mit Ihrer üblichen Kompetenz meinen Kopf zerbrochen", sagte Schwerdtfeger. „Man muss aber bedenken, dass es bei uns immer irgend welche Gerüchte gibt. Ich möchte bloß wissen, wer die immer in die Welt setzt?"

„Das sind bestimmt Leute, die sonst wenig Nützliches zur Aufrechterhaltung des Rechtsstaates beitragen, wie zum Beispiel ihr Chef, der Herr Reinders," vermutete der Kommandoführer.

„Er ist mein Vorgesetzter", stellte Schwerdtfeger klar. „Vorgesetzter kann bei uns jeder werden, aber 'Chef', das ist ein Ehrentitel, den man sich erst verdienen muss. Ein Chef..., das ist einer, der eine vorbildliche Auffassung von seiner Arbeit hat und von seinen Leuten anerkannt wird, weil er sie fair und gerecht behandelt und es versteht, sie zu motivieren. Ansonsten möchte ich Ihre Aussage nicht kritisieren."

„Sie haben wie üblich recht, Chef", sagte der Kommandoführer. „Schönen Tag noch."

„Danke, Ihnen auch, und bis bald mal wieder."

Als nächster rief der Kollege Michaelis an. „Wissen Sie schon, dass Innensenator Krause zurück getreten ist? In der Zeitung stand 'aus persönlichen Gründen'. Was ich mich die ganze Zeit frage: Ob sein Rücktritt

etwas mit dem schlimmen Ausgang
der Geiselnahme zu tun hat?"
„Ich weiß es nicht", sagte Schwerdtfeger, und er
fühlte sich einigermaßen unwohl bei der Lüge. „Möglich
wäre es schon."
„Ich fühle mich ziemlich mies", sagte Michaelis
niedergeschlagen. „Manchmal wache ich nachts auf und
muss daran denken, wie der Ebeling die Geisel
erschossen hat. Dann kann ich nicht wieder
einschlafen."
Armer Kerl, dachte Schwerdtfeger. Er zahlt einen hohen
Preis für seine Gefügigkeit. Er hat nicht das
rostfreie Gewissen des Politikers Krause. Ich wette,
den belastet die Sache weniger als Michaelis, der
schließlich nur seine Befehle befolgte. Es wäre ihm
vermutlich eine Erleichterung, wenn er die
Hintergründe dieser unglücklichen Geschichte wüsste,
aber ich darf ihm nichts sagen. Das ist der Preis, den
ich für Krauses Abgang zu zahlen habe.
„Nehmen Sie es nicht so schwer", sagte er tröstend.
„Sie haben schließlich nur Ihre Befehle befolgt." Da
war doch mal was, das hatten wir doch schon vor
tausend Jahren, spottete eine Stimme in seinem Kopf.
„Ich hätte auf Ihren Rat hören sollen", sagte
Michaelis traurig. „Sie haben mich gut beraten, aber
ich habe mich nicht getraut, auf Sie zu hören. Aber
ich möchte Ihnen jetzt nichts vor jammern, damit muss
ich selber fertig werden. Danke jedenfalls, dass Sie
mir zugehört haben."„Immer gerne. Ich wünsche Ihnen
was", sagte Schwerdtfeger. Man muss Michaelis
beobachten, dachte er, vielleicht braucht er Hilfe, um
sein Problem verarbeiten zu können.
Er traf Pauli zur gewohnten Zeit am gewohnten Tisch in
der Kantine. Pauli hatte ein Nachrichtenmagazin
mitgebracht.
„'Reflexe' weiß wieder alles ganz genau", empfing er
Schwerdtfeger. „Krause trat aus Verzweiflung über den
Zustand der Hamburger Polizei zurück. Glaube es oder

nicht, das ist der O-Ton. Das erklärt allerdings nicht, warum er auch aus seiner Partei ausgetreten ist."

„Ist es nicht gut, dass wir Medien wie 'Reflexe' haben?" fragte Schwerdtfeger spöttisch. „Sonst müssten wir uns am Ende unsere Meinung noch selber bilden. Aber sag mal: War 'Reflexe' nicht eine der Zeitungen, an die sich Frau Möller mit ihrer Geschichte wandte? 'Reflexe' wollte aber nichts damit zu tun haben ."

„Stimmt, du hast recht! Die müssten es ja eigentlich besser wissen. Gibt es eigentlich noch etwas in dieser Affäre, das ich wissen sollte?"

„Du wirst eine bestimmte Vermutung haben, wie Krauses Rücktritt zu Stande kam, sehe ich das richtig?"

„Absolut."

„Dringende Bitte: Behalte sie für Dich. Ich habe übrigens alles Material, das von dem Laptop der jungen Frau Möller stammte, vernichtet. Ich möchte dir raten, das ebenfalls zu tun. Ich habe versprechen müssen, dass nichts davon je auftauchen wird."

„In Ordnung. Das gewünschte Ergebnis wurde ja erzielt, es wird nicht mehr benötigt."

„Genau. Wie wäre es übrigens, wenn wir nach dem Essen noch einen Kaffee bei mir im Büro trinken?"

„Schon überredet."

69

„Herzlichen Dank für die noble Einladung zum Essen", sagte Schwerdtfegers Frau. „Ich nehme an. Ich hätte aber eine Bedingung." „Und welche wäre das?"

„Das dienstliche Handy bleibt ausgeschaltet. Wenn der Hauptkommissar im Serienkrimi seine Frau in das Nobelrestaurant einlädt, um die angeknackste Ehe wieder zu flicken, klingelt spätestens nach dem Auftragen der Vorspeise sein Handy...."

„...und er springt auf und wirft dabei vor lauter

Übereifer den Tisch um, worauf die Ehe endgültig in die Brüche geht. Keine Sorge, so verrückt bin ich nicht. Eventuell in Kofferräumen oder sonst wo deponierte Leichen sind auch nach dem Dessert noch tot."

„Eine derartig schwachsinnige Verhaltensweise hätte ich dir auch ernsthaft nicht unterstellt. Ich kenne ja deine Vorliebe für das gute Essen."

„Man muss eben Prioritäten setzen, wie Reinders sagen würde." „Ob der dabei an gutes Essen denkt?" „Wohl kaum. Der hat nur eines im Kopf, das ist seine Karriere."

Das „Landhaus Rickmers" liegt an der feinen Elbchaussee, dort, wo die Villen der Reichen Hamburgs von gepflegten Parks im englischen Stil umgeben sind. Schwerdtfeger war in dem noblen Restaurant kein ganz Unbekannter; er war gelegentlich mit seiner Frau hier zu Gast gewesen, etwa, um Gedenktage wie einen runden Geburtstag oder einen Hochzeitstag angemessen zu begehen. Man hatte ihm heute einen Zweiertisch mit Elbblick reserviert. Der Tisch war schön gedeckt, mit einer lachsrosa Tischdecke, zwei Servietten gleicher Farbe, die zu einem kunstvollen Kegel aufgefaltet waren, Rot- und Weißweingläsern sowie einer Porzellanvase, in der ein frischer Feldblumenstrauß stak, Kornblumen, Mohn und wilde Margeriten. Als die beiden Platz genommen hatten, brachte ein Ober die Wein- und die Speisekarte. Nach kurzer Beratung hatten sich die beiden auf ein Menü geeinigt. Schwerdtfeger bestellte Suppe von frischen Nordsee-Krabben und Steinbeißerfilet auf einem Bett von Wildreis und Spinat. „Sie haben gut gewählt", sagte der Ober. „Der Fisch ist ganz frisch. Möchten Sie Wein dazu?" „Eine Flasche trockener Weißwein wäre wunderbar." „Wir haben einen trockenen Kaiserstühler Grauburgunder",schlug der Ober vor. „Das passt. Und hätten Sie noch einen Vorschlag für ein Dessert?" „Hausgemachte rote Grütze mit Sahne, die ist

eigentlich immer gut." Schwerdtfeger blickte seine
Frau an, die nickte mit dem Kopf. „Fein, das bestellen
wir."
Die beiden hatten die Mahlzeit in andächtigem
Schweigen eingenommen. Eine gute Mahlzeit verdient
uneingeschränkte Aufmerksamkeit. Nach dem Dessert kam
bei einem Glas Wein das Gespräch in Gang.
„Kann es solche Zufälle geben?" fragte Schwerdtfeger.
„Es ist einfach unglaublich. Der Innensenator hat ein
persönliches Problem mit seiner früheren Angestellten,
sie setzt ihn unter Druck, und kurze Zeit darauf wird
sie von einem psychopathischen Schwerverbrecher als
Geisel genommen. Das wiederum eröffnet Krause die
Gelegenheit, sich seiner Ex-Geliebten zu entledigen,
ganz einfach dadurch, dass er seine Arbeit auf eine
bestimmte Weise erledigt. Die Wahrscheinlichkeit, dass
ein derartiges Ereignis eintritt, muss doch
astronomisch gering sein."
„Das Gleiche gilt auch für die Wahrscheinlichkeit,
einen Lotto-Jackpot zu knacken", erwiderte seine Frau.
„Und dennoch geschieht es regelmäßig, immer wieder.
Unwahrscheinliche Ereignisse sind ein rein
statistisches Phänomen. Sie werden dadurch möglich,
dass insgesamt gesehen eben unendlich viele Ereignisse
geschehen. Die Geschichte ist voll von solchen
Zufällen. Nimm zum Beispiel Hitler: Auf ihn wurden von
Deutschen mehr als vierzig Attentate verübt, und kein
einziges war erfolgreich. Diese Tatsache galt ihm dann
als der Beweis, dass die Vorsehung Großes mit ihm vor
hatte."
„Es ist wohl sinnlos, solche Ereignisse aus Sicht
ihrer Eintreffenswahrscheinlichkeit zu hinterfragen",
sagte Schwerdtfeger nachdenklich. „Sie geschehen eben,
oder sie geschehen nicht, und das war es dann. Aber
einen Aspekt an dieser ganzen schlimmen Geschichte
finde ich äußerst ärgerlich: Der Ex-Senator hat das
perfekte Verbrechen begangen. Es wird nie gelingen,
ihn deswegen vor Gericht zu bringen. Er würde einfach

argumentieren, er hätte, unabhängig von in diesem
Falle zufällig vorhandenen persönlichen Beziehungen,
das getan, was seiner Auffassung nach im Interesse der
Aufrechterhaltung von Recht und Ordnung hätte getan
werden müssen und sei in so fern nur seinem Gewissen
gefolgt. Ein Tatvorsatz wäre ihm nie zu beweisen. Bei
uns Polizisten gilt die Regel, dass wir uns aus einem
Fall heraus halten müssen, wenn es persönliche
Beziehungen zu Tätern oder Opfern gibt, aber ich
vermute, dass eine solche Regel für Politiker nirgends
festgeschrieben ist."
„Politiker müssen sich nicht an Regeln halten. Sie
machen sie", sagte seine Frau.
„Bei Verbrechern wie Ebeling ist es nicht allzu
schwierig, eine Verurteilung zu erreichen", sagte
Schwerdtfeger. „Solche Leute begehen ihre Verbrechen
selber. Schwieriger ist es, Schreibtischtätern etwas
nachzuweisen. Und gelegentlich sind Politiker
darunter. Es wäre naiv, Politiker für bessere Menschen
zu halten, nur weil wir sie in irgend ein hohes Amt
gewählt haben. Sie sind eben Leute mit normalen
Eigenschaften, unterscheiden sich von uns anderen nur
durch Ehrgeiz und Zielstrebigkeit. Da kann es rein
statistisch schon einmal vorkommen, dass auch einer
mit krimineller Energie darunter ist. Mit welcher
Eiseskälte Krause den Tod seiner ehemaligen Geliebten
geplant hat! Psychopathen sind nicht immer nur
Berufsverbrecher, hat Dr. Clemens einmal gesagt. Sie
reagieren mit Rachsucht, wenn man ihre Ziele
gefährdet."
„Aber irgendwie hat es Krause doch erwischt, er ist
von allen seinen Ämtern zurück getreten. Sogar aus
seiner Partei ist er ausgetreten. Über die Gründe
dafür ist nichts in die Öffentlichkeit gedrungen, er
ist einfach abgetreten. Aus persönlichen Gründen, wie
er auf seiner letzten Pressekonferenz sagte. Auf jeden
Fall hast du dabei eine Rolle gespielt. Du bist ein
Überzeugungstäter, der für ein ihm wichtiges Anliegen

auch ein Mal auf eine Barrikade steigen würde, alles streng im Rahmen der Gesetze, versteht sich."

„Es ist richtig, dass ich die eine oder andere Überzeugung habe. Eine davon ist, dass ich unseren Staat für zu wichtig halte, als dass wir ihn solchen Leuten überlassen sollten, ohne uns einzumischen. Und dass die Einmischung so gut geklappt hat, ist auch dein Verdienst. Du hast mich sehr gut beraten."

Seine Frau schaute ihn lächelnd an und sagte: „Bleibe nur, wie du bist, ich will dich gar nicht anders haben."

„Das Handy war während des Essens abgeschaltet, ich bin nicht davon gestürmt und habe dich nicht mit der Zeche sitzen lassen. Ist nun also die Ehekrise abgewandt?" fragte Schwerdtfeger und kniff sein linkes Auge zu.

Statt einer Antwort ergriff sie seine Hand und drückte sie kräftig.

Beide hingen für einige Minuten ihren Gedanken nach. Schwerdtfeger dachte über die Ursachen nach, die zum Tod der jungen Frau geführt hatten. Es war ja nicht ihre Beziehung zum ehemaligen Innensenator allein, die dafür ursächlich war. Diese Katastrophe hatte mehrere Väter. Wäre der ehemalige Leiter der Justizvollzugsanstalt, Dr. Müller, durch die illegale Beschäftigung des Strafgefangenen Ebeling beim Bau seines Privathauses nicht erpressbar gewesen, hätte er sich nicht für dessen vorzeitige Entlassung aus dem Strafvollzug stark gemacht. Hätte der Richter, der diese Entlassung dann verfügte, sich die Zeit genommen, die Akte richtig und mit Verstand zu lesen, dann hätte er merken müssen, dass da irgendwo der Wurm drin war. Wäre der Einsatzleiter des Einsatzkommandos, das die Bankfiliale sofort nach dem Überfall umstellt hätte, nicht so nervenschwach gewesen, der Forderung Ebelings nach Abzug aus der Bank unter Mitnahme seiner Geisel nachzugeben, dann hätte der Fall zu einem guten Ende geführt werden können, bevor Krause Gelegenheit bekam, sich einzumischen. Hätte Reinders, geil auf eine Politkarriere, nicht aus eigensüchtigen Motiven und völlig unqualifiziert in meine Arbeit eingegriffen und hätte Michaelis sich seinen Anordnungen widersetzt -, dann wäre Sandra Möller, eine junge Frau von fünfundzwanzig Jahren, heute sicherlich noch am Leben. Ich muss gar nicht darüber nachdenken, ob ich ihren Tod hätte verhindern können, dachte Schwerdtfeger. Ich habe keinen Anteil daran.

Der Weißwein in der Flasche war alle, das Dessert war verzehrt, die Mohnblüten in der Vase begannen, ihre Blütenblätter abzuwerfen.

„Hast du dir schon überlegt, wie du deine Zeit als Pensionär verbringen wirst?" fragte seine Frau.

„Ich habe beschlossen, dieses Problem auf die lange Bank zu schieben. Dr. Hausen, der neue Innensenator, hat mir kürzlich einen Vorschlag gemacht, den ich kaum ablehnen kann. Er sagte, er brauche einen Fachmann, der ihn in polizeilichen Angelegenheiten fundiert beraten könne. Er hat dabei an mich gedacht und deutete an, der Posten sei nach A15 bewertet. Stell dir vor, da werde ich Kriminaldirektor!"

„Und, willst du annehmen?"

„Ich habe mir Bedenkzeit ausbedungen. Ich wollte das natürlich mit dir besprechen.

Außerdem würde ich ganz gerne noch ein wenig in der aktiven Polizeiarbeit mitmischen. Da ich dann dem Rang nach selber Sachgebietsleiter bin, könnte Reinders mir keine Anweisungen mehr erteilen. Das ist, ehrlich gesagt, eine Situation, der ich nur sehr schwer widerstehen könnte. Was würdest du mir raten?"

Seine Frau schaute ihn prüfend an. „Könnte es sein, dass du deine Entscheidung schon getroffen hast?"

„Ich habe meine Vorstellungen, aber ich wollte deinen Rat abwarten."

„Gut. Dann rate ich dir, das zu tun, was du sowieso nicht lassen kannst."

„Wunderbar. Das sollten wir mit einer weiteren Flasche

Wein begießen."

„Einverstanden unter einer Bedingung."

„Und die wäre?"

„Dass wir diese Flasche auf unserer Terrasse trinken. Ich konnte nicht umhin, zu bemerken, was die Flasche Weißwein hier kostet."

„Worauf warten wir?" fragte Schwerdtfeger und signalisierte dem Ober, dass er zu zahlen wünschte.

Ende

Bei einem Banküberfall in Hamburg erbeuten die beiden Räuber nur eine relativ geringe Summe. Bei dem Überfall wird ein Bankkunde, ein junger Mann, erschossen. Als die Polizei die Bankfiliale umstellt, nehmen die Gangster eine junge Bankangestellte als Geisel. Mit ihr als Druckmittel erzwingen sie die Stellung eines Fluchtwagens und entkommen. Das zuständige Landeskriminalamt bildet eine Sonderkommission unter der Leitung des erfahrenen Hauptkommissars Schwerdtfeger. Die Sonderkommission holt sich zu ihrer Unterstützung den Psychologen Dr. Clemens, einen Polizei-Externen. Bald gibt es erste Ergebnisse: Eine der Videokameras im Schalterraum der Bank hatte ein Bild vom Gesicht eines der beiden Verbrecher eingefangen. Er wird als der kürzlich auf Bewährung entlassene Schwerkriminelle Ebeling identifiziert. Dr. Clemens hält ihn für einen hochgefährlichen Psychopathen. Es gelingt, das Handy der als Geisel genommenen Bankangestellten zu orten: Damit hat man den Schlupfwinkel des Trios entdeckt: Das Gebäude wird vom Mobilen Einsatzkommando umstellt.Beraten vom Psychologen Dr. Clemens, hat die Sonderkommission eine Strategie erarbeitet, deren erstes Ziel es ist, das Leben der Geisel zu schützen. Man setzt auf eine Zermürbungsstrategie; es muss geduldig versucht werden, die Verbrecher von der jungen Bankangestellten und der beiden alten Leute, welchen die besetzte Wohnung gehört, zu trennen. Bei diesem Stand der Dinge greift plötzlich eine höhere Macht ein. Schwerdtfeger wird von seinem Vorsetzten, Kriminaloberrat Reinders, angewiesen, die beiden Verbrecher mit der Bankangestellten abziehen zu lassen. Als Schwerdtfeger sich mit Verweis auf die in der Sonderkommission gefassten Beschlüsse weigert, wird er vom Polizeipräsidenten kurzer Hand der Leitung der Sonderkommission entbunden. Sein Nachfolger wird der fügsame Kommissar Michaelis, der weisungsgemäß die drei abziehen lässt. Sie tauchen alsbald wieder unter. Wieder beginnt die Suche nach den Verbrechern und ihrer Geisel. Nachdem man sie unter großem Aufwand wiedergefunden hat, beginnt nun eine wilde Jagd, die auf der Autobahn nach Bremen mit dem Tod der Geisel endet.

Schwerdtfeger lässt dieser tragische Ausgang eines im Grunde doch beherrschbaren Falles keine Ruhe. Ohne dafür einen Auftrag zu haben, beginnt er, auf eigene Faust zu ermitteln. Und was er herausfindet, ist einfach unglaublich.